Uschi Kurz

Der Totenschöpfer

Ein Baden-Württemberg-Krimi

Silberburg-Verlag

Uschi Kurz, geboren 1956 in Stuttgart-Bad Cannstatt, studierte in Stuttgart und Tübingen Germanistik und Philosophie. Nach einem Volontariat arbeitete sie zunächst einige Jahre als freie Journalistin. Seit 1990 ist sie als Redakteurin beim Schwäbischen Tagblatt (Südwest Presse) in Tübingen beschäftigt. Sie lebt mit ihrer Familie in Wannweil.

1. Auflage 2011

Lektorat: Michael Raffel, Tübingen.
Umschlaggestaltung: Wager ! Kommunikation, Altenriet.
Druck: CPI books, Leck.
Printed in Germany.

ISBN 978-3-8425-1158-3

Uschi Kurz

Der Totenschöpfer

»Zuerst konnte ich nichts sehen, da die aus der Kammer entweichende heiße Luft das Licht der Kerze zum Flackern brachte. Als meine Augen sich aber an das Licht gewöhnten, tauchten bald Einzelheiten im Innern der Kammer aus dem Nebel auf, seltsame Tiere, Statuen und Gold, überall glänzendes, schimmerndes Gold! Es war Goldglanz, wohin man auch schaute ...«

Der Archäologe Howard Carter über die Entdeckung der Grabkammer Tutanchamuns

Die Ähnlichkeit war verblüffend. Er konnte den Blick nicht von ihr wenden, musste sie aus seinem Versteck immerzu anstarren. Endlich gelang es ihm unter enormer Anstrengung, die Augen zu schließen. Längst vergangen geglaubte Bilder strömten auf ihn ein. Bilder jenes letzten Sommers, bevor er sie endgültig verlor. Jenes Sommers, in dem er für wenige Wochen das Gefühl hatte, dass sie ihn wirklich liebte. Sie waren zusammen ans Meer gefahren – nur sie beide – und hatten eine wunderschöne Zeit erlebt. Als wäre es gestern gewesen, sah er sie vor sich. In ihrem dünnen rohweißen Sommerkleid, wie sie gemeinsam mit ihm ausgelassen am Strand entlanglief. So unbeschwert hatte er sie davor nicht und danach nie wieder erlebt. Aber nach diesem Sommer war alles anders, und er hatte sich manchmal gefragt, ob es nicht nur ein schöner Traum gewesen war.

Die Erinnerung schmerzte so sehr, dass er die Augen öffnete. Doch was er sah, wühlte ihn nur noch mehr auf. Sie saß unverändert da und gab vor, in einem Buch zu lesen. Dabei schaute sie immer wieder verstohlen auf die Uhr. Selbst ihre Körperhaltung war identisch. Aufrecht und stolz. Der Kopf nur wenig geneigt, als trage sie etwas darauf, das nicht ins Rutschen geraten sollte. Genau so hatte auch sie immer dagesessen, wenn sie auf ihn gewartet hatte. Obwohl die Frau etwas kleiner und vielleicht etwas kräftiger war, die Ähnlichkeit war doch frappierend. Wäre sie etwas dezenter geschminkt und besser gekleidet, man hätte sie wirklich für Zwillingsschwestern halten können.

Fassungslos betrachtete er, wie geschmacklos sie angezogen war. Der schwarze Rock war einen Tick zu kurz, die weiße Bluse spannte über der Brust. Das gesamte Erscheinungsbild war zutiefst unharmonisch. Dabei hatte sie sich bestimmt große Mühe mit der Auswahl ihrer Garderobe gegeben. Frauen warfen sich immer in Schale, wenn sie sich das erste Mal mit einem Mann trafen. Aber bei ihr sah das Ergebnis leider genauso aus, als hätte sie sich Mühe gegeben. Die Erkenntnis überkam ihn mit einer Heftigkeit, die ihn selbst überraschte: Jemand musste ihr diese Mühe abnehmen.

Er schloss abermals die Augen, und sofort nahm ihre Verwandlung Gestalt an. Diese Ähnlichkeit. Nun war er sicher: Er würde sie tatsächlich wiedersehen.

»Ökotex, mein Name ist Patrick Gminder, was kann ich für Sie tun?«

»Flore Gutman, guten Tag. Ich interessiere mich für einen Artikel in Ihrem Sommerkatalog.«

Er horchte auf. Es war eine junge Stimme mit einem weichen Timbre, weder schüchtern noch zudringlich. Sie war ihm sofort sympathisch.

»Sind Sie bereits Kundin bei Ökotex?«

Sie verneinte, und er ließ sich die Nummer des gewünschten Artikels geben. Als sich die junge Frau nach dem Leinenkleid in dem frischen Grünton, seinem persönlichen Lieblingsstück aus der neuen Kollektion, erkundigte, ahnte er, dass die lange, quälende Zeit des Wartens ein Ende hatte.

»Ja, das Kleid ist in Ihrer Größe noch lieferbar.«

Patrick notierte den Auftrag und ihre Daten. Flore Gutman, Jahrgang 82, die Postleitzahl deutete auf eine Gemeinde irgendwo in Süddeutschland hin.

»Da Sie eine neue Kundin unseres Hauses sind, habe ich noch eine Bitte. Um unser Angebot noch besser auf die Wünsche unserer Kunden abzustimmen, machen wir immer wieder Umfragen. Die Fragen betreffen nicht nur die Maße unserer Kunden, wir möchten auch von ihnen wissen, wie sie auf uns aufmerksam wurden und wie sie die neue Kollektion beurteilen. Wenn Sie nichts dagegen haben, ein paar Minuten Ihrer Zeit zu opfern, würde ich mich freuen. Sie nehmen dann auch an einer attraktiven Verlosung teil.«

Wunderbarerweise war die junge Frau sofort einverstanden. Patrick atmete tief durch. Er spürte, wie die Erregung etwas nachließ und einer freudigen Erwartung Platz machte. Er mahnte sich zur Ruhe. So oft schon war er sicher gewesen, endlich die Richtige gefunden zu haben, und jedes Mal war die Enttäuschung umso größer gewesen. Doch diese Stimme hatte wieder seine Hoffnung geweckt. Diesmal, das spürte er deutlich, war er ganz nahe dran.

Er würde mit seiner Befragung noch mehr ins Detail gehen, von vornherein jeden Zweifel ausschließen. Das war auch im Interesse von Flore. Schließlich konnte ein Fehler fatale Folgen haben. Flore. Was für ein schöner Name.

»Beginnen wir mit Ihrer Konfektionsgröße …«

Patrick lehnte sich zufrieden zurück. Das Gespräch hätte gar nicht besser verlaufen können. Unbefangen hatte Flore seine Fragen nach ihren Körpermaßen bis hin zur Schuhgröße beantwortet. Sogar Details aus ihrem Privatleben hatte sie völlig arglos preisgegeben.

Das Gespräch hatte seine Bedenken nahezu zerstreut. Die Sorge, dass sie nicht allein leben würde, hatte sich als unbegründet erwiesen. Sie war schon als Kleinkind mit ihren Eltern aus Frankreich nach Baden-Württemberg gekommen. Vor einigen Jahren waren ihre Eltern nach Frankreich zurückgegangen, doch sie war in Deutschland geblieben.

Lediglich einmal hatte sie kurz gezögert, als er eine exakte Beschreibung ihrer Haarfarbe verlangt hatte. Doch mit dem Hinweis darauf, dass die Nuancen des Haartons ausschlaggebend dafür waren, ob eine Farbe zu einem Typ passte oder nicht, hatte er sie beruhigen können. Dass ihr Haar von Natur aus rot war, eine Mischung aus brünett und kastanienrot, wie sie präzisierte, war mehr, als er zu hoffen gewagt hatte. Im Geiste sah er schon, wie der warme Rotton ihrer Haare mit dem Lindgrün des Leinenkleids harmonierte.

Wie er wohl aussah? Schwungvoll ließ sich Flore auf das Sofa fallen. Sie zog ihre Beine an. Ihr Blick fiel auf das Display des schnurlosen Telefons, das sie immer noch in der Hand hielt. Sie hatte fast eine halbe Stunde mit dem Mann telefoniert. Telefoniert? Geplaudert, nein, geflirtet! Ja, sie hatte mit einem wildfremden Mann geflirtet. Zum ersten Mal, seit sie sich von Holger getrennt hatte, hatte sie sich endlich wieder unbeschwert gefühlt. Und begehrenswert. Dieser Mann – erst jetzt fiel ihr ein, dass sie sich nicht einmal seinen Namen gemerkt hatte – war so unglaublich charmant. Sie hätte ewig mit ihm reden können. Dabei hatte sie nur bei dem Textilienversand, der – wie es in der Werbung hieß – »Exklusivität und Naturstoffe auf einzigartige Weise kombinierte«, angerufen, weil sie auch dieses wunderschöne grüne Leinenkleid wollte, das sie an ihrer Freundin Simone gesehen hatte.

Simone war nicht nur ihre beste Freundin, sie war auch ihr großes Vorbild. Simone war all das, was sie selbst nicht war: Selbstbewusst, direkt, lebensfroh, draufgängerisch. Für ihren Geschmack fast zu draufgängerisch. Und sie besaß einen sicheren Instinkt dafür, wie sie sich vorteilhaft zur Geltung brachte.

Wenn Simone wüsste, dass sie sich dasselbe Kleid bestellt hatte, wäre sie bestimmt sauer. Aber Flore hatte sich nun einmal in dieses frische Grün verliebt. Es war, als symbolisierte es ihre wiedergewonnene Freiheit.

Nach den drei Jahren mit Holger, in denen sie, wie sie fand, nichts, zumindest fast nichts erlebt hatte, hatte sie in letzter Minute den Absprung geschafft. Holger war ein herzensguter Kerl – aber ein fürchterlicher Langweiler! Eigentlich hatten sie noch in diesem Monat heiraten wollen, und danach hätte sie zu ihm nach Ulm ziehen sollen. Doch je näher der Termin kam, umso mehr hatte sie Panik bekommen. Immer stärker hatte sie gespürt, dass ihr diese Ehe den Atem nehmen würde. An der Seite von Holger wäre sie wahrhaftig erstickt. Dabei wollte sie doch endlich etwas erleben.

Das neue Sommerkleid war der Anfang. Eigenartig, was dieser Mann mit der erotischen Stimme alles wissen wollte. Ihre Maße, Augen- und Haarfarbe, ihre Vorlieben. Im Laufe des Gesprächs waren die Fragen immer direkter, fast intim geworden. Doch das hatte sie überhaupt nicht gestört. Im Gegenteil. Sie hatte dem Fremden sogar von ihrer kürzlich beendeten Beziehung erzählt.

Wieder überlegte sie, wie der Mann aussah, der so ungeniert mit ihr geflirtet hatte, und wie alt er wohl war. Sie stellte ihn sich groß, braungebrannt und dunkelblond vor. Gleichzeitig wusste sie, wie trügerisch Stimmen waren. Wie oft hatte sie sich schon von Radiosprechern ein Bild gemacht und hatte völlig danebengelegen, als sie die Moderatoren dann auf Fotos oder im Fernsehen sah. Einmal war sie in einer Dunkelausstellung gewesen, in der die Besucher von blinden Guides geführt wurden. Sie hatte sich damals regelrecht in die interessante Stimme ihres Führers verliebt. Doch wie enttäuscht war sie gewesen, als er sie nach der Vorführung ins Freie begleitete. Er war viel älter, als sie gedacht hatte, und sah total unscheinbar und bieder aus.

Vielleicht würde es ihr mit dem Ökotex-Mann in natura genauso ergehen. Unwirsch schob sie den Gedanken beiseite. Schließlich würde sie ihren Gesprächspartner nie zu Gesicht bekommen. In ihrem Tagtraum war und blieb der Mann mit der erotischen Stimme groß, braungebrannt und dunkelblond. Wohlig erregt schloss sie die Augen. Wie angenehm überrascht er gewesen war, als sie sich für das grüne Leinenkleid interessierte. »Mein Lieblingsstück aus der Sommerkollektion«, hatte er ihr verraten. Und als sie ihm erzählte, dass sie in der nächsten Woche frei haben würde, hatte er ihr versprochen, das Kleid sofort loszuschicken. »Damit Sie es bei der Gelegenheit gleich tragen können.«

Es war, als hätte er instinktiv verstanden, dass das Kleid für sie eine besondere Bedeutung hatte. Jetzt fehlte nur noch die passende Gelegenheit. Mit einem Mal war Flore zuversichtlich, dass diese Gelegenheit schon bald kommen würde.

Normalerweise ließ er zwischen der »Kundenbefragung« und seinem Besuch sicherheitshalber einige Zeit verstreichen, doch diesmal begann Patrick unverzüglich mit den Reisevorbereitungen. Dass Flore Urlaub hatte, war ihm wie ein Wink des Schicksals erschienen. Per Internet informierte er sich über sein Reiseziel. Wider Erwarten besaß Bad Urach eine ansehnliche Homepage. Der kleine Kurort lag in unmittelbarer Nähe von Metzingen, der Schnäppchenstadt. Bisher kannte er Metzingen nur aus Presseberichten und Erzählungen. Die Stadt lebte von den Outlets, in denen mittlerweile alle großen Marken vertreten waren. Patrick hatte sich den

Mode-Moloch schon immer einmal anschauen wollen. Jetzt war die Gelegenheit dazu, denn Bad Urach lag nur wenige Kilometer von Metzingen entfernt. Die Kurstadt am Fuße der Schwäbischen Alb hatte 12 500 Einwohner und schien ein beliebtes Ferienziel zu sein, zumindest verfügte sie über zahlreiche Hotels und Pensionen. Als er auf einen kleinen Stadtplan stieß, in dem alle Übernachtungsmöglichkeiten eingetragen waren, begann er fieberhaft nach Flores Adresse zu suchen. Dann schaltete er Google Earth ein. Flore wohnte in einer am Hang gelegenen Appartementanlage am Ortseingang – einer Bausünde aus dem vergangenen Jahrhundert, wie sie heute mit Sicherheit nicht mehr genehmigt werden würde. Für seine Zwecke aber war die Anlage optimal: Einige der Zwei-Zimmer-Appartements wurden als Ferienwohnungen vermietet. Wenn möglich, würde er dort seinen Kurzurlaub verbringen, den er noch am selben Nachmittag eingereicht hatte – in unmittelbarer Nähe von Flore. Gleich bei der ersten Wohnung, die er anklickte, hatte er Glück: So kurz nach den Pfingstferien konnte er sie für eine Woche zum Preis der Vorsaison buchen. Dann nahm er ebenfalls per Internet eine Bahnreservierung für Sonntagabend vor. Wie immer buchte er einen Nachtzug. Er musste in Stuttgart umsteigen und würde am frühen Montagmorgen in Metzingen ankommen. Mit der Regionalbahn oder mit dem Omnibus waren es dann nur noch wenige Minuten bis nach Bad Urach.

Von jetzt an lief alles nach Plan. Heute Nacht würde er noch einmal richtig ausschlafen. Wenn er morgen von der Arbeit zurückkäme, würde er das Medikament einnehmen, das er eigentlich regelmäßig schlucken sollte. Doch er griff lediglich dann zu den Pillen, wenn er seine Emotionen besser unter Kontrolle haben wollte. Patrick zählte zu den wenigen Personen, bei denen das Präparat, das den Patienten eigentlich stark sedieren sollte, zu totalem Schlafverlust führte. Seinen Ärzten hatte er nie von dieser Nebenwirkung erzählt, die ihm so gelegen kam. Schließlich wollte er keine

Minute seines Vorhabens verschlafen. Die Tabletten versetzten ihn in einen Zustand höchster geistiger Klarheit. Mit ihnen fühlte er sich hellwach und äußerst konzentrationsfähig. Auch regten sie seine ohnehin ausgeprägten sexuellen Phantasien in einer Weise an, die er nie für möglich gehalten hätte. Sie waren besser als alles, was er früher an Drogen konsumiert hatte.

Nach einem leichten Abendessen überprüfte Patrick seine Ausrüstung. Zunächst wählte er in seinem riesigen Ankleidezimmer die Garderobe. Auch seine Zeichenutensilien legte er bereit. Er entschloss sich, die Reise als Amerikaner anzutreten, der sich gerade auf Europatour befand. Er hatte einige Jahre in Amerika gelebt und wusste, dass ihm diese Rolle nicht schwerfallen würde. Sollte alles nach Wunsch verlaufen, dann würde er dem Amerikaner den Laufpass geben und endlich als er selbst in Erscheinung treten.

Und wenn nicht, was, wie er inständig hoffte, nicht der Fall sein würde, dann müsste er wieder einmal einen Durchschnittsbürger geben. Er würde aussehen wie Millionen anderer Männer, und keiner würde sich hinterher an ihn erinnern. Patrick legte alle Kleidungsstücke zurecht, so dass er am nächsten Abend nur noch einzupacken brauchte. Dann ging er in sein Schlafzimmer und holte den kleinen schwarzen Koffer aus dem Schrank. Er setzte sich aufs Bett, wo er zärtlich über das kühle Leder strich, bevor er die Schnappschlösser öffnete. Obwohl er wusste, dass absolut nichts fehlte, überprüfte er gewissenhaft den gesamten Inhalt. Im Kofferdeckel befanden sich nach Größe geordnet verschiedene Scheren, Nadeln, Knöpfe, Klettverschlüsse und Fäden in allen Farben und Qualitäten und ein kompletter Satz Dietriche. Das Hauptfach enthielt den steril verpackten, säuberlich zusammengelegten Schutzanzug, die Handschuhe und ein komplettes Schminkset. Dann ließ er den doppelten Boden aufschnappen, wo ebenso pedantisch geordnet auf rotem Samt die weniger harmlosen Utensilien auf ihren Einsatz warteten. Ehrfürchtig betrachtete er die

Spritzen und Pfeile, die er mit wenigen Handgriffen in todbringende Instrumente verwandeln konnte. Alles war an seinem Platz, auch die kleine, so unscheinbar aussehende Pfeife. Lediglich die Mulden für die Giftampullen waren leer. Der gefährliche Inhalt lag im Kühlschrank bereit. Mit einem leisen Seufzer schloss Patrick den Koffer. Hoffentlich wurde er diesmal nicht wieder gezwungen, ihn zu benutzen.

Anschließend prüfte er ebenso gewissenhaft seine Fotoausrüstung. Als er damit fertig war, verspürte er ein starkes Verlangen, seine Kollektion durchzublättern. Aber er wusste, dass er beim Betrachten der Fotos seine Lust nicht würde zügeln können. Sogar wenn er das Sedativum eingenommen hatte, fiel ihm die Selbstkontrolle in letzter Zeit immer schwerer. Irritiert dachte er an die Schöpfung seiner letzten Kreation. Als er sein Werk fast vollendet hatte, hätte er beinahe die Beherrschung verloren. Es schauderte ihn bei der Vorstellung. Er beschloss, seine Medikamentendosis vorsichtshalber zu verdoppeln. Denn jetzt erregte ihn allein der Gedanke an seine atemberaubenden Schönheiten so sehr, dass es wehtat. Doch es war nicht der Zeitpunkt, sie zu genießen. Noch nicht. Entschlossen griff er zu dem sündhaft teuren Archäologiebuch, das er vor kurzem erworben hatte. Die faszinierenden Bilder der Ausgrabungsstätten in Ägypten würden ihn ablenken.

Ziellos lief Katharina Zimmermann durch die Tübinger Altstadt. Sie war noch immer ganz aufgewühlt. Soeben hatte sie erfahren, dass der Prozess im Landgericht gegen einen Serienvergewaltiger, in dem sie als sachverständige Gutachterin aussagen sollte, geplatzt war. Der Verteidiger hatte heute früh bei der Auftaktverhandlung die Befangenheit einer der beiden Schöffinnen moniert. Die Frau war tatsächlich vor über zwanzig Jahren mit dem Angeklagten auf dieselbe Schule gegangen. Doch es war eine riesige Gesamtschule, und sie konnte sich überhaupt nicht mehr an ihn erinnern. Der Angeklagte hatte die damalige Schulsprecherin aber sehr wohl wiedererkannt und sein Anwalt, ein bekannter Strafverteidiger aus München, hatte natürlich die Gelegenheit beim Schopf gepackt, das Verfahren abermals zu verzögern.

Jetzt musste der Prozess komplett neu aufgerollt werden. Das dauerte Monate und würde der Verteidigung die Gelegenheit bieten, noch tiefer im Vorleben der gepeinigten Opfer herumzustochern, um ihre Glaubwürdigkeit zu erschüttern. Mit Sicherheit würde der Anwalt auch weitere windige Zeugen aufbieten, die seinen Mandanten in einem besseren Licht erscheinen ließen. Und was das Schlimmste war: Wenn sich der Verfahrensbeginn weiter verzögerte, würde der Angeklagte womöglich wegen Überschreitens der Untersuchungshaftdauer bis zum Verhandlungsbeginn auf freien Fuß gesetzt.

Kathrin, die den Mann nach den Auswertungen ihrer Gespräche für absolut schuldfähig und zudem hochgradig wiederholungsgefährdet hielt, fand das Ganze zum Kotzen. Dabei war die Anklage wasserfest, eine der Frauen hatte den Mann, der des Nachts in ihre Wohnung eingestiegen war, zweifelsfrei erkannt, weil es ihr gelungen war, ihm die Maske abzureißen. Er hatte sie daraufhin niedergeschlagen und mit einem Kissen zu ersticken versucht. Die Wohnung hatte er wohl in der Annahme verlassen, dass die Augenzeugin tot war. Doch das ließ sich nicht beweisen, sonst stünde er nicht nur wegen Vergewaltigung in mehreren Fällen und schwerer Körperverletzung, sondern wegen versuchten Mordes vor Gericht.

Denn die Frau hatte schwer verletzt überlebt und konnte später eine detaillierte Beschreibung des Mannes abliefern, anhand welcher der lange gesuchte Serientäter, der seit fünf Jahren in Süddeutschland sein Unwesen trieb, endlich festgesetzt wurde. An zwei anderen Tatorten hatte er genetische Spuren hinterlassen. In fünf weiteren Fällen, in denen der Täter nach dem exakt gleichen Schema vorgegangen war, hatten die Ermittler nachweisen können, dass sich der Angeklagte im fraglichen Zeitraum in der Nähe der Wohnungen der Opfer herumgetrieben hatte. Kathrin war überzeugt davon gewesen, dass der Täter, auch mit Hilfe ihres Gutachtens, für lange Jahre hinter Gitter wandern würde. Doch jetzt ging alles von vorne los. Und die Zeuginnen, für die die Aussagen eine enorme psychische Belastung bedeuteten, würden erneut in ein tiefes Loch fallen. Kathrin hatte es mehr als einmal erlebt, dass Frauen, die dadurch erneut zum Opfer wurden, ihre Aussage zurückzogen oder so verunsicherte Angaben machen, dass es am Ende hieß: Im Zweifel für den Angeklagten.

In solchen Situationen hasste Kathrin das deutsche Rechtssystem, und sie war froh, dass der Starverteidiger ihre Gedanken nicht lesen konnte. Sonst wäre sie wohl die Nächste gewesen, der er Befangenheit unterstellt hätte.

Mittlerweile war sie, ohne es zu wollen, in der Neckargasse angelangt. Ihr Blick fiel auf ein kleines Reisebüro. Plötzlich wurde ihr schlagartig klar, dass ihr der geplatzte Prozess ungeahnte Möglichkeiten eröffnete. Heute war ihr letzter Arbeitstag. Von Montag an hatte sie volle drei Wochen frei und außer dem Prozess eigentlich keine weiteren Verpflichtungen. Weil sie sich als Gutachterin während der ganzen Zeit zur Verfügung halten musste, war sie nicht davon ausgegangen, wegfahren zu können. Sie hatte lediglich einige kleine Trips zu Freunden geplant. Doch jetzt war alles anders. Zur Kommunalwahl am Sonntag wollte sie noch gehen. Aber danach konnte sie tun und lassen, was sie wollte.

Im Schaufenster des Reisebüros lockten Wellness-Reisen in den Schwarzwald und nach Oberbayern, sogar eine Bäderreise ins nahe gelegene Bad Urach wurde als Schnäppchen angepriesen. Und dann waren da noch einige attraktive Last-Minute-Angebote. Vielleicht sollte sie sich auf den Frust hin einfach etwas Gutes gönnen und mal so richtig ausspannen. Kurz entschlossen betrat sie das Reisebüro.

Kurz vor acht Uhr kam Patrick O'Neill am Montagmorgen in dem kleinen Kurort an. In der Nacht hatte es geregnet, und der Junimorgen war noch kühl. Doch die Sonne, die bereits die Pfützen zum Glänzen brachte, versprach einen strahlenden Urlaubstag. Patrick stand auf dem Bahnhof und sog die nach Wald und Erde duftende Luft tief ein. Sein Blick fiel auf die Wahlplakate, die überall hingen, und ihm fiel ein, dass am Tag zuvor in Baden-Württemberg Kommunalwahlen gewesen waren. Doch er hatte sich noch nie für Politik interessiert.

Das Städtchen wirkte unnatürlich sauber. Der Regen hatte die Farben zum Leuchten gebracht. Die schmucken Fachwerkhäuser, die Patrick von seinem Blick ins Internet kannte, sahen aus wie frisch renoviert, und die Pflanzen waren von einem fast unverschämten Grün.

Patrick verstaute sein Gepäck in einem Schließfach und ging in das nächstbeste Café, wo er erst einmal ausgiebig frühstückte. Er schäkerte mit der Bedienung, die sich sichtlich geschmeichelt fühlte. Dann holte er einen Teil seines Gepäcks und nahm ein Taxi. Auf der kurzen Fahrt unterhielt er sich in seinem besten Amerikanischdeutsch mit dem Fahrer, der sich bei Bedarf sicher an den freundlichen Amerikaner erinnern würde. Patrick erfuhr, dass er von seiner Ferienwohnung aus einen herrlichen Blick auf den Hohenurach hatte. »Den solltet Se unbedengt besuchen ond unseren schenen Wasserfall auch« – der ältere Taxifahrer gab sich alle Mühe, Hochdeutsch mit dem amerikanischen Fahrgast zu sprechen, fiel aber immer wieder in breitestes Schwäbisch zurück.

Obwohl es erst kurz nach neun Uhr war, herrschte in den Straßen bereits reger Betrieb. Vor allem bei Senioren schien Bad Urach ein beliebter Kurort zu sein.

Als sie am Markplatz vorbeikamen, wies der Fahrer auf ein Fachwerkhaus hin, vor dem ein Aufnahmewagen des SWR stand. »Bäckerei Laible« stand in großen Lettern über dem Eingang. Ein Dutzend Schaulustiger gruppierte sich um ein Absperrband. »Do wird grad a Film dreht«, verkündete der Mann stolz, »a ganze Serie uff Schwäbisch.« Hoffentlich sprechen die Schauspieler nicht wie er, dachte Patrick, der sich beim besten Willen nicht vorstellen konnte, dass irgendjemand außer den Ureinwohnern diesen Dialekt voller »äs« und »les« verstehen würde.

Auf dem Weg zu seiner Ferienwohnung ließ Patrick den Fahrer beim Verwalter der Anlage vorbeifahren, bei dem er die Schlüssel abholen sollte. Der Hausmeister entpuppte sich als eine gemütliche Mittfünfzigerin, die sich als Frau Marstaller vorstellte und ihn herzlich willkommen hieß. »Ihr Appartement ischt das schönschte in der ganzen Anlage mit einer herrlichen Aussicht.« Auch sie war hörbar bemüht – aus Rücksicht auf den amerikanischen Gast – ihren Dialekt zu unterdrücken, was ihrer Ausdrucksweise etwas Gestelztes gab. Wortreich empfahl sie ihm die Attraktionen der kleinen Bäderstadt, die er alle »unbedengt« besuchen müsse. Endlich gelang es Patrick, ihren Redeschwall mit dem Hinweis auf das wartende Taxi zu unterbrechen. Er bezahlte die Woche im Voraus, danach rückte sie die Wohnungsschlüssel heraus, die er bei seiner Abreise einfach im Appartement zurücklassen sollte. Eine unkomplizierte Abmachung, die Patrick sehr entgegenkam.

Eine schmale Straße führte zu der Appartementanlage, die eine wüste Wunde in den Hang geschnitten hatte. Im Original sah der olivgrün verkleidete Komplex noch scheußlicher aus als im Internet. Patrick entlohnte den Taxifahrer großzügig und stieg am Eingang zur Tiefgarage aus. Von der Straße führten rechts und links des Gebäudekomplexes Außentreppen zu den Wohnungen.

Ganz oben lagen mehrere Ferienappartements, von denen, wie ihm Frau Marstaller erzählt hatte, die anderen alle gerade leer standen. Er würde also völlig ungestört sein. Diese Appartements hatten den Vorteil, nicht wie die anderen Wohnungen lediglich über einen Balkon zu verfügen, sie hatten großzügige Dachterrassen. Patrick nahm seine Reisetasche und ging zur Treppe.

Oben angekommen, schloss er die Haustür auf und stand in einem kleinen Treppenhaus, von dem aus man in die Appartements gelangte. Seine Wohnungstür war gleich die erste. Die kleine, mit Ikea-Möbeln ausgestattete Zwei-Zimmer-Wohnung würde zwar keinen »Schöner Wohnen«-Preis gewinnen, entsprach seinen Ansprüchen aber perfekt. Sie war blitzsauber, hatte eine funktional eingerichtete winzige Küche, ein Badezimmer und eine kleine Besenkammer. Das unglaubliche Sortiment an Reinigungsgeräten und Putzmitteln schien das Vorurteil über die putzwütigen Schwaben bestätigen zu wollen. Die einzige Attraktion der Wohnung war die Sonnenterrasse. Frau Marstaller hatte nicht zu viel versprochen: Die Aussicht von hier oben war großartig.

Patrick räumte seine Reisetasche aus. Dann verließ er die Wohnung, um sich in dem Gebäude zu orientieren. Da er Aufzüge nicht mochte, nahm er die Treppe. Als er in der nächsten Etage ankam, blieb sein Blick an einem Türschild hängen. Freudig erregt stellte er fest, dass sich Flores Wohnung direkt unter seinem Appartement befand, so dass er wahrscheinlich von seiner Terrasse auf ihren Balkon blicken konnte. Als er Flores Namen las, wurde Patrick von einer heftigen Erregung ergriffen und verspürte eine unbändige Lust zu klingeln. Mit kontrollierten Atemübungen gelang es ihm aber, sich wieder zu beruhigen.

Seinen ersten Urlaubstag verbrachte Patrick größtenteils lesend. Am Nachmittag unternahm er einen Spaziergang zum Wasserfall, der in der Tat beeindruckend war. Den Blick auf Flores Balkon vermied er bewusst. Er wollte sie heute unter keinen Umständen sehen, die nächsten Stunden waren ganz der Vorfreude gewidmet.

Abends fuhr Patrick mit dem Bus zum Kurzentrum, wo er im Hotel Graf Eberhard, das ihm von Frau Marstaller empfohlen worden war, zu Abend aß. Er hatte mit ländlicher Kost gerechnet und war angenehm überrascht, wie originell und vielfältig die Küche war. Auf der Speisekarte standen vorwiegend regionale Produkte: »Schmeck den Süden«

lautete das Motto, unter dem sich mehrere Gastronomen der Region zusammengeschlossen hatten.

Patrick entschied sich für ein Münsinger Alblammstielkotelett mit Zwiebel-Tomaten und Albkräutern, dazu gab es frische Speckbohnen und Gratinkartoffeln. Er hätte gerne einen kräftigen Rotwein bestellt, doch das hätte die Wirkung seiner Medikamente verändert, und so trank er lediglich Mineralwasser.

Am Nachbartisch saßen drei Männer, von denen er glaubte, dass er sie am Vormittag am Marktplatz gesehen hatte. Einer kam Patrick aus dem Fernsehen bekannt vor. Hatte der nicht in der Serie »Stromberg« den Chef gespielt? Er war sich aber nicht sicher.

Gegen 21 Uhr machte sich Patrick auf den Heimweg. Als er in seinem Appartement angekommen war, schluckte er seine Pillen, legte sich auf sein Bett und versank in eine Art meditativen Zustand. Die ganze Nacht dachte er an Flore. Die Vorstellung, dass sie nur wenige Meter von ihm entfernt in ihrem Bett lag, elektrisierte ihn geradezu.

Am nächsten Morgen frühstückte er auf seiner Terrasse. Er schaute gerade von seiner Tasse auf, als Flore an die Brüstung ihres Balkons trat. Der Schock traf ihn völlig unvorbereitet und hätte nicht größer sein können: Das zarte Grün des Kleides erzeugte mit ihren schwarzen langen Haaren eine so grässliche Disharmonie, dass er sie körperlich spüren konnte. Auch wenn sie das neue Leinenkleid nicht getragen hätte, so hätte er sie doch sofort erkannt. Mit Ausnahme der Haarfarbe schien ihre Beschreibung absolut zutreffend.

Wieso nur, fragte er sich wieder einmal schmerzlich, mussten die Frauen immer lügen, wenn es um ihr Aussehen ging? Wieso machten sie sich kleiner, ihre Brüste größer oder gaben sich – wie Flore – eine falsche Haarfarbe, die der eigenen doch in nichts überlegen war?

Das Kleid, das so gar nicht zu Flores Teint passte, konnte ihre natürliche Ausstrahlung nicht gänzlich zerstören. Und in die tiefe Trauer, die er darüber empfand, dass er wieder einmal perfide getäuscht worden war, mischte sich bereits die Gewissheit des Künstlers, der kurz davorstand, ein weiteres, vielleicht sein bisher genialstes Werk zu schaffen: Flore war wunderschön, und er besaß die Gabe, diese Schönheit sichtbar zu machen. Noch während die junge Frau ahnungslos auf ihrem Balkon die Zeitung las, nahm ihre Verwandlung in seinem Hirn Gestalt an.

Nach dem Frühstück arbeitete Patrick den ganzen Tag konzentriert an seinen Entwürfen. Wohl wissend, dass er sie nicht würde ausführen können, dass er wieder wie bei den anderen auf ein Prêt-à-porter-Modell, vielleicht sogar auf Konfektionsware würde zurückgreifen müssen. Doch er brauchte diese haptische Vorgehensweise. Er hatte sich Flore in den wenigen Minuten, die er sie auf ihrem Balkon hatte sehen können, präzise eingeprägt. Mit jedem Strich lernte er ihren wunderbaren Körper besser kennen. Sein fotographisches Gedächtnis ließ ihn nicht im Stich, die Maße, die ihm die junge Frau so willig am Telefon mitgeteilt hatte, taten ein Übriges.

Gegen Abend lagen drei Rohentwürfe auf seinem Bett, die alle geeignet gewesen wären, in seine Kollektion aufgenommen zu werden. Wieder bedauerte er, dass er Flore keines der Kleider nähen konnte. Das wäre zu umständlich und zu zeitaufwendig gewesen. Seine Anspannung wuchs stündlich, er musste sein Werk bald vollenden. Und war es nicht eine viel größere Herausforderung, aus unzulänglichen Zutaten ein wahres Meisterwerk zu schaffen, als aus dem Vollen zu schöpfen?

Nachdenklich betrachtete er die Entwürfe. Alle drei waren von schlichter Eleganz. Sein Blick fiel auf die blütenweiße Bettwäsche, und seine Entscheidung stand fest: Flore war ein echter Schneewittchen-Typ: schwarz wie Ebenholz, weiß wie Schnee ... Als Schneewittchen würde sie in sein Werk eingehen.

Als Flore am späten Mittwochmorgen aufwachte, schien die Sonne zum Fenster herein. Es war ein herrlicher Tag. Vielleicht sollte sie heute ins Höhenfreibad gehen, das seit einigen Tagen wieder geöffnet hatte. Es war zwar noch recht frisch, aber etwas Bewegung würde ihr bestimmt guttun. In den vergangenen Tagen war sie immer unruhiger geworden. Sie hatte kaum etwas unternommen, hatte ausgeschlafen und viel gelesen. Nicht einmal mit Simone war sie ausgegangen. Ihre Freundin musste sich auf eine Fortbildung vorbereiten und war abends völlig fertig. Jetzt war ihre Urlaubswoche schon halb vorbei und Flore fühlte sich immer noch wie in einem Wartesaal.

Die Sonnenstrahlen fielen auf das grüne Leinenkleid, das wie eine leuchtende Aufforderung an ihrer Schranktür hing. Der Ökotex-Mann hatte Wort gehalten. Gestern Vormittag war das Päckchen mit dem teuren Stück gekommen. Sie hatte es kaum erwarten können, war sofort hineingeschlüpft und dann vor den großen Spiegel gelaufen. Das Kleid war wunderschön, und für kurze Zeit war sie völlig euphorisch. Sie war spazieren gegangen. Doch danach hatte sie das Kleid gleich wieder ausgezogen, an den Schrank gehängt und seither nicht mehr angerührt. Für Spaziergänge war dieses Kleid viel zu schade. Sie wollte es zum Anlass nehmen, endlich einmal etwas ohne ihre Freundin zu unternehmen. Simone zog schließlich auch oft genug ohne sie los. Vielleicht sollte sie heute Abend nach Tübingen ins Top Ten gehen, diese neue Disco, von der Simone so geschwärmt hatte.

Entschlossen stand Flore auf. Während der Kaffee durchlief, ging sie hinaus, die Zeitung holen. Als sie das »Metzinger Volksblatt« aus dem Briefkasten fischte, fiel ihr ein zartgelber Briefumschlag vor die Füße. Erstaunt hob sie ihn auf. Der Brief war zugeklebt und weder mit Adresse noch mit Absender versehen. Wie eine Werbung sah er jedenfalls nicht aus. Sie lief in die Küche, schenkte sich Kaffee in eine große französische Kaffeetasse und setzte sich an den Tisch. Dann erst riss sie ungeduldig den Umschlag auf. Zum Vorschein kam eine kleine, mit wenigen Worten von Hand beschriebene Karte:

Verehrte Flore,

ich habe Sie bei meinen einsamen Spaziergängen beobachtet und möchte Sie unbedingt kennen lernen. Ich glaube, dass es etwas gibt, was uns beide verbindet: Eine tiefe Sehnsucht nach Schönheit und Harmonie. Ich werde morgen Nachmittag um 16 Uhr auf der Sommerterrasse »Zum Höfle« des Hotels »Vier Jahreszeiten« auf Sie warten. Ich bin ganz sicher, dass Sie kommen. Ich werde Sie erkennen und verbleibe in freudiger Erwartung

Ein Seelenverwandter

Flore starrte verblüfft auf den Text. Für einen Augenblick hatte sie Holger im Verdacht. Einen Gedanken, den sie aber sogleich wieder verwarf. Der war viel zu einfallslos, um auf eine solche Idee zu kommen.

Andererseits – hatte er sie in den vergangenen Wochen nicht schon mehrfach überrascht? Holger nahm die Trennung viel schwerer, als sie erwartet hatte, und stellte ihr hartnäckig nach. Er wollte einfach nicht akzeptieren, dass es aus war. Ständig hatte er sie angerufen und ihr beteuert, dass er sich ändern würde, wenn sie es noch einmal mit ihm versuchen wolle. Anfangs hatte sie noch versucht, vernünftig mit ihm zu reden, doch das hatte alles nur noch schlimmer gemacht. Daraufhin hatte sie sich eine geheime Telefonnummer beschafft. Obwohl er 50 Kilometer entfernt wohnte, war er immer wieder mitten in der Nacht vor ihrer Wohnung aufgekreuzt. Er hatte gerufen, gejammert und gedroht. So lange, bis sie drohte, zur Polizei zu gehen. Das war vor zwei Wochen gewesen. Seither hatte sie nichts mehr von ihm gehört.

Noch einmal las sie prüfend die Zeilen. Nein, sie war sicher, Holger steckte nicht dahinter. Der hatte eine ungelenke Schrift, die er nicht verstellen konnte. Ganz abgesehen von dem Stil.

Flore fühlte sich durch die altmodischen Floskeln seltsam berührt. Die Schrift war flüssig und zaghaft zugleich. An manchen Stellen brachen die Worte plötzlich ab, als hätte den Schreiber der Mut verlassen, doch dann wurde der Schreibfluss mit neuem Schwung aufgenommen. Noch vor einigen Wochen hätte sie ein solches Schreiben, ohne zu überlegen, in den Papierkorb geworfen. Doch heute kam es ihr wie ein Wink des Schicksals vor. War das die Gelegenheit, auf die sie so lange gewartet hatte?

Plötzlich stand ihr Entschluss fest. Was war schon dabei, wenn sie morgen hinging und sich den geheimnisvollen Fremden einmal ansah? Sollte sie ihn unsympathisch finden, würde sie einen Kaffee mit ihm trinken, und das wäre es dann gewesen. Und wenn nicht, umso besser ...

Am Mittwochmorgen ging Patrick früh los, er musste zahlreiche Besorgungen machen. Seine Wünsche waren zwar recht speziell, doch mit etwas Glück würde er in der Schnäppchenstadt fündig werden.

Bevor er mit dem Zug nach Metzingen fuhr, holte er am Bahnhof eine Tasche aus dem Schließfach. Der kleine schwarze Lederkoffer blieb in Bad Urach zurück. In Metzingen angekommen, ließ er den Amerikaner vorübergehend verschwinden. Die Verwandlung erfolgte in einer geräumigen Behindertentoilette. Ohne O'Neills rötlichbraune, breite Koteletten sah sein Gesicht seltsam leer aus. Mit Hilfe einer Perücke gelang es ihm, seine volle Haarpracht zu kaschieren, das falsche Haar wirkte stumpf, an manchen Stellen schimmerte täuschend echt die Kopfhaut hindurch. Das leicht ungesunde Aussehen wurde durch ein helles Make-up noch verstärkt und von seiner keineswegs billigen, aber etwas biederen Kleidung trefflich unterstrichen. Ein letzter Blick in den Spiegel stellte seine Ansprüche voll zufrieden: Er sah jetzt aus wie ein unscheinbarer Mann mittleren Alters, der es zu einem gewissen Wohlstand gebracht hat, dem es aber an Geschmack mangelt, sich vorteilhafter in Szene zu setzen. Dann deponierte er die Überreste von Patrick O'Neill im Schließfach und zog los.

Vom Bahnhof lief Patrick durch die kleine Altstadt, in der sich zahlreiche Händler bemühten, ihrerseits vom Hype um die Schnäppchen zu profitieren. Doch die meisten Besucher schienen wie er magisch von den großen Marken angezogen zu werden. Er kam an einer Durchgangsstraße an, die endgültig die Schneise zwischen den Einzelhändlern und den Modegiganten zu bilden schien. Er überquerte die Straße und gelangte auf den Lindenplatz, über dem fast drohend eine überdimensionale rostige Hose schwebte.

Fasziniert betrachtete er die teilweise recht gelungene Architektur, die sich harmonisch in eine Großstadt eingefügt hätte. Hier wirkten die einzelnen Baukörper, die jeder für sich auffallen wollten, als wären sie von einem fremden Stern. Im Zentrum befanden sich drei ellipsenförmige verklinkerte Gebäude, die offensichtlich aus einem Planungsbüro stammten. Sie gaben der künstlich zusammengewürfelten Stadtmitte gestalterisch zumindest etwas Halt. Patrick hätte gerne in dem italienischen Lokal am Lindenplatz einen Kaffee getrunken, doch er wollte unbedingt seine Einkäufe erledigen. Morgen war Fronleichnam, und die Läden hatten geschlossen.

Im Laufe der nächsten beiden Stunden besuchte Patrick einige der angesagtesten Marken – Strenesse, Marco Polo, Hugo Boss – und fragte sich schon nach kurzer Zeit, wer sich hier mehr prostituierte: die Stadt Metzingen oder die großen Modelabels. Mit Bussen wurden die Schnäppchen-Touristen angekarrt. In den teilweise recht luxuriös ausgestatteten Verkaufsräumen hörte man mehr französisch und russisch als deutsch.

Am schlimmsten war es bei Boss, jenem Modekonzern, der mit seinem Outlet, der damals noch schlicht Fabrikverkauf hieß, den Grundstein für das Schnäppchen-Paradies überhaupt erst gelegt hatte. In dem verwinkelten Fabrikgebäude, das unzählige Male umgebaut worden war, wimmelte es von Kaufwilligen. Patrick begab sich gezielt in die Boss-Women-Abteilung. Hier herrschte bereits kurz nach der Ladenöffnung ein beispielloses Chaos. Frauen, die eine Kabine ergattert hatten, trugen ganze Berge von Kleidungsstücken hinein und tauchten immer nur kurz wieder auf, um sich ihren Begleitern zu zeigen und sich im Spiegel zu betrachten. In den seltensten Fällen entsprachen die anprobierten Kleidungsstücke dem Typ der Trägerin, oft passte nicht einmal die Größe. Wurde etwas als günstig erachtet, dann wurde es gekauft – ohne Rücksicht auf Verluste. Vieles davon würde ungetragen im Schrank der Käuferinnen landen und irgendwann im Altkleidersack enden.

Patrick, der das ganze Spektakel entwürdigend fand, verließ fluchtartig das Gebäude und landete in einer Passage, in der sich ein Outlet ans andere reihte: Nike, Diesel, Timberland …

Auf der Suche nach kleineren, exklusiveren Boutiquen kam Patrick zufällig an einem kleinen Haus vorbei, in dem Einzelstücke und Zweite-Wahl-Artikel aus dem Boss-Sortiment angeboten wurden, deren Preise noch deutlich unter denen des normalen Fabrikverkaufs lagen: Hugo Boss Special Sale.

Hier zeigte sich der Mode-Moloch von seiner negativsten Seite, und die ganze Perversion der Schnäppchenjagd wurde augenfällig. Bereits am Eingang wurde Patrick von einem kräftigen jungen Mann angerempelt, dessen Einkaufstaschen so prall gefüllt waren, dass er kaum durch die Tür passte. Statt sich zu entschuldigen, stieß er einen russischen Fluch aus. An der Kasse standen drei weitere dunkel gekleidete Männer mit ganzen Bergen gleichartiger Kleidungsstücke: Hosen, Pullover, Jacken. Der Erste in der Schlange zog gerade ein dickes Geldbündel aus der Hosentasche. Es war offensichtlich: Es handelte sich hier nicht um

Privateinkäufe, hier wurde en gros Ware für den Weiterverkauf organisiert. Im Hintergrund des Ladens konnte Patrick weitere Schnäppchenjäger erkennen, die den Verkäuferinnen den Nachschub geradezu aus den Händen rissen. Angewidert drehte sich Patrick um und ging wieder hinaus.

Auch in den kleineren, exklusiveren Geschäften, die Patrick nun aufsuchte, wurde das Schrille mit Originalität verwechselt. Und obwohl die Preise teilweise drastisch reduziert waren, lagen sie doch weit über dem, was sich der Durchschnittskäufer leisten konnte.

Patrick selbst waren die Preise völlig gleichgültig. Dennoch fand er in keiner der Boutiquen, die er im Laufe der nächsten Stunden abklapperte, auch nur annähernd etwas, was seiner Vorstellung und Flores Schönheit angemessen gewesen wäre. Kein einziger Schnitt, der das Wort Modell überhaupt verdient hatte, und nichts, was über die Farben der Saison hinausging. Angesichts der eingeschränkten Farbpalette, die dieser Sommer zu bieten hatte, empfand er fast Mitleid für die vielen Frauen, denen all das nicht stehen würde. Die Farbschattierungen, die in diesem Jahr der letzte Schrei waren, waren fast ausnahmslos Lilatöne. Kein einziger reiner Farbton darunter, und natürlich kam auch ein Echtweiß so gut wie nicht vor. Frauen, die wie Flore ein ganz klarer Typ waren, konnten in diesem Farbenmischmasch nur bleich und krank aussehen.

Wie Flore in dem lindgrünen Leinenkleid. Er wurde dennoch nicht versöhnlicher gestimmt. Hatte sich Flore nicht durch eigenes Zutun in Gefahr begeben? Hätte sie ihm ihre richtige Haarfarbe gesagt, dann hätte er gleich gewusst, dass sie nicht die Wahlverwandte war, nach der er schon so lange suchte. Und er hätte sie zweifelsohne ihren falschen Freuden mit dem Kleid überlassen. Sie aber hatte ihn schmählich getäuscht, und so blieb ihm nichts anderes übrig, als sie zu bestrafen. Bestrafen?

Oh nein, kam nicht seine Behandlung vielmehr einer Belohnung gleich? Sie würde so schön sein wie nie in ihrem Leben.

Schließlich gab er die Hoffnung auf, in Metzingen fündig zu werden, und fuhr kurz entschlossen mit dem Zug nach Reutlingen, wo er vor Jahren während seines Design-Studiums schon einmal wegen eines Projekts an der Hochschule für Technik und Wirtschaft und bei einigen der alteingesessenen Textilfirmen gewesen war.

Auf seinem Weg in die Innenstadt kam er durch die Kaiserpassage, in der sich ein kleines Brautmoden-Geschäft befand. »Der Traum in Weiß« stand in großen Lettern über dem Schaufenster. In der Auslage selbst hing nur ein einziges schlichtes Kleid – es war fast so, wie er es in der Nacht zuvor entworfen hatte. Der strahlend weiße Satinstoff wurde unterm Brustansatz leicht gerafft und fiel dann in sanften Wellen wie ein Wasserfall zum Boden. Fachmännisch begutachtete er das Modell. Die enganliegende Brustpartie wurde lediglich von kleinen Abnähern unter den Armen in Form gebracht. Sollte ihn Flore mit der Oberweite ebenfalls belogen haben, würde es schwierig. Wenn ihr Busen kleiner war, könnte er das Kleid so abändern, dass außer ihm niemand einen Eingriff erkennen würde. War ihre Brust aber größer, war nichts zu machen. Und ein zu straff sitzendes Oberteil würde das gesamte Ensemble zerstören.

Doch er war sich fast sicher, dass ihn Flore in diesem Punkt nicht betrogen hatte. Und so, wie er ihre Maße im Kopf hatte, müsste das Kleid perfekt passen.

Entschlossen betrat er das Brautmodengeschäft. Er erkundigte sich nach dem Brautkleid im Schaufenster. Eine Überraschung für seine Freundin, die sich schon vor Wochen in das Kleid verliebt habe. Geschickt wehrte er alle Versuche, sich zunächst etwas umzusehen, ab. Erst als er versprach, selbstverständlich mit seiner angehenden Frau zu kommen, falls eine Änderung nötig sei, mochte die Besitzerin, die offensichtlich an dem Modell hing, das gute Stück herausrücken. Dass er den stolzen Preis von fast 1000 Euro bar bezahlte, schien die Ladeninhaberin weniger zu verwundern als die Tatsache, dass ihr Kunde ein Hochzeitskleid ohne seine Partnerin kaufte. Doch schließlich gab sich die Frau – eine elegante Mittvierzigerin, die für seinen Geschmack allerdings etwas zu auffällig geschminkt war – mit der Auskunft zufrieden, seine Freundin sei krank und er wolle ihr mit dem Geschenk einen Anreiz bieten, möglichst rasch gesund zu werden. Und so verließ er, begleitet von den besten Genesungswünschen für seine Verlobte, gegen 16 Uhr endlich mit dem sorgsam verpackten Kleid das Brautmodengeschäft.

Der Rest war einfach. In einem kleinen Schuhladen fand er die passenden Riemensandalen (hier war der saisonale Modetrend hilfreich), in einem feinen Dessousshop die edle Unterwäsche – ein Hauch von weißer Seide, der die Komposition ergänzen würde. Auf dem Weg zum Bahnhof zog er Flore im Geist an und war noch nicht ganz zufrieden: weiß wie Schnee, schwarz wie Ebenholz und rot wie Blut ...

Sein Blick fiel auf das Schaufenster eines Blumenladens in der Galeria Kaufhof, und plötzlich wusste er, was noch fehlte. Er erkundigte sich nach den Fleurop-Bedingungen, bestellte 27 (für jedes Lebensjahr Flores eine) blutrote Rosen und gab dem Verkäufer ein fürstliches Trinkgeld. Der versprach dafür, dass er persönlich die Blumen am übernächsten Morgen pünktlich um 6.30 Uhr zur »Feier eines ganz besonderen Jahrestags« taufrisch in Bad Urach liefern würde. Patrick beschrieb den Weg zu seiner Wohnung und verlangte, dass der Blumenbote den Strauß, ohne zu klingeln, vor der Außentür deponieren sollte. Der junge Mann grinste verständnisvoll und versicherte, dass er den Auftrag gewissenhaft erledigen würde.

Im Kaufhof entstand Patrick dann noch einen großen Rucksack, in dem er seine Einkäufe deponierte. Danach fuhr er nach Metzingen, wo er sich unauffällig wieder in den Amerikaner verwandelte, bevor er nach Bad Urach zurückkehrte. In seiner Wohnung bereitete er sich ein leichtes Abendessen, danach verbrachte er mit Hilfe seiner Pillen eine weitere schlaflose Nacht, in der er seiner Schöpfung entgegenfieberte.

Am nächsten Morgen machte er einen langen Spaziergang und ging noch einmal minutiös seinen Plan durch. Er war perfekt. Zurück in der Wohnung packte er alles, was er nicht mehr benötigte, in seine Reisetasche. Danach reinigte er das Appartement so gründlich, dass sich Frau Marstaller die Putzfrau würde sparen können. Von nun an würde er nichts mehr ohne Handschuhe anfassen. Mittags ließ er sich von einem Taxi zum Bahnhof bringen, wo er das Gepäck austauschte. Diesmal verwandelte er sich in einen harmlosen Wanderer, seinen kleinen schwarzen Koffer und alles, was er sonst noch brauchte, verstaute er in dem großen Rucksack. Im gleichen Café, in dem er bei seiner Ankunft schon gefrühstückt hatte, bestellte er einen Kaffee. Er wurde von derselben jungen Frau bedient, die ihn als Amerikaner so zuvorkommend behandelt hatte, doch sie erkannte ihn nicht wieder und fertigte ihn ziemlich lieblos ab. Seine Tarnung war perfekt, und er war überzeugt, dass die Bedienung keine brauchbare Beschreibung des harmlosen Wanderers abgeben würde. Und wenn, dann deutete nichts auf sein wahres Aussehen hin. Kurz vor 15.30 Uhr marschierte er los. Als er beim Hotel »Vier Jahreszeiten« ankam, tastete er noch einmal in seiner Anoraktasche nach der kleinen, präparierten Pfeife, dann betrat er entschlossen die Gartenterrasse des Hotels.

Seine Menschenkenntnis ließ ihn auch dieses Mal nicht im Stich. Wie er erwartet hatte, war Flore schon da, und sie trug das grüne Leinenkleid. Mit übergeschlagenen Beinen saß sie etwas abseits unter einem ausladenden Kastanienbaum, wo sie die ankommenden Besucher gut beobachten konnte. Sie nippte an einem Eiskaffee, bedachte ihn mit einem flüchtigen Blick, um dann ihre Aufmerksamkeit sofort wieder anderen Gästen zuzuwenden.

Er suchte sich in der Nähe von Flores Tisch ebenfalls einen Platz im Schatten und rückte seinen Stuhl so zurecht, dass er schräg hinter ihr saß. Während er auf seinen Cappuccino wartete (jetzt konnte eine weitere Portion Koffein nicht schaden), begann er, liebevoll die kleine Pfeife zu stopfen. Sie war so konstruiert, dass er richtig rauchen konnte, allerdings durfte er sie erst anzünden, wenn er den kleinen Pfeil abgeschossen und das Mundstück, das den Luftstrom in das Blasrohr leitete, abgenommen hatte.

Er beobachtete Flore, wie sie erwartungsvoll die Neuankömmlinge musterte und das letzte Getränk ihres kurzen Lebens zu sich nahm. Er wartete, bis sie ihr Glas geleert hatte, versicherte sich, dass er von niemandem beobachtet wurde, dann führte er entschlossen die Pfeife zum Mund. Er zielte auf ihren schönen Nacken, um dann kurz und heftig in das Mundstück zu blasen. Ein leichter Zischlaut signalisierte den Abflug, und Flores prompte Reaktion zeigte, dass der Giftpfeil sein Ziel erreicht hatte. Als wollte sie eine lästige Mücke vertreiben, schlug sich Flore mit der flachen Hand an den Nacken. Der kleine Pfeil war bereits zu Boden gefallen und wurde von ihr nicht bemerkt.

Er entfernte das Mundstück und zündete seine Pfeife an. Zufrieden nahm er einen tiefen Zug und lehnte sich zurück. In wenigen Minuten würde Flore heftige Kopfschmerzen bekommen und eine bleierne Müdigkeit verspüren. Dann würde sie in ihre Wohnung zurückkehren und schon bald einschlafen. Und er konnte mit seinem Werk beginnen.

Zwanzig Minuten nach vier rief Flore, die mittlerweile sicher ganz froh war, dass der geheimnisvolle Fremde nicht aufgetaucht war, nach dem Kellner und bezahlte. Als sie aufstand, griff sie sich an die Schläfe und ging unsicheren Schrittes auf den Ausgang zu. Er wartete noch ein halbe Stunde bei einem weiteren Cappuccino und einem Glas Wasser, zu dem er eine doppelte Dosis seines Medikaments einnahm, dann bezahlte er ebenfalls. Er setzte den Rucksack auf und schlenderte beim Hinausgehen an dem Tisch vorüber, an dem Flore gesessen hatte. Dort bückte er sich unauffällig nach der kleinen Pfeilspitze und schob sie in die Jackentasche.

Patrick ging zu Fuß zurück. Er war jetzt absolut ruhig. Er spürte nicht nur die sedierende Wirkung der Pillen. Es war die Ruhe des Künstlers, der von der Gewissheit durchdrungen ist, eine geniale Idee in die Tat umzusetzen.

In seinem Appartement angelangt, verstaute er Flores Kleid und alles andere, was noch ihm gehörte, in dem Rucksack und trat auf seine Terrasse. In der Wohnung unter ihm rührte sich nichts. Zufrieden stellte er fest, dass Flore ihre Balkontür nur angelehnt hatte. Diesmal brauchte er sein Einbruchswerkzeug nicht. Patrick schaute sich aufmerksam um. Die benachbarten Ferienwohnungen standen ohnehin leer, und von den anderen Hausbewohnern befand sich gerade niemand auf einem Balkon. Nachbarhäuser, von denen man eine gute Sicht auf diesen Teil der Wohnanlage gehabt hätte, gab es glücklicherweise nicht.

Als Patrick ganz sicher war, unbeobachtet zu sein, band er den Rucksack und den schwarzen Lederkoffer an ein Seil und ließ die Gepäckstücke vorsichtig auf Flores Balkon hinunter. Danach warf er den Strick nach unten und schwang sich selbst über die Brüstung. Der Abstieg gelang ihm mühelos in wenigen Sekunden. An Flores Balkontür hielt er ehrfürchtig inne. Er ließ das Seil in seinem Koffer verschwinden und streifte sich die feinen Gummihandschuhe über. Dann erst schob er die Tür auf und blickte in einen hellen, großzügigen Ess- und Wohnraum. Flore lag zugedeckt auf einem gemütlichen Sofa. Wahrscheinlich hatte sie in der Hoffnung die Balkontür geöffnet, dass die Frischluft ihre Kopfschmerzen vertreiben würde. Das grüne Kleid hatte sie achtlos über einen Stuhl geworfen, ihre Handtasche lag am Boden. Patrick sah sich um. Ein Durchgang führte in die Küche, eine Tür in einen kleinen Flur, von dem zwei Türen abgingen.

Patrick stellte seinen Rucksack ab, holte seinen selbstgefertigten Schutzanzug, der wie seine Handschuhe aus einem dünnen Latexmaterial war, aus dem schwarzen Koffer und ging ins Badezimmer. Zum Umziehen stellte er sich wie immer in die Duschkabine. Dort ließen sich hinterher eventuelle Spuren und Fusseln am besten beseitigen. Seine Schuhe ließ er im Bad stehen, stattdessen streifte er Plastikschlappen über, wie sie auch im OP verwendet wurden. Dann durchsuchte er kurz die Wohnung. Den Staubsauger und die anderen Putzutensilien fand er in einem Besenschrank im Flur. Patrick würde auch Flores Heim klinisch rein hinterlassen. Dann suchte er ein Bügeleisen und wurde rasch fündig. Das Hochzeitskleid hatte in seinem Rucksack etwas gelitten, und er wollte es kurz dämpfen. Nachdem Patrick alle Vorbereitungen getroffen hatte, ging er in den Wohnraum zurück, wo er zunächst die Vorhänge an der Frontseite zuzog. Eine überflüssige Vorsichtsmaßnahme, denn die Wohnung konnte von niemandem eingesehen werden. Aber so konnte er sich ganz auf seine Arbeit konzentrieren.

Als Erstes nahm sich Patrick Flores Handtasche vor. Wie vermutet, fand er darin sein Schreiben, in dem er sie zu dem Rendezvous ermuntert hatte. Er nahm den einzigen Hinweis auf seine Existenz heraus und ließ ihn in seinem Koffer verschwinden. Auch ihren Wohnungsschlüssel nahm er an sich. Jetzt erst erlaubte er sich, Flore genauer anzuschauen. Vorsichtig schlug er die gemusterte Wolldecke zurück. Flore hatte das Leinenkleid mit einem bequemen hellgrauen Jogginganzug vertauscht. Sie lag auf der Seite, lange, schwarze Locken fielen ihr ins Gesicht, das von den Kopfschmerzen leicht verzerrt war. Zärtlich strich Patrick die Strähnen zur Seite. Er wollte sie keine Minute länger leiden lassen. Eigentlich hasste er jegliche körperliche Gewalt und verstand selbst nicht mehr, wie er sich früher dazu hatte hinreißen lassen. Er öffnete rasch den doppelten Kofferboden. Zuerst spritzte er Flore eine Droge, die, wie er aus eigener Erfahrung wusste, ihr nicht nur die Schmerzen nehmen, sondern auch wunderschöne Träume bescheren würde. Als sich die Nadel in ihre Vene senkte, zuckte Flore zusammen, doch dann begannen sich ihre Gesichtszüge zu entspannen. Ein kleiner, zufriedener Seufzer kam über ihre Lippen. Ihre letzte Reise würde sie in absoluter Hochstimmung antreten. Dann zog er eine weitere Spritze auf. Die Ampulle enthielt ein südamerikanisches Nervengift, das die Besonderheit hatte, zusammen mit dem tödlichen Pfeilgift, das er ihr im »Hotel Vier Jahreszeiten« verabreicht hatte, alle Körperreaktionen extrem zu verlangsamen. Der Tod würde – ohne dass Flore noch einmal zu sich kam – erst in einigen Stunden eintreten. Auch die Leichenstarre würde erst viel später als gewöhnlich einsetzen, so dass er genügend Zeit haben würde.

Patrick holte seine analoge Spiegelreflexkamera (er konnte dem Digitalzeitalter nichts abgewinnen) und das Stativ aus dem Koffer. Von nun an wurde jeder Schritt dokumentiert. Die schönsten Aufnahmen würde er in seine Kollektion aufnehmen. Die Vorstellung, dass er später in seiner Wohnung die Schönheit Flores und diesen ganz speziellen Moment, in dem er ihr zu dieser Schönheit verholfen hatte, immer wieder würde genießen können, erfüllte ihn mit einer kindlichen Vorfreude. Er wurde jetzt von einer Erregung ergriffen, die sich in den nächsten Stunden ständig steigern würde.

Nun begann Patrick fieberhaft zu arbeiten. Er bügelte das Kleid und legte es über einen Stuhl. Dann entkleidete er Flore und machte zunächst die Nacktaufnahmen in den unterschiedlichsten Posen und Stellungen. Leider konnte er ihren Körper nicht mit bloßen Händen liebkosen. Doch auch durch die hauchdünnen Latexhandschuhe spürte er ihre samtene Haut, die immer noch warm war.

Der kritische Moment kam, als er sich von der nackten Flore verabschieden musste, um aus ihr das Schneewittchen zu machen, als das sie in sein Werk eingehen sollte. Am liebsten hätte er sich zu ihr gelegt, all das mit ihr gemacht, was er mit der lebendigen Flore hatte machen wollen, als er noch nichts von ihrem Betrug wusste. Doch er durfte jetzt unter keinen Umständen seiner Begierde nachgeben. Wenn er sich nicht beherrschte, würde er sein Werk zerstören, bevor er es vollenden könnte. Und er würde Spuren hinterlassen und sich in Gefahr begeben.

Es gelang ihm, sich wieder einmal zusammenzureißen. Er legte einen neuen Film ein und begann Flore, die er in einen

Sessel gesetzt hatte, langsam anzukleiden. Sie sah zauberhaft aus in den seidenen Dessous, die perfekt passten. Ihre Körpermaße waren also zutreffend gewesen. Patrick machte zahlreiche Aufnahmen, bevor er endlich das Hochzeitskleid holte. Seine Anspannung wuchs, während er versuchte, Flore, die jetzt vielleicht schon tot war, das Kleid überzustreifen. Er versuchte es zunächst über den Kopf, musste aber rasch einsehen, dass er so nicht weiterkam. Dann steckte er zuerst die Beine in das Kleid und zog es langsam bis über die Brust nach oben. Doch als er einen der Arme in den engen Ärmel schob, verhakten sich die Finger und er befürchtete schon, das zarte Gewebe würde reißen. Doch dann ging ein Ruck durch Flores Körper. Fast kam es ihm vor, als wollte sie ihm behilflich sein: der Arm rutschte in die vorgesehene Hülle. Beim zweiten Ärmel war Patrick noch vorsichtiger, und diesmal ging alles gut.

Er drehte Flore auf den Bauch, schloss den Reißverschluss und richtete sie im Sessel auf. Das Kleid passte so perfekt, dass er an keiner Stelle korrigieren musste. Wieder verschoss er einen halben Film. Dann holte er die schmalen Riemensandalen und zog sie Flore an. Ihre Füße und auch der restliche Körper waren mittlerweile absolut kalt, doch sie war immer noch gelenkig.

Es war jetzt schon fast fünf Uhr morgens. Patrick hatte sich keine Pause gegönnt und spürte plötzlich, wie erschöpft er war. Er kochte sich in der Küche einen starken Kaffee, den er im Stehen trank. Dann schaltete er alle Lichtquellen an und machte sich mit seinem Schminkset an die Vollendung seines Werks. Flores Haut hatte mittlerweile die Farbe weißen Porzellans angenommen. Das puppenhafte Aussehen wurde durch die blutleeren Lippen noch verstärkt. Doch es gelang ihm, mit einem dezenten Make-up Flores Antlitz Leben zurückzugeben, ohne ihm die vornehme Blässe zu nehmen. Kurz nach sechs Uhr war die Metamorphose vollendet: Im Sessel an der Balkontür saß bildschön das vergiftete Schneewittchen – weiß wie Schnee, schwarz wie Ebenholz, rot wie Blut – es fehlten nur noch die Rosen. Wenn sich der Fleurop-Bote an die Anweisungen hielt, müsste der Strauß demnächst geliefert werden.

Er machte das Licht aus und ging ins Treppenhaus hinaus. Das ganze Haus schien noch zu schlafen, alles war still. Patrick zog leise die Tür hinter sich zu und kehrte rasch in sein eigenes Appartement zurück. Vom Küchenfenster aus hatte er den Eingang gut im Blick. Kurz vor halb sieben sah er, wie jemand die Außentreppe hochkam, etwas vor die Tür legte und gleich danach wieder wegging. Patrick wartete kurz, dann holte er den in Zellophan gewickelten Rosenstrauß herein. 27 wunderschöne blutrote Knospen. Er vergewisserte sich, dass er nichts in dem Appartement liegen gelassen hatte, und deponierte seine Schlüssel auf dem Tisch. Mit Flores Wohnungsschlüssel kehrte er in ihr Appartement zurück.

Dort zog er die Vorhänge auf und hielt fasziniert inne. Das Tageslicht brachte Flores übernatürliche Schönheit vollends zur Geltung. Patrick öffnete die Balkontür, schob den Sessel mit Flore vorsichtig hinaus und arrangierte das Blumengebinde so auf ihrem Schoß, dass es aussah, als würde sie den Strauß mit ihren feingliedrigen Fingern halten. Alles war perfekt. Demnächst würde die Sonne hinter dem Berg aufgehen, und Flore würde so schön sein wie nie zuvor.

Er packte seine Ausrüstung zusammen, behielt aber den Fotoapparat in Reichweite. Gewissenhaft begann er nun das Wohnzimmer und die Küche zu putzen. Bevor er das Badezimmer reinigte, zog er sich in der Dusche um, die Handschuhe behielt er an, die Gummischoner streifte er über seine Schuhe. Als er fertig war, räumte er alles auf und ging ins Wohnzimmer zurück. Die Sonne begann sich bereits über den Berg zu schieben. Die ersten Strahlen trafen Flores Haar und ließen es glänzen. Überzeugt, nie etwas Schöneres geschaffen zu haben, griff er nochmals zu seiner Kamera. Er fotografierte wie in Trance, bis der Film zu Ende war. Jetzt konnte er es nicht mehr länger hinausschieben – er musste Abschied nehmen.

Patrick sah sich noch einmal um. Nein, er hatte nichts vergessen. Ein letztes Mal berührte er Flore zart an der Wange. Wehmütig blickte er sein Schneewittchen noch einmal an. Flore neigte ihren Kopf mit geschlossenen Augen der Sonne entgegen, als würde sie ein Sonnenbad nehmen. Die Strahlen, die ihren Oberkörper streichelten, hatten schon fast die Blumen erreicht. Noch nie hatte er eine solche Schönheit geschaffen, und noch nie war eines seiner Werke so vergänglich gewesen. Schon in wenigen Stunden würden die Blumen verwelkt sein, und bei Flore würden sich die ersten hässlichen Anzeichen der Verwesung bemerkbar machen. Doch diesmal wollte Patrick sein Kunstwerk nicht alleine genießen.

Diesmal würde er nicht warten, bis seine Schöpfung – womöglich erst in einigen Tagen – zufällig entdeckt wurde. Er würde bei der Lokalzeitung einen anonymen Hinweis hinterlassen. Wenn der Fotograf schnell war, würde Schneewittchen schon morgen unsterblich sein. Entschlossen setzte Patrick seinen Rucksack auf und trat in den kühlen Morgen hinaus.

1

Freitag, 12. Juni 2009

Die Farben waren berauschend. Türkis das Meer, der Himmel darüber von einem lichten Blau, in dem das strahlende Kobalt des fernen Hochsommers bereits zu erahnen war. Kathrin lag auf dem Bauch und blickte fasziniert durch das kleine Dreieck, das ihr angewinkelter Arm mit dem Sand bildete. Je nachdem wie sie den Ellenbogen beugte, konnte sie den Strand-Meer-Himmel-Ausschnitt beliebig verändern. Als das Passepartout nur noch die verschieden-intensiven Blautöne freigab, nahm sie es in ihre heimliche Hitliste auf. Neben zahlreichen anderen Motiven würde das blaue Dreieck künftig sicher in der Sammlung ihrer Lieblingsimpressionen ruhen, und Kathrin könnte es bei Bedarf hervorrufen. Sie brauchte keinen Fotoapparat, um ihre Urlaubserinnerungen mit nach Hause zu nehmen, und Kathrin war froh über diese Gabe. Manchmal fragte sie sich, wann die besessenen Hobbyfotografen jemals Zeit finden würden, die unzähligen Bilder zu betrachten, die sie im Laufe ihres Lebens schossen. Wahrscheinlich nie.

Kathrin fühlte sich so wohl wie lange nicht. Sie lag am Strand einer kleinen, aber feinen Hotelanlage auf der winzigen Halbinsel Capricciolì an der Nordküste Sardiniens und genoss die Sonne, die Mitte Juni noch gut zu ertragen war. Mehr Verheißung denn wirkliche Hitze. Es war ihr fünfter Urlaubstag, und auf sie warteten zwei weitere Urlaubswochen ohne Anhang, ohne jegliche Verpflichtung. Es war wirklich eine gute Idee gewesen, spontan fortzufahren. Morgen, spätestens übermorgen würde sie sich das erste Mal in das noch recht frische Meer wagen. Nächste Woche würde sie eine Wanderung durch den Gennargentu unternehmen und auch einmal mit dem alten Dampfzug Trenino Verde fahren. Vielleicht würde sie den einen oder anderen

Ausritt machen (auf der Fahrt vom Flughafen zum Hotel hatte sie einen Reitstall entdeckt), und ansonsten lesen, nichts als lesen. Genüsslich räkelte sie sich und griff zu dem Buch, das sie gerade angefangen hatte. Einen Roman über die Pharaonin Hatschepsut. Wenig später war sie gänzlich in die Welt der Pyramiden und königlichen Intrigen versunken.

Das Klingeln ihres Handys traf Kathrin völlig unvorbereitet. Obwohl sie wusste, dass sie fast alleine am Strand war, sah sie sich suchend um, doch der schrille Ton galt zweifellos ihr. Zunächst war sie wie gelähmt. Sie hatte ihr »Alltags-Handy« bewusst zu Hause gelassen, das private, mit dem sie gewöhnlich nur telefonierte, aber keine Anrufe entgegennahm, hatte sie nur für den Notfall dabei. Diese Nummer kannte lediglich ihre Schwester Laura, was eigentlich nur bedeuten konnte, dass mit ihrer Mutter etwas passiert war. Die alte Dame war schon fast 80, konnte sich jedoch, unterstützt von den beiden Töchtern, noch weitgehend alleine versorgen. In den Wochen vor ihrer Abreise hatte sie freilich etwas gebrechlich gewirkt.

Das Handy klingelte unbarmherzig weiter. Mit zitternden Händen begann Kathrin in ihrer Strandtasche zu wühlen. Als sie den kleinen Apparat herausfischte, fiel er prompt in den Sand. Endlich hob sie ab, ihr Herz klopfte bis zum Hals.

»Ja?«

»Hauptkommissar Marks, hallo Prof. Tut mir leid, dass ich Sie im Urlaub störe, aber wir haben hier etwas, das Sie interessieren dürfte.«

Kathrin war wie vor den Kopf geschlagen. Tiefe Erleichterung machte sich breit, um sofort einer grenzenlosen Wut zu weichen. Wie konnte ihr Laura das antun, wie hatte sie nur die Nummer rausgeben können?

»Ich bringe sie um«, unterbrach Kathrin den Redeschwall des Kripobeamten, der soeben zu einer Erklärung ansetzen wollte.

»Das lassen Sie mal schön bleiben, eine Leiche reicht mir für den Moment.«

»Nein«, stotterte Kathrin, »ich meine nicht Sie, sondern meine Schwester, ich habe ihr gedroht, dass ich sie umbringe, wenn sie mich in meinem Urlaub stört.«

»Ja, sie sagte so was. Aber dann konnte ich ihr klarmachen, dass Sie sie erst recht umbringen würden, wenn sie Ihnen meine Nachricht vorenthalten würde.«

»Da bin ich aber gespannt«, meinte Kathrin trocken. Sie hörte, wie Marks tief Luft holte.

»Unser Schönheits-Fanatiker hat wieder zugeschlagen, und wir sind ganz nah dran. Er wollte seine Schöpfung wohl nicht für sich behalten und hat direkt nach dem Mord die Presse benachrichtigt. Und ob Sie es glauben oder nicht, dieses Mal sieht es ganz so aus, als hätte er eine Spur hinterlassen.«

Unwillig spürte Kathrin ein leichtes Kribbeln in der Magengegend. Ein untrügliches Zeichen dafür, dass ihr Interesse geweckt war. »Was für eine Spur denn?«

»Na ja, Spur ist vielleicht zu viel gesagt. Aber er scheint die Frau mit irgendetwas berührt zu haben, auf das sie kurz vor ihrem Tod noch allergisch reagiert hat. Jedenfalls ist am Körper der Toten an manchen Stellen deutlich ein frischer Ausschlag zu erkennen.«

»Sind Sie sicher, dass das nicht nur eine allergische Reaktion auf die Gifte ist, die er ihnen verabreicht? Wir hatten das bisher zwar noch in keinem Fall, aber immerhin wäre es möglich.«

»Der Arzt, der die Tote am Tatort untersucht hat, ist sich ziemlich sicher. Er meint, das sieht eher nach einer Kontaktallergie aus. Auf was sie reagiert hat, konnte er allerdings nicht sagen. Prof«, schmeichelte er, »wenn jemand was rauskriegt, dann sind Sie das. Sie müssen unbedingt herkommen und die Obduktion übernehmen!«

»Nennen Sie mich nicht immer Prof«, fauchte Kathrin und seufzte tief auf. »Wie frisch ist die Leiche denn?«

»Ziemlich. Der Todeszeitpunkt liegt wahrscheinlich keine sieben Stunden zurück. Die Zeitungsfritzen haben uns sofort benachrichtigt. Leider nicht ohne zuvor Fotos von der Leiche zu schießen, die wie auf dem Präsentierteller auf ihrem Balkon saß. Ich bin momentan am Tatort in Bad Urach.«

»Und ich bin an der Costa Smeralda und liege an einem der schönsten Strände von Sardinien. Und hier möchte ich auch bleiben.«

»Katharina, das mit Ihrem Urlaub tut mir wirklich leid« – (er hatte sie noch nie beim Vornamen genannt) – »aber wenn Sie uns nicht helfen wollen, muss ich Professor Neugebauer aus München anfordern. Sie wissen doch, er gilt als Spezialist auf dem Gebiet von Kontaktallergien.«

»Neugebauer«, schnaubte Kathrin. »Sie sind doch verrückt, der kann doch eine Nesselsucht nicht von Röteln unterscheiden, und übrigens habe ich doch auch schon die beiden letzten Todesfälle untersucht.«

»Deshalb rufe ich Sie ja an. Aber Sie müssen sich schnell entscheiden. Ich habe hier eine wunderschöne Leiche, die eigentlich in einen gläsernen Sarg gehört, und ich will wissen, was ich jetzt mit ihr machen soll!«

»Sind Sie jetzt völlig übergeschnappt? Was faseln Sie da von einem gläsernen Sarg?«

»Na ja, er hat sie zum Schneewittchen gemacht. Schwarz wie Ebenholz, weiß wie Schnee und rot wie Blut ...«

»Oh mein Gott«, stöhnte Kathrin. »Na schön«, hörte sie sich wider Willen sagen, »ich komme, aber nur unter einer Bedingung. Ich will ins Team. Ich will nicht nur Ihr Schneewittchen sezieren, ich will bei den Ermittlungen dabei sein. Ich kann Ihnen nicht nur als Rechtsmedizinerin, sondern auch als Psychologin von enormem Wert sein. Wie Sie wissen, habe ich schon mehrfach bei der Erstellung von Täterprofilen mitgewirkt. Und ich werde ganz bestimmt nicht meinen Urlaub abbrechen, um mich dann mit dem giftigen Apfelbrocken Ihres toten Schneewittchens zu begnügen.«

»Aber ich kann Sie unmöglich in die Soko aufnehmen. Wir würden unser Budget schon überziehen, wenn wir ein zweites Täterprofil erstellen ließen.«

»Das lassen Sie mal meine Sorge sein. Ich habe über zwei Wochen Urlaub, das ist mir die Sache wert, und wenn die um sind, sehen wir weiter.«

»Meinetwegen, ich versuch's. Aber ich weiß wirklich nicht, wie ich das bei Strahner durchsetzen soll.«

Kathrin musste unwillkürlich schmunzeln. Das war die gerechte Strafe für Marks. Kriminaldirektor Wolf-Dieter Strahner, der Leiter der Sonderkommission, galt als fürchterlich bürokratisch, und es würde den spröden Hauptkommissar sicher eine Menge Überredungskunst kosten, ihn davon zu überzeugen, dass sie zu den Ermittlungen zugelassen würde.

»Na also, dann sorgen Sie jetzt schleunigst dafür, dass der Tatort und die Leiche gut dokumentiert werden. Und dann schaffen Sie die Frau gut gekühlt zu mir nach Tübingen in die Rechtsmedizin. Bereiten Sie meine Mitarbeiter darauf vor, dass sie ihren Feierabend vergessen können. Mein Gott, heute ist Freitag, die werden mich lynchen. Ich versuche so schnell wie möglich von Olbia aus einen Flug zu bekommen und melde mich dann bei Ihnen.«

»Danke, Prof.« Marks' Stimme klang ungemein erleichtert, und bevor sich Kathrin abermals gegen die verhasste Anrede zur Wehr setzen konnte, hatte Marks bereits aufgelegt.

Aufgewühlt ließ Kathrin den warmen Sand durch ihre Finger rinnen, dann begann sie, sich auf ein Bad im kalten Wasser einzustellen. Sie konnte unmöglich abfliegen, ohne zuvor nicht wenigstens einmal im Meer zu schwimmen.

2

»Wir haben sie, Schröder, wir haben sie, aber die Sache hat einen Haken. Einen ganz gewaltigen sogar: Sie will mit ins Team!«

Als sich Hauptkommissar Konstantin Marks seinem jungen Assistenten zuwandte, wirkte er zerknirscht und aufgekratzt zugleich. Obwohl er sonst fast nie rauchte, schnorrte er bei Schröder, der gerade auf dem Balkon des Mordopfers eine Zigarettenpause einlegte, eine Kippe. Umständlich zog er an der Zigarette, wobei er, um keine falschen Spuren zu hinterlassen, wie Schröder vor ihm die Zigarettenschachtel als Ascher benutzte. Auf der Außentreppe der Appartementanlage lungerten zwei Journalisten der Metzinger Lokalzeitung herum (bei ihr hatte der Mörder am frühen Morgen seinen anonymen Hinweis hinterlassen). Von der Konkurrenz hatte offensichtlich noch niemand Wind von dem spektakulären Mordfall bekommen, doch es würde nicht mehr lange dauern, dann würde es hier von Presseleuten und Kameras nur so wimmeln.

»Warum haben Sie eigentlich behauptet, dass wir den Neugebauer nehmen müssen? Soviel ich weiß, ist der doch bis nächste Woche auf Vortragsreise in den USA«, fragte Cornelius Schröder verwundert, der das Gespräch seines Chefs gespannt verfolgt hatte.

»Das wissen wir, aber die Zimmermann weiß es offensichtlich nicht. Und die Rivalität zwischen den beiden ist so heftig, da war die Wahrscheinlichkeit, dass sie auf den Fall anspringt, wesentlich größer, wenn ich mit dem Neugebauer winke«, grinste der Hauptkommissar, »und wie Sie sehen, hat es ja funktioniert. Aber wenn ich Ihnen einen guten Rat geben darf, dann sprechen Sie die Zimmermann nie auf ihren Münchner Kollegen an. Die hüpft Ihnen sonst glatt ins Gesicht. Katharina Zimmermann und Jürgen Neugebauer, die liegen schon seit Jahren im wissenschaftlichen Clinch. Dagegen war der Streit zwischen Korfmann und Kolb ein harmloses Geplänkel.«

»Und warum wollten Sie unbedingt die Zimmermann und nicht den Neugebauer, der gilt doch tatsächlich auch als Koryphäe auf seinem Gebiet?«

»Ich habe schon mehrfach erlebt, wie die Zimmermann bei ihren Obduktionen Unglaubliches geleistet hat. Wenn der Täter auch nur den Hauch einer Spur hinterlassen hat, findet sie sie. Und sie hat bisher immer die richtigen Schlüsse gezogen. Und obendrein sieht sie besser aus als der Neugebauer. Wenn ich Ihnen noch einen guten Rat geben darf«, fügte Marks, dem es offensichtlich peinlich war, dass er so ins Schwärmen geraten war, etwas schroffer hinzu, »dann fragen Sie die Zimmermann auch nie, wie sie es geschafft hat, parallel Medizin und forensische Psychologie zu studieren und mit Mitte dreißig eine Professorenstelle zu haben, die ihr geradezu auf den Leib geschneidert wurde. Darauf reagiert sie nämlich ebenfalls äußerst empfindlich.«

»Und wie hat sie es geschafft?«

»Ihre Neider – und das sind nicht wenige – meinen, weil sie zur rechten Zeit mit den richtigen Typen ins Bett gestiegen ist. Ich glaube eher, dass sie es mit ihrer enormen Begabung und einem ebenso großen Ehrgeiz geschafft hat. Sie ist eine wahre Intelligenzbestie, hat in der Schule zwei Klassen übersprungen und trotzdem ein Einser-Abi hingelegt. So viel zum Täterprofil unserer neuen Kollegin, und jetzt müssen wir ranklotzen, sonst trifft sie ein, bevor wir mit unseren Ermittlungen am Tatort fertig sind.«

Marks drückte die Zigarette aus und ging entschlossen in die Wohnung zurück. Schröder, der noch ganz unter dem Eindruck der bedauernswerten jungen Frau stand, die im Tode so wunderschön ausschaute, folgte ihm nur zögerlich.

In der Wohnung hatten die Spezialisten von der Spurensicherung ihre Arbeit fast abgeschlossen. Bodo Zenke, einem zu Übergewicht neigenden blonden Hünen, der im Ruf stand, auch noch den kleinsten Fussel zu erwischen, war die Enttäuschung deutlich ins Gesicht geschrieben.

»Nichts, absolut nichts«, meinte er, als er Marks' fragenden Blick auffing. »Die Wohnung ist so sauber, als wäre eine ganze Putzkolonne drübergegangen. Der Verrückte hat sogar die Duschwanne geschrubbt.«

»Wäre auch zu schön gewesen«, erwiderte Marks, der nichts anderes erwartet hatte. Dann bat er den diensthabenden Arzt, alles Nötige in die Wege zu leiten, dass die Leiche unverzüglich von einem Spezialfahrzeug abgeholt würde.

Unterdessen waren Margot Mahler und Albrecht Heintz zurückgekommen, die beiden Kollegen, welche die Nachbarn befragt hatten. Auch ihre Ergebnisse waren dürftig. Flore Gutman wurde als freundliche junge Frau beschrieben, die offensichtlich recht zurückgezogen gelebt hatte. Ihre Eltern, die beide lange in der deutschen Niederlassung eines französischen Konzerns beschäftigt waren, waren vor einigen Jahren nach Frankreich zurückgegangen. Sie selbst hatte es vorgezogen, in Deutschland zu bleiben. Bis vor kurzem hatte die 27-Jährige einen Freund gehabt, von dem sie sich vor einigen Wochen getrennt hatte. Ansonsten war lediglich von einer Freundin die Rede gewesen, welche die Tote regelmäßig besucht habe: Simone Tegler.

»Mahler und Heintz, ihr beiden bleibt vorläufig vor Ort. Ich will ein lückenloses Protokoll darüber, was das Opfer gestern und in den Tagen zuvor gemacht hat. Und diesmal will ich Ergebnisse sehen, schließlich sind wir so früh dran wie nie zuvor. Die Kollegen von der hiesigen Kripo übernehmen die Benachrichtigung der Eltern in Frankreich. Sie werden sich auch alle Hotels, Gasthöfe und Kneipen vornehmen, der Typ muss ja irgendwo gewohnt haben. Und alle Läden, die hier im Umkreis Brautmoden verkaufen. Auch wo die anderen Klamotten herkamen, will ich wissen.«

»Und Sie nehmen sich diese Simone Tegler vor und treiben diesen Freund auf. Ich fahre schon mal nach Stuttgart zu Strahner. Dass Zimmermann mit von der Partie ist, kann ich dem nicht am Telefon plausibel machen. Wir treffen uns dann später in der Einsatzzentrale«, wandte sich Marks nun an Schröder, der soeben die Durchsuchung der kleinen Zwei-Zimmer-Wohnung beendet hatte und trübsinnig auf die Reste des schönen Ensembles starrte, das sie zerstört hatten. Flore Gutmann trug noch immer das als Totenkleid missbrauchte weiße Hochzeitskleid. Der Reißverschluss im Nacken war geöffnet, die Brust leicht entblößt, so dass man schwach einige jener roten Pünktchen erkennen konnte, die den Oberkommissar so in Euphorie versetzt hatten. Damit keine Spuren verwischt wurden, hatte man die Tote nicht in den üblichen Leichensack gepackt.

Um sie vor neugierigen Blicken zu schützen, war der Leichenwagen in die Tiefgarage gefahren. Als die Träger endlich kamen und Flore vorsichtig auf die Trage hoben, hätte Schröder am liebsten den Rosenstrauß auf Flores Brust drapiert.

»Lassen Sie's nicht so sehr an sich ran.« Marks legte dem jungen Kommissar eine Hand auf die Schulter, seine Stimme klang ungewohnt besorgt.

Doch bevor Schröder etwas entgegnen konnte, war sein Chef bereits verschwunden.

3

Wehmütig schaute Kathrin auf die steinerne Insel, die sich reliefartig unter ihr ausbreitete. Für kurze Zeit war deutlich das Zentralmassiv des Gennargentu zu erkennen, den sie so gerne erwandert hätte, doch bevor sie sich für eine ihrer ganz persönlichen Momentaufnahmen entscheiden konnte, hatte das Meer ihren Fensterausschnitt bereits komplett ausgefüllt. Schon bald würde der Stiefel in Sicht kommen. Kathrin lehnte sich seufzend zurück. Vom Flughafen aus hatte sie ihre Schwester angerufen und ihr Absolution wegen des Nummernverrats erteilt. Ihrer Mutter ging es gut, auch Kater Ramses schien Kathrin noch nicht allzu sehr zu vermissen.

Es war ihr gerade noch gelungen, von Olbia aus eine Maschine um 15 Uhr zu ergattern. Doch die flog nach Frankfurt und nicht nach Stuttgart. Um möglichst wenig Zeit zu verlieren, würde sie in Frankfurt von einem Hubschrauber des Bundesgrenzschutzes abgeholt, der sie dann direkt nach Tübingen bringen würde.

Statt ihrem verlorenen Urlaub nachzutrauern, wollte sie sich auf das einstellen, was vor ihr lag. Die länderübergreifende Sonderkommission »Marylin« mit Sitz in Stuttgart war vom BKA vor einem halben Jahr gegründet worden, als in Baden-Württemberg wieder eine ermordete junge Frau gefunden wurde, die offensichtlich einem wahnsinnigen Schönheits-Fanatiker zum Opfer gefallen war. Damals war nicht mehr zu leugnen gewesen, dass ein perfider Serienmörder in Deutschland sein Unwesen trieb. Seine Opfer waren allesamt alleinstehende junge Frauen von ganz unterschiedlichem Typ und Aussehen. Doch sie hatten eines gemein: Sie waren im Tod so schön wie nie zuvor. Dem Mörder gelang es jedes Mal mit tödlicher Sicherheit, die besondere Ausstrahlung der jeweiligen Frau auf faszinierende Weise zur Geltung zu bringen. »Marylin«, sein sechstes Opfer, war im Tode die Reinkarnation der Monroe gewesen; sie hatte der Soko ihren Namen gegeben. Die 24-jährige Bankangestellte, die im Remstal in Schorndorf wohnte, war am dritten Advent von ihren Eltern in ihrer Wohnung aufgefunden worden, als sie schon fast zwei Tage tot war. Ihrer Schönheit hatte das fast keinen Abbruch getan.

»Marylin« war der erste Fall, bei dem man Kathrin als Rechtsmedizinerin hinzugezogen hatte. Nie zuvor war eine Obduktion so frustrierend verlaufen. Kathrin, deren Spezialgebiet Gifte und ihre Auswirkungen auf den menschlichen Organismus waren, hatte lediglich herausgefunden, dass der Mörder der jungen Frau einen ganzen Drogen- und Giftcocktail verabreicht haben musste, der sie aber nicht sofort getötet hatte. Folglich hatte der Körper einen Teil der Giftstoffe bereits abgebaut, so dass Kathrin absolut im Dunkeln tappte. Auch ansonsten hatte der Täter, wie bei den Morden zuvor, keinerlei Spuren hinterlassen.

Drei Monate später bekam Kathrin dann die nächste Tote auf den Seziertisch. Die junge Frau, eine Studentin aus Stuttgart, hatte alles andere als Idealmaße. Sie hatte zeitlebens mit Gewichtsproblemen gekämpft und ihre natürliche Schönheit durch die Art, sich zu kleiden, offensichtlich perfekt versteckt. Im Tode hatte der Mörder aus ihr eine selbstbewusste Nana gemacht, an der nicht nur Niki St. Phalle ihre Freude gehabt hätte.

Immerhin war es Kathrin im Fall der Studentin gelungen, Bestandteile des Giftcocktails zu identifizieren, den der Mörder bei ihr benutzt hatte. Darunter war ein Pfeilgift, wie es die südamerikanischen Indianer früher auf der Jagd verwendeten. Es verzögerte die Totenstarre und erlaubte den Jägern, die erlegten Tiere in ihre Dörfer zu bringen, wo man sie für bestimmte Totenrituale beweglich halten wollte. Auch das Gift, das die 22-Jährige letztlich umbrachte, war ein äußerst seltenes Pflanzengift, das von Medizinmännern eigentlich zur Therapie eingesetzt wurde. Das Ganze deutete auf enorme Spezialkenntnisse des Giftmischers hin.

Und nun also die achte Tote: »Schneewittchen«. Noch nie waren die Fahnder so bald am Tatort gewesen, und auch Kathrin würde, wenn alles klappte, früher zum Einsatz kommen. In die Trauer über den abgebrochenen Urlaub mischte sich bereits Neugier und die Hoffnung, dieses Mal einen Durchbruch zu erzielen. Dass sie in der Soko mitmischen würde, erfüllte Kathrin, die es immer hasste, wenn sie ihre Ergebnisse aus der Hand geben musste, mit Genugtuung. Irgendwie freute sie sich auch darauf, wieder mit Marks zusammenzuarbeiten. Der war zwar ein etwas seltsamer Kauz, aber – wenn man von seinen fürchterlichen Holzfällerhemden absah – durchaus nicht unsympathisch.

4

Der Träger besagter Holzfällerhemden stand zur selben Zeit im Polizeipräsidium in Stuttgart und versuchte, Kriminaldirektor Wolf-Dieter Strahner die Notwendigkeit der Zimmermann'schen Mitarbeit begreiflich zu machen. Wieso man diesen unflexiblen, jeglichen neuen Methoden gegenüber völlig unaufgeschlossenen Menschen zum Leiter der Soko bestimmt hatte – er würde es nie verstehen! Während er sachlich Argument an Argument reihte, versuchte Marks krampfhaft, sich selbst das Lachen zu verkneifen. Strahner war einer jener seltenen Spezies, die versuchten, ihr schwindendes Haupthaar unter einer Haarsträhne zu verbergen, die sie seitlich nach oben kämmten und dann schneckenförmig über der Glatze drapierten. Weil sich die Platte naturgemäß immer weiter ausbreitete, musste auch die den Tatbestand der Glatzköpfigkeit ohnehin nur mangelhaft kaschierende Haarsträhne immer länger und zu immer kunstvolleren Gebilden aufgetürmt werden. Ein Prozess, der bei Strahner schon weit fortgeschritten war.

Da sein Vorgesetzter ihm noch keinen Stuhl angeboten hatte, stand Marks vor ihm und hatte freie Sicht auf das Kunstwerk. Mit Mühe gelang es ihm, die Vorstellung zurückzudrängen, wie es wohl aussah, wenn der Kriminaldirektor unter der Dusche stand. Tapfer zählte er noch einmal die Argumente auf, die seiner Meinung nach für eine stärkere Einbindung der Rechtsmedizinerin und Psychologin Professor Katharina Zimmermann in die Arbeit der Sonderkommission sprachen.

»Sie haben ihr doch hoffentlich noch keine Zusage gemacht«, bellte Strahner dazwischen. »Wir können uns einen weiteren forensischen Psychologen in der Soko doch gar nicht leisten.«

»Aber überlegen Sie doch mal, Herr Kriminaldirektor, der Fall wird mit Sicherheit viel größere Wellen schlagen als die anderen bisher. Die Presse war ja quasi von Anfang an dabei. Der achte Mord, und wir können noch immer absolut nichts vorweisen. Die Zimmermann hat mit ihren Täterprofilen schon mehr als einmal ins Schwarze getroffen. Da sollten wir eine so qualifizierte Hilfe nicht ausschlagen, zumal sie versprochen hat, zunächst einmal ihren Urlaub dranzugeben.«

»Na meinetwegen«, lenkte Strahner jetzt ein, den offensichtlich weniger die Sachargumente als vielmehr die Tatsache überzeugt hatte, dass die zusätzliche Mitarbeiterin in der fast 40-köpfigen Soko zumindest vorläufig sein Budget nicht belasten würde.

»Wie sieht Ihr Fahrplan aus, und wie gedenken Sie mit den Journalisten umzugehen? Um eine rasche Pressekonferenz werden wir wohl nicht herumkommen?« Mit einer herablassenden Handbewegung forderte Strahner Marks nun endlich auf, Platz zu nehmen.

»Wohl kaum«, stimmte der Hauptkommissar zu, der froh war, Thema und Stellung wechseln zu können und damit die größten Schwierigkeiten seines Besuchs hinter sich gelassen zu haben. Statt der notdürftig verhüllten Glatze fixierte er nun die kleinen Äuglein seines Gegenübers. »Der neuerliche Mordfall wird heute die Abendnachrichten beherrschen. Ich denke, wir sollten, um die dortigen Kollegen nicht vor den Kopf zu stoßen, gegen Abend in Reutlingen eine Pressekonferenz einberufen, bei der wir lediglich das erzählen, was die Presse ohnehin schon weiß. Darüber hinaus sollten wir einen absoluten Nachrichtenstopp verhängen. Die Pressekonferenz sollte spätestens um 19 Uhr stattfinden, und es wäre wohl am besten, wenn Sie sie selbst leiten.«

Marks appellierte an das ausgeprägte Geltungsbewusstsein seines Gegenübers, der, wie er wusste, gern jede Möglichkeit wahrnahm, um in der Öffentlichkeit zu erscheinen. »Jeder wird einsehen, dass wir zu einem so frühen Zeitpunkt noch keine Ergebnisse präsentieren können, aber so demonstrieren wir zumindest unseren guten Willen.«

»Wollen nicht lieber Sie das übernehmen?«, unternahm Strahner einen lahmen Abwehrversuch, doch als Marks versicherte, dass er noch den Oberstaatsanwalt von den neuen Entwicklungen informieren musste und danach sinnvollerweise in Tübingen bei der Autopsie dabei wäre, lenkte der Kriminaldirektor erwartungsgemäß ein. Um dann sogleich in hektische Betriebsamkeit auszubrechen.

»Um 19 Uhr Pressekonferenz in Reutlingen, dann muss ich mich ja sofort vorbereiten«, meinte der Kriminaldirektor aufgeregt, womit Marks gnädig entlassen war, ohne über seine weitere Vorgehensweise Rechenschaft ablegen zu müssen.

5

Als Kathrin in Frankfurt aus dem Flugzeug stieg, war die vorsommerliche Stimmung mit einem Mal verflogen. Der Himmel war grau, es nieselte, und sie begann in ihrem leichten Sommerkostüm sofort zu frösteln. Sie musste an die blöde alte Haarspray-Werbung im Kino denken: 10 Uhr Rom, 17 Uhr Frankfurt ...

Noch auf der Treppe registrierte sie erfreut, dass der Hauptkommissar selbst gekommen war, um sie abzuholen. Er war schlanker, als sie ihn in Erinnerung hatte, der leichte Bauchansatz war verschwunden, selbst das Hemd unter seiner obligatorischen Lederjacke war weniger rustikal als sonst. Vielleicht, überlegte sie flüchtig, steckte eine Frau dahinter. An dem Gerücht, dass er ein notorischer Einzelgänger war, dem kein weibliches Wesen recht war, musste ja nicht unbedingt etwas dran sein. Schließlich stimmte auch nicht, was man über sie erzählte, dass sie angeblich nicht besonders wählerisch war im Umgang mit Männern. Wählerisch war sie schon. Waren nicht ihre häufig wechselnden sogenannten Männerbekanntschaften gerade dafür ein Beleg?

Neben Marks auf dem Rollfeld stand ein hoch aufgeschossener, dunkelblonder junger Mann, den sie noch nie gesehen hatte, der sie jedoch irgendwie an jemanden erinnerte. Kaum hatte sie einen Fuß auf den Boden gesetzt, da liefen die beiden auch schon auf sie zu.

»Hallo Prof, der Hubschrauber wartet da drüben. Das ist Kommissar Cornelius Schröder, der Youngster in unserem Team. Er wird sich um Ihr Gepäck kümmern und dann mit dem Auto nachkommen.«

»Wenn Sie nicht endlich den idiotischen Prof weglassen, werde ich Sie Haupt nennen«, zischte Kathrin, die gerade noch Zeit fand, den grinsenden jungen Beamten zu begrüßen, bevor Marks sie zu dem Hubschrauberlandeplatz führte.

Sie kletterten in den Helikopter und nahmen beide hinter dem Piloten Platz. Wenig später hob das Ungetüm dröhnend ab, und Kathrin, der schon normale Flugzeuge nicht ganz geheuer waren, verfluchte einmal mehr, dass sie am Morgen ihr Handy nicht einfach hatte klingeln lassen.

»Die neue Frisur steht Ihnen gut«, brüllte Marks, als der Rotorenlärm etwas nachgelassen hatte und einem gleichmäßigen Brummen gewichen war.

So viel zum Thema Haarspray, dachte Kathrin, die sich wunderte, dass Marks die Veränderung überhaupt aufgefallen war. »Ja, ich dachte, etwas kürzere Haare wären für einen Badeurlaub ganz geschickt, aber die Ausgabe hätte ich mir ja nun sparen können. Ganz zu schweigen von dem sündhaft teuren Hotel. Wer ersetzt mir das eigentlich?«

»Ich will sehen, was ich machen kann. Wenn auf Staatskosten nichts läuft, dann könnte ich Ihnen vielleicht einen Ersatz vermitteln. Ich habe einen Bekannten, der hat ein Ferienhaus an einem wunderschönen Strand an der Ostküste von Sardinien.«

»Passen Sie bloß auf, sonst nehme ich Sie beim Wort – und das könnte teuer für Sie werden. Und jetzt möchte ich keinen Ton mehr über meinen Urlaub hören. Was hat Ihr Soko-Leiter denn zu meiner Berufung gesagt?«

»Er war alles andere als begeistert. Aber solange Sie ihm nicht auf der Tasche liegen, wird er wohl stillhalten. Aber dass mir eines klar ist, Sie unternehmen keine Alleingänge.«

»Ich kann mich beherrschen, ich heiße doch nicht Kay Scarpetta. War eigentlich dieser schlaksige Schröder auf dem Flughafen Ihr neuer Watson?« Kathrin hätte sich im selben Moment auf die Zunge beißen können. »Das mit Stefan Scheibner tut mir leid«, fügte sie rasch betroffen hinzu.

»Schon gut«, brummte Marks, um dann in dumpfes Schweigen zu verfallen.

Scheibner war ein älterer Kollege, der Marks, als dieser frisch von der Polizeihochschule gekommen war, unter seine Fittiche genommen hatte. Sie waren bald ein eingespieltes Team gewesen und hatten zusammen einige spektakuläre Fälle gelöst. Doch dann hatte Scheibner bei einer Verfolgungsjagd im Zusammenhang mit einer Entführung einen Autounfall verursacht, bei dem ein Kind ums Leben kam. Fatalerweise war der entführte Junge zum Zeitpunkt des Einsatzes bereits tot gewesen. Scheibner, der selbst keine Familie hatte, war nie darüber hinweggekommen. Er hatte noch einige Zeit weitergearbeitet und sich dann im vergangenen Jahr wegen zunehmender Depressionen beurlauben lassen. Vor einigen Wochen hatte er sich das Leben genommen.

»Sorry, ich hätte Sie wirklich nicht daran erinnern dürfen.« Kathrin war froh, dass unter ihnen bereits der Hubschrauberlandeplatz der Tübinger Universitätsklinik in Sicht kam und der Motorenlärm eine weitere Unterhaltung unmöglich machte.

6

Die Pathologie befand sich in einem neuen Backsteingebäude auf dem Schnarrenberg. Kathrin hatte für Forschungs- und Lehrzwecke einen abgetrennten Bereich, in dem auch die Opfer von Gewaltverbrechen obduziert wurden.

Die beiden engsten Mitarbeiter von Kathrin, ein etwa 50-jähriger, altgedienter, ständig etwas mürrischer wirkender, aber fachlich brillanter Rechtsmediziner und eine junge aufstrebende Ärztin, die gerade ihren Facharzt absolvierte, warteten bereits.

Flore Gutman lag auf dem glänzenden Metalltisch und erinnerte noch immer fatal an ihr märchenhaftes Vorbild. Ihr schneeweißes Gesicht wurde von den lockigen schwarzen Haaren begrenzt, und Marks wäre nicht überrascht gewesen, wenn die junge Frau plötzlich ein giftiges Apfelstück ausgespuckt hätte. Traurig schob er den tröstlichen Gedanken beiseite, die Realität sah grausamer aus. Von Schneewittchens Schönheit würde schon bald nichts mehr übrig sein.

»Ein Jammer«, meinte nun auch Kathrin, als sie anfing, die Tote zu untersuchen, und sie leicht auf die Seite drehte. »Sehen Sie hier.« Sie winkte Marks zu sich, der wie die Mediziner in eine scheußlich-grüne Schutzkleidung geschlüpft war. »Am Nacken hinter dem Ohr ist eine winzig kleine Einstichstelle. Der Täter hat ihr wie den anderen Opfern zumindest einen Teil des Giftes mit einer Art Wurfpfeil injiziert. Wahrscheinlich finden wir weitere Einstichstellen in der Ellenbogenbeuge.«

Kathrin begann nun mit Hilfe ihrer beiden Kollegen vorsichtig die Tote auszuziehen. Als der Oberkörper freilag, war vom Bauchnabel aufwärts deutlich ein frisch aufgeblühter Ausschlag zu erkennen, der sich fast über die ganze Brust zog. Besonders deutlich war die allergische Reaktion am rechten Arm. In dessen Beuge fanden sich, wie Kathrin vermutet hatte, zwei weitere kleine Einstiche, die auf Injektionen hindeuteten. Auch die Oberschenkel der jungen Frau waren an einigen Stellen von den kleinen roten Pünktchen übersät, die sich wahrscheinlich, wenn sie länger gelebt hätte, noch weiter ausgebreitet hätten.

»Warum hat sie keinen Ausschlag im Gesicht und am Hals?«

»Das kann mehrere Ursachen haben. Vielleicht hat er sie dort mit der Substanz, auf die sie allergisch reagiert hat, nicht lange genug berührt. Oder es handelt sich um eine Kontaktallergie, die sich von der Körpermitte ausbreitet. Dann hätte ihr Gesicht irgendwann später genauso ausgesehen. Übrigens«, die Rechtsmedizinerin griff nach einer starken Lupe, »sehen Sie, hier auf der Wange ist ganz leicht der Anflug einer Reaktion zu erkennen.«

Wenig später war Flore gänzlich nackt und schutzlos den Blicken ihrer Betrachter ausgeliefert, und Marks war froh, als Kathrin ihn aufforderte, für zwei oder drei Stunden zu verschwinden. Marks wusste, dass die Pathologin bei wichtigen Obduktionen eigentlich keine Zuschauer wünschte. Manchmal schickte sie zu Beginn sogar ihre Mitarbeiter hinaus, um für eine Weile ungestört Zwiesprache mit den Toten halten zu können, für die sie eine große Ehrfurcht zu empfinden schien.

Als Marks das Klinikgelände verließ, war es 18.05 Uhr, und er merkte plötzlich, dass er den ganzen Tag noch nichts gegessen hatte. Mit dem Bus fuhr er ins Zentrum, gespannt, ob er noch die eine oder andere Kneipe wiedererkennen würde. Er hatte in Tübingen drei Semester Jura studiert, bevor er sich entschlossen hatte, zur Kripo zu gehen. Seit er in Stuttgart arbeitete, war er nur noch selten hier. Er stieg an der Neckarbrücke aus und überlegte kurz, ob er es gleich in der Neckarmüllerei versuchen sollte. Die Brauerei-Kneipe kannte er noch nicht, ansonsten hatte sich zumindest hier nicht viel verändert. Doch dann beschloss er, wenigstens ein paar Schritte zu gehen. Er lief die Neckargasse hinauf Richtung Stiftskirche und wunderte sich einmal mehr darüber, wie wenig ihm zu Studienzeiten der puppenstubenartige Charakter des kleinen Städtchens aufgefallen war. Er drehte eine Runde über die Kornhaus- und Collegiumsgasse. Beim »Pfauen«, in dem er einst so manche Mark liegen gelassen hatte, hielten sich seine nostalgischen Gefühle noch in Grenzen. Der war renoviert worden, wirkte moderner, als er ihn in Erinnerung hatte. Vor kurzem hatte der Wirt in einem spektakulären Prozess gegen das Rauchverbot geklagt – und Recht bekommen. Als Marks wenig später am »Boulanger« vorbeikam, fühlte er sich schlagartig zwanzig Jahre zurückversetzt. Ein Freund hatte ihm vor kurzem erzählt, dass im Innern noch alles unverändert sei, selbst der eine oder andere Stammgast hatte wohl beschlossen, mit dem Mobiliar zusammen Patina anzusetzen.

Marks widerstand dem Impuls, im »Boulanger« ein schnelles Bier zu trinken, auch einen Besuch im »Storchen« in der Ammergasse, mit dem ihn ähnliche Gefühle verbanden, gestattete er sich nicht. Stattdessen ging er in die Kirchgasse zurück, wo er im Restaurant »Kaiser« einkehren wollte. Eine Pizzeria, die er zwar ebenfalls von früher kannte, aber auf so unverfängliche Weise, dass sie ihn nicht vom Nachdenken abhalten würde. Er stieg die Stufen hoch, die auch zu einer Zahnarztpraxis führte, in der er so manche schmerzhafte Stunde verbracht hatte. Als er sah, dass im ersten Stock anstelle des Italieners ein asiatisches Lokal eingezogen war, machte er kehrt. Er hatte nun mal Lust auf etwas Italienisches. Marks ging zur Bursagasse zurück, wo er zuvor ein kleines italienisches Lokal entdeckt hatte: das »al dente«. Dann rief er Schröder an, um verblüfft festzustellen, dass der wohl schon in der nächsten halben Stunde in Tübingen eintreffen würde. Sie verabredeten sich in der Pizzeria.

Marks, dem die Fahrleidenschaft seines neuen Mitarbeiters bekannt war, wollte gar nicht wissen, wie viele Tempobeschränkungen der Verrückte völlig ohne Not überschritten hatte. Er fuhr zwar selbst begeistert Motorrad und konnte die Faszination der Geschwindigkeit durchaus nachempfinden, doch seit dem Unfall mit Scheibner hatte er zumindest zum Autofahren ein gespaltenes Verhältnis. Zum zweiten Mal an diesem Tag wurde er schmerzlich an Scheibner erinnert. Es würde wohl noch lange dauern, bis er an den väterlichen Freund würde denken können, ohne dieses beklemmende Gefühl in der Brust zu bekommen.

Keine halbe Stunde später, Marks hatte soeben seine Lasagne bekommen, stürmte der Möchtegern-Schumi ins Lokal. Er bestellte sich ein Bier und eine Pizza, dann brachten sie sich gegenseitig auf den neuesten Wissensstand. Die Freundin der Toten, Simone Tegler, war völlig geschockt und wenig ergiebig gewesen. Sie hatte keinerlei Veränderung im Verhalten von Flore Gutman bemerkt. Allerdings sei sie in den Tagen vor Flores Tod beruflich stark eingespannt gewesen Der einzig interessante Umstand, berichtete Schröder, sei die Tatsache, dass Flore vor etwa fünf Wochen ihrem Freund den Laufpass gegeben hatte. Die beiden hatten demnächst heiraten wollen, aber die Braut hatte wohl kalte Füße bekommen. Zu Recht, wie ihre Freundin Simone fand, die Flores Freund, den sie als »fürchterlichen Langweiler« beschrieb, offensichtlich noch nie hatte leiden können. Der Verschmähte, hatte Simone Tegler berichtet, hatte seine Verflossene noch eine Weile belästigt, in letzter Zeit sei jedoch nichts mehr vorgefallen. Zumindest wusste die Freundin von nichts. Schröder hatte die Adresse des Ex – er hieß Holger Magnus und wohnte in Ulm. Erreicht hatte er ihn jedoch noch nicht. Flore selbst hatte seit einigen Tagen Urlaub gehabt. Von einer eventuellen Verabredung war ihrer Freundin aber nichts bekannt.

Marks drängte zum Aufbruch, er wollte unbedingt im Klinikum die Tagesschau ansehen. Schröder packte sein restliches Pizzastück in den Karton der Mitnahme-Pizza, die Marks für die Zimmermann geordert hatte, dann eilten sie im Laufschritt zum Parkhaus im Nonnenhaus, wo Schröder den Wagen abgestellt hatte.

Sie schafften es noch rechtzeitig in den kleinen Aufenthaltsraum in der Medizinischen Klinik, wo gerade zwei Nachtschicht schiebende Ärzte auf dem Balkon ihre Zigarettenpause beendet hatten. Die beiden hatten nichts dagegen, die Nachrichten einzuschalten. »Schneewittchen« war die Schlagzeile Nummer eins. Obwohl Marks nichts anderes erwartet hatte, war er doch schockiert, dass der Sender ein

Foto von Flore zeigte, das er offensichtlich von den Lokaljournalisten erhalten hatte. Es zeigte eine bildhübsche junge Frau, die in einem Hochzeitskleid in einem Sessel auf ihrem Balkon saß und in die Morgensonne blinzelte. In den Händen hielt sie einen blutroten Rosenstrauß. Die Aufnahme war offensichtlich mit einem Teleobjektiv von einer der Dachterrassen aus gemacht worden, bevor die Polizei am Tatort eingetroffen war. Wenn der Nachrichtensprecher es nicht erwähnt hätte, keiner wäre auf den Gedanken gekommen, dass die Frau tot sein könnte. Dann wechselten die Bilder, und statt der schönen Flore wurde den Zuschauern der Anblick von Kriminaldirektor Wolf-Dieter Strahner zugemutet, ein Kontrast, wie er größer nicht sein konnte.

Strahner fasste den Tatbestand zusammen, verwies auf Ähnlichkeiten mit den vorangegangenen Morden und rekapitulierte kurz die dürftigen Ergebnisse der bisherigen Ermittlungen. An dieser Stelle kam Unruhe unter den anwesenden Journalisten auf. »Dieses Mal haben wir immerhin vielversprechende Ansatzpunkte«, suchte Strahner die Meute mit zusätzlichen Infos zu beruhigen. »Einen anonymen Anruf, der offensichtlich vom Mörder stammt. Auch hat der Täter zum ersten Mal eine Spur hinterlassen.«

»Dieses geltungssüchtige Arschloch«, entfuhr es Marks. »Wir hatten doch vereinbart, das auf gar keinen Fall zu erwähnen.« Der Hauptkommissar war außer sich vor Wut und fing einen erstaunten Blick von Schröder ein, der soeben sein letztes Pizzastück verdrückte. »Ist doch wahr«, brummte Marks und starrte missmutig wieder auf den Bildschirm. Wenigstens gab Strahner auf die Fragen, die nun auf ihn einstürmten, keinerlei Antworten mehr. Wie auch, dachte Marks sarkastisch, es gibt ja auch noch keine. Am Ende des Berichts kam die obligatorische Aufforderung an potentielle Zeugen, verdächtige Beobachtungen bei der Kripo zu melden, und Marks dachte mit Grauen daran, was für eine Flut von schwachsinnigen Hinweisen seine Beamtinnen und Beamten in den kommenden Tagen von der Arbeit abhalten würde.

»Kommen Sie, Schröder, hoffentlich hat wenigstens die Zimmermann etwas herausgefunden.«

Marks und Schröder liefen durch die menschenleere Pathologie. An der Tür, hinter der Katharina Zimmermann arbeitete, hing das Schild »Wir müssen draußen bleiben«, das statt der sonst üblichen Hunde zwei Bullen zeigte.

»Sie hat manchmal einen etwas seltsamen Humor«, grinste Marks entschuldigend. Er machte jedoch keinerlei Anstalten, der Rechtsmedizinerin ihre Ankunft mitzuteilen, sondern ließ sich brav auf einen der Stühle im Flur fallen und forderte Schröder auf, dasselbe zu tun.

Fünfzehn Minuten später streckte Kathrin den Kopf aus der Tür. Sie zog den Mundschutz herunter. »Wollen Sie sie sehen?«

Beide schüttelten vehement den Kopf.

»Okay, ich brauche ohnehin einen Kaffee, gehen wir nach oben in mein Büro, da kann ich uns einen Espresso machen.«

»Wir haben Ihnen eine Pizza mitgebracht.« Schröder hielt Kathrin, die nun wieder in Zivil war, zaghaft den Karton hin, der von seinem Resteessen bereits leicht verschmiert war.

»Nett von Ihnen, die werfe ich nachher in die Mikrowelle.«

Zimmermanns Büro war vollgestopft mit Fachliteratur, und sie musste erst eine kleine Liege frei räumen, damit ihre Besucher einen Sitzplatz fanden. Sie selbst nahm auf ihrem Bürostuhl Platz und nippte an ihrem Espresso.

»Es ist wie bei den anderen. Sie wurde nicht vergewaltigt, außer den Einstichen im Nacken und in der Armbeuge gibt es keinerlei Anzeichen von Gewalt. Er hat am Körper der Toten keinerlei Spuren hinterlassen. Kein Haar, kein Fussel, kein Speichel, kein Sperma, gar nichts.«

»Und der Ausschlag?«, fragte Marks ungeduldig.

»Der Kollege hatte wahrscheinlich recht, dabei könnte es sich tatsächlich um eine Kontaktallergie handeln, die durch irgendetwas verursacht wurde, das der Mörder am Körper trug. Bei dem allergieauslösenden Material könnte es sich um eine Form von Latex handeln. Aber ich muss die Hautpartikel noch genauer untersuchen.«

»Wohl so eine Art Ganzkörperkondom?«, platzte Schröder heraus, um im selben Moment knallrot anzulaufen.

»Respekt, junger Mann, damit dürften Sie gar nicht so weit danebenliegen. Ich tippe auf einen Schutzanzug aus Latex, das würde auch erklären, warum der Täter nie auch nur die geringsten Flusen hinterlässt.«

»Aber eine Latexallergie ist doch nicht so selten«, meinte Marks enttäuscht.

»Das kommt darauf an. Das Material, das eine Zeitlang beispielsweise bei Ärzten und Krankenschwestern so enorm viele Allergien verursacht hat, wird längst nicht mehr verwendet. Die Produkte, die heute auf dem Markt sind, sind wesentlich verträglicher. Natürlich kommen Latexallergien immer noch vor, aber seltener als früher. Wir sollten als Erstes klären, ob eine solche Unverträglichkeit bei dem Opfer vorlag. Das müssten die Angehörigen wissen oder der Zahnarzt, bei dem sie in Behandlung war.«

»Ich habe die Nummer von ihrer Freundin, die weiß bestimmt auch Bescheid«, sagte Schröder eifrig und begann sofort zu telefonieren. Noch bevor er sein Anliegen vorbringen konnte, wandte er sich an Marks. »Die Tegler will wissen, ob sie übers Wochenende wegfahren darf? Sie ist als Referentin bei einer Fortbildung gemeldet und wäre am Montag wieder in Bad Urach.«

»Ich glaube nicht, dass etwas dagegen spricht. Wenn ihr noch etwas Wichtiges einfällt, soll sie die Reutlinger Kollegen anrufen.«

Schröder nickte. Wenig später beendete er sein Telefongespräch. »Flore hatte bisher zumindest keine Allergie. Simone Tegler leidet selbst massiv unter Heuschnupfen und ist sich ganz sicher. Flore hat ihr gegenüber wohl öfters erwähnt, wie froh sie sei, dass sie selbst keinerlei Allergien habe.«

»Das bedeutet nicht, dass Latex überhaupt nicht in Frage kommt. Aber dann muss es sich bei dem Material um etwas handeln, mit dem das Opfer zuvor noch nie in Kontakt kam. Bis morgen weiß ich vielleicht schon mehr.«

Kathrin trank ihren Espresso aus und stand auf. Sie sah plötzlich unendlich erschöpft aus, und der Hauptkommissar, der selbst zum Umfallen müde war, bekam ein schlechtes Gewissen, weil er sie um ihren wohlverdienten Urlaub gebracht hatte.

»Wollen Sie nicht mit uns nach Stuttgart zurück?«, fragte Marks, der wusste, dass Katharina Zimmermann in der Landeshauptstadt wohnte und zu ihrem Arbeitsplatz nach Tübingen pendelte.

»Nein danke, ich möchte noch etwas weitermachen und werde hier übernachten. Könnten Sie mein Gepäck aus dem Auto holen?«

»Selbstverständlich. Sehen wir uns dann morgen auf der Soko-Besprechung um 14 Uhr im Präsidium?«

»Logisch, ich will doch nicht wegen unentschuldigten Fehlens meinen neuen Job riskieren.«

Patrick schaltete den Fernsehapparat aus. Seit Stunden hatte er mit wachsender Erregung in den verschiedenen Sendern die Nachrichten angeschaut. Überall war Schneewittchen die Topmeldung gewesen. Doch die anfängliche Euphorie war dumpfen Zweifeln gewichen. Noch nie hatte er irgendwelche Hinweise hinterlassen. Schon gar keine Spuren, auch dieses Mal nicht, da war er sich ganz sicher. Sogar seine Einladungskarte, die er Flore geschrieben hatte, hatte er wieder aus ihrer Handtasche genommen. Nein, er hatte keine Spuren hinterlassen. Da mochte der Heini mit der lächerlichen Frisur behaupten, was er wollte. Das war nur ein blöder Trick. Aber dass er die Presse auf den Plan gerufen hatte, war vielleicht doch keine so gute Idee gewesen. Jetzt würde die Soko die mysteriöse Mordserie mit noch mehr Nachdruck verfolgen, und er würde sich vielleicht eine längere Abstinenz auferlegen müssen.

Mühsam suchte er sich zu beruhigen. Die Hoffnung, endlich die Traumfrau zu finden, die seinen ästhetischen Ansprüchen nicht nur genügte, sondern sie aus tiefstem Herzen teilte, hatte er mit Schneewittchen endgültig begraben. Jetzt ging es ihm nur noch darum, seine Kollektion in der gebotenen Perfektion zu vollenden. Zwei Modelle fehlten noch in seiner Sammlung, zwölf war für ihn schon immer eine magische Zahl gewesen, und zwölf Archetypen der Schönheit wollte er erschaffen. Mit Wehmut dachte er an Flores Foto im Fernsehen. Er brannte geradezu darauf, seine eigenen Aufnahmen, die noch viel schöner sein würden, zu entwickeln. Doch er durfte nichts überstürzen, musste, nachdem er eine Woche nicht geschlafen hatte, seinem Körper eine Pause gönnen. Er hatte alle Zeit der Welt. Er würde erst einmal richtig ausschlafen und morgen die Bilder entwickeln. Am Sonntag würde er seinen Bildband von Flore genießen. Am Montag würde der schüchterne Ökotex-Mitarbeiter dann wieder pünktlich zur Spätschicht erscheinen. Und geduldig wie ein Raubtier auf seine nächste Beute warten. Patrick hatte sich nun wieder vollkommen unter Kontrolle und beschloss, endlich ins Bett zu gehen. Er nahm ein starkes Schlafmittel und fiel fast augenblicklich in einen traumlosen Schlaf.

7

Samstag, 13. Juni 2009

Hauptkommissar Konstantin Marks schaute sich in dem kargen Besprechungszimmer des Stuttgarter Polizeipräsidiums um. Die Mitglieder der »Soko Marylin« waren fast vollständig versammelt. Kriminaldirektor Strahner, der eine gesellschaftliche Verpflichtung hatte, war Gott sei Dank nicht erschienen. Marks hätte seinen Unmut über dessen Patzer bei der Pressekonferenz wohl kaum zurückhalten können. Auf den Tischen lagen die Samstagsausgaben der »Stuttgarter Zeitung«, der »Stuttgarter Nachrichten« und der »Süddeutschen Zeitung« sowie des »Schwäbischen Tagblatts«, des »Reutlinger Generalanzeigers« und des »Metzinger Volksblatts«. Der Tenor der Artikel war fast überall derselbe: Mehr oder weniger deutlich wurde der Kripo Untätigkeit vorgeworfen, in einem Kommentar war sogar von »Unfähigkeit« die Rede.

Soeben traf der neue Reutlinger Kollege, ein kräftiger Mittfünfziger, gemeinsam mit Margot Mahler und Albrecht Heintz aus Bad Urach ein. Marks war froh, dass Hauptkommissar Ferdinand Loibl die Ermittlungen vor Ort leiten sollte. Er hatte schon öfter mit ihm zu tun gehabt und wusste, dass es mit ihm keinerlei Gerangel um Kompetenzen geben würde. Das war leider nicht immer selbstverständlich. Wenn es eine örtliche Polizeibehörde mit einer länderübergreifenden Sonderkommission zu tun bekam, arbeiteten die Kollegen oft gegeneinander.

Der leitende Oberstaatsanwalt Walter Förder, ein penibler, äußerst fähiger Mann, der Marks schon mehr als einmal bei sensiblen Ermittlungen den Rücken freigehalten hatte, saß bereits an seinem Stammplatz am Fenster, der ihm einen optimalen Überblick auf die ganze Versammlung ermöglichte. Katharina Zimmermann hatte aus Tübingen angerufen, dass sie später kommen würde. Sie wollte noch einige Laborwerte abwarten und dann in den Zug steigen. Marks würde ohne sie anfangen.

»Guten Tag, Kolleginnen und Kollegen. Hauptkommissar Ferdinand Loibl aus Reutlingen ist zu uns gestoßen und wird die Koordination mit den Ermittlungen vor Ort übernehmen. Zunächst eine schlechte Nachricht: Wer nach den Pfingstferien Urlaub beantragt hat, kann ihn vergessen. Tut mir leid, aber es geht nicht anders«, fügte Marks hinzu, als ein Murren im Saal laut wurde.

Er wusste wohl, dass er damit einer ganzen Reihe von Kollegen, die, da sie keine schulpflichtigen Kinder hatten, immer auf die Schulferientermine verzichteten, den Urlaub versaut und vielleicht die eine oder andere Ehekrise heraufbeschworen hatte.

»Es gibt allerdings auch eine gute Nachricht. Wir haben vielleicht endlich einen Ansatzpunkt. Unser Schönheitsfanatiker hat unbeabsichtigt eine Spur am Körper des Opfers hinterlassen. Doch davon wird uns später Professor Zimmermann, unsere Rechtsmedizinerin, mehr berichten. Sie wird uns übrigens, zumindest für die nächsten beiden Wochen, auch als Psychologin zur Seite stehen.«

Er hielt einen Moment inne, und als niemand etwas sagte, fuhr er fort.

»Leider hat unser verehrter Kriminaldirektor bei der Pressekonferenz angedeutet, dass es dieses Mal Spuren gibt. Dennoch möchte ich euch darauf hinweisen, dass bis auf weiteres eine absolute Nachrichtensperre herrscht. Und jetzt wollen wir mal hören, was die Kollegen am Tatort herausgefunden haben und ob es schon ernstzunehmende Hinweise aus der Bevölkerung gibt.«

Hauptkommissar Loibl fasste in kurzen Worten die bisherigen Erkenntnisse zusammen. Dass die Vorgehensweise völlig den vorangegangenen Morden glich, die Spurensicherung am Tatort relativ erfolglos war und die Befragung der Freundin nur wenig ergeben hatte, wusste Marks ja bereits. Unter den zahlreichen Anrufen, die in der Nacht und am Morgen nach den Nachrichtensendungen eingegangen waren, war jedoch ein heißer Tipp: Eine Reutlinger Hochzeitsboutique-Besitzerin hatte aufgrund des Fotos im Fernsehen das Kleid erkannt. Sie war sich ganz sicher, dass es von einem hochdeutsch sprechenden Mann mittleren Alters am Mittwoch bei ihr gekauft worden war.

»Unser Polizeizeichner versucht gerade, aus ihren Angaben ein Phantombild zu erstellen. Sehr vielversprechend ist das aber nicht, weil der Mann, wie die Frau immer wieder betont, absolut durchschnittlich und langweilig ausgesehen habe.«

Interessant waren auch die Befragungen, welche Mahler und Heintz in der Umgebung des Tatorts durchgeführt hatten. Flore Gutman hatte am Nachmittag vor ihrem Tod in einem Gartencafé in Bad Urach einen Eiskaffee getrunken.

»Der Kellner hat sie eindeutig identifiziert, sie trug ein grünes Leinenkleid, das wir in der Wohnung gefunden haben«, berichtete Margot Mahler, die wie immer bei solchen Gelegenheiten leicht aufgeregt wirkte.

Marks schätzte die junge Kommissarin vor allem wegen ihrer sensiblen Art, Zeugen zu befragen. Er setzte sie gerne zusammen mit dem etwas älteren Heintz ein, der zwar eine rasche Auffassungsgabe hatte, aber meistens mit dem Kopf durch die Wand wollte, was die Zeugen leicht verprellte.

»Der Kellner war der Meinung, dass sie wohl eine Verabredung hatte, zumindest hat sie den Anschein erweckt. Getroffen hat sie aber niemand. Sie sei dann nach dreißig Minuten reichlich abrupt aufgebrochen. Beim Bezahlen hat sie über plötzliche starke Kopfschmerzen geklagt. Er hat auf die Uhr geschaut. Da war es 16.20 Uhr«, schloss Mahler, sichtlich erleichtert, ihren Bericht.

»Was hat die Überprüfung der Hotels und Pensionen ergeben? Irgendwo muss unser Mann ja gewohnt haben, während er sein Opfer ausspioniert hat.«

Jetzt ergriff Heintz das Wort. »Es gibt jede Menge Senioren, aber nur drei alleinreisende männliche Kurgäste mittleren Alters, welche in Bad Urach am Freitag ausgecheckt haben. Zwei haben wir bereits überprüft, die sind tatsächlich sofort abgefahren. Der dritte hört sich recht vielversprechend an, passt aber überhaupt nicht zu der Beschreibung, welche die Geschäftsführerin der Hochzeitsmoden-Boutique abgegeben hat. Er ist nämlich Amerikaner und wohnte im Appartement genau über der Wohnung, in der die Gutman gewohnt hat. Der Mann heißt Patrick O'Neill und ist am frühen Freitagmorgen abgereist. Die Hausmeisterin, die für die Vermietung der Appartements zuständig ist, war ganz vernarrt in ihren jovialen Pensionsgast, der sich angeblich auf Europareise befindet. Wir checken gerade seine Daten und haben sofort die Spurensicherung in sein Appartement geschickt. Das war aber bereits gereinigt. Die Aussichten, da noch was zu finden, sind reichlich gering«, setzte

Heintz grinsend hinzu. »Die Hausmeisterin scheint ausgesprochen schwäbische Tugenden zu haben.«

»An dem Amerikaner müssen wir dranbleiben«, warf Hauptkommissar Loibl ein, »die Stimme des Täters, der seinen anonymen Hinweis auf dem Anrufbeantworter der Lokalzeitung hinterlassen hat, hatte einen leichten amerikanischen Slang.«

Gemeinsam mit Loibl begann Marks nun die Vorgehensweise für die nächsten Tage zu organisieren.

»Es hilft alles nichts«, versuchte Marks sein Team zu motivieren, »aber wir müssen alle acht Fälle noch einmal auf Gemeinsamkeiten untersuchen. Es muss irgendetwas geben, was die Frauen verbindet und was wir bisher übersehen haben.«

Die Arbeiten waren nahezu auf die verschiedenen Gruppen verteilt, als die Tür aufging und Kathrin Zimmermann eintrat. Sie wirkte in ihrem dezenten grauen Hosenanzug und der roten Bluse wesentlich frischer als am Vorabend. Marks bewunderte einmal mehr ihren sicheren Auftritt. Wenn er selbst zu spät kam, würde er immer am liebsten in den Boden versinken. Deshalb hatte er es sich angewöhnt, bei offiziellen Terminen möglichst etwas zu früh zu erscheinen.

»Darf ich euch Professor Katharina Zimmermann vorstellen, die meisten kennen sie ja bereits. Wir warten alle schon mit Spannung auf ihren Bericht.«

Kathrin grüßte unbeschwert in die Runde und nahm dann selbstverständlich zwischen Loibl und Marks Platz, um sofort loszulegen.

»Ich erspare Ihnen die Fachbegriffe und die unappetitlichen Details und beschränke mich aufs Wesentliche. Todesursache war, wie bei den toten Frauen zuvor, ein ganzer Gift-Mix, der noch genauer analysiert werden muss. Bei dem Ausschlag, der sich am Körper der jungen Frau gebildet hat, handelt es sich eindeutig um eine Kontaktallergie, die wohl von einem latexhaltigen Material, mit dem der Täter bekleidet war, ausgelöst wurde.«

An dieser Stelle suchte Zimmermann wie zufällig Blickkontakt mit Schröder, der prompt rot anlief und sich demonstrativ mit seinem iPhone beschäftigte.

Die Rechtsmedizinerin hatte eine CD-Rom mit Bildern der Toten mitgebracht, die sie nun an die Wand projizierte.

»Die unterschiedliche Ausprägung des flächigen Ausschlages hängt mit der Dauer und der Intensität zusammen, mit welcher der Täter die jeweiligen Körperstellen berührt hat. Sie sehen beispielsweise hier im Bereich des Unterarms, den er festhielt, als er die Injektionen setzte, eine deutlich stärkere Form des Ausschlags als etwa am Oberarm, den er wahrscheinlich nur flüchtig berührt hat, als er die Frau aus- und wieder anzog. Die starke Reaktion in der Körpermitte könnte darauf hindeuten, dass der Täter sich auf die junge Frau gelegt oder sie an sich gedrückt hat, während sie noch lebte. Der Tod des Opfers hat dann ein weiteres Aufblühen des Ausschlags unterbunden. Diese Erkenntnisse sind jedoch mit Vorsicht zu behandeln, weil der Drogen- und Giftcocktail, den der Mörder verabreicht hat, die Körperreaktionen erheblich verzögert und verändert hat. Immerhin, so viel ist sicher, Flore Gutman hat vor ihrem Zusammentreffen mit dem Mörder noch nie auf Latex allergisch reagiert. Die starke Reaktion deutet auf ein Material hin, das normalerweise von Zahnärzten und Kliniken nicht oder nicht mehr verwendet wird. Wenn wir die Herkunft des Materials finden, sind wir unserem Mörder ein Stück näher. Und« – an dieser Stelle machte Kathrin eine Kunstpause – »ich weiß vielleicht sogar, wo wir bei der Suche ansetzen können.«

»Was?«, entfuhr es Marks, der von dieser Eröffnung so überrascht war, dass er darüber sogar den leichten Unmut verdrängte, der ihn bei der Formulierung »unserem Mörder« beschlichen hatte. Irgendwie ging ihm der Seitenwechsel deutlich zu schnell, den die Wissenschaftlerin von der Rechtsmedizin zum Morddezernat vollzogen hatte.

»Ich habe während meines Studiums in Heidelberg eine Vorlesung bei meinem späteren Doktorvater Professor

Hermann Wegener besucht, bei der es unter anderem um Allergieformen ging, die durch Latexverbindungen ausgelöst wurden. Dabei war auch von einer besonders aggressiven Form die Rede, die bei den Betroffenen Allergieschocks bis hin zur Todesfolge ausgelöst hat. Der Ausschlag am Körper der jungen Frau sieht ganz ähnlich aus wie die Fälle, die Professor Wegener damals als Anschauungsmaterial gezeigt hat.«

»Und wo war das Material her?«

»Das weiß ich leider nicht mehr. Ich habe heute Vormittag mit dem ehemaligen Assistenten von Wegener gesprochen. Doch der weiß über die Vorlesung damals nicht Bescheid, und der Professor selbst ist längst im Ruhestand. Den zu befragen wird leider schwierig werden. Ich habe mit seiner Frau telefoniert. Er leidet an einer rasch fortschreitenden Demenz und erkennt manchmal nicht einmal seine Familienangehörigen. Ich will es trotzdem versuchen und habe mich für morgen Nachmittag zum Kaffee eingeladen.«

»Alle Achtung!« Marks pfiff durch die Zähne. »Sieht ganz so aus, als hätte sich Ihr Gastspiel bei uns gleich am ersten Tag bezahlt gemacht.«

Eine halbe Stunde später entließ der Hauptkommissar seine Mitarbeiter in das deutlich verkürzte Wochenende. Wie eine lärmende Schulklasse stoben die Mitglieder der »Soko Marylin« auseinander.

Auf der Treppe holte Konstantin Kathrin ein, die es offensichtlich ebenfalls eilig hatte.

»Darf ich Sie zu einem Abendessen einladen? Ich möchte Sie gerne etwas für ihren verpfuschten Urlaub entschädigen.«

Kathrin schüttelte den Kopf. »Ich kann leider nicht. Ich muss unbedingt noch meine Mutter besuchen, und dann möchte ich nur noch heim und in mein Bett.«

»Und wie wär's mit morgen Abend? Da könnten Sie mir dann gleich berichten, wie das Gespräch mit Ihrem alten Professor verlaufen ist.«

»Warum eigentlich nicht. In welche Lokalität wollen Sie mich denn entführen?«

»Marks' Schlemmerschuppen, wenn's recht ist. Ich koche nämlich ganz gerne und komme nur viel zu selten dazu.«

Worauf Kathrin die Einladung dankend annahm und im Stillen darüber nachdachte, welche Überraschungen sich wohl sonst noch unter den karierten Hemden ihres Gegenübers verbergen mochten.

8

Leonore Zimmermann wohnte immer noch über der alten Apotheke, die sie einst mit ihrem Mann geführt hatte. Als Kathrin den Hausflur betrat, atmete sie tief ein. Der Geruch der medizinischen Ingredienzen führte sie jedes Mal direkt in ihre Kindheit zurück. Im Hinterzimmer der alten Apotheke hatte sie, angeleitet durch ihren Vater (und oft auch ohne sein Wissen), die ersten Versuche durchgeführt, die heilenden und schädlichen Wirkungen der unterschiedlichen Kräuter und Essenzen kennen und schätzen gelernt und so den Grundstock für ihr späteres Spezialgebiet gelegt.

Auch ihre jüngere Schwester Laura konnte sich der Faszination der Tiegel und Töpfe nicht entziehen. Laura hatte Pharmazie studiert, war jedoch kurz nach ihrem Studium schwanger geworden. Mittlerweile führte Lauras Mann Franz die Apotheke, während Laura zu Hause die knapp sechsjährigen Zwillinge versorgte und sich politisch betätigte. Seit Jahren war sie in der Bürgerinitiative gegen Stuttgart 21. Einer Initiative, die – je näher der Beginn der Bauarbeiten rückte – immer mehr Zulauf bekam. Langweilig wurde es Laura also nicht, und wenn Lili und Leonie in der Schule waren, wollte sie wieder in den Beruf einsteigen. Kathrin, die wusste, wie sehr ihre Schwester das Leben ohne berufliche Zwänge genoss, glaubte noch nicht so recht daran, was vielleicht auch ein wenig daran lag, dass sie selbst bisweilen etwas neidisch auf das Familienidyll war.

Auch Kathrin profitierte von dem familiären Arrangement. Sie hatte vor drei Jahren zusammen mit Laura und Franz nicht weit vom elterlichen Haus entfernt ein Zweifamilienhaus gekauft: Die Familie ihrer Schwester nutzte die unteren beiden Stockwerke und den Garten, sie selbst hatte eine großzügige Vierzimmerwohnung im Dachgeschoss. Während Kathrins häufiger beruflicher Abwesenheit versorgte Laura ihren Kater Ramses, der mit Hilfe verschiedener Katzenklappen Zugang ins ganze Haus hatte. Und wenn es Kathrin, die ihre beiden Nichten abgöttisch liebte, nach Familienanschluss war, brauchte sie nur ein Stockwerk tiefer zu gehen.

Gemeinsam mit der Schwester versorgte sie die Mutter, die glücklicherweise noch so rüstig war, dass sie fünf Jahre nach dem Tod ihres Mannes alleine in ihrer Wohnung leben konnte. Auch geistig war sie noch voll auf der Höhe, lediglich Zahlen und Daten brachte sie bisweilen durcheinander.

Kathrin fand ihre Mutter in ihrem Lieblingssessel am Fenster sitzend vor. Schon als sie vor dem Haus aus dem Taxi gestiegen war, hatte sie an der kleinen Bewegung des Vorhangs erkannt, dass ihr Kommen nicht unbemerkt geblieben war. Noch bevor sie klingeln konnte, hatte die Mutter den Türöffner, der sich praktischerweise direkt am Fenster befand, betätigt.

Kathrin küsste ihre Mutter auf die Wange. Wie jedes Mal, wenn sie sie einige Tage nicht gesehen hatte, kam sie ihr kleiner und zerbrechlicher vor. Doch ihre Stimme war kräftig wie eh und je.

»Was machst du nur? Ich dachte, du liegst in Sardinien in der Sonne und spannst endlich einmal richtig aus, und nun stöberst du schon wieder im Reich der Toten herum«, schalt die alte Dame, die sich nie so richtig mit Kathrins Berufswahl hatte anfreunden können.

»Ach Mama, lass gut sein. Wir wollen uns nicht schon wieder darüber streiten. Ich hab fürchterlichen Hunger. Ich koche uns rasch ein paar Spaghetti, ja? Dann essen wir zusammen.«

Wenig später saßen die beiden einträchtig beim Abendessen. Kathrin erzählte ihrer Mutter vom anstehenden Besuch bei ihrem Doktorvater, Professor Hermann Wegener. Das erschien ihr als Gesprächsthema unverfänglicher als die Tatsache, dass sie jetzt der Kriminalpolizei bei ihren Ermittlungen half.

»Schön, dass du den alten Professor mal besuchst. Du warst doch immer seine Lieblingsschülerin. Wie geht es ihm denn?«

»Nicht so gut. Seine Frau hat mir erzählt, dass er an einer starken Demenz leidet. Hoffentlich erkennt er mich überhaupt wieder.«

»Oh, das tut mir aber leid. Und ich dachte immer, wenn man sein Gehirn bis ins Alter fordert, dann wäre man vor so etwas gefeit. Du musst dich ähnlich anziehen wie während deines Studiums, nicht so schick wie heute, und vielleicht ein paar alte Fotos mitnehmen«, fügte ihre Mutter dann nachdenklich hinzu. »Ich habe einmal gelesen, dass Demenzkranke sich oft beim Anblick von etwas Vertrautem an früher erinnern.«

»Das ist eine gute Idee, dann schmeiße ich mich einfach mal wieder in meine alten Jeans.«

Kathrin half ihrer Mutter noch bei dem Abwasch, dann brach sie auf, froh darüber, dass sie aus Tübingen nur eine kleine Reisetasche mitgebracht hatte und keinen Koffer zu schleppen brauchte.

Zu Hause fand Kathrin an ihrer Haustür einen von ihren Nichten verzierten Willkommensgruß im typischen Telegrammstil ihrer Schwester vor: »Willkommen daheim. Wir sind mit den beiden Gören zu einem Geburtstag eingeladen. Es könnte später werden. Dem alten Ägypter geht es prächtig. Bis morgen. Laura & Co.«

Erleichtert, dass am Abend keine weiteren familiären Verpflichtungen mehr auf sie warteten, betrat Kathrin die

Wohnung und rief nach ihrem Kater, der sich aber nicht blicken ließ. Wahrscheinlich streunte er irgendwo draußen herum. Enttäuscht, ihre Liebesbezeugungen nicht loszuwerden, marschierte sie sofort unter die Dusche. Dann schnappte sie ihren Roman und ging ins Bett. Beim Aufschlagen des Buches kamen Kathrin einige Sandkörnchen entgegen. Verwundert registrierte sie, wie weit der Urlaub schon weg war. Obwohl sich Hatschepsut alle Mühe gab, fielen ihr schon nach wenigen Seiten die Augen zu. Im Einschlafen hörte sie die Katzentür und spürte gerade noch, wie sich der schwarze Ramses genüsslich zu der schönen Pharaonin legte.

Patrick stand in seinem Fotolabor und wartete, bis er endlich das Licht anmachen durfte. Diesen Moment liebte er besonders. Er dokumentierte seine Werke minutiös. Nur die schönsten Aufnahmen fanden Eingang in seine Kollektion. Er hatte im Fotografieren und im Entwickeln der Farbbilder eine wahre Meisterschaft entwickelt. Niemand würde beim Anblick der nackten, halbnackten oder angekleideten Models auf die Idee kommen, dass manche der Frauen zum Zeitpunkt der Aufnahme tot oder zumindest schon fast tot waren. Dass ihre Augen geschlossen waren, unterstrich lediglich den lasziven Ausdruck der vollkommenen Hingabe.

Viele Stunden lang arbeitete Patrick konzentriert in seinem Fotolabor. Er liebte diesen handwerklichen Prozess, den er als ebenso schöpferisch empfand wie die Phase, in der er seine Entwürfe zu Papier brachte. Nie könnte er sich mit der neuen Digitaltechnik anfreunden, die ihn um dieses sinnliche Vergnügen betrogen hätte. Erst unter seinen Händen erlangten seine Models ihre unsterbliche Schönheit. Während er ein Bild nach dem anderen entwickelte, durchlebte er noch einmal im Zeitraffer, wie er sein Model erschaffen hatte.

Er hatte jetzt alle Bilder entwickelt, die er kritisch prüfte und auswählte. Die besten kamen in seinen Trockenautomat, die restlichen hängte er zum Trocknen an einer Leine auf. Eine Aufnahme rührte ihn besonders – es war die erste, die er von Flore gemacht hatte, nachdem er in ihr Appartement eingestiegen war. Es folgten eine ganze Reihe von Nacktfotos – eines schöner als das andere. Und dann Flore in dem Hochzeitskleid. Der strahlend weiße Satinstoff wurde unter dem Brustansatz leicht gerafft und fiel in langen, sanften Wellen wie ein Wasserfall zu Boden. Von den Mühen, die es gekostet hatte, ihr dieses Kleid anzuziehen, war auf dem Bild nichts zu erkennen.

Wehmütig betrachtete er die letzte Aufnahme: Flore als Sonnenanbeterin. Eine Welle der Wut durchströmte ihn. Weshalb hatte er sich nicht beherrschen können? Was war er nur für ein Narr gewesen. Er hatte die Lokalzeitung angerufen, damit der Welt diese Schönheit nicht für immer verborgen bliebe. Jetzt verfluchte er seine Eitelkeit. Doch noch war nichts verloren.

9

Sonntag, 14. Juni 2009

Kathrin schlief fast bis Mittag und nahm dann mit Laura und Franz ein spätes Frühstück ein. Die Mädchen hatten ihre sonntäglichen Cornflakes längst intus und schauten »Die Sendung mit der Maus«. Danach musste sie den beiden ausführlich von ihrem Kurzurlaub erzählen, wobei die Tatsache, dass die Tante mit einem Hubschrauber geflogen war, sich als das Spannendste erwies. Dann endlich durfte sie los.

Auf der Fahrt nach Heidelberg wurde Kathrin immer mulmiger zumute. Sie hatte ein schlechtes Gewissen, weil sie den Professor so lange nicht besucht hatte. Und sie hatte Angst, dass er sie nicht erkennen könnte. Kathrin hatte keine Ahnung, wie sie sich dann verhalten sollte. Sie konnte sich ihren intellektuell brillanten Mentor, der immer ihr großes Vorbild gewesen war, einfach nicht als senilen alten Mann vorstellen. Plötzlich musste sie an »Small World« denken, den Roman, in dem Martin Suter ein so liebevolles Bild von einem Alzheimer-Kranken gezeichnet hatte, und hoffte inbrünstig, ihr würde ein ähnlich unbefangener Umgang gelingen.

Die Wegeners wohnten in einem schmucken kleinen Reihenhaus außerhalb von Heidelberg. Kathrin, die das Haus von früheren Besuchen kannte, hatte keine Schwierigkeit, es zu finden. Da sie einige Minuten zu früh war, wartete sie noch kurz im Auto. Als es keinen Grund mehr gab, die Begegnung weiter hinauszuschieben, lief sie mit klopfendem Herzen zur Haustür und klingelte.

Annabell Wegener, die Frau des Professors, öffnete sofort. Sie hatte sich kaum verändert, lediglich die kleinen Fältchen im Gesicht schienen mehr geworden. Sie nahm Kathrin herzlich in den Arm. »Schön, dass Sie den Weg wieder einmal zu uns gefunden haben.«

»Es tut mir leid ...«, setzte Kathrin an, doch Annabell Wegener unterbrach sie: »Es braucht Ihnen nicht leidzutun. Wir wissen doch, wie beschäftigt Sie sind. Hermann hat Ihre Berufslaufbahn immer stolz verfolgt.«

»Wie geht es Ihnen?«, formulierte Kathrin vorsichtig.

»GZ, SZ«, meinte Annabell lächelnd und als sie den fragenden Blick Kathrins auffing, setzte sie hinzu: »›Gute Zeiten, schlechte Zeiten‹, das ist eine Fernsehserie, die ich immer mit meinen Enkelinnen anschauen muss, so ist es auch bei uns. Wir haben gute Tage und schlechte Tage. Und Sie haben Glück: Heute haben wir einen guten Tag. Kommen Sie schon, er wartet bereits auf Sie. Heute Morgen konnte er sich noch daran erinnern, wer Sie sind. Wie es jetzt ist, weiß ich nicht. Am besten, Sie sprechen gleich mit ihm, ich koche inzwischen Kaffee.«

Annabell Wegener führte Kathrin ins Arbeitszimmer ihres Mannes.

»Hier ist dein Besuch, Hermann.« Sie nickte Kathrin aufmunternd zu und verließ das Zimmer.

Professor Hermann Wegener saß in einem riesigen Ohrensessel und musterte Kathrin misstrauisch. Hinter seinem Schreibtisch hing eine große Pinnwand, an der, wohl als Erinnerungsstütze, mit Namen versehene Fotografien hingen. Gerührt erkannte Kathrin, dass auch ein Foto von ihr darunter war. Der Professor blickte sie immer noch unverwandt an. Einen Moment sah es ganz so aus, als würden auch Jeans und ihr Ringelpulli, den sie aus Studienzeiten behalten und extra aus der Truhe mit den alten Lieblingsklamotten hervorgekramt hatte, nichts helfen. Doch dann ging ein Strahlen über das eingefallene Gesicht des alten Mannes: »Katharina Zimmermann. Rechtsmedizin eins, Sie waren mein bestes Pferd im Stall.«

»Herr Professor, ich freue mich so, Sie zu sehen. Ich weiß, ich hätte längst einmal kommen sollen, aber Sie wissen ja, wie das ist ...«

»Papperlapapp. Hauptsache, Sie sind da. Was wollen Sie wissen? Sie sind doch bestimmt nicht nur gekommen, um mit zwei alten Leutchen Kaffee zu trinken?«

Fast erschien es Kathrin, als wollte Wegener selbst die flüchtigen Momente seines wachen Geistes nutzen, und so berichtete sie rasch von ihrem Anliegen.

»Die Vorlesung über ›Allergische Reaktionen mit Todesfolge‹. Das müsste im Wintersemester 1995 oder im Sommersemester 96 gewesen sein. Da waren Sie doch mit diesem netten jungen Mann zusammen. Wie hieß er doch gleich? Jürgen Neugebauer. Talentierter Bursche, aber ein wenig hitzig. Aus dem ist ja auch was geworden.«

Wegener schien angestrengt nachzudenken. »Ich könnte schwören, dass Sie damals sogar einen ganz ähnlichen Pullover getragen haben.«

Kathrin war mit einem Mal siedend heiß geworden. Auf diese Art der Erinnerung hätte sie gerne verzichtet. Hoffentlich fiel dem Professor jetzt nicht auch noch die lautstarke

Szene ein, mit der sie Neugebauer, den sie im Labor mit einer Kommilitonin überrascht hatte, mitten in einer Vorlesung den Laufpass gegeben hatte.

»Und die Latexallergien? Erinnern Sie sich daran?«

»Sicher, die wurden von einem Material ausgelöst, das speziell für den Einsatz im medizinischen Bereich entwickelt worden war. Die Allergien waren außergewöhnlich heftig. Es gab einen Todesfall in der Firma, die den Stoff hergestellt hat. Sie musste die Produktion noch in der Probephase stoppen. Das Material gelangte nie zum Einsatz.«

»Wissen Sie noch, wie die Firma hieß?«, fragte Kathrin gespannt.

Wegener setzte schon zu einer Antwort an, doch dann hielt er inne. Der wache Ausdruck verschwand binnen Sekunden aus seinem Gesicht, und er alterte zusehends.

»Herr Professor, die Firma?«

Doch der alte Mann blickte sie nur noch verzweifelt an, und Kathrin war froh, als Annabell erschien und zum Kaffee bat.

Beim Kaffee beteiligte sich der Professor kaum mehr am Gespräch, und Kathrin wusste nicht, ob er sie bereits vergessen hatte, oder ob ihm die Erinnerungslücke selbst bewusst und so peinlich war, dass er deswegen verstummt war. Annabell Wegener versuchte tapfer, das Gespräch irgendwie in Gang zu halten, und Kathrin begann zu ahnen, was die Frau täglich durchmachen musste.

Unvermittelt ergriff der Professor das Wort: »So, nun ist meine Sprechstunde um. Ich muss mich auf die nächste Vorlesung vorbereiten. Inga, würden Sie die junge Frau bitte hinausbegleiten.« Inga, das war die Sekretärin in Wegeners Institut gewesen.

Annabell versuchte gar nicht, ihren Mann von seinem Irrtum abzubringen. Sie meinte nur sanft, auf die Vorlesung könne er sich noch später vorbereiten, jetzt sei es Zeit für einen Mittagschlaf. Dann half sie ihm mit einer routinierten Bewegung vom Stuhl hoch und begann, ihn gegen seinen leichten Protest aus dem Zimmer zu führen. Es war eine eingeübte Szene, wie sie wahrscheinlich tagtäglich ablief, doch Annabell brachte sie mit so viel Würde über die Bühne, dass Kathrin am liebsten losgeheult hätte.

In der Tür drehte sich der Professor noch einmal um und sagte triumphierend: »Mediwear, die Firma heißt Mediwear und hat ihren Sitz in Reutlingen. Und grüßen Sie Jürgen von mir, meine Liebe, Sie sind ein so schönes Paar.«

Als Annabell zurückkam, hatte auch sie Tränen in den Augen. »So ist es immer. Wenn man gerade glaubt, er sei ganz der Alte, dann ist er plötzlich völlig weggetreten. Manchmal habe ich den Eindruck, ich verliere ihn. Jeden Tag ein Stück mehr.« Sie schluchzte kurz auf, riss sich dann aber zusammen. »Ich hoffe, er konnte Ihnen trotzdem ein wenig helfen?«

»Und ob«, versicherte Kathrin rasch, der die Willenskraft der alten Frau schier das Herz brach. »Grüßen Sie ihn von mir, wenn er wieder bei sich ist.«

»Das mache ich. Und glauben Sie mir, er hat sich über Ihren Besuch wirklich gefreut.«

Kathrin versprach, sie bald wieder zu besuchen, dann verabschiedete sie sich und fuhr nach Stuttgart zurück.

10

Kathrin stand an der Theke, die das Wohnzimmer des Hauptkommissars von der Küche trennte, und überlegte gerade, ob sie die Feuerwehr rufen sollte. Doch kurz bevor die Flammen die Dunstabzugshaube in Brand setzten, fielen sie wie von Zauberhand gelöscht in sich zusammen und gaben den Blick auf zwei goldbraune Flugentenbrüste frei.

»Junger Ziegenkäse mit frischen Feigen und Zwiebelmarmelade, Entenbrust mit grünem und roten Paprika und als Dessert eine Marsala-Zabaione« – Marks hatte italienische

Küche als Ersatz für den abgebrochenen Italien-Urlaub versprochen, und das, was da in seiner gusseisernen Pfanne lag, sah vielversprechend aus.

Während Kathrin an ihrem Martini nippte, sah sie sich verstohlen um. Die Wohnung war sparsam, im sachlichen Bauhausstil eingerichtet, gerade so, dass jedes einzelne Möbelstück richtig zur Geltung kam. Kathrin, die eine zusammengewürfelte Einrichtung im in die Jahre gekommenen Studenten-Stil erwartet hatte, fühlte sich fast deplatziert in ihrer Jeans und dem alten Ringelpulli. Glücklicherweise war Marks zumindest outfitmäßig dem Bild treu geblieben, das sie von ihm hatte. Er trug Jeans und ein schwarzes T-Shirt. Sein kurzer Bart war frisch gestutzt, die dunkelbraunen Haare noch lockiger als sonst, was wahrscheinlich an dem Dunst lag, den er in seiner Küche produzierte.

»Ihre Wohnung ist eine Wucht, haben Sie die selbst eingerichtet?«

»Ja, meine Mutter war Innenarchitektin, da ist vielleicht was hängen geblieben. Und immer, wenn ein Urlaub wegen einer Ermittlung ins Wasser gefallen ist, dann entschädige ich mich mit einem schönen Möbelstück.«

»Oh«, meinte Kathrin, die rasch überschlug, wie viele Urlaube wohl in dieser Einrichtung steckten.

»Jetzt ist es gleich so weit. Ich werfe nur noch die Tagliatelle ins Wasser, dann können wir mit der Vorspeise beginnen.«

Marks, der die flambierten Entenbrüste zum Warmhalten in den Ofen geschoben und aus dem Bratenfond eine Sauce zubereitet hatte, kam mit den vorbereiteten Vorspeisentellern aus der Küche.

»Buon appetito. Der Studentenlook steht Ihnen übrigens gut.« Marks prostete ihr zu. »Und jetzt schießen Sie los, ich kann es kaum erwarten, zu hören, was Sie bei Ihrem Professor erfahren haben?«

»Das ist schnell erzählt«, meinte Kathrin stolz, während sie ein Stück des köstlichen Ziegenkäses auf der Zunge zergehen ließ, der wider Erwarten so wunderbar mit der Zwiebelmarmelade harmonierte. »Ich weiß jetzt, wie die Firma heißt: Mediwear, und stellen Sie sich vor, sie sitzt in Reutlingen.«

»Dann ist der alte Herr doch nicht so senil wie befürchtet?«

»Doch, leider schon, aber ich hatte Glück und habe einen seiner seltenen lichten Momente erwischt.«

»Und das Material kann nirgendwo anders herstammen?«

»Nein, Professor Wegener schien sich ganz sicher. Die Produktion wurde damals wegen der Krankheitsfälle sofort eingestellt, das Zeug ging nie in Serie.«

»Dann werden wir morgen herausfinden, wo die Restposten geblieben sind«, versprach Marks, bevor er wieder in der Küche verschwand.

Und Kathrin freute sich über das kleine Wörtchen »wir« mindestens genauso wie auf den nächsten opulenten Gang.

11

Montag, 15. Juni 2009

Die Firma Mediwear lag in einem hässlichen Industriegebiet außerhalb von Reutlingen. Marks hatte Kathrin, die noch leicht unter den Nachwehen des italienischen Abends litt, früh abgeholt, so dass sie noch vor der Mittagspause auf dem Firmengelände eintrafen. Der Geschäftsführer, ein überheblicher Mittvierziger, war von ihrem Besuch wenig erbaut.

Er wollte nur ungern an den »Wirbel« erinnert werden, den der von ihnen produzierte Stoff Ende der 80er Jahre ausgelöst hatte. Erst als ihm Marks vorhielt, dass der Stoff damals ein Menschenleben gefordert hatte und jetzt im Verdacht stand, bei einem Mordfall eine wichtige Rolle zu spielen, wurde Heinz Melfert gesprächiger.

»Den Weg hätten Sie sich wirklich sparen können. Wir haben das Teufelszeug damals samt und sonders vernichtet. Es war jammerschade, denn das Material hatte ansonsten ganz hervorragende Eigenschaften. Obwohl es hauchdünn war, konnte es auf der Innenseite beschichtet werden. Es war deshalb viel angenehmer zu tragen als herkömmliche Schutzkleidung. Aber wie gesagt, alles wurde vernichtet.«

»Ist es nicht möglich, dass irgendwo ein kleiner Restposten gelagert wurde?«

»Auf keinen Fall. Und wenn, dann wäre er jetzt auch weg. Wir haben nämlich vor zehn Jahren diesen Neubau hingestellt und beim Umzug das gesamte alte Lager geräumt.«

»Und wer war für das Lager zuständig?«, wollte Kathrin ungeduldig wissen.

»Unser alter Hausmeister, der ist aber längst in Ruhestand.«

Auf mehrfache Nachfrage rückte der Mediwear-Chef dann die Adresse des ehemaligen Mitarbeiters heraus – sichtlich erleichtert, dass er das Duo damit loswurde.

Sie fanden Manfred Bohnert in seinem unter der Achalm gelegenen Schrebergarten. Bohnerts Frau hatte sie zu ihrem »Männe« an den Reutlinger Hausberg geschickt. Die rüstige Rentnerin war vor Neugier schier geplatzt und wäre am liebsten mitgefahren. Glücklicherweise war sie gerade mit Fensterputzen beschäftigt und unabkömmlich. Bohnert, ein bieder wirkender kleiner Mann mit stahlgrauen kurzen Stoppelhaaren, war dabei, Tomaten zu setzen. Er hörte ihr Anliegen misstrauisch an.

»Hat Ihnen der Melfert nicht gesagt, dass wir alles vernichtet haben?«

»Doch«, schmeichelte Kathrin, »aber wir wollten doch lieber mit Ihnen persönlich sprechen, Sie wussten über das Lager doch sicher am besten Bescheid.«

»Das schon. Aber in diesem Fall hat der Chef Recht. Das Zeug ging samt und sonders in die Sondermüllverbrennung.«

»Und beim Umzug ist nicht vielleicht doch noch ein Restposten aufgetaucht?«

Bohnert schüttelte heftig den Kopf, ein wenig zu schnell und zu heftig, wie Kathrin fand. Ihrem Begleiter schien es ebenso zu gehen, denn er nahm den ehemaligen Hausmeister nun richtig in die Mangel.

»Hören Sie, Bohnert, wenn damals zufällig etwas aufgetaucht ist und Sie uns das jetzt verschweigen, dann behindern Sie die Ermittlungen in einem Mordfall, und ich bringe Sie in Teufels Küche. Aber wenn Sie jetzt mit der Sprache rausrücken, haben Sie mit der Sache nichts mehr zu tun, das verspreche ich Ihnen.«

Bohnert zögerte nur kurz, dann brach es aus ihm heraus.

»Sie haben recht, wir haben 1999 vor dem Umzug die ganzen Bestände bei einem Lagerverkauf verramscht. Dabei habe ich drei kleine Ballen von dem latexbeschichteten Material entdeckt, die aus einer alten Testreihe stammten, die lief, lange bevor die ersten Allergiefälle in der Firma auftraten. Die haben das durchsichtige Zeug damals eingefärbt, weiß, rot und gelb, weil man daraus auch Gummihandschuhe für den Hausgebrauch fertigen wollte. Die Ballen hatten wir damals wohl übersehen. Na ja, und die habe ich dann eben zu den Posten mit der Deko-Ware dazugelegt. Sie haben auch gleich Abnehmer gefunden, weil sie so schön geglänzt haben.«

»Wissen Sie noch, wer die Ballen genommen hat?«

»Einen hat das hiesige Theater gekauft. Ich glaube, das war der blaue, die wollten daraus ein Bühnenbild machen. Der gelbe ging ans Isolde-Kurz-Gymnasium, auch für eine Theateraufführung oder so was, und der weiße wurde von Studenten aus Trier abgenommen. Ich glaube, die waren von irgendeiner Modehochschule.«

Kathrin und Konstantin schauten sich an.

»Modedesign – in Trier gibt es, soviel ich weiß, eine Fachhochschule für Modedesign.« Kathrin konnte ihre Aufregung kaum verbergen.

»Danke, dann wissen wir ja jetzt, wo wir suchen müssen«, meinte Marks, dann liefen die beiden los, ohne sich noch einmal nach dem verblüfften Alten umzusehen.

12

Zwei Stunden später saßen Kathrin und Konstantin wieder im Auto, diesmal in Richtung Trier. Ihre Mission in Reutlingen hatten sie erfolgreich beendet. Im Isolde-Kurz-Gymnasium waren sie auf einen Kunstlehrer getroffen, der auch die Theater-AG betreute. Er erinnerte sich noch an die gelben Gummibahnen, die bei einer Vorstellung des »Kleinen Prinzen« zum Einsatz gekommen waren. Der Lehrer berichtete, man habe den Stoff hinterher aber weggeworfen, weil eine Schülerin beim Zuschneiden einen ekelhaften Ausschlag an den Händen bekommen hatte. Im Theater ›Die Tonne‹ hingegen hatte es keine Beanstandungen gegeben. Dort fand sich sogar noch ein kleiner Rest des Materials, der von Marks kurzerhand beschlagnahmt wurde.

Die Fachhochschule für Modedesign in Trier lag auf einem kleinen Hügel am Rande der Stadt. Am Spätnachmittag war das Sekretariat nicht besetzt, doch der Rektor, Professor Hugo Hoffmann, ein älterer Herr mit Pferdeschwanz und einer schwarz umrandeten eckigen Brille, war noch da und überschlug sich fast vor Hilfsbereitschaft.

»Wir hatten im Sommersemester 2000 eine Abschlussklasse, die hatte das Thema, eine Science-Fiction-Kollektion zu entwerfen. Die Studenten haben damals mit den ungewöhnlichsten Materialien experimentiert. Einen Moment, ich hole Ihnen rasch den Bildband, der die Kollektion dokumentiert. Heutzutage haben wir das natürlich alles auf CD-Rom. Aber damals arbeiteten wir noch mit den guten alten Papierbildern.«

Hoffmann verschwand im Nebenzimmer, um wenig später mit einem dicken Fotoalbum wieder aufzutauchen. Er begann, hektisch darin zu blättern.

»Sehen Sie da, das weiße Mannequin, das als eine Art futuristische Gummipuppe über den Laufsteg ging. Das könnte doch zu Ihrem Latex passen.«

»Können Sie feststellen, wer das damals entworfen hat?«

»Selbstverständlich, dazu muss ich nicht einmal nachschauen. Denn der Createur dieses Modells war ungewöhnlich begabt. Peter Günther von Gemnitz, er hat später unter dem Künstlernamen Peer einige ganz extraordinäre Kollektionen entworfen. Schon als Studienanfänger hat er so ausgereifte Einzelentwürfe hingelegt, das schaffen andere nie im Leben. Peer hatte einfach eine außergewöhnliche Begabung, Harmonie zu erkennen und zu schaffen. Das bezog sich im Übrigen nicht nur auf die Mode. Er konnte in einen Raum kommen und erfasste sofort, wenn irgendetwas nicht stimmig war, und er hatte die Fähigkeit, mit wenigen Handgriffen das Raumklima so zu verändern, dass sich jeder wohlfühlte. Ich weiß gar nicht, wie ich Ihnen das beschreiben soll. Es war wie bei einem genialen Musiker, nur dass Peer nicht das absolute Gehör, sondern – wie soll ich sagen – das absolute Gesicht hatte.«

Hoffmann, der vollständig ins Schwärmen geraten war, hielt kurz inne. »Zu schade, wenn einer sein Talent so vergeudet. Peer hätte wirklich einer der ganz Großen werden können.«

»Wieso hätte?«, warf Kathrin gespannt ein.

»Nun ja, Drogengeschichten, Exzesse, Sie wissen schon. Er soll dann sogar einmal vor einer Modeschau eines seiner Models im Drogenrausch fast erwürgt haben. Seine einflussreiche Familie hat alles vertuscht, aber in der Modebranche hat es natürlich trotzdem die Runde gemacht. Peer ist dann in der Versenkung verschwunden. Ich habe nie wieder etwas von ihm gehört.«

»Wissen Sie, wo die Familie lebt?« Konstantin schien nicht weniger interessiert als Kathrin, der schmunzelnd bewusst wurde, dass sie sich zwar nach wie vor siezten, sich aber seit dem Vorabend meist mit dem Vornamen anredeten. Und in Gedanken war er für sie längst nicht mehr der unnahbare Hauptkommissar.

»Eigentlich in Hamburg, aber nach der Wende ist die Familie, wenn ich recht informiert bin, auf einen alten Adelssitz in die neuen Bundesländer gezogen. Aber fragen Sie mich nicht, wohin.«

»Wäre es möglich, dass damals außer von Gemnitz noch jemand anderes mit dem Latex gearbeitet hat?«

»Das ist unwahrscheinlich. Die Aufgabe beinhaltete ja gerade, dass jede Studentin und jeder Student sein eigenes, möglichst ungewöhnliches Material findet und verarbeitet.«

»Wissen Sie zufällig auch noch den Namen des Modells, das er damals angegriffen hat?«

»Nein, tut mir leid. Aber die Modeschau war in Berlin, da bin ich mir sicher.«

»Dann kriegen wir das auch raus. Professor Hoffmann, Sie waren uns eine große Hilfe.«

»Und Sie glauben nun, Peer hat etwas mit dieser scheußlichen Mordserie zu tun, bei der ein Opfer schöner ist als das andere?«

»Würden Sie es ihm denn zutrauen?«, reagierte Marks mit einer Gegenfrage.

»Ich weiß nicht, dazu kannte ich ihn zu wenig. Aber dass Peer von seinen Schönheitsvorstellungen geradezu besessen war, das hat man schon während des Studiums gemerkt.«

Kathrin und Konstantin hatten wenig Zeit, sich über den unverhofften Ermittlungserfolg zu freuen. Auf dem Weg zum Parkplatz vor der Hochschule erhielt der Hauptkommissar einen Anruf von Schröder. Zunächst hörte Marks nur schweigend zu, doch Kathrin erkannte an seinem verbissenen Gesichtsausdruck, dass irgendetwas gewaltig schiefgelaufen war.

»Er hat was? Der Idiot gefährdet doch die ganzen Ermittlungen!«, brüllte Konstantin nun so laut los, dass Kathrin unversehens zusammenzuckte.

»Ich weiß selbst, dass Sie nichts dafür können«, fuhr er nur unerheblich leiser fort. »Nein, das halte ich für ausgeschlossen. Das ist auf gar keinen Fall die Tat eines Trittbrettfahrers. Ich will diesen Ex selbst vernehmen, dass das klar ist. Wir sind«, Marks blickte auf seine Armbanduhr, »in spätestens drei Stunden im Präsidium. Strahner werden Sie kaum aufhalten können, aber die Kollegen müssen Sie bremsen. Sagen Sie, wenn einer von denen mit dem Verhör beginnt, bevor ich da bin, reiße ich ihm den Kopf ab.«

Wütend beendete der Hauptkommissar das Gespräch. Mittlerweile waren sie an ihrem Wagen angelangt, und Konstantin forderte Kathrin schweigend zum Einsteigen auf. Dann brauste er los.

Als Konstantin auch nach einigen Minuten keine Anstalten machte, ihr zu erklären, was passiert war, merkte Kathrin, wie langsam, aber sicher die Wut in ihr hochkroch. Und das nicht nur, weil sie insgeheim auf ein gemütliches Abendessen in einem Lokal abseits der Autobahn gehofft hatte. Sie wartete noch einige Minuten, dann riss ihr Geduldsfaden.

»Wären Sie vielleicht so gütig, mir mitzuteilen, was eigentlich los ist«, schnauzte sie Marks an, der stur geradeaus blickte. »Wer ist der Trittbrettfahrer, und wer gefährdet die Ermittlungen? Vergessen Sie nicht, dass wir eine Abmachung haben. Ich habe ein Recht auf die Informationen, sonst säße ich nämlich gar nicht hier.«

»Tut mir leid«, brummte Marks, »aber die Theorie ist einfach zu hirnrissig. Die Kollegen in Reutlingen haben einen Anruf von Simone Tegler bekommen. Die war übers Wochenende auf einem Fortbildungsseminar in irgendeinem Kloster und hat erst nach ihrer Rückkehr die Fotos von Flore in dem Hochzeitskleid in der Zeitung gesehen. Und jetzt ist sie felsenfest überzeugt, dass Flores Exfreund Holger

Magnus ihre Freundin umgebracht hat. Aus Rache, weil sie ihm so kurz vor der Hochzeit den Laufpass gegeben hat. Magnus wurde heute Nachmittag in seiner Wohnung in Ulm verhaftet und wartet jetzt im Präsidium auf die Vernehmung. Strahner kommt die Theorie mit dem Trittbrettfahrer natürlich gerade recht. Er wird es sich nicht nehmen lassen, den raschen Fahndungserfolg hinauszuposaunen. Es ist einfach zum Kotzen.«

»Seit wann wissen Sie schon, dass da ein eifersüchtiger Exfreund seine Finger im Spiel haben könnte?«, fragte Kathrin spitz, die voller Groll an ihren geplatzten Urlaub dachte.

Marks schaute sie überrascht an und erschrak, wie wütend ihre grünen Augen blitzten. »Als Schröder mir von Magnus erzählt hat, waren Sie längst in Tübingen und haben Flores Leiche untersucht. Bei meinem Anruf auf Sardinien wusste ich noch nichts von einer geplatzten Hochzeit und einem verbitterten Liebhaber, ehrlich. Aber Prof, Sie glauben doch nicht etwa, dass irgendetwas an der Trittbrett-Geschichte dran sein könnte. Sie waren sich doch nach der Autopsie auch ganz sicher, dass das Verbrechen an Flore exakt die gleiche Handschrift trägt wie all die Morde zuvor.«

»Das schon, ich bin immer noch überzeugt, dass die Morde von ein und demselben Täter begangen wurden«, räumte Kathrin etwas ruhiger ein. »Oder von einer Person, die absolut mit dem Täter und seiner Vorgehensweise vertraut ist. Es sei denn …«

»Es sei denn, was?«

»Es sei denn, Flores Freund hat nicht nur seine Verlobte, sondern all die Frauen davor ebenfalls umgebracht. Dann wäre der Mord an Flore nicht die Tat eines Trittbrettfahrers, sondern nur die Spitze des berühmten Eisbergs.«

»Ich weiß nicht, so ein Mord aus verschmähter Liebe passt doch irgendwie gar nicht in das Profil unseres eiskalt berechnenden Beaus.«

»Trotzdem können wir diese Möglichkeit nicht gänzlich außer Acht lassen.« Sie dachte kurz nach. »Ich möchte unbedingt bei dem Verhör dabei sein. Ich will sehen, was der Mann für ein Typ ist, wie er redet, was er ausstrahlt.«

»Das ist unmöglich. Eine Psychologin beim Erstgespräch hinzuzuziehen, ist durch nichts zu rechtfertigen. Wir würden das Ergebnis der ganzen Befragung aufs Spiel setzen und müssten die Aussage unter Umständen aus den Ermittlungen streichen.« Doch bevor Kathrin zu einer wütenden Entgegnung ansetzen konnte, fuhr er fort: »Ich kann allenfalls schauen, dass Sie unser Gespräch vom Nachbarzimmer aus verfolgen. Dann kriegen Sie die Reaktionen des Mannes fast genauso gut mit, als säßen Sie neben mir.«

»Meinetwegen«, stimmte Kathrin zu, die damit endgültig ihren gemütlichen Feierabend in weite Ferne gerückt sah.

Als sie in die Seitenstraße hinter dem Polizeipräsidium einbogen, sahen sie, dass dort der Übertragungswagen eines großen Privatsenders und mehrere Fahrzeuge verschiedener Radioanstalten abgestellt waren. Marks begann leise zu fluchen, während er die Rampe zur Tiefgarage hinunterfuhr.

»Wusste ich es doch, unser übereifriger Chef weiß nichts Besseres, als die gute Nachricht von der Verhaftung gleich in den Äther rauszublasen. Hoffentlich läuft der uns jetzt nicht über den Weg, sonst kann ich für nichts garantieren.«

Seine Hoffnung sollte sich nicht erfüllen. Kathrin und Konstantin waren gerade aus dem Aufzug ausgestiegen, als ihnen bereits der Kriminaldirektor – flankiert von den beiden Pressereferenten – entgegenrauschte. Beim Anblick von Marks bekam er einen hochroten Kopf und begann unverzüglich loszuschreien.

»Die Tat eines Serienkillers, dass ich nicht lache. Das war eine ganz banale Beziehungskiste und hat mit Ihrem Verrückten absolut nichts zu tun! Von wegen Schneewittchen. Dass Sie bei Ihren Ermittlungen nicht ein einziges Mal das Offensichtliche sehen können! Dass Sie sich immer in irgendwelche verrückten Theorien versteigen müssen! Ein Hochzeitskleid ist ein Hochzeitskleid. Um das zu erkennen«, Strahner machte eine unwirsche Kopfbewegung in Richtung Kathrin, »brauche ich nicht den Beistand einer hochdotierten forensischen Psychologin.«

Die letzten beiden Worte hatte der Kriminaldirektor geradezu ausgespuckt, wobei seine aufgetürmte Haarpracht gefährlich ins Rutschen kam. Mit einer geschickten Handbewegung, die von jahrelanger Routine zeugte, brachte er die Katastrophe gerade noch rechtzeitig zum Stoppen. Um dann seine Standpauke ungerührt fortzusetzen: »Das ist eindeutig die Visitenkarte des sitzengelassenen Bräutigams. Wahrscheinlich hat der nicht einmal eine Verbindung zu den Serienmorden beabsichtigt. Und jetzt sehen Sie zu, dass Sie ein rasches Geständnis aus dem Mann rauskriegen. Danach können Sie sich meinetwegen wieder Ihrem Modezar widmen.« Grußlos drehte sich Strahner weg und verschwand mit seinen stummen Begleitern, die lediglich noch eine hilflose Geste zustande brachten, im Aufzug.

Eine Weile schwiegen beide betreten, dann fragte Kathrin: »Wieso um Himmels willen hasst der Mann Sie so?«

»Hass. Ich weiß nicht, ob das Hass ist. Strahner hat mich eigentlich noch nie leiden können. Aber solange Scheibner lebte, hat er es nie so offen gezeigt. Der Alte hat große Stücke auf Scheibner gehalten und seltsamerweise konnte auch Stefan mit Strahner ganz gut. Ich glaube, Strahner hat es mir nie verziehen, dass nicht ich bei diesem verdammten Unfall am Steuer gesessen habe. Und als Stefan dann vorzeitig den Dienst quittierte, hat er das auch mir in die Schuhe geschoben.«

Die Erinnerung an seinen toten Kollegen und Mentor fiel Marks sichtlich schwer. Obwohl er nicht weitersprach, spürte Kathrin doch, dass ihm etwas anderes noch viel mehr zu schaffen machte als die offensichtliche Antipathie, die ihm sein Chef entgegenbrachte: die Vorstellung, dass er den Selbstmord seines Freundes nicht hatte verhindern können. Sie nahm sich vor, Konstantin bei passender Gelegenheit einmal vorsichtig nach seinen Schuldgefühlen zu befragen. Sie vermutete stark, dass er nie die Hilfe des Polizeipsychologen gesucht hatte. Doch jetzt wollte sie nicht weiter insistieren.

Marks hielt das Thema offensichtlich auch für beendet, denn er meinte sarkastisch: »Kommen Sie, auf uns wartet ein Mörder, der wahrscheinlich nur danach lechzt, uns eine Tat zu gestehen, die er nicht begangen hat.«

Patrick fühlte eine ohnmächtige Wut in sich aufsteigen. Dass Flore, dass ausgerechnet sein vollkommenstes Werk nicht seiner Hände Arbeit sein sollte, sondern die fahle Kopie eines Trittbrettfahrers! Das konnte nur einem absolut kranken Hirn entsprungen sein. Am liebsten hätte er den Fernsehapparat, in dem soeben diese unglaubliche Pressekonferenz gelaufen war, mit einem Fußtritt zerstört. Doch Aggressionen unkontrolliert nachzugeben, das war nicht sein Stil. Seine Rache musste subtiler sein.

Seine Gedanken drehten sich immer weiter im Kreis. Um sich abzulenken, schaltete er wieder den Fernseher ein. Wahllos zappte er durch die Sender, bis er bei einer jener idiotischen Talkshows hängen blieb, weil ihm ein Gesicht bekannt vorkam. Es war die Sängerin Gloria Heller, die seit einigen Jahren in allen Opernhäusern der Welt zu Hause war. Er kannte sie noch unter ihrem tatsächlichen Namen, Gudrun Kramlich. Gudrun war wie er in der Nähe von Hamburg aufgewachsen, sie war ihm mehrfach bei Empfängen im Haus seiner Eltern begegnet. Jetzt war sie ein Weltstar und würde sich an ihn wohl kaum noch erinnern. Neben ihr saß, still und unscheinbar, ihre Lebensgefährtin Josephine Kerner. Alle Welt wusste, dass die Opernsängerin Gloria und die Kamerafrau Josephine schon lange ein Paar waren, doch seit sich die beiden mit ihrer Beziehung vor einigen Wochen geoutet hatten, wurden sie von einer Talkshow zur nächsten gereicht. Als ob es heutzutage noch irgendeinen Erkenntniswert hätte, öffentlich zu bekennen, dass man schwul oder lesbisch war.

Gudrun hatte ihren voluminösen Klangkörper (und um einen solchen handelte es sich ohne Zweifel) schon immer wie einen Paradiesvogel gekleidet, doch er musste zugeben, dass ihre Kleiderwahl nicht etwa geschmacklos war, sondern vielmehr ihre kosmopolitische Erscheinung farbenprächtig auf den Punkt brachte. Ganz anders sah es mit Josephine aus. Die große schlanke Frau hatte alles getan, um ihre natürliche Ausstrahlung zu vernichten. Sie steckte in einem konventionellen, schlecht sitzenden Kostüm, dessen Jacke viel zu kurz war. Obwohl sie viel größer war, wirkte sie mit ihren hängenden Schultern wie eine Karikatur von Angela Merkel. Dabei konnte nicht einmal das scheußliche beige Kostüm, zu dem sie eine blassblaue Bluse trug, verbergen, dass sie eigentlich eine tolle Figur hatte. Und das Gesicht war von einer androgynen Schönheit, die ihn auf eine ganz offene Weise ansprach. Verblüfft musste er erkennen, wie seine Kreativität erneut erwachte – nur wenige Tage nachdem er seine letzte schöpferische Hochleistung vollbracht hatte. Schade, dass er ihrem Drängen nicht würde nachgeben können.

Mit zittrigen Fingern zündete sich Holger Magnus die nächste Zigarette an. Sein hellblaues Hemd hatte unter den Achselhöhlen hässliche dunkle Flecken bekommen, und auf seiner Stirn standen Schweißtropfen. Die Vernehmung dauerte noch keine zwei Stunden, und die Zigarettenschachtel, die ihm der Hauptkommissar gleich zu Beginn hatte besorgen lassen, war schon fast leer.

Kathrin saß hinter einem Einwegspiegel, der ihr einen ungestörten Blick in das Vernehmungszimmer gewährte. Marks hatte Margot Mahler mitgenommen, mit ihnen zusammen befand sich eine Protokollantin im Raum. Kathrin konnte von drinnen nicht gesehen werden. Sie nahm einen Schluck Kaffee und spülte mit ihm den letzten trockenen Bissen eines belegten Brötchens hinunter, das ihr Konstantin aus der Kantine hatte bringen lassen.

Kathrin war sich ihrer Sache mittlerweile ganz sicher: Dieses unsichere Häuflein Elend, das abwechselnd in Schimpftiraden ausbrach oder in dumpfes Schweigen verfiel, war nie und nimmer der Mörder Flores und der anderen Opfer. Kathrin glaubte ihm seine Geschichte. Das Wochenende, an dem Flore ermordet wurde, hätte, wie es der dumme Zufall wollte, tatsächlich der Termin seiner Hochzeit sein sollen. Vor lauter Frust über die zerbrochene Beziehung, berichtete Magnus, habe er sich den Donnerstag und Freitag freigenommen und eine Sauftour durch die Altstadt von Ulm unternommen, um sich volllaufen zu lassen.

Ein Ziel, das ihm offensichtlich gründlich gelungen war, denn er hatte einen kompletten Filmriss und konnte über die Kneipen, die er aufgesucht hatte, nicht einmal mehr spekulieren. Dummerweise war er sich nicht einmal sicher, ob er in seiner Verzweiflung nicht tatsächlich nach Bad Urach gefahren war, um Flore zu sehen. Seine Erinnerung setzte erst wieder am frühen Sonntagmorgen ein, als er völlig verkatert in seiner Ulmer Wohnung aufgewacht war. Dabei hatte er dann auch festgestellt, dass er an diesem Wochenende wieder angefangen hatte, Kette zu rauchen. Ein Laster, das er Flore zuliebe einst mühsam aufgegeben hatte. Als er über die Nachrichten von Flores Tod erfuhr, hatte er sofort wieder zu trinken angefangen. Auch jetzt war er alles andere als nüchtern.

Marks, der das Verhör behutsam, aber nicht ohne Schärfe führte, hatte mehrfach versucht, das Gespräch in Richtung Drogen oder medizinischer Kenntnisse zu lenken, doch Magnus hatte ihn jedes Mal nur verwundert angesehen. Lange schien er die Dramatik der Situation überhaupt nicht erfasst zu haben. Als ihm aufging, dass er tatsächlich beschuldigt wurde, seine ehemalige Freundin Flore Gutman vergiftet zu haben, war er zusammengebrochen.

Momentan war er dabei, sich wieder etwas zu fassen, nachdem er minutenlang nur geschluchzt hatte. Er zündete sich die nächste Zigarette an, obwohl im Aschenbecher noch der Stummel seiner letzten qualmte. Kathrin fühlte sich in ihre Studienzeit zurückversetzt. Sie hatten einen Professor, der so nikotinabhängig war, dass er während der Vorlesungen permanent geraucht hatte. Oft vergaß er eine brennende Zigarette im Ascher auf dem Pult, oder er zündete sich an der fast fertig gerauchten Zigarette, ohne eine Pause einzulegen, gleich die nächste an.

Trotz des Brötchens begann Kathrins Magen nun heftig zu knurren. Bestimmt ging es Konstantin genauso. Immerhin hatten sie außer einem kleinen Imbiss an einer Raststätte den ganzen Tag nichts zu sich genommen. Kathrin fiel es immer schwerer, sich zu konzentrieren. Die Antworten von Magnus waren in den vergangenen Minuten zunehmend trotzig geworden. Die Vernehmung war an einem kritischen Punkt angelangt. Kathrin wusste aus ähnlichen Situationen mit beschuldigten Partnern von Mordopfern, dass der Mann kurz davor stand, dem Druck nachzugeben und eine Tat zu gestehen, die er gar nicht begangen hatte. Nur um endlich Ruhe zu haben. Dabei spielten Schuldgefühle, weil er den Tod des geliebten Opfers nicht hatte verhindern können, ebenso eine Rolle wie die unbewusste Sehnsucht, einmal im Rampenlicht zu stehen.

Glücklicherweise schien Marks der Stimmungswandel des Mannes nicht entgangen zu sein. Kurz nach 21.30 Uhr beendete er die Vernehmung, nicht ohne Magnus noch einmal über den rechtlichen Hintergrund seiner Inhaftierung aufgeklärt zu haben. Wenig später erschien er bei Kathrin im Zimmer. Er sah blass und erschöpft aus.

»Stellen Sie sich vor, der Mann war ganz erleichtert, dass wir ihn nicht laufen lassen. Ich glaube, er hat Angst vor sich selber. Wahrscheinlich würde er gleich in der nächsten Kneipe wieder abstürzen.«

»Ich möchte jetzt auch nur noch abstürzen, allerdings in mein Bett. Ich glaube, ich bekomme nicht einmal mehr was zu essen runter, obwohl ich fürchterlichen Hunger habe«, sagte Kathrin, die herzhaft zu gähnen anfing.

»Mir geht es genauso. Dann bringe ich Sie jetzt möglichst rasch nach Hause, bevor noch mehr passiert.«

Doch bevor sie das Zimmer verlassen konnten, stürmte Kommissar Schröder atemlos zur Tür herein.

»Bin ich froh, dass ich Sie noch erwische. Ich befürchte, wir haben ein weiteres Opfer, diesmal in Kassel. Aber das ist älteren Datums. Der Arzt hat bei einer 25-jährigen Frau vor fast drei Jahren einen plötzlichen Herztod diagnostiziert. Die Angehörigen haben sich jetzt erst aufgrund der Presseberichte gemeldet. Und wissen Sie warum? Weil ihnen plötzlich einfiel, dass die Leiche so übernatürlich schön war. Stellen Sie sich vor, die haben damals sogar Fotos von der Toten gemacht. Wir haben bereits die Genehmigung der dortigen Staatsanwaltschaft: Die Leiche wird morgen exhumiert.«

13

Dienstag, 16. Juni 2009

Hauptkommissar Konstantin Marks saß missmutig an seinem Schreibtisch im Stuttgarter Polizeipräsidium und komplettierte die Liste der Frauen, die dem Verrückten nach bisherigem Kenntnisstand in seine schöpferischen Hände gefallen waren. Soeben hatte Katharina Zimmermann aus Kassel angerufen, wo sie Proben von der fast vollständig skelettierten Leiche der jungen Frau entnommen hatte. Das Ergebnis der Schnelltests stand zwar noch aus, aber die Rechtsmedizinerin war aufgrund der Fotos, die die Angehörigen von der Toten gemacht hatten, schon jetzt überzeugt: Anna Lehner war ihre Kandidatin Nummer neun.

Bisher waren sie davon ausgegangen, dass die Mordserie vor etwas mehr als zweieinhalb Jahren in Bremen ihren Anfang genommen hatte. Jetzt mussten sie ihre Chronik bereits im August 2006 beginnen, und weitere zeitraubende Nachforschungen würden auf sein Team zukommen. Er musste Schröder nach Kassel schicken, um dort alles Nötige in die Wege zu leiten.

Ausgerechnet jetzt, wo sie zum ersten Mal eine heiße Spur hatten. Doch die Überprüfung des Adeligen Peter (Peer) Günther von Gemnitz würde mehr als heikel werden. Marks' Recherchen hatten ergeben, dass Peer nicht nur aus einer schwerreichen, sondern überaus einflussreichen Familie stammte. Ob in der Wirtschaft, Industrie oder Politik – in allen Bereichen stieß man in der oberen Etage auf einen von Gemnitz. Sein immenses Familienvermögen hatte Heinrich von Gemnitz, der Vater von Peter Günther, mit Kaffeeplantagen in Südamerika und einem Farbenkonzern in Deutschland gemacht, was ihm den Spitznamen Kaffee- und Chemiebaron einbrachte.

Kriminaldirektor Wolf-Dieter Strahner hatte sein Anliegen, nach Alt Schwerin in Mecklenburg-Vorpommern zu fahren, wo die Familie seit vier Jahren wieder auf einem alten Landsitz residierte, rundweg abgelehnt. Nicht einmal, als Marks Strahner mit der Tatsache konfrontierte, dass Peer 2003 in Berlin tatsächlich ein Mannequin bis zur Bewusstlosigkeit gewürgt hatte (ein Umstand, der so nie in der Presse gestanden hatte), wollte Strahner einer »rein informellen Befragung« der Familie zustimmen. Marks, der wusste, wie hoffnungslos es in solchen Fällen war, weiterzubohren, hatte nicht insistiert und beschlossen, es einfach auf eigene Faust zu versuchen.

Immerhin hatte er mit einigen Mühen auch das malträtierte Model aufgetrieben. Elena Seeberg hatte nach der Attacke ihren Job an den Nagel gehängt. Die junge Frau war mittlerweile verheiratet und hatte den Namen ihres Mannes, Schmidt, angenommen. Sie wohnte jetzt in der Nähe von Hamburg. Elena Schmidt war am Telefon nicht sehr gesprächig gewesen, sie wollte offensichtlich nicht an den Überfall erinnert werden. Immerhin hatte sie herausgelassen, dass sie damals ihre Anzeige zurückgezogen hatte, doch die Staatsanwaltschaft hatte die Sache wegen der

Schwere der Tat von sich aus weiterverfolgt und zur Anklage gebracht.

Die Strafe war dann aber lächerlich niedrig ausgefallen, allerdings war sie an eine Therapie gebunden. Peter Günther von Gemnitz hatte die Auflage eingehalten, war nach Abschluss der Therapie jedoch angeblich ins Ausland gegangen. Das zu erfahren, hatte Marks zahlreiche Telefonate gekostet, bei denen er seine ganzen Beziehungen hatte spielen lassen müssen. Die Freiherren und Frauen von Gemnitz gehörten ganz offensichtlich zu jenen, die am meisten von der Wende profitiert hatten. Das machte sie Marks zusätzlich suspekt, war aber kein hinreichender Grund, den jungen Peer zu verdächtigen. Nur wenige Jahre nach der Übersiedlung in den Osten war der alte von Gemnitz bei einem Jagdunfall ums Leben gekommen, worüber Marks, wie er mit schlechtem Gewissen feststellte, den Anflug einer klammheimlichen Freude empfand.

Am besten war es, so schnell wie möglich nach Alt Schwerin zu fahren. Allerdings wollte er die Ergebnisse hinsichtlich des Alibis von Flores Verlobten abwarten. Wenn sich heute nichts Belastendes mehr ergab, mussten sie ihn morgen wieder auf freien Fuß setzen. Die Theorie mit dem Trittbrettfahrer, da war sich Marks sicher, würde in sich zusammenfallen wie ein Kartenhaus. Aber Strahner hatte seinen Auftritt gehabt und die Öffentlichkeit wenigstens für einen Tag mit einem angeblich raschen Fahndungserfolg blenden können.

Die anderen Recherchen hatten keine Neuigkeiten ergeben. Der Amerikaner war wie vom Erdboden verschluckt. Sie wussten noch nicht einmal, ob es überhaupt einen Patrick O'Neill gab. Die Botschaft machte wie immer Zicken, wenn es um die Identität eines amerikanischen Staatsbürgers ging. Und auch »Duke« hatte keine Hinweise ausgespuckt. »Duke« war das Computerprogramm, mit dem die Polizei bundesweit seit einigen Jahren arbeitete. »Duke« wurde bei Kapitalverbrechen mit allen Indizien gefüttert, und wenn es Übereinstimmungen mit anderen Fällen gab, konnte man die Daten in Sekunden abgleichen. Aber, wie sagte Strahner immer so schön (und in diesem Punkt musste ihm Marks ausnahmsweise recht geben): »Duke kann nur etwas ausspucken, wenn er zuvor richtig gefüttert wurde.« Ein Amerikaner war Duke im Zusammenhang mit dem Modelmörder bisher zumindest nicht untergekommen.

Für heute Abend hatte Marks eine Pressekonferenz einberufen, die er diesmal notgedrungen selber leiten musste. Strahner, der Holger Magnus vorschnell als mutmaßlichen Mörder von Flore präsentiert hatte, würde seinen Rückzieher nicht selbst verkünden wollen. Dass Magnus die Tat heftig bestritt und ziemlich sicher nicht der Täter war, das durfte nun der Hauptkommissar vor der versammelten Presse zurechtrücken. Dass er bei der Gelegenheit gleich das nächsste Opfer des Serientäters präsentieren musste, machte die Sache nicht einfacher. Neben den üblichen Printmedien hatten sich Kamerateams aller großen Rundfunkanstalten angesagt. Es grauste ihm schon jetzt davor. Immerhin hatte er so ein breites Forum, über das er am ehesten Zeugen fand, welche die Sauftour von Holger Magnus in der Tatnacht bestätigen würden. Denn der konnte sich nach wie vor beim besten Willen an nichts erinnern.

Anna Lehner. Zärtlich strich Patrick über die Fotos in seinem Album, welche die junge Lehrerin am Ende ihres kurzen Lebens zeigten. Die dünne, fast magersüchtige Frau war eine große Herausforderung für ihn gewesen, doch letztlich hatte ihr knabenhaft-schlanker Körper doch noch willig seine Bestimmung angenommen. Sie war das zweite Model in seiner Sammlung gewesen, und er war damals noch recht zurückhaltend ans Werk gegangen. Dennoch war ihm ein Entwurf von beispielloser Schönheit gelungen. Obwohl er alle Register seines Könnens ziehen musste, um Anna etwas voller und weiblicher erscheinen zu lassen, wirkte sie ganz natürlich. Sie trug ein schlichtes Sommerkleid mit einem zarten

Blütenmuster. Anna war als Sommertraum in seine Kollektion eingegangen.

Fast drei Jahre nach ihrem Tod hatte die Kripo nun auch Anna Lehner zum Fall degradiert. Und es würde vielleicht nicht mehr lange dauern, bis die Schnüffler auch noch sein erstes »Opfer« aufspüren würden. Dieser Hauptkommissar, der heute bei der Pressekonferenz im Fernsehen aufgetreten war, hatte wesentlich kompetenter, aber auch entschlossener gewirkt als dieser Mensch mit der unsäglichen Frisur. Zum ersten Mal hatte er Angst. Angst, er könne sein Lebenswerk nicht mehr vollenden. Er war jetzt mehr denn je überzeugt davon, dass es ein großer Fehler gewesen war, Flore der Öffentlichkeit preiszugeben, und verfluchte seine Eitelkeit. Immer wieder fragte er sich, ob die Polizei schon irgendwelche Anhaltspunkte hatte. Immerhin schienen sie von der idiotischen Trittbrett-Theorie Abstand zu nehmen. Und das hieß, dass er wieder stärker ins Visier kam. Von einer Spur war in den Nachrichten zwar nicht mehr die Rede gewesen. Aber das hatte nicht viel zu bedeuten.

Angestrengt versuchte er, sich zu erinnern. Er hatte alle seine Models über seinen Job bei Ökotex kennen gelernt. Doch das Nobelversandhaus hatte Tausende von Kundinnen in ganz Deutschland. Natürlich hatte er die Daten seiner »Kundinnen«, nachdem sie in seine Kollektion eingegangen waren, vorsorglich gelöscht. Doch in einem Fall war ihm das nicht gelungen, weil eine Mahnung anhängig war, so dass er keinen Zugriff hatte.

Und Flore hatte er so unmittelbar nach ihrer Bestellung aufgesucht, dass er ihre Daten unmöglich löschen konnte, ohne dass dies aufgefallen wäre. Zumal es ihm nicht gelungen war, in ihrer Wohnung die Ökotex-Rechnung zu finden. Er konnte also nicht vorsichtig genug sein. Er musste die Polizei irgendwie ablenken, er wusste bloß noch nicht, wie.

Josephine Kerner, die Freundin der Opernsängerin Heller, kam ihm wieder in den Sinn. Er hatte in den vergangenen Stunden immer wieder an sie gedacht. Das Bedürfnis, Hand an sie zu legen, war schier übermächtig geworden. Wahrscheinlich gerade deshalb, weil sie nicht in seinen Plan passte und deshalb für ihn tabu war. Tabu sein musste.

Doch warum eigentlich? Vielleicht musste er gerade seine Rituale ändern, um sich den nötigen Spielraum zu verschaffen. Eine Welle der Erregung durchlief ihn bei diesem kühnen Gedanken. Alle Zwänge abstreifen und nur das tun, was getan werden musste. Er wurde nun von einem Gefühl grenzenloser Freiheit erfasst. Er würde rasch ein neues Werk schaffen, das mit Ökotex überhaupt nicht in Verbindung gebracht werden könnte. Natürlich hatte Josephine ihn nicht wie all die anderen betrogen, doch hatte sie sich nicht gegen ihren eigenen Schöpfer versündigt, indem sie ihrer Schönheit derart Gewalt antat? Nun, er hatte die Gabe, sie von dieser Sünde reinzuwaschen. Und er wusste auch schon wie ...

14

Mittwoch, 17. Juni 2009

Kathrin hatte es gerade noch rechtzeitig zum Beginn der Sitzung der Soko nach Stuttgart geschafft. Sie war mit Kommissar Cornelius Schröder im Dienstfahrzeug mitgefahren und hatte dabei tausend Tode ausgestanden. Immerhin wusste sie jetzt, an wen der schlaksige Ermittler sie erinnerte. Schröder sah aus wie der englische Fußballspieler Beckham. Der junge Kommissar war allerdings deutlich größer als der Fußballstar und schien offensichtlich eher Ambitionen für den Rennsport zu hegen.

Obwohl sie es hasste, immer zu spät zu kommen (auch wenn sie wusste, dass sie derart peinliche Situationen glänzend überspielen konnte), wäre sie dieses Mal gerne die Letzte gewesen. Die Höllenfahrt mit dem ungestümen jungen Kommissar saß ihr immer noch in den Gliedern. Zudem war sie müde und frustriert. Zwar fiel bei der Obduktion einer Leiche, deren Verwesungszustand so weit fortgeschritten war, das quälende Gefühl weg, einen menschlichen Körper mutwillig zu zerstören, doch die Arbeit war darum nicht weniger anstrengend und oft nur von geringem Erfolg gekrönt. Immerhin hatten sie in den Knochen der Toten winzige Spuren einer ganz ähnlichen Giftmischung wie bei den anderen Frauen des Serienmörders nachweisen können. Mehr war jedoch nicht möglich gewesen. Auch hatte sie es wegen der Toten in Kassel noch nicht geschafft, den Geweberest, den sie aus Reutlingen mitgebracht hatten, zu untersuchen.

Hauptkommissar Marks fasste soeben die wichtigsten Neuigkeiten zusammen. Der Kasseler Fall würde weitere Kräfte binden. Auch hatte die Pressekonferenz vom gestrigen Abend eine weitere Flut von telefonischen Hinweisen zur Folge gehabt, die nun alle ausgewertet werden mussten. Mehrere Wirte und Taxifahrer aus Ulm und Umgebung hatten sich an Hand des Fotos an Holger Magnus erinnert, der am Donnerstagabend eine Sauftour von gigantischem Ausmaß begonnen hatte. In der Freitagnacht hatte ihn dann eine Prostituierte in völlig desolatem Zustand aufgegabelt, die ihn »aus Mitleid« (oder aufgrund seines noch gut gefüllten Portemonnaies) bei sich übernachten ließ, bevor sie ihn dann am nächsten Morgen immer noch in reichlich betrunkenem Zustand nach Hause schickte. Immerhin ließ sich sein Alibi so lückenlos belegen. Er war sofort auf freien Fuß gesetzt worden. Aber die Ermittler hatten zwei wertvolle Tage verloren.

Zwei andere Anrufer hatten behauptet, ebenfalls einen mysteriösen Todesfall in der Familie zu haben, für die der Serientäter in Frage kam. Den einen Fall, eine 56-jährige Frau, die vor einem halben Jahr bei einem häuslichen Unfall einen tödlichen Stromschlag erlitten hatte, schloss der Hauptkommissar sofort aus. Sie passte altersmäßig gar nicht ins Schema, zudem war sich der Arzt, der den Totenschein ausgestellt hatte, seiner Diagnose ganz sicher. Die andere, eine 17-jährige Schülerin mit einem angeborenen Herzfehler, war vor drei Monaten angeblich an Herzversagen gestorben.

»Diesen Fall werden wir wohl oder übel genauer unter die Lupe nehmen müssen, ich glaube allerdings nicht, dass unser Giftmischer hier seine Hand im Spiel hatte«, schloss Marks seine Ausführungen. Aufmunternd blickte er in die Runde. »Und wie sieht es mit der Überprüfung unserer alten Fälle aus? Irgendwelche Übereinstimmungen?«

Die mit der Überprüfung der Altfälle befassten Ermittler meldeten Fehlanzeige. Es gab keinerlei Beziehungen zwischen den Opfern und nichts, was auf gemeinsame Hobbys, Vorlieben, Reisen oder Gewohnheiten hinzudeuten schien.

»Ich habe mir noch einmal den Papierkram der Opfer vorgenommen. Rechnungen, Überweisungen und so«, warf eine Beamtin zögernd ein, die Kathrin von einer anderen Ermittlung her zu kennen glaubte. Wie hieß sie nur gleich? Der Name der Kriminalbeamtin fiel Kathrin nicht ein, wohl aber, dass sie einen gewissenhaften Eindruck bei ihr hinterlassen hatte. »Dabei bin ich bei einer der Frauen auf Rechnungen eines Modeversands gestoßen«, fuhr die Frau fort. »Ökotex heißt der. Und bei der toten Frau in Bayern hing ein neues Kleid von Ökotex in der Wohnung. Ich habe die Kollegen in Bayern gefragt. Flore Gutman hat die Überweisung am Tag vor ihrem Tod bei der Bank eingereicht.«

»Hinz und Kunz kauft doch heute per Internet oder bei irgendwelchen Versandhäusern. Ich glaube kaum, dass das was zu bedeuten hat«, winkte ein älterer Fahnder unwirsch ab.

»Das würde ich nicht so sehen«, widersprach Kathrin, die bislang lediglich bei rechtsmedizinischen Fragen das Wort ergriffen hatte.

Sie ärgerte sich, wie wenig ernst der Kripobeamte den Hinweis der jüngeren Kollegin nahm. Schwarz hieß sie, jetzt wusste sie es wieder. Gudrun Schwarz. Sie war nach einer mehrjährigen Familienpause zur Kripo zurückgekehrt. Es gab ohnehin nur wenige Frauen in der über 40-köpfigen Sonderkommission, und die hatten es ausgesprochen schwer, sich gegen die männlichen Kollegen durchzusetzen.

»Ökotex ist ein exklusiver Modeversand mit recht gesalzenen Preisen. Wenn zwei von neun Frauen dort bestellt haben, könnte dies durchaus ein Indiz für einen Zusammenhang sein. Und wenn bei den anderen keine Rechnungen gefunden wurden, dann hat das nicht unbedingt zu bedeuten, dass sie nie dort eingekauft haben. Ich selbst habe einmal über eine Freundin bei Ökotex bestellt, ohne selbst Kundin zu sein.«

Kathrin dachte an die Hose in dem schönen mokkafarbenen Wollstoff, die so definitiv nicht gepasst hatte, dass sie seither auf weitere Versanderfahrungen verzichtet hatte.

»Professor Zimmermann hat recht. Wir sind momentan keinesfalls in der Lage, dass wir einen noch so geringen Hinweis außer Acht lassen dürften. Suchen Sie im Umfeld der anderen Opfer auf mögliche Geschäftsbeziehungen mit dem Versand. Und schauen Sie sich auch die Telefonauswertungen noch einmal an«, wandte Marks sich an Gudrun Schwarz, die Kathrin einen dankbaren Blick zugeworfen hatte, »und wenn das nichts bringt, schauen Sie sich die Kleider der Toten an, sofern die noch vorhanden sind.«

Als Nächstes berichteten Kathrin Zimmermann und Cornelius Schröder über den jüngsten Kasseler Fall. Kathrin brauchte für ihren Part nur wenige Minuten, und auch Schröder hatte bislang über Anna Lehner lediglich ein paar dürftige Informationen zusammengetragen. Lehrerin, alleinstehend, kleiner Freundeskreis, keine Hobbys. Am interessantesten war noch der Hinweis der Schwester der Toten gewesen, die erzählt hatte, dass Anna in den Wochen vor ihrem Tod auf einige Kontaktanzeigen geschrieben hätte. Ob auch sie eine Kundin von Ökotex war, wusste der junge Kommissar nicht, er zeigte sich aber zuversichtlich, dass die Schwester über die Kaufgewohnheiten der Toten Bescheid wissen könne.

Die Sitzung dauerte nun schon über zwei Stunden. Die Raucher wurden langsam unruhig, die Luft in dem Besprechungszimmer immer stickiger. Marks, der zu merken schien, wie die Konzentration rapide nachließ, erklärte die Sitzung für beendet und schickte zumindest die Soko-Mitglieder, denen er den Urlaub gestrichen hatte, in ein verlängertes Wochenende. Sie mussten sich allerdings auf Abruf bereithalten.

Die Erkenntnisse über den Modeschöpfer und das misshandelte Model Elena Seeberg hatte Marks nur am Rande erwähnt. Kathrin vermutete dahinter ein Verdikt Strahners. Auch hatte der Hauptkommissar nichts von einer bevorstehenden Reise nach Mecklenburg-Vorpommern verlauten lassen. Kathrin, die neugierig war, wie es darum stand, wartete, bis die meisten den Raum verlassen hatten, dann sprach sie Konstantin darauf an.

»Nehmen Sie Schröder mit nach Alt Schwerin?«

»Nein, für den heißt es wieder: ab nach Kassel. Strahner hat die Reise sowieso nicht genehmigt. Ich fliege am Freitag auf eigene Faust.«

»Dann gehe ich mit.«

»Mit wohin?«

»Auf den Landsitz der Gemnitz-Sippe. Vier Augen sehen mehr als zwei, und obendrein glaube ich, dass Sie etwas psychologischen Beistand gebrauchen könnten.« Als sie Marks verdattertes Gesicht sah, setzte sie rasch hinzu: »Nein, im Ernst, ich möchte mir einfach ein Bild über das familiäre Umfeld unseres adeligen Freundes machen.«

»Es handelt sich um eine völlig unverbindliche Befragung. Ich bewege mich ohnehin schon am Rande einer Dienstaufsichtsbeschwerde.«

»Nun kommen Sie schon, wenn Sie dort alleine auftauchen, nimmt Ihnen das doch auch keiner ab. Und ich wollte ohnehin mal wieder nach Hamburg. Ich nehme die Gelegenheit wahr, dort am Wochenende eine Freundin zu besuchen. Dabei könnte ich auch dem Model einen Besuch abstatten, das der Modeschöpfer damals fast erwürgt hat. Die wohnt doch da ganz in der Nähe.«

Worauf der Hauptkommissar, dem insgeheim ein Stein vom Herzen fiel, weil er nicht allein in die adeligen Gefilde einbrechen musste, noch einige halbherzige Einwände vorbrachte, um seine Erleichterung nicht allzu deutlich zu zeigen. Dann rückte er die Telefonnummer von Elena Schmidt, vormals Seeberg, heraus.

15

Freitag, 19. Juni 2009

Um 11.30 Uhr landeten sie in Hamburg. Marks hatte erst gestern um einen Besuch bei der Familie von Gemnitz gebeten, in der Hoffnung, dass sie so kurzfristig ihre Beziehungen nicht mehr spielen lassen konnten. Nun hatten sie eine »Audienz« am späten Nachmittag. Um möglichst wenig Aufsehen zu erregen, hatte Marks die Hamburger Kollegen erst gar nicht verständigt. Sie nahmen sich wie zwei Wochenendtouristen einen Mietwagen. Auf der dreistündigen Fahrt nach Alt Schwerin wurde Marks immer stiller. Er fühlte sich der Begegnung in der ihm völlig fremden Gesellschaftsschicht durchaus nicht gewachsen und würde sich bestimmt wie ein Elefant im Porzellanladen benehmen. Bei der Vorstellung schien sich sein ganzer Körper zu verkrampfen. Neidisch dachte er an Strahner, dem diese Art von Ängsten trotz seines kleinen Dachschadens offensichtlich völlig abging.

»Was ist Ihnen eigentlich über die Leber gelaufen? Fahren wir zu einer Beerdigung oder was?«, brach Kathrin das Schweigen, das nun schon fast eine halbe Stunde andauerte.

»Sie haben leicht reden«, blaffte Marks seine Begleiterin an, die in ihrem schwarzen Rock und der weiß-schwarz-karierten Jacke wie aus dem Ei gepellt aussah. »Sie bewegen sich doch auf dem adeligen Parkett, als wären Sie dort geboren. Und ich komme wie ein Hinterwäldler daher.«

»Dem kann man abhelfen. Wenn Sie sich nicht wohlfühlen in Ihrer zweiten Leder-Haut«, meinte Kathrin mit Blick auf die sattsam bekannte schwarze Lederjacke, die heute allerdings von einem blütenweißen Hemd und einer nagelneuen Diesel-Jeans komplettiert wurde, »dann sollten Sie sie halt ablegen. Wenigstens für diesen Zweck.«

»Na, Sie sind vielleicht gut. Soll ich vielleicht hemdsärmelig erscheinen? Oder mir noch rasch einen Armani-Anzug zulegen?«

»Ein Poloshirt und ein schlichter Sakko zu Ihrer Jeans täten es auch schon. Glauben Sie mir, dann können Sie sich ›von‹ nennen. Vielleicht sollten Sie den verpfuschten Urlaub dazu nutzen, einmal nicht Ihrer Wohnung, sondern sich selbst was Gutes zu tun.«

»Ich habe doch gar keinen Urlaub beantragt.«

»Dann wird es Zeit, dass Sie das tun.«

Und so kam es, dass Hauptkommissar Konstantin Marks am Freitagnachmittag, bevor er den Landsitz derer von Gemnitz in Angriff nahm, den Umsatz eines kleinen Herrenkonfektionshauses in Plau am See erheblich in die Höhe schnellen ließ.

Wenig später fuhren sie am See entlang Richtung Alt Schwerin zum Anwesen der Familie von Gemnitz. Es war ganz anders, als es sich Marks vorgestellt hatte. Keine Mauer umfasste das riesige Gelände, es gab kein schmiedeeisernes Tor mit einer Überwachungskamera, hinter der eine geschotterte Auffahrt wartete. Dafür führte eine prächtige Kastanienallee an mehreren kleineren Häusern vorbei, bis schließlich ein eindrucksvoller alter Gutshof in Sicht kam.

»Und, kommt schon Sozialneid auf?«

Marks wollte Kathrin schon wütend anfahren, doch als er sah, wie sie grinste, musste auch er lachen. »Iwo. Wenn ich denke, wie viele Gärtner die haben, da wäre mir das Risiko, ermordet zu werden, einfach zu groß.«

Pünktlich um 17 Uhr standen sie vor dem Hauptgebäude, dessen Außenfassade erst vor kurzem saniert worden war. An manchen Stellen standen noch Reste des Gerüstes. Eine gepflegte Mittfünfzigerin, die sich als Margarete Stein vorstellte, begrüßte sie freundlich. Margarete Stein war eine zierliche Frau mit kurzen hellgrauen Haaren und intelligenten Augen. Sie war offensichtlich über ihre Ankunft informiert.

»Die Herrschaften erwarten Sie bereits.«

Die Hausdame, oder was auch immer ihre Bezeichnung zu sein pflegte, führte Kathrin und Konstantin durch ein Foyer und eine Bibliothek auf die windgeschützte Terrasse, wo eine ältere Dame und ein junger Mann, der unschwer als ihr Sohn zu erkennen war, beim Tee saßen.

»Charlotta von Gemnitz und ihr Sohn Georg Alexander von Gemnitz. Der Herr Kommissar und seine Mitarbeiterin wären jetzt da.« Bei der Bezeichnung »Mitarbeiterin« hatte Margarete Stein leicht gezögert. Der junge von Gemnitz war bereits aufgesprungen und streckte Kathrin die Hand zum Gruß hin. Georg Alexander war groß, schlank und hatte kurze Haare, die von jenem Dunkelblond waren, das im Laufe der Jahre zwar stumpfer wurde, aber nie richtig ergraute. Sein Alter war schwer zu schätzen, und wenn Kathrin nicht gewusst hätte, dass er Mitte dreißig war, sie hätte ihn wohl für älter gehalten. Er trug eine Jeans, ein hellblaues Poloshirt und einen dezent gestreiften dunkelblauen Sakko, und auch wenn das Jackett wahrscheinlich aus Cashmere war und gut und gern das Fünffache der Marks'schen Version gekostet hatte, so hätten sie auf den ersten Blick doch im gleichen Golfclub sein können. Kathrin konnte es sich nicht verkneifen, Konstantin einen triumphierenden Blick zuzuwerfen.

Georg Alexanders Händedruck war lasch und nichtssagend, und Kathrin, die nichts mehr hasste als jene marshmallowartigen Teile, die sich in der Hand in nichts aufzulösen schienen, war froh, dass die Freifrau ungleich kräftiger zupackte.

Auch Marks, geadelt durch sein passendes Outfit, meisterte die Begrüßung mit Bravour. Charlotta von Gemnitz strahlte das Selbstbewusstsein derjenigen aus, die sich um die eigene Zukunft nie Sorgen machten mussten. Obwohl sie weit über siebzig sein musste und schlohweiße Haare hatte, war sie eine attraktive und imposante Erscheinung. Ihr lachsfarbenes Kostüm war distinguiert und praktisch zugleich. Man konnte sich Charlotta von Gemnitz prächtig beim Schneiden ihrer altrosafarbenen englischen Rosen vorstellen.

»Sie nehmen doch eine Tasse Tee mit uns.«

Es war eher eine Feststellung denn eine Frage, und Margarete holte sofort zwei weitere Gedecke von einem Beistelltisch und schenkte ihnen ein. Dann zog sie sich, auf weitere Instruktionen wartend, in Richtung Terrassentür zurück.

Georg Alexander von Gemnitz hielt sich nicht lange mit belanglosem Geplänkel auf. »Meine Mutter wundert sich ein wenig über den Grund Ihres Besuches. Wir haben Ihnen am Telefon doch bereits gesagt, dass wir keinerlei Kontakt mehr zu meinem Bruder Peter Günther haben. Er ist nicht einmal zur Beerdigung meines Vaters gekommen.«

Marks berichtete von den Ermittlungen im Zusammenhang mit der Mordserie und der Spur, die an die Hochschule, an der auch Peter Günther studiert hatte, führte, versuchte jedoch diplomatisch, jede Andeutung zu vermeiden, die auf einen Mordverdacht hindeuten könnte, was ihm freilich gründlich misslang.

»Und nun glauben Sie im Ernst, Peter Günther hätte etwas mit den Morden zu tun? Wegen dieser Sache mit diesem Mannequin, das ihn damals so fürchterlich provoziert hat? Das ist doch absurd.« Charlotta von Gemnitz' Stimme hatte jede Verbindlichkeit verloren, sie war eisig und schneidend geworden. »Wir waren von Anfang an gegen Peter Günthers Berufswahl. Diese Leute waren einfach kein Umgang für ihn. Die Männer sind weltfremde Paradiesvögel und die

Frauen die reinsten Flittchen. Aber er hat sich ja nichts sagen lassen, und der rasche Erfolg hat ihm dann völlig den Kopf verdreht. Heinrich hat ihn nach der Geschichte sofort ins Ausland geschickt. Wir haben ihn seither nie wieder gesehen.« Und mit einer Bestimmtheit, die keinen Widerspruch duldete, fügte sie hinzu: »Wenn Sie weitere Fragen haben, soll sie mein Sohn beantworten. Margarete, bringen Sie mich auf mein Zimmer.«

Margarete hatte schon den Mund geöffnet, als wollte sie zum Widerspruch ansetzen. Sie besann sich dann aber eines Besseren, eilte rasch herbei und reichte der Freifrau, die keinesfalls einen gebrechlichen Eindruck vermittelte, den Arm. Ohne ein weiteres Grußwort schritt Charlotta von Gemnitz ins Haus.

»Sie müssen meine Mutter entschuldigen.« Von Gemnitz lächelte säuerlich. »Aber die ganze Sache hat sie doch sehr mitgenommen. Der Vorfall damals hat zu einem totalen Bruch zwischen meinem Vater und meinem Bruder geführt. ›Modeschöpfer‹ – so etwas sieht der Lebensplan für einen von Gemnitz einfach nicht vor. Auch ich habe Peter Günther seither nicht mehr gesehen.« Es hörte sich nicht so an, als sei ihm das sonderlich schwergefallen.

»Wo hält sich Ihr Bruder denn auf?«

»Wir haben in Brasilien mehrere Kaffeeplantagen. Eine davon wurde ihm damals überschrieben. Er war schon einmal länger in Südamerika und hat sich in der Gegend recht wohl gefühlt. Ich glaube aber nicht, dass er noch dort lebt.«

»Und wieso nicht?«

»Ich habe nach dem Tod meines Vaters versucht, ihn zu erreichen. Wegen der Erbschaftsangelegenheit. Das war Ende 2005. Aber niemand von seinen Angestellten wusste, wo er sich aufhält. Glücklicherweise haben wir dort vorher schon einen tüchtigen Geschäftsführer eingestellt, der die Plantage weiterhin leitet.«

»Könnten Sie mir die Adresse und den Namen des Geschäftsführers geben?«

»Selbstverständlich, ich weiß aber nicht, was der Ihnen mehr erzählen könnte als ich.«

Von Gemnitz verschwand in der Bibliothek und kam mit einer Visitenkarte zurück, die er Marks reichte.

»Hätten Sie für uns vielleicht auch noch ein Foto Ihres Bruders?«

»Da muss ich Sie enttäuschen. Vater hat beim Umzug alle Fotos von Peter Günther vernichtet. Vielleicht gibt es in unserem Haus in Hamburg noch welche. Und nun bitte ich Sie, mich zu entschuldigen, ich habe noch zu tun. Margarete wird Sie hinausbegleiten.«

»Wenn Sie möchten, können wir den Weg über den Garten nehmen.«

Unbemerkt von Kathrin und Konstantin war die Hausangestellte wieder auf der Terrasse erschienen. Als sie gemeinsam die große Steintreppe hinunterliefen, beschloss Kathrin, alles auf eine Karte zu setzen.

»Sie sind sicher schon lange bei der Familie?«

»Über 35 Jahre. Ich wurde angestellt, kurz nachdem Peter Günther geboren wurde.« In ihrer Stimme schwang ein zärtlicher Unterton mit.

»Dann kennen Sie ihn wahrscheinlich besser als all die anderen hier?«

»Er ist anders, ganz anders«, murmelte Margarete Stein, die nun völlig in ihre Gedanken versunken schien.

»Wenn Sie ihn so gut kennen, dann erzählen Sie uns doch ein wenig von ihm. Sie würden uns damit sehr helfen. Es wäre doch schade, wenn er zu Unrecht verdächtigt würde.« Sie waren nun beinahe an ihrem Auto angekommen.

Margarete Stein schaute Kathrin erschrocken an. In ihrem Gesicht zeichnete sich ein deutlicher Kampf ab zwischen der Loyalität der Familie gegenüber und der Verbundenheit mit dem verlorenen Sohn, der ihr offensichtlich am Herzen lag. Der Kampf ging zugunsten von Peter Günther aus.

»Kommen Sie in einer halben Stunde zu mir, dann habe ich frei. Ich wohne im letzten Häuschen am Ende der Allee«, flüsterte Margarete Stein, dann drehte sie sich rasch um und lief zurück.

Häuschen war leicht untertrieben. Die alleinstehende Margarete Stein bewohnte ein schmuckes zweistöckiges Gebäude, das im schwäbischen Ballungsgebiet einer sechsköpfigen Familie zum Wohnsitz gereicht hätte. Sie führte Kathrin in ein gemütlich eingerichtetes Wohnzimmer, das von einem farbenprächtigen Wandteppich dominiert wurde. An den anderen Wänden und auf einer Kommode waren zahlreiche Fotos zu sehen, die von Kindesbeinen bis hin zum Erwachsenenalter immer dieselbe Person zu zeigen schienen. Ein einziges Foto zeigte Charlotta von Gemnitz mit einem kleinen Buben. Das Bild war am Meer aufgenommen, und beide wirkten gelöst und heiter. Die meisten Aufnahmen zeigten den Jungen jedoch mit Margarete Stein oder allein. Kathrin nahm eines der Jugendfotos in die Hand. Es zeigte einen ernsten, dandyhaft gekleideten jungen Mann mit unsagbar traurigen Augen.

»Peter Günther?«

Margarete Stein nickte. »Ich habe es damals nicht übers Herz gebracht, alle Fotos wegzuwerfen. Hier sieht sie niemand. Ich bekomme ohnehin nie Besuch von der gnädigen Frau, und der junge Herr ist meistens in Hamburg.«

»Sie sagten, Peter Günther sei anders gewesen – wie war er denn?«, fragte Kathrin, die mit Konstantin abgemacht hatte, dass sie das Gespräch führen sollte.

»Er war so sensibel, so unglaublich sensibel. Und so begabt. Er hätte Schauspieler werden können oder Musiker. Aber er hat sich dann ja für die Mode entschieden.«

Margarete Stein bot ihnen Platz an einem runden Tisch an. Sie schien froh zu sein, über Peter Günther reden zu können.

»Peter konnte es seinen Eltern, vor allem seinem Vater, nie recht machen. Die ersten Jahre ging es noch, da war auch seine Mutter recht zärtlich zu ihm. Doch dann kam der Bruder auf die Welt, und sie kümmerte sich nur noch um den Kleinen. Und Heinrich von Gemnitz versuchte, aus seinem

Erstgeborenen einen würdigen Nachfolger zu machen. Er brachte ihm Reiten und Schießen bei, nahm ihn mit auf die Jagd. Dabei interessierte sich Peter überhaupt nicht für so etwas. Er war schon als Kind sehr künstlerisch veranlagt, konnte stundenlang lesen oder malen. Das hat seinen Vater schier rasend gemacht. Einmal, Peter war damals noch keine zehn Jahre alt, da hat er den armen Jungen gezwungen, ein Reh zu schießen. Ich war damals auf der Jagdhütte dabei und habe Peter beobachtet, wie er später bei dem toten Tier stand und zum Himmel gefleht hat, Gott solle das arme Tier wieder lebendig machen.«

An dieser Stelle schluchzte Margarete Stein auf und schlug sich die Hände vor das Gesicht. Dann fasste sie sich mühsam wieder.

»Danach hat Peter tagelang geweint und ist dann nie wieder mit zur Jagd gegangen. Das war aber auch nicht nötig, denn sein kleiner Bruder hat alle Ansprüche seines Vaters zur Genüge erfüllt. Auch wenn es ihm manchmal gar keinen Spaß gemacht hat. Peter wurde von seinen Eltern immer mehr links liegen gelassen. Und Georg Alexander war opportunistisch genug, dasselbe zu tun«, fügte sie bitter hinzu. »Aber die Geschichte zeigt Ihnen vielleicht, dass Peter nie jemandem etwas zuleide tun könnte, dazu ist er viel zu sensibel. Er hat ja sogar versucht, seinem Vater zuliebe Wirtschaftswissenschaften zu studieren, dabei wäre er viel lieber Schauspieler geworden. Doch das Studium in den USA hat er bald abgebrochen, und als er zurückkam, ging er gegen den Willen der Eltern auf diese Modeschöpferschule. Ich habe ihn nie so glücklich erlebt wie in dieser Zeit.«

»Als Modeschöpfer ist Peter dann doch einmal gewalttätig geworden?« Kathrin war froh, dass sie eine Gelegenheit fand, Margarete Stein in die Realität zurückzuholen.

»Ja, das war aber doch nur, weil er damals unter dem Einfluss dieser schrecklichen Drogen stand. Und die junge Frau hat ihn wohl auch ganz fürchterlich provoziert. Sonst wäre es doch nie zu dem Vorfall gekommen. Es war so schade, er war gerade so erfolgreich, und der Beruf war sein Ein und Alles. Die Familie hat ihn aber nicht sofort ins Ausland geschickt. Er hat zuerst eine Therapie gemacht. Ein Jahr später ist er dann nach Brasilien abgereist.«

»Und Sie haben seither wirklich nichts mehr von ihm gehört?«, fragte Marks ungläubig.

»Als die Familie noch in Hamburg wohnte, hat er noch ein paar Mal angerufen. Aber nach dem Umzug hierher nie wieder. Bei der Beerdigung seines Vaters war er tatsächlich nicht dabei. Sie hatten ihn nämlich gar nicht eingeladen.« Margarete Stein, der dies offensichtlich sehr naheging, war aufgestanden und hatte sich abgewendet. Nun stand sie am Fenster und blickte traurig hinaus.

»Frau Stein, Sie haben uns wirklich sehr geholfen. Könnten wir vielleicht noch ein Foto von Peter bekommen? Sie bekommen es auch bestimmt wieder. Und falls er sich doch bei Ihnen meldet, könnten Sie mich dann anrufen?« Kathrin legte ihre Visitenkarte auf den Tisch.

Margarete Stein nickte. »Suchen Sie sich ein Bild aus. Aber glauben Sie mir, Peter hat nichts damit zu tun.«

Sie hatte nun nichts mehr mit der selbstbewussten Empfangsdame zu tun, sie wirkte nur noch verstört und einsam. Um sie aufzumuntern, meinte Kathrin: »Sie wohnen hier wunderschön. Und dieser Wandteppich ist einfach prächtig.«

Nun ging ein Leuchten über Margarete Steins Gesicht. »Ja, nicht wahr. Den hat mir Peter«, sie hielt kurz inne, »den hat mir Peter aus den USA mitgebracht. Er war immer so aufmerksam.«

»Die Sache, der Vorfall, die Geschichte. Selten einmal habe ich erlebt, wie eine gefährliche Körperverletzung, die man gut und gerne als versuchten Totschlag durchgehen lassen könnte, derart verharmlost wurde«, wetterte Marks.

Seine Schweigsamkeit war auf der Rückfahrt nach Hamburg wie weggeblasen. Ununterbrochen lästerte er über die Blasiertheit der Familie, und Kathrin, die den Fehler gemacht hatte, scherzhaft auf seine Ähnlichkeit mit dem jungen von Gemnitz anzuspielen, konnte ihn nur mit Mühe davon abhalten, dass seine Neuerwerbungen nicht gleich wieder in den Tiefen seiner Einkaufstaschen verschwanden.

»Glauben Sie, der Modeschöpfer ist unser Mann?«, fragte Kathrin nachdenklich, als Marks ausnahmsweise eine Sprechpause einlegte.

»Sie nicht? Dass der einen Hau hat, bei der Familie, ist doch auch kein Wunder.«

»Ich möchte mir auf jeden Fall noch die Version des Models anhören, bevor ich mir ein Urteil erlaube.«

»Und ich werde in Stuttgart alle Hebel in Bewegung setzen, um herauszufinden, wo sich der junge Kaffeebaron aufhält. Aber eigentlich würde ich jetzt auch lieber in Hamburg bleiben«, jammerte Konstantin. »Wen besuchen Sie überhaupt?«

»Marion Schacht, aber alle nennen sie Mascha, eine Journalistin. Ich habe sie durch eine gute Freundin kennengelernt, mit der sie beim Schwäbischen Tagblatt in Tübingen gearbeitet hat. Ihr ist das schwäbische Idyll dann irgendwann auf den Keks gegangen, sie ist von einem Tag auf den anderen nach Hamburg gezogen. Jetzt schreibt sie als freie Mitarbeiterin für unterschiedliche Blätter, am meisten macht sie für die taz. Obwohl sie dort reinpasst wie die Faust aufs Auge. Dafür hätte unser Mörder wahrscheinlich seine liebe Freude an ihr.«

»Wieso das denn?«

»Mascha hält viel auf ihr Äußeres. Sie ist immer top gestylt und extravagant gekleidet. Das hat ihr in der Branche nicht immer die Türen geöffnet. Zumindest nicht bei den Zeitungen, auf die es ihr ankam. Aber spätestens, nachdem die verantwortlichen Redakteure dann ihren ersten Text gelesen hatten, war die schicke Blondine vergessen. Mascha und ich werden heute Abend alte Erinnerungen auffrischen und irgendwo einen draufmachen. Morgen möchte ich Elena Schmidt treffen, und am Samstagabend schauen wir uns

›Titanic‹ als Musical an. Sonntagnachmittag dann fliege ich auch zurück. Sie müssen also nicht allzu lange ohne mich auskommen.«

»Titanic, gefällt Ihnen so was etwa?«, fragte Konstantin konsterniert. Er wirkte plötzlich gar nicht mehr so unglücklich, Kathrin nicht begleiten zu können.

»Eigentlich nicht«, grinste Kathrin, die sich Marks auch eher auf einem Stones-Konzert als im Musical vorstellen konnte, »aber Mascha ist hoffnungslos romantisch und hat den Film schon zigmal gesehen. Jetzt will sie unbedingt die Musicalversion sehen. Da habe ich mich halt breitschlagen lassen.«

Konstantin setzte Kathrin in Hamburg bei ihrer Freundin ab. Sie wohnte in einem geschmackvoll renovierten Backsteingebäude in der Hafenstraße. Die Hausbesetzer sind auch nicht mehr das, was sie einmal waren, dachte der Hauptkommissar wehmütig, bevor er zum Flughafen weiterfuhr.

Die alte Frau passte genauso wenig in das noble Wohnviertel wie er selbst. Misstrauisch starrte sie ihn an. Mit der nötigen Unterwürfigkeit erwiderte er ihren Blick, gerade so lange, bis sie für sich beschlossen hatte, dass er wohl ihr Mitleid verdiente. Dann schlug er demütig seine Augen nieder und sank noch etwas mehr in sich zusammen. Er hatte sich nicht getäuscht. Zögernd kam die Alte nähergeschlurft. Als sie vor ihm angekommen war, zog sie zitternd einen Geldbeutel aus ihrer Einkaufstasche. Sie fingerte umständlich ein Fünfzigcentstück heraus und warf es in den zerbeulten Hut, der vor ihm am Boden lag. Er murmelte einen Dank, schaute aber nicht mehr auf, bis sie verschwunden war. Auch diese Passantin würde ihn, wenn überhaupt, nur unzureichend beschreiben können. Wahrscheinlich würde sie ihn sogar in wenigen Minuten gänzlich vergessen haben.

Seit geraumer Zeit saß Patrick nun schon geduldig als Penner inmitten seiner Plastiktüten in der Chaussee an der Alster, unweit von der schicken Wohnanlage, in der Josephine Kerner mit Gloria Heller ein Penthouse bewohnte. Seine Kleidung war perfekt und seine Körpersprache offensichtlich auch. Er hatte in den vergangenen beiden Stunden mehr eingenommen als jeder Bettler am Hauptbahnhof, obwohl sich die reiche Klientel, die diesen Stadtteil bewohnte, gegenüber Obdachlosen normalerweise wenig spendabel zeigte.

Doch das Warten hatte sich nicht nur in finanzieller Hinsicht gelohnt. Vor zehn Minuten war Josephine aus dem Haus gekommen und ohne herüberzuschauen auf dem gegenüberliegenden Gehweg vorbeigegangen. Sie war völlig unscheinbar mit einer Jeans und einem für die Temperaturen viel zu warmen Wollpullover bekleidet, sah aber etwas vorteilhafter aus als bei dem Fernsehauftritt. Am Ende der Straße war sie in dem kleinen Einkaufscenter verschwunden, doch Patrick hatte das untrügliche Gefühl, dass sie bald zurückkommen würde. Dann wollte er sein schauspielerisches Talent auch an ihr ausprobieren.

Kurz darauf war es so weit. Mit einer kleinen braunen Papiertüte in der Hand, auf dem das rote Apothekenzeichen prangte, machte sich Josephine auf den Heimweg. Als sie in etwa auf gleicher Höhe mit ihm war, begann Patrick jämmerlich zu husten. Josephine zögerte und blickte dann unsicher zu ihm herüber. Er nahm einen Schluck aus einer großen Wasserflasche (er hatte bei ähnlichen Feldstudien die Erfahrung gemacht, dass ein Bettler, der Wasser trank, wesentlich besser ankam als einer, der permanent an der Rotweinflasche hing), um dann erneut in einen heftigen Hustenanfall auszubrechen. Zuerst sah es so aus, als wollte Josephine eilig weitergehen, doch dann besann sie sich eines Besseren. Entschlossen überquerte sie die Straße. Als sie vor ihm stand, zog sie einen Zehneuroschein aus ihrem Portemonnaie. Sie wartete, bis er aufhörte zu husten und schüchtern zu ihr hochschaute, dann erst streckte sie ihm den Geldschein entgegen.

»Sie müssen unbedingt etwas gegen Ihren Husten tun, da unten in der Einkaufs-Mall ist eine Apotheke.«

Er nahm ihr den Geldschein aus der Hand. Während er sich überschwänglich bedankte, sah er ihr kurz direkt in das ungeschminkte, leicht gerötete Gesicht. Sie sah irgendwie fiebrig aus. Als sich ihre Blicke begegneten, zuckte sie leicht zusammen. Sie schien unangenehm berührt und drehte sich hastig um. Mit raschen Schritten lief sie auf die andere Straßenseite zurück. Ohne sich noch einmal umzudrehen, verschwand sie in der noblen Wohnanlage.

Patrick war zufrieden. Langsam packte er seine Sachen zusammen. Schon bald würde er sich im nahegelegenen U-Bahnhof, wo er in einem Schließfach sein Gepäck verwahrt hatte, in einen gut, aber nicht zu extravagant gekleideten Mann mittleren Alters verwandeln. Wie gemacht für dieses Wohnviertel. Dann würde er einem echten Bettler ein wenig den Glauben an das Gute im Menschen zurückgeben, indem er ihm seinen gesamten »Verdienst« vermachte. Und dann würde er als ehemaliger Jugendfreund von Gloria Heller bei Josephine anrufen und es doch überaus bedauern, dass die liebe Gloria, die früher in seinem Elternhaus aus- und einging, ausgerechnet heute nicht da war. Wo er doch nur einen Tag in Hamburg war und extra die Erinnerungsfotos mitgebracht hatte. Ob er die nicht vielleicht wenigstens mit einem lieben Gruß bei Josephine hinterlassen dürfe? Josephine würde ihm diese kleine Bitte wohl kaum abschlagen.

16

Samstag, 20. Juni 2009

Elena Schmidt, geborene Seeberg, war zunächst nicht gerade erbaut gewesen, als Kathrin sie am Freitagabend angerufen und um ein Gespräch gebeten hatte. Doch nachdem Kathrin betonte, dass sie alle Informationen streng vertraulich behandeln würde und dass die Alternative eine Vorladung zur Kripo sei (eine kleine Notlüge, die Kathrin gerade noch rechtzeitig einfiel), lenkte sie ein. Sie hatten einen Termin am frühen Samstagnachmittag vereinbart.

Mascha überließ Kathrin ihr Auto. Neidisch sah Kathrin zu, wie die Freundin nach einem opulenten späten Frühstück (zu dem Mascha tatsächlich einen Rollmops gegessen hatte), wieder in ihr Bett kroch, während sie selbst mit schwerem Kopf in den kleinen klapprigen Peugeot stieg und zu ihrer Verabredung fuhr. Die beiden hatten einen feuchtfröhlichen Abend erlebt, waren durch verschiedene Szenekneipen gezogen und Kathrin, die selbst nur ungern von ihrem Job berichtete, hatte es genossen, den neuesten Journalistentratsch über die Hansestadt zu hören.

Elena Schmidt wohnte in einem kleinen Dorf, das nur eine halbe Stunde Fahrzeit von der Großstadt entfernt war, und Kathrin wunderte sich wie immer, wenn sie in Norddeutschland unterwegs war, über den großzügigen Zuschnitt der Bauplätze, die sich die Bewohner hierzulande leisten konnten. Auch das Grundstück der Schmidts war so groß, dass ein halbes Fußballfeld darauf Platz gefunden hätte. Das mit dem typischen Klinker verkleidete Haus wirkte darauf kleiner, als es eigentlich war. Kathrin fand Elena Schmidt im Garten vor, wo sie gerade Wäsche aufhängte.

Elena entsprach so ganz und gar nicht der Vorstellung, die sich Kathrin von einem Model gemacht hatte, das in extravaganten Klamotten über den Laufsteg schwebte. Sie war Mitte zwanzig, weder klapperdürr noch übermäßig groß, hatte weizenblondes halblanges Haar und einen hellen Teint. Auffallend waren lediglich ihre Augen. Die waren von einem so strahlenden Blau, dass Kathrin kurz überlegte, ob es sich dabei um farbige Kontaktlinsen handelte.

»Sie müssen die Frau von der Kripo sein.« Elena Schmidt ließ eine kleine Hose, die einem Kind von höchstens drei Jahren gehören mochte, zurück in den Korb fallen und kam auf Kathrin zu. Die wenigen anmutigen Bewegungen genügten Kathrin, um eine Ahnung davon zu bekommen, welche

Wirkung die junge Frau wohl entfalten würde, wenn man sie schminkte und in passenden Kleidern ins entsprechende Ambiente steckte.

»Katharina Zimmermann, ich bin Psychologin und erstelle für die Kriminalpolizei bisweilen Täterprofile.« Kathrin verschwieg ihre rechtsmedizinische Qualifikation bewusst, weil das viele Menschen verstörte, und schüttelte der jungen Frau die Hand. Sie war ihr auf Anhieb sympathisch.

»Kommen Sie rein, ich koche uns rasch einen Cappuccino. Sie mögen doch einen? Der Kleine schläft gerade, da können wir uns in Ruhe unterhalten.«

Elena Schmidt führte Kathrin durch einen Wintergarten in eine modern eingerichtete Wohnküche, die ein Vermögen gekostet haben musste.

»Ist Ihr Mann auch zu Hause? Wenn es Ihnen lieber ist, kann er bei unserem Gespräch gerne dabei sein.«

»Nein, nein, Christian ist Mediziner, er hat heute Bereitschaftsdienst und ist in der Klinik. Ich habe ihn während meines Krankenhausaufenthalts kennengelernt. Nach der Sache mit Peer«, fügte sie rasch hinzu, während sie eine chromblitzende Espressomaschine in Gang setzte.

Kathrin war überrascht. Dass der Überfall des Modeschöpfers in seinem Elternhaus und vor allem von seiner ehemaligen Kinderfrau euphemistisch umschrieben wurde, leuchtete ihr ein; dass sein Opfer ein ebenso verharmlosendes Vokabular verwendete, war jedoch mehr als merkwürdig.

»Er war ganz anders, nicht so gewalttätig, wie Sie vielleicht denken«, sagte Elena leise, als hätte sie Kathrins Gedanken erraten. Sie strich sich nervös eine Haarsträhne aus der Stirn. »Ich weiß, das klingt vielleicht komisch, immerhin hat Peer mich fast umgebracht, und Christian wird immer fuchsteufelswild, wenn ich das sage. Aber Peer war eigentlich ein fast sanfter Mensch.«

Elena stellte die Cappuccinotassen auf ein Tablett und führte Kathrin in den Wintergarten.

»Setzen wir uns.« Sie zeigte auf einen runden Tisch, an dem zwei Korbsessel standen, die zwar nicht ganz zur restlichen modernen Einrichtung passten, dafür aber sehr bequem aussahen.

»Ohne Peer wäre ich nie auf dem Laufsteg gelandet. Ich bin dafür eigentlich ein wenig zu klein und hatte auch vor dem Baby keine Kate-Moss-Figur. Aber meine Mutter wollte aus mir unbedingt ein Model machen. Sie hat mich schon als Kind von einem Casting zum anderen, von einem Fototermin zum nächsten geschleppt. Als ich siebzehn war, sind wir dann bei einem solchen Probeshooting Peer von Gemnitz über den Weg gelaufen. Der suchte gerade für eine neue Kollektion seine Models aus. Er ging dabei nach ganz anderen Kriterien vor als die großen Stars der Branche.«

Elena nippte versonnen an ihrem Cappuccino. »Seine Models sollten möglichst natürlich und unverbraucht sein. Jegliche Schönheitskorrekturen lehnte er strikt ab. Seine Kreationen, die meisten hat er selbst genäht, waren den Frauen auf den Leib geschneidert, sie brachten ihre Eigenheiten, wie soll ich sagen, zum Klingen. Natürlich war ich stolz, als er auch mich auswählte. Seine schöne Helena hat er mich genannt. Mit der Kollektion schaffte er dann den ganz großen Durchbruch. Und ich war einige Jahre wirklich glücklich in dem Job. Die Mädchen, die Peer auf den Laufsteg schickte, mussten sich nicht schlankhungern, aber er verlangte eine eiserne Disziplin. Wenn sich jemand widersetzte, konnte er richtig unangenehm werden. Hinterher hat es ihm dann immer leidgetan. Er selbst hat gearbeitet bis zum Umfallen, manchmal auch länger, es gibt ja so viel Wunderpillen, die das möglich machen. Aber wer tut das nicht, wenn der Erfolg winkt? Und wir hatten wirklich Erfolg, die ganze Welt lag uns zu Füßen. Selbst die Fachpresse, die zuvor jeden noch so schwindsüchtigen Stil hofierte, fand Gefallen an Peers Credo ›zurück zur Natur‹.«

»Und was ist dann in Berlin passiert?«

»Eigentlich hatte ich mir das selbst zuzuschreiben. Ich war nie mit meiner Haarfarbe zufrieden. Nicht blond, nicht braun, da habe ich etwas nachgeholfen und einen Aufheller benutzt. Wenn es nicht direkt vor der Modeschau gewesen wäre, hätte Peer vielleicht nicht so überreagiert. Aber der hatte sich schon seit Tagen mit Aufputschmitteln wachgehalten, und als er mich mit meinen blondierten Haaren in der Garderobe sah, ist er völlig ausgerastet. Er hat sich benommen wie ein betrogener Liebhaber. Vielleicht war er ja auch tatsächlich in mich verliebt. Ich hätte sein Vertrauen zerstört, hat er gebrüllt, und dann hat er sich wie ein Wahnsinniger auf mich gestürzt und mich mit bloßen Händen bis zur Bewusstlosigkeit gewürgt. Wenn nicht zufällig unsere Direktrice und der Showmanager vorbeigekommen wären, ich würde wahrscheinlich heute nicht hier sitzen.«

Elena war von der Erinnerung sichtlich mitgenommen.

»Und trotzdem haben Sie Ihre Anzeige zurückgezogen?«

»Ich wollte ihn ja gar nicht anzeigen. Aber meine Eltern haben darauf gedrängt. Und da es sich um eine schwere Körperverletzung gehandelt hat, wurde die Sache ohnehin von Amts wegen verfolgt. Ein halbes Jahr später, kurz vor Prozessbeginn, trat dann Peers einflussreiche Familie auf den Plan und hat mir ein überaus großzügiges Schmerzensgeld versprochen, wenn wir auf die Nebenklage verzichten.« Elena seufzte. »Ich wollte mit alledem ohnehin nichts mehr zu tun haben. Damals hatte ich bereits Christian kennen gelernt, da kam mir die Anschubfinanzierung gerade recht. Ich habe ja sonst nichts gelernt. Ich habe dann bei der Verhandlung meine Aussage etwas abgemildert und Peer in Schutz genommen. Er ist mit einer Bewährungsstrafe und einer Therapieauflage davongekommen. Ich weiß, das war vielleicht nicht richtig. Aber wir hätten uns das hier sonst nie leisten können.« Sie zeigte mit einer zaghaften Handbewegung auf ihr schönes Zuhause.

Kathrin fühlte sich irgendwie bemüßigt, sie zu trösten. »Sie brauchen sich keine Gewissensbisse zu machen, der

Gemnitz-Clan muss wegen Ihrer Abfindung bestimmt nicht am Hungertuch nagen. Und Sie haben dafür, weiß Gott, genug durchgemacht.«

In diesem Moment begann irgendwo im Haus ein Kind zu weinen. Elena sprang erleichtert auf. »Ich schaue kurz nach dem Kleinen, der ist nach dem Mittagschlaf immer ein wenig vergrätzt. Wenn Sie möchten, können Sie so lange Bilder von damals anschauen. Die meisten Bilder hat Peer selbst gemacht.«

Sie holte mehrere dicke Fotoalben aus einer kleinen Anrichte und legte sie auf den Tisch.

Interessiert begann Kathrin zu blättern. Schon nach wenigen Seiten konnte sie die Bewunderung nachvollziehen, die Elena, trotz allem, was geschehen war, immer noch für den Modeschöpfer hegte: Peer hatte aus ihr wirklich die »schöne Helena« gemacht. Und Kathrin ertappte sich schaudernd bei dem Gedanken, wie sie selbst wohl aussehen würde, wenn der geniale Meister an ihr Hand anlegen würde.

17

Als Kathrin in der Wohnung ihrer Freundin eintraf, die zwischenzeitlich auch wieder unter den Lebenden weilte, war es beinahe 18 Uhr. Mascha lag mit geschlossenen Augen auf dem Sofa. Auf den Lidern prangten dicke Gurkenscheiben. Sie hatte sich eine Kleie-Honig-Maske aufgelegt und konnte, der Fältchenbildung wegen, nicht reden.

Kathrin beschloss, ihre eigenen Lebensgeister für den bevorstehenden Musical-Abend mit einem Bad zu wecken.

»Ich gehe mal kurz ins Wasser«, rief sie Mascha zu, die vorsichtig mit dem Kopf nickte.

Inmitten von duftenden Schaumbergen telefonierte sie mit einem übellaunigen Marks. Sie erwischte ihn im Präsidium, wo er seit Stunden vergebens versucht hatte, etwas über Peter Günther von Gemnitz' Aufenthalt zu erfahren.

»Der Kerl ist wie vom Erdboden verschluckt. Ich habe mit dem Geschäftsführer seiner Kaffeeplantage in Brasilien gesprochen. Gemnitz war 2004 tatsächlich dort. Aber nur einige Monate. Anfang 2005 ist er angeblich zu einer längeren Reise in den Regenwald aufgebrochen. Er soll Kontakte zu einem Eingeborenenstamm im Grenzgebiet zwischen Brasilien und Venezuela haben. Er hat wohl während seines Studiums in den USA schon einmal länger bei den Indianern gelebt. Die Yanomami sind ein Naturvolk, das von der Zivilisation noch wenig beeinflusst wurde.«

»Die Yanomami am Orinoco sind mir ein Begriff«, warf Kathrin ein. »Sie sollen im Laufe der Jahrhunderte ein außergewöhnliches Wissen über Giftpflanzen angereichert haben. Das würde ganz zu unserem Pfeilgift passen. Mensch, Marks, Sie haben doch in der kurzen Zeit eine ganze Menge rausgekriegt.«

»Das nützt uns alles nichts, wenn wir den feinen Herrn nicht auftreiben.« Marks schien wild entschlossen, sich durch Kathrins Lob nicht aufmuntern zu lassen. »Auf der Plantage hat man jedenfalls seit über drei Jahren nichts mehr von ihm gehört. Die Gewinne – und die sind ganz beträchtlich – fließen aber immer noch brav auf sein brasilianisches Konto.«

»Man müsste doch aber feststellen können, ob dort regelmäßig etwas abgehoben wird.«

»Kann man schon, aber bis ich dafür die Genehmigung bekomme, haben Sie wahrscheinlich das nächste Werk unseres durchgeknallten Totmachers auf dem Seziertisch liegen.« Seine Stimme klang nun mehr als frustriert.

»Ich glaube nicht, dass er sich selbst als Totmacher sieht«, meinte Kathrin nachdenklich, »eher als Schöpfer unvergänglicher Schönheit. Ich habe bei der schönen Helena Bilder von seinen Models gesehen, bevor er dazu überging, totes Material zu verarbeiten. Ich bin fest davon überzeugt, dass es ihm auch jetzt gar nicht vordringlich darum geht, die Frauen zu töten, er will sie nur schön machen. Schön machen für die Ewigkeit.«

»Was aber im Endeffekt aufs Gleiche rauskommt«, meinte Marks trocken.

»Stimmt, und wenn Sie mich jetzt nicht aus der Badewanne rauslassen, dann haben Sie auch noch eine Wasserleiche am Hals. Und ich muss Ihnen posthum neben meinem verpfuschten Sardinienurlaub auch noch ein sündhaft teures Theaterticket berechnen.«

Das Theater war längst nicht ausverkauft, der Applaus war dennoch überwältigend und für Kathrin nicht so ganz nachvollziehbar. »Und es soll Leute geben, die schauen sich das mehrmals an«, flüsterte sie Mascha zu, die ebenfalls nicht den Eindruck erweckte, als wollte sie eine Dauerkarte buchen.

»Ich bleibe lieber beim Film, zumal DiCaprio um Längen besser aussieht. Lassen wir also die Titanic in der Tiefe ruhen. Ich kenne hier in der Nähe eine originelle Kneipe, wo wir jetzt noch was Leckeres zum Essen kriegen. Ich habe nämlich einen Bärenhunger.« Mascha war in Gedanken bereits mit der Fortsetzung des angebrochenen Abends beschäftigt.

»So wie wir aussehen, ist eine Kneipe wohl nicht gerade das Mittel der Wahl«, meinte Kathrin zweifelnd.

Mascha trug eine schwarze Hose, bei der jedes Hosenbein gut und gerne Stoff für einen kompletten Rock geboten hätte, und ein freizügiges kobaltblaues paillettenbesetztes Top. Sie selbst hatte sich für den Musical-Abend nicht ganz so festlich herausgeputzt. Ihr eng anliegendes Etuikleid wäre zwar gut für ein Geschäftsessen geeignet gewesen, für eine von Maschas berüchtigten Kneipen aber immer noch viel zu schick.

»Ach was, diese Lokalität ist der krönende Abschluss für Schiffsuntergänge und andere Katastrophen«, wischte Mascha, die sich noch nie um Kleiderkonventionen geschert hatte, ihre Bedenken weg.

Sie hatte es sogar einmal geschafft, in zerrissenen Jeans ein Mitglied des britischen Königshauses zu interviewen.

Keine Viertelstunde später liefen sie in der »Spelunke« ein, die ihrem Namen alle Ehre machte. Um in den Gastraum zu gelangen, mussten sie durch eine Halle, in der lauter Spielautomaten und ein Billardtisch standen. Das Publikum war durchweg männlich und sah nicht allzu vertrauenerweckend aus. Manche grölten und pfiffen, als die beiden Frauen an ihnen vorbeigingen. Kathrin kam sich vor wie bei einem Spießrutenlaufen.

»Das sieht ja aus wie eine alte Bahnhofskneipe.«

»Das ist eine alte Bahnhofskneipe«, entgegnete Mascha ungerührt und schob Kathrin ins Nebenzimmer.

Der Gastraum war nur zur Hälfte besetzt, hier sah das Publikum allerdings deutlich zivilisierter aus. Hinter einer langen Theke stand ein Hüne von einem Mann, der an beiden Oberarmen tätowiert war, und es sah nicht so aus, als hörte die Pracht unter dem T-Shirt auf. Lediglich der Kopf schien ausgespart, die helle, rötliche Haut wirkte verletzlich im Vergleich zu den bunttapezierten Flächen. Bevor sich die beiden an einen Tisch setzten, steuerte er auch schon auf sie zu.

»Mascha, welch Glanz in meiner Hütte. Wo hast du bloß die letzten Monate gesteckt? Ich dachte schon, du kommst überhaupt nicht wieder«, säuselte er mit einer hohen Fistelstimme, die so überhaupt nicht zu seinem massigen Körper passen wollte, und schüttelte Mascha die Hand. »Angélique wird sich freuen, seit du deinen Kneipentipp gebracht hast, gibt es immer häufiger Gäste, die ihre Kochkunst zu würdigen wissen. Das hat sie dir zu verdanken. Ihr wollt doch etwas essen?«

»Natürlich, Karl, ich würde es nie wagen, hierherzukommen, ohne eine gehörige Portion Hunger mitzubringen. Und dass ich schon so lange nicht mehr da war, hat ganz bestimmt nichts mit euch zu tun. Das ist übrigens Kathrin.«

Mit einem kräftigen Händedruck wurde auch Kathrin begrüßt, dann verschwand Karl in der Küche.

Mascha zeigte auf einen kleinen Tisch an der Wand, über dem ein großer präparierter Kugelfisch hing. »Das ist mein Lieblingsplatz. Der giftige Geselle dürfte doch auch ganz dein Geschmack sein.«

Kathrin sah erst jetzt, dass Wände und Decke des Lokals über und über mit Seefahrer-Utensilien behängt waren: Gruselige Fische friedlich vereint mit riesigen Muscheln. Harpunen und kleine Anker waren zu Kleiderhaken umfunktioniert. Die Krönung aber hing über der Theke: ein drei Meter langer ausgestopfter Hai, dessen Gebiss noch im Tode furchterregend aussah.

»Karl ist zwanzig Jahre zur See gefahren, bevor er hier sesshaft geworden ist. Ich habe mal eine Story über ihn gemacht und dabei auch seine Frau kennengelernt. Sie stammt aus Martinique und kocht einfach fantastisch.«

Bevor Mascha weiterschwärmen konnte, erschien auch schon Karl wieder auf der Bildfläche, Angélique im Schlepptau. Die beiden waren ein reizendes Paar, quasi der fleischgewordene Beweis, dass Gegensätze sich anziehen. Die dunkelhäutige Angélique war klein und rundlich und strahlte Zufriedenheit aus. Sie begrüßte Mascha in einem Kauderwelsch aus Französisch und Plattdeutsch. Kathrin hatte Mühe zu folgen und war froh, als Mascha den Redeschwall unterbrach.

»Angélique, nous avons un faim de loup. Was kannst du uns denn empfehlen?«

»Kreolisches Hühnchen, ma petite, das wird euch bestimmt schmecken. Ça va bien mit einem wilden Reis.«

»Hört sich doch köstlich an, findest du nicht, Kathrin? Also zweimal das kreolische Huhn, und Karl darf uns einen Wein aussuchen. Und eine große Flasche Mineralwasser.«

Mascha hatte nicht zu viel versprochen. Das kreolische Huhn war ein Gedicht, eine gelungene Mischung aus französischer, asiatischer und karibischer Küche. Als Angélique zum Dessert auch noch ein Mango-Sorbet auftischte, begann Kathrin ernsthaft um die Haltbarkeit ihrer Nähte zu bangen.

»Fantastisch. Aber ich glaube, ich platze jetzt gleich. Was hat Karl eigentlich vorhin damit gemeint, als er fragte, wo du so lange abgeblieben bist?«

»Na ja, seit ich mich von Henry getrennt habe, war ich nicht mehr hier. Wir haben oft hier gegessen, und ich wollte nicht daran erinnert werden.« Maschas Stimme klang wehmütig und ganz und gar nicht so, als sei sie darüber hinweg.

»Mascha, ich kenne Henry viel zu wenig, um mir ein Urteil erlauben zu dürfen. Aber nach allem, was du mir am Telefon immer wieder erzählt hast und was ich von Lara weiß, war er doch ein richtiger Arsch. Der hat dich doch nach Strich und Faden hintergangen. Du kannst froh sein, dass du ihn los bist.«

»Das schon. Aber ich bin nun mal nicht fürs Alleinsein geschaffen und ich bin Ende dreißig. Das ist ein Alter, wo ich mir langsam überlegen muss, ob ich Kinder möchte oder nicht. Stell dir vor«, Mascha nahm einen kräftigen Schluck von ihrem Weißwein, bevor sie weiterredete. »Ich habe mir ernsthaft überlegt, ob ich mich noch von ihm schwängern lasse, bevor ich ihn rausschmeiße.«

Kathrin, die zwei Jahre älter war als Mascha, konnte sich Mascha ebenso wenig als Mutter vorstellen wie sich selbst. Aber warum eigentlich nicht?

»Na hör mal, etwas Besseres als Henry findest du allemal. Dir wird schon noch der Richtige über den Weg laufen.«

»Das musst gerade du sagen. Deine Wege werden ja anscheinend auch nur von den Falschen gekreuzt. Und wenn es dann einmal ernst wird, dann kneifst du und lässt deine beste Freundin ran.«

Mascha spielte auf die einzige längere Beziehung an, die Kathrin jemals hatte. Frank, ein Medizindozent, hatte sie während ihres Studiums kennengelernt, kurz nachdem sie Jürgen Neugebauer den Laufpass gegeben hatte. Sie waren immerhin fast zwei Jahre liiert gewesen. Nun war er schon seit vierzehn Jahren mit ihrer gemeinsamen Freundin Lara zusammen. Die beiden hatten einen pfiffigen Sohn, Lennart.

»Du musst zugeben, das war doch ein prima Zug von mir. Lara und Frank sind eines der wenigen glücklichen Paare in meiner Bekanntschaft. Aber nochmal zurück zu deinem schönen Henry. Glaubst du wirklich, der windige Typ wäre der richtige Vater für deine Kinder?«

»Nicht wirklich. Und stell dir vor«, Mascha kicherte, »es wäre ein Junge geworden, und ich müsste es dann ein Leben lang mit Klein-Henry aushalten.«

»Nicht auszudenken.« Bei der Vorstellung prusteten beide los, was Karl als Aufforderung verstand, die nächste Flasche Chardonnay zu köpfen.

18

Sonntag, 21. Juni 2009

Das schrille Klingeln erklang zum zweiten Mal. Ein untrügliches Zeichen für Kathrin, die hinter dem Theatervorhang hervorlugte, dass nun ihr Auftritt gekommen war. Draußen auf dem Laufsteg standen bereits die schöne Helena, Marylin, Nana und das überirdische Schneewittchen. Aus dem Off kam auch schon die Stimme ihrer alten Ballettlehrerin: »Cathy, hurry up, it's your turn!« Doch als sie sich nach der Stimme umdrehte, sah sie einen dandyhaft gekleideten jungen Mann, der ihr heftige Zeichen gab, endlich auf die Bühne zu treten.

Krampfhaft versuchte Kathrin sich zu erinnern, welche Rolle sie geben sollte. Vergeblich mühte sie sich, an ihrem Körper hinunterzuschauen, um zu sehen, in welches Kostüm sie geschlüpft war. Ihr Nacken schien in einem Schraubstock zu stecken. Jeder Versuch, den Kopf zu senken, wurde von einem fürchterlichen Schmerz unterbunden. Es war, als hingen ihre Gliedmaßen wie bei einer Marionette an Fäden. Der Faden, der an ihrem Scheitel befestigt war, zog unaufhörlich nach oben. Sie konnte sich des Eindrucks nicht erwehren, dass sie splitternackt war. Der Schweiß brach ihr aus. Sie wollte nicht ins Rampenlicht, doch die Fäden, die ihren Körper bewegten, zerrten sie nun unaufhörlich nach vorne. Es gab kein Zurück. Die Klingel schrillte zum dritten Mal.

Kathrin fuhr schweißgebadet in die Höhe, was ihr prompt einen stechenden Schmerz im Kopf bescherte. Vorsichtig tastete sie nach ihrem Handy auf dem Nachttischchen.

»Ja«, krächzte sie heiser.

»Na, das scheint ja eine heiße Nacht gewesen zu sein, Prof!« Marks hämische Stimme schien von einer Spur Eifersucht durchsetzt, doch Kathrin war zu fertig, um sich gegen den Spott zu wehren.

»Was wollen Sie denn schon wieder? Wie spät ist es überhaupt?«

»Kurz nach acht. Tut mir leid, ich wollte Sie nicht wecken. Aber wir haben Leiche Nummer zehn, und raten Sie mal wo? In Ihrer unmittelbarer Umgebung. Unser Killer war in Hamburg. Sie dürfen also Ihren Aufenthalt in der schönen Hansestadt getrost verlängern.«

»Schon wieder, das gibt's doch nicht, so rasch hintereinander hat er noch nie gemordet. Wo, sagen Sie, ist der Tatort, in Hamburg?«

»Ja, und was noch viel schlimmer ist: Diesmal haben wir es mit einem prominenten Opfer zu tun. Es handelt sich um Josephine Kerner.«

»Die Geliebte der Operndiva, wie heißt sie noch gleich?«

»Genau die. Die Lebensgefährtin von Gloria Heller. Die Heller hat sie vor eineinhalb Stunden gefunden, als sie von einer Konzertreise zurückkam. Noch hat die Presse keinen Wind von dem Mord bekommen, aber was glauben Sie, was in wenigen Stunden los ist. Das können wir unmöglich lange unter dem Deckel halten.

Wir müssen so schnell wie möglich mit den Ermittlungen beginnen. Ich war gerade bei der Staatsanwaltschaft. Natürlich haben wir in Hamburg nur wenig Einflussmöglichkeiten. Aber ich kenne den Leiter der zuständigen Mordkommission ganz gut. Kriminalrat Ole Veltinger. Er ist einverstanden, dass eine Abordnung der Soko an den Ermittlungen teilnimmt. Mahler, Heintz, Schröder und ich fliegen in zwei Stunden. In der Zwischenzeit können Sie sich am Tatort umschauen, bevor die Leiche ins Rechtsmedizinische Institut kommt. Die Ermittler vor Ort wissen Bescheid, und mit Ihrem Kollegen von den Rechtsmedizinern habe ich auch bereits gesprochen. Er erwartet Sie am Tatort.«

»Professor Renninger?«

»Genau der.«

»Dem bin ich bisher noch nie persönlich begegnet. Aber am Telefon haben wir uns immer ganz gut verstanden.«

»Na, dann legen Sie mal los.«

»Wenn Sie wüssten, wie nahe ich eben schon an unserem Psychopathen dran war.«

»Wie meinen Sie das denn?«

»Ich habe von dem Typ geträumt. Ihr Telefonanruf hat mir quasi das Leben gerettet.«

»Schön, dass Sie mich endlich zu schätzen lernen.«

Bevor der Hauptkommissar noch weiter Süßholz raspeln konnte, unterbrach Kathrin rasch das Gespräch.

Die Operndiva Gloria Heller und Josephine Kerner wohnten in einem Penthouse direkt am Ufer der Alster. Kathrin wurde am Eingang diskret von einem Beamten in Zivil abgefangen. Als sie sich ausgewiesen hatte, rief er einen Kollegen, der sie im Fahrstuhl nach oben in die Wohnung brachte. Kathrin spürte eine seltsame Unruhe. Noch nie hatte sie eines der Opfer direkt am Tatort gesehen. Bisher hatte sie die Opfer des Psychopathen immer erst auf dem Seziertisch kennengelernt.

In der Wohnung herrschte die übliche Geschäftigkeit, die von den Experten der Spurensicherung ausging. Dass die Gespräche gedämpft abliefen, deutete darauf hin, dass außer den Ermittlern noch jemand, wahrscheinlich die Heller selbst, in der Wohnung war. Kathrin sah sich in der geräumigen Diele um, von der mehrere Zimmer abgingen.

»Sie ist in der Küche.« Ihr Begleiter zeigte auf die Tür gegenüber. Kathrin betrat eine großzügige, modern eingerichtete Wohnküche, die von einer gigantischen Kochinsel und einer riesigen Esse dominiert wurde. Marks hätte bestimmt seine wahre Freude an dem profimäßig ausgestatteten Küchenblock. Dann fiel ihr Blick auf eine am Tisch sitzende Person, die exakt wie Marlene Dietrich in ihrer Rolle im Blauen Engel aussah. Nicht einmal die Zigarettenspitze fehlte. Obwohl Kathrin bereits einen leicht süßlichen Verwesungsduft, versetzt mit einem sinnlichherben Parfum (Sonja Ryjjkel, eine Marke, die sie selbst sehr mochte, die aber in Deutschland nur schwer erhältlich war), wahrnahm, hätte ihr ihre Fantasie fast einen Streich gespielt: Die Szene wirkte so real, dass sie sich nicht gewundert hätte, wenn Josephine Kerner im nächsten Augenblick verführerisch an der Zigarette gezogen hätte.

»Kaum zu glauben, nicht wahr? Sie müssen Professor Zimmermann sein. Ich bin Horst Renninger, schön, dass wir uns endlich einmal in natura kennen lernen. Schade nur, dass bei unsereins die Anlässe immer so traurig sind.«

Der Rechtsmediziner streckte Katharina lächelnd die Hand entgegen, dann erst bemerkte er, dass sie in Gummihandschuhen steckte. »Entschuldigung, ich habe ganz vergessen ...«

»Schon gut, Professor, es gilt auch so. Die Freude ist ganz auf meiner Seite«, erwiderte Kathrin, erleichtert darüber, wie freundlich der ältere Kollege ihr Eindringen in sein Revier aufnahm.

»Der Todeszeitpunkt dürfte irgendwann am frühen Samstagmorgen gewesen sein. Vielleicht auch später, wenn man davon ausgeht, dass er wieder diese Mittel verwendet hat, welche die Körperreaktionen so massiv verzögern. Ich habe mir von Hauptkommissar Marks Ihre Protokolle besorgt«, fügte Renninger fast entschuldigend hinzu.

»Davon müssen wir wohl ausgehen. Ich glaube nicht, dass der Täter in dieser Hinsicht seine Vorgehensweise verändert hat.«

Kathrin trat nun näher an die Tote heran. Sie trug einen schwarzen Hosenanzug und eine champagnerfarbene Bluse und war von Kopf bis Fuß die »femme fatale«, wie man sie von der Dietrich in ihren berühmten Filmen kannte. Der Mörder hatte Josephine auf einen Stuhl drapiert, den er nahe an den Tisch gerückt hatte. Ihr linker Arm stützte sich lässig an der Stuhlkante ab, der rechte schien gerade nach der Zigarettenspitze zu greifen, die auf einem schwarzen Marmoraschenbecher lag. Die Beine der jungen Frau waren übereinandergeschlagen, was den lebendigen Eindruck verstärkte. Die Totenstarre schien bereits wieder nachgelassen zu haben. Ein Schuh war der Toten vom Fuß gerutscht und gab den Blick auf einen kleinen Leberfleck frei. Es sah aus, als hätte sie ihn sich eben abgestreift.

Mit einem Male fühlte sich Kathrin an ein Erlebnis während eines Urlaubs am Bolsenasee erinnert. Dort gab es im August immer eine Prozession zu Ehren des Heiligen. An verschiedenen Stellen der Altstadt waren lebende Bilder aufgebaut, die den Leidensweg des Märtyrers nachstellten. Die Laienschauspieler verharrten minutenlang in teils grotesken Stellungen, so lange, bis die Vorhänge vorgezogen wurden und die Zuschauer zum nächsten Standbild weiterzogen. Kathrin wusste, das Bild von Josephine würde sich in ähnlicher Weise für den Rest ihres Lebens in ihr Gedächtnis einbrennen.

»Wir haben alles dokumentiert, aber noch nichts verändert«, riss sie die Stimme von Renninger aus ihren Betrachtungen. »Ich wollte, dass Sie sich auch noch einen Eindruck verschaffen können. Wenn Sie nichts dagegen haben, werde ich die Tote jetzt aber in die Rechtsmedizin bringen lassen. Wenn Sie wollen, können Sie natürlich bei der Obduktion dabei sein.«

»Dieses Angebot nehme ich gerne an. Aber zuvor möchte ich noch mit der Freundin der Toten sprechen, meinen Sie, dass das möglich wäre?«

»Der Kriminalrat ist gerade bei Frau Heller. Die ist natürlich fix und fertig. Aber sie scheint sehr kooperativ. Sie hat glücklicherweise gar nichts von einer überheblichen Diva.«

Wenige Minuten später, Kathrin hatte sich eben einige Notizen gemacht, betrat Kriminalrat Ole Veltinger den Raum. Kathrin erkannte ihn sofort.

»Er ist in allem so ziemlich das Gegenteil von mir«, hatte Marks seinen Kollegen beschrieben. Durchaus treffend, wie Kathrin jetzt fand. Veltinger war groß, leicht übergewichtig und hatte blondes dünnes Haar, das sorgfältig gestutzt war. Seine Körperfülle wurde von einem vorteilhaft geschnittenen dunkelbraunen Sakko kaschiert, die Stoffhose war eine Nuance heller. In seiner tadellosen Kleidung wirkte Veltinger gar nicht wie ein Kriminaler, eher wie ein Politiker auf Stimmenfang.

»Sieh an, sieh an, der alte Koma hat nicht übertrieben. Nicht wahr, Renninger, auf eine so attraktive Verstärkung haben wir schon lange gewartet.«

Kathrin, die sich vorkam wie eine Kuh auf dem Viehmarkt, hatte bereits eine schnippische Bemerkung auf der Zunge, doch dann besann sie sich eines Besseren. Wenn Marks mit diesem Chauvi zusammenarbeiten konnte, dann sollte sie es sich mit ihm nicht gleich zu Beginn verderben.

»Es freut mich, dass Sie uns in Ihre Ermittlungen einbeziehen.« Sie streckte dem Leiter der Mordkommission die Hand hin, der sie kräftig schüttelte. »Was verbirgt sich denn hinter Koma?«, wollte sie wissen.

»Na, Konstantin Marks halt, nach der tieferen Bedeutung fragen Sie ihn lieber selbst«, meinte Veltinger, um sofort in ein polterndes Lachen auszubrechen. Doch dann erinnerte er sich wohl an den Grund seiner Anwesenheit und verstummte peinlich berührt.

»Meinen Sie, ich könnte kurz mit Gloria Heller sprechen?«, packte Kathrin die Gelegenheit beim Schopf.

»Ich denke schon, Sie sind doch eine Frau und obendrein Psychologin, da ist sie vielleicht etwas gesprächiger als bei mir. Sie hat allerdings gerade vom Arzt ein Beruhigungsmittel bekommen. Sie sollten sich beeilen, sonst schläft sie vielleicht ein. Kommen Sie, ich stelle Sie der Dame kurz vor.«

Kathrin verabschiedete sich von Professor Renninger und versprach, später ins Rechtsmedizinische Institut zu kommen.

Veltinger ging mit Kathrin in den hinteren Teil der Diele, wo eine Wendeltreppe in das ausgebaute Dachgeschoss führte. Sie gelangten auf eine große Galerie. Hier oben begann das Reich der Opernsängerin. Ein riesiger weißer Flügel stand auf dem Parkett. Drum herum lagen mehrere schwere Sitzkissen in verschiedenen Rottönen. Der Raum wurde lediglich an einer Seite von einer Wand begrenzt, von der eine Tür abging, an der Veltinger jetzt anklopfte und eintrat. Wenig später kam er wieder heraus.

»Sie ist einverstanden, wenn das Gespräch nicht zu lange dauert«, flüsterte er. »Ich lasse Sie dann jetzt allein. Wir sehen uns später sicher in der Einsatzzentrale.«

Kathrin nickte dem Kriminalrat zu, dann betrat sie den Raum, der offensichtlich das Schlafzimmer der Diva war. Schlafgemach hätte es besser getroffen, denn die Heller hatte sich ein prächtiges arabisches Ambiente geschaffen. Auch hier lagen gemütliche Sitzkissen herum, die großen Fenster waren hinter schweren Brokatvorhängen verborgen. Ein mit bunten Teppichen bespanntes Himmelbett stand mitten im Zimmer. Daneben stand ein kleiner Tisch, dessen Platte aus einem fein ziselierten Serviertablett bestand. Gloria Heller selbst lag in einem weiten dunklen Kaftan auf einem Diwan. Die Szene sah aus wie gemalt. Als Kathrin näherkam, starrte die junge Frau sie mit weit aufgerissenen Augen an. Krampfhaft versuchte sie, die Tränen zurückzuhalten.

»Frau Heller, ich bin Katharina Zimmermann. Es tut mir so leid. Ich möchte Sie in Ihrem Schmerz gewiss nicht lange stören, aber glauben Sie mir, es ist wichtig für unsere Ermittlungen, dass Sie mit mir reden, solange Ihre Erinnerung noch ganz frisch ist.«

»Fragen Sie ruhig, ich bin so aufgewühlt, ich glaube, ich kann nie wieder schlafen. Stimmt es, dass Sie Psychologin sind?«

»Ja, das stimmt.«

»Ich muss Ihnen etwas erzählen. Ich konnte das eben bei dem Kommissar nicht.« Die Heller schluchzte tief auf. »Stellen Sie sich vor, als ich heute morgen nach Hause kam und Josephine so am Tisch in der Küche sitzen sah, da habe ich mich gefreut. Riesig gefreut. Weil sie so unbeschreiblich schön war. Stellen Sie sich vor, ich habe mich gefreut!« Gloria Heller schrie jetzt fast. »Ich habe mich gefreut, weil ich gedacht habe, dass sich Josephine mir zuliebe so schön gemacht hat. Ich habe immer gesagt, sie soll doch etwas mehr Wert auf ihr Äußeres legen. Sie war so hübsch und hat so wenig aus sich gemacht. Und in diesem Anzug sah sie so aus, wie ich es mir immer gewünscht habe.«

Wieder schluchzte die Sängerin laut auf. Die Tränen liefen ihr über die Backen, und sie versuchte nun nicht mehr, sie zurückzuhalten.

»Was bin ich nur für ein unmenschliches Scheusal, dass ich nicht einmal bemerkt habe, dass sie tot ist.«

Kathrin, die neben Gloria Heller auf einem Sitzkissen Platz genommen hatte, ging nun auf die Knie. Sie ergriff die Hand der jungen Frau und redete beruhigend auf sie ein.

»Frau Heller, Sie brauchen sich keine Vorwürfe zu machen. Ich habe gewusst, dass Josephine tot ist, und habe es im ersten Moment auch nicht geglaubt. Sie ist so unglaublich schön. Wie sollte man da denken, dass sie tot ist?«

»War das bei den anderen auch so? Haben Sie seine anderen Opfer auch gesehen?«

»Einige schon. Und sie waren alle wunderschön.«

»Warum tut er das nur? Wie kann jemand, der ein solches Gefühl für Schönheit hat, so viel Leid und Schmerz verbreiten? Und wieso ausgerechnet Josephine? Sie war doch noch so jung und voller Lebensfreude! Glauben Sie, er hat das gemacht, weil wir lesbisch sind?«

Darüber hatte Kathrin noch gar nicht nachgedacht, doch sie verwarf diese Möglichkeit sofort wieder.

»Mit Sicherheit nicht. Er scheint seine Opfer ganz willkürlich auszuwählen. Das heißt, nicht willkürlich, sondern nach einem System, das wir leider noch nicht kennen. Eines ist aber sicher: Er fühlt sich auf eine abstruse Weise der Schönheit verpflichtet. Und er hat wahrscheinlich als Kind viel Leid erfahren. Das gibt er jetzt weiter.«

Da sich Gloria Heller etwas gefasst zu haben schien, begann Kathrin ihre Fragen zu stellen. »Frau Heller, wann haben Sie Ihre Partnerin denn zum letzten Mal gesehen?«

»Am Mittwoch. Ich bin am Mittwochabend nach Mailand geflogen. Ursprünglich wollte Josephine ja mit. Aber sie war etwas ausgepowert und bei ihr war eine Grippe im Anflug. Da haben wir unsere Pläne geändert. Ach, hätte ich sie doch bloß mitgenommen!« Der Blick der jungen Frau schien in die Ferne zu schweifen.

»Wer wusste denn, dass Sie alleine fliegen würden?«, fragte Kathrin rasch, die befürchtete, dass die Heller nicht mehr lange vernehmungsfähig sein würde.

»So zwischen zwei und drei Millionen. Wir waren am Montagabend in dieser blöden Live-Talkshow. Eigentlich wollten wir da gar nicht hin. Aber mein Manager meinte, das sei gut fürs Geschäft. Als Josephine während des Interviews einige Male heftig husten und niesen musste, haben wir quasi vor einem Millionenpublikum beschlossen, dass sie zu Hause bleibt und sich auskuriert.«

»Hatten Sie nach Ihrem Abflug noch einmal Kontakt?«

»Ja, wir haben mehrfach telefoniert. Zuletzt am Freitag nach der Probe. Josephine klagte über heftige Kopfschmerzen. Ich habe sie beruhigt und gesagt, dass es bestimmt von der Grippe kommt. Sie wollte in die Apotheke, Tabletten holen und danach sofort ins Bett gehen. Als ich sie gestern vor meinem Auftritt nicht erreicht habe, dachte ich, sie schläft. Aber nach dem Konzert ist sie auch nicht ans Telefon gegangen, und ich habe begonnen, mir Sorgen zu machen. Deshalb bin heute früh mit der ersten Maschine zurückgeflogen.« Wieder schluchzte sie auf. »Meinen Sie, Josephine musste sehr leiden?« Gloria Heller starrte Kathrin entsetzt an, als sei ihr dieser Gedanke zum ersten Mal gekommen.

»Wenigstens in diesem Punkt kann ich Sie beruhigen. Der Täter verwendet einen Drogenmix, der seine Opfer nicht nur betäubt, sondern sie in einen äußerst angenehmen Rauschzustand versetzt. Sie brauchen sich nicht mit dem Gedanken zu quälen, dass Ihre Freundin leiden musste. Das war ganz gewiss nicht der Fall.«

Die Sängerin sah tatsächlich etwas erleichtert aus.

»Frau Heller, Sie waren mir eine große Hilfe. Jetzt kann ich Sie auch schon in Ruhe lassen. Aber es wäre bestimmt gut, wenn jemand kommen könnte, dem Sie vertrauen und der Ihnen zur Seite steht. Es wäre vielleicht auch gut, wenn Sie die vielen Briefe, die bestimmt kommen werden, zuerst von jemandem anderem lesen lassen würden.«

»Sie meinen wegen dem ganzen Schmutz, der dabei sein wird?«

Kathrin nickte.

»Keine Sorge«, fügte Gloria bitter hinzu. »Wenn man so sehr im Rampenlicht steht wie Josephine und ich, ist man manches gewöhnt. Aber Sie haben recht, ich will jetzt nicht alleine sein. Meine Schwester ist bereits auf dem Weg hierher.«

»Ich gebe Ihnen meine Karte, falls Ihnen noch etwas einfällt. Oder wenn Sie einfach noch einmal mit mir sprechen wollen. Sie dürfen jederzeit anrufen.«

Kathrin drückte Gloria Heller sanft die Hand, dann ging sie leise aus dem Zimmer.

19

Als Kathrin das Haus verließ, war es kurz nach 10 Uhr. Die Sonne, die auf die feuchten Straßen schien, versprach einen frühsommerlichen Tag, und Kathrin registrierte verärgert, dass sie viel zu warm angezogen war. Sie hatte Maschas Wohnung ohne Frühstück verlassen und sehnte sich heftig nach einem starken Kaffee, Croissants und einem harmlosen Gespräch, das sich nicht um Leichenstarre, mögliche Todeszeitpunkte und durchgeknallte Psychopathen drehte. Beides wäre bei Professor Renninger am Institut für Rechtsmedizin nicht möglich. Da sie zudem in der Hektik vergessen hatte, Mascha eine Nachricht zu hinterlassen und für weitere Tage um Asyl zu bitten, beschloss sie kurzerhand, noch einmal in die Wohnung zurückzukehren, bevor sie ihren Abstecher zu Renninger machte. Es war Sonntag, sie hatte Urlaub, und sie musste schließlich niemandem Rechenschaft ablegen.

Kathrin, die ein gutes Orientierungsvermögen hatte, entschied sich gegen ein Taxi. Unterwegs entdeckte sie einen Bäcker, der sonntags geöffnet hatte, und kaufte Brötchen und Croissants. Sie atmete tief durch. Der kleine Spaziergang und die frische Luft taten ihr gut.

In der Wohnung war noch alles ruhig. Mascha verarbeitete die Nacht in der »Spelunke« auf die einzig richtige Weise, sie schlief tief und fest. Kathrin, die wusste, dass man die Freundin am besten mit Kaffeeduft weckte, setzte als Erstes die Kaffeemaschine in Gang. Dann gönnte sie sich eine ausgiebige Dusche, zu der es am Morgen nicht mehr gereicht hatte. Obwohl sie lediglich am Tatort und noch gar nicht im Sektionsraum gewesen war, war der unverkennbare Geruch des Todes bereits in ihren Haaren haften geblieben. Da ihr die sauberen Kleider ausgingen, schlüpfte sie in Maschas Bademantel. Sie würde sich später im unerschöpflichen Klamottenfundus der Freundin bedienen. Glücklicherweise hatte sie wenigstens einige Slips mehr eingepackt – Maschas Strings waren nun wirklich nicht ihr Fall.

Bevor sie Mascha weckte, rief sie bei ihrer Schwester Laura an und erzählte, warum sie ihren Hamburgaufenthalt unfreiwillig verlängern musste. Im Hintergrund hörte sie ihre beiden Nichten, die enttäuscht darüber waren, dass sie die Tante heute nicht am Flughafen abholen durften.

»Henry-Schatz, hast du ein schlechtes Gewissen, dass du mir Kaffee ans Bett bringst?«, murmelte Mascha schlaftrunken, als Kathrin ihr wenig später den dampfenden Pott unter die Nase hielt.

»Nix Henry-Schatz, dessen schlechtes Gewissen bist du hoffentlich für immer los. Ich bin's, die gute Freundin, und ich würde furchtbar gerne mit dir frühstücken. Ich habe sogar schon frische Brötchen geholt.«

»Kathrin, bist du verrückt, du fliegst doch erst am Nachmittag«, entfuhr es Mascha nach einem flüchtigen Blick auf ihren Radiowecker.

»Ich fliege gar nicht. Zumindest nicht in den nächsten zwei, drei Tagen. Und deshalb möchte ich dich um weiteres Asylrecht bitten.«

»Was ist denn passiert?« Mascha setzte sich ruckartig im Bett auf. Sie gehörte zu den beneidenswerten Personen, die von einer Sekunde auf die nächste hellwach waren. Von null auf hundert.

»Eigentlich darf ich dir gar nichts erzählen. Es herrscht absolute Nachrichtensperre.«

»Komm, mach schon. Wenn du in der jetzigen Situation in Hamburg bleibst, kann das doch nur heißen, dass es hier einen weiteren Mord gegeben hat. Und wenn das so ist, erfahren wir es im Laufe des Tages ohnehin. Wir haben überall unsere Informanten sitzen. Also erzähl schon.«

»Meinetwegen, aber erst brauche ich einen Kaffee, und du musst mir versprechen, dass du wirklich nur das verwendest, was ich dir freigebe. Der Rest ist Hintergrundinformation und muss unter uns bleiben. Ich komme sonst in Teufels Küche. Und meinen reizvollen Nebenjob bei den Bullen bin ich obendrein los.«

»Logopogo, großes Stadtindianer-Ehrenwort«, nuschelte Mascha, die gerade dabei war, sich ein bequemes T-Shirt überzuziehen.

Auf der Brust waren zwei überdimensionale Augen aufgedruckt, die Maschas ohnehin üppige Oberweite vollends zum Blickfang machten.

»Und du warst wirklich bei der Heller in der Wohnung. Ist ja ein Ding! Und die Leiche gesehen hast du auch. Mann, warum hast du mich nicht mitgenommen?« Mascha, die soeben das zweite Hörnchen in ihrem Milchkaffee ersäufte (zumindest diese Unart hatte sie aus dem Schwabenländle mitgenommen), war sichtlich beeindruckt.

»Mascha, das ist mein Job. Was glaubst du, was passiert wäre, wenn ich mit einer Journalistin im Schlepptau am Tatort aufgetaucht wäre? Ich darf ohnehin gar nicht daran denken, was Marks sagen würde, wenn er uns jetzt hören könnte.«

»Dein kleiner Kommissar hockt aber in Stuttgart.«

»Er ist nicht mein kleiner Kommissar. Und übrigens ist der längst im Anflug auf Hamburg mitsamt seiner Rumpf-Sonderkommission.«

»Heißt das, dass die mit der Hamburger Kripo zusammenarbeiten? Das gibt's doch gar nicht. Bei unserem Innensenator, da schaffen es die Dezernate ja nicht einmal innerhalb der Stadt, Hand in Hand zu arbeiten.«

»Das läuft auch eher auf dem kleinen Dienstweg und darf keinesfalls an die große Glocke gehängt werden. Ich glaube, der Marks und der Leiter des hiesigen Morddezernats, dieser Kriminalrat Veltinger, kennen sich ganz gut von früher.«

Kathrin wurde abwechselnd heiß und kalt, wenn sie daran dachte, welch brisante Informationen sie ihrer Freundin quasi auf dem Silbertablett servierte.

»Und dass es sich bei der Toten um die Lebensgefährtin der Heller handelt, ist natürlich vorläufig auch vertraulich zu behandeln«, meinte sie eindringlich, während sie sich Kaffee nachschenkte.

»Das weiß ich doch, mein Schätzchen, glaubst du vielleicht, ich bin blöd? Aber du wirst sehen, spätestens zu den Abendnachrichten platzt die Bombe. Und ich habe Zeit, etwas vorauszurecherchieren. Mann, das wird der Knüller. Ich muss gleich in die Redaktion und genügend Platz freischlagen.«

Mascha hatte vor Aufregung rote Flecken auf den Backen bekommen. Sie sah viel jünger aus, wenn sie sich in etwas hineinsteigerte.

»Lass aber ja nicht heraus, von wem du den Tipp bekommen hast.«

»Iwo, sonst stehen hier morgen meine ganzen Kollegen auf der Matte. Und ich will die Infos schließlich exklusiv aus erster Hand.« Mascha zwinkerte vergnügt. Sie war jetzt ganz in ihrem Element. Henry-Schatz war endgültig vergessen.

20

Das Rechtsmedizinische Institut von Hamburg ließ Kathrin vor Neid erblassen. Sie hatte zwar gewusst, dass die Rechtsmediziner nach Jahren der qualvollen Enge vor kurzem am Rande des Universitätskrankenhauses Eppendorf einen Neubau bezogen hatten, aber der übertraf dann doch ihre kühnsten Erwartungen. Die Kollegen hatten nicht nur ein ansprechendes Gebäude, das den traurigen Umständen zumindest einen würdigen Rahmen gab, sie verfügten auch über die neuesten technischen Möglichkeiten.

Kathrin hatte an der Pforte nach Professor Renninger gefragt, der sie dann von einem Assistenten abholen ließ. Als sie die großzügigen Sektionsräume betrat, war sie mit ihrem Los in der Provinz plötzlich wieder versöhnt. An mehreren Seziertischen wurde gleichzeitig gearbeitet. Renninger hatte einen wesentlich größeren Mitarbeiterstab als sie selbst. Kein Wunder. In der Millionenstadt gab es täglich Gewaltopfer und Fälle, bei denen die Umstände des Todes unklar waren. Anders als in Baden-Württemberg schrieb in der Hansestadt die Staatsanwaltschaft vor, dass jeder Verstorbene, für den kein Hausarzt einen natürlichen Tod bescheinigen konnte, zunächst ins Institut für Rechtsmedizin kam. Auch Personen, die in der Öffentlichkeit gestorben waren oder bei denen ein Suizid, Unfall oder ein gewaltsamer Tod vorlag, wurden von der Polizei beschlagnahmt. Nach einer äußeren Leichenschau im Institut wurde dann der Totenschein ausgestellt. Lag eine unnatürliche Todesursache vor, ordnete die Staatsanwaltschaft die Autopsie des Leichnams an.

In dem Raum, in dem der Professor arbeitete, waren zwei Tische belegt. Auf einem lag ein kleines Mädchen, das nicht älter als zwölf Jahre war. Kathrin war schockiert, sie schaute bestürzt weg. An den gewaltsamen Tod von Kindern würde sie sich wohl nie gewöhnen können.

»Die Kleine ist bei einer Routineoperation gestorben. Die Eltern vermuten einen Kunstfehler«, erklärte Professor Renninger, der ihren Blick aufgefangen hatte. »Man stirbt doch jedes Mal ein Stück mit, wenn man Kinder sezieren muss. Aber Ihre Schöne hier schlägt mir auch ziemlich auf den Magen.«

»Tut mir leid, dass ich so spät komme. Aber ich musste noch einmal in meine Wohnung zurück. Wie weit sind Sie denn?«

»Einige Gewebeproben sind bereits im Labor. Auf den ersten Blick kann ich keine Abweichungen zu den vorhergegangenen Fällen erkennen. Keine Gewalteinwirkung, kein irgendwie gearteter sexueller Missbrauch, aber deutlich veränderte Körperreaktionen in den Stunden vor dem Tod. An was die junge Frau letztlich gestorben ist, kann ich noch nicht mit Sicherheit sagen. Ich vermute ein extrem langsames Versagen sämtlicher Organe infolge einer starken Intoxikation. Was für Gifte dabei im Spiel waren, da können Sie vielleicht unseren Toxikologen auf die Sprünge helfen. Sehen Sie beispielsweise hier die stark ausgeprägten Totenflecken. Sie weisen auf eine Art Erstickungstod hin, bei dem das Leichenblut flüssig bleibt.«

Renninger drehte die junge Frau leicht zur Seite, so dass Kathrin die grauvioletten Flecken am Rücken sehen konnte, die an den Stellen, an denen Josephines Körper mit Stuhl und Lehne in Berührung gekommen war, Aussparungen aufwiesen.

»Und der Todeszeitpunkt?«

»Anhand der Körpertemperatur und der anderen Indizien können wir davon ausgehen, dass Josephine, als Gloria Heller sie heute Morgen gefunden hat, mindestens 24 Stunden, eher länger, tot war.«

Kathrin, die insgeheim eine ganz ähnliche Rechnung aufgemacht hatte, war von der Sachkompetenz des älteren Kollegen längst restlos überzeugt. Sie griff nach ihrem Handy, das in der Hosentasche vibriert hatte, und warf einen Blick auf das Display. »Entschuldigen Sie, aber ich glaube, Hauptkommissar Marks ist im Anmarsch.«

Sie wandte sich zur Seite. »Hallo?«

»Prof, wir sind jetzt in Hamburg und haben eine kleine Pension in der Nähe des Polizeipräsidiums bezogen. Die Besprechung in der Einsatzzentrale ist bereits in vollem Gange. Wir stoßen jetzt gleich dazu. Kommen Sie auch?«

»Ich möchte rasch noch bei den Kollegen in der Toxikologie vorbeischauen. Danach komme ich auch ins Präsidium.«

Kathrin steckte ihr Handy ein und wandte ihre Aufmerksamkeit wieder dem Rechtsmediziner zu, der sie mit ernstem Blick fixierte.

»Bevor Sie gehen, muss ich Ihnen noch etwas sagen. Der Befund war nämlich nicht ganz so unauffällig, wie wir angenommen haben. Josephine Kerner war krank, todkrank.« Renninger holte Luft, bevor er weiterredete. »Sie hatte Bauchspeicheldrüsenkrebs im fortgeschrittenen Stadium. Eigentlich hätte sie bereits seit geraumer Zeit starke

Schmerzen verspüren müssen. Sie hätte vielleicht noch ein halbes Jahr gelebt, höchstens ein Jahr.«

»Sie sind ganz sicher?«

»Absolut. Was Sie mit dieser Information machen, ist Ihre Sache, Sie sind die Psychologin. Natürlich wird der Tod dieser jungen Frau dadurch nicht weniger schlimm, aber vielleicht ist es für die Heller ein Trost, dass die Freundin auf diese schreckliche Weise wenigstens schmerzfrei gestorben ist. Sie wissen ja, was es bedeutet, an Bauchspeicheldrüsenkrebs zu sterben.«

Kathrin nickte stumm. Sie war wie vor den Kopf geschlagen. Josephine Kerner war erst 31 Jahre alt gewesen. Bauchspeicheldrüsenkrebs war eine der aggressivsten Krebserkrankungen. Wurde sie erkannt, war es meist schon zu spät, und sie bedeutete fast immer ein qualvolles Ende mit unerträglichen Schmerzen.

Auf dem Weg mit dem Taxi ins Polizeipräsidium hatte Kathrin Zeit nachzudenken. Die überraschende Erkenntnis, dass das Mordopfer schon vor der Tat dem Tod geweiht war, beschäftigte sie noch immer. Fast war es, als wäre die junge Frau zum zweiten Mal gestorben. Auch was sie danach erlebt hatte, war nicht gerade geeignet, sie mit dem heutigen Tag zu versöhnen. Gemeinsam mit Professor Renninger war sie noch in die Toxikologie gegangen. Noch nie war sie so unfreundlich empfangen worden wie von den beiden jungen Kollegen. Trotzig hatten Alexander Hemmer und Max Reinhardt zunächst jegliche Mithilfe abgelehnt. Die Feindseligkeit war fast mit Händen zu greifen gewesen. Erst als Renninger, sichtlich unangenehm berührt vom unhöflichen Verhalten seiner beiden Mitarbeiter, intervenierte, lockerte sich die gespannte Atmosphäre etwas auf, worauf Kathrin Renninger zuliebe einige wichtige Tipps gab, die den Toxikologen bei ihren Untersuchungen eine Menge Zeit ersparen würden. Danach hatte sie auf die Besprechung im Präsidium verwiesen, an der sie teilnehmen wolle, und möglichst rasch das Weite gesucht.

Renninger, der sie nach draußen begleitete, war untröstlich über die blamable Vorstellung, die seine beiden Mitarbeiter gegeben hatten.

»Ich verstehe das nicht. Ich weiß gar nicht, was in die beiden gefahren ist. Wir haben immer mit Interesse die Forschungen der anderen Institute verfolgt. Unser toxikologischer Dienst arbeitet beispielsweise ganz eng mit den Münchner Kollegen zusammen. Die Zusammenarbeit mit Ihnen und der Sonderkommission müsste eigentlich ein Ansporn für sie sein.«

»Reinhardt und Hemmer gehören also zur Fan-Gemeinde von Professor Neugebauer in München. Dann kann ich mir schon vorstellen, wieso sie auf mich so allergisch reagieren. Wahrscheinlich haben sie die Geschichten, die über mich und Neugebauer in der Presse standen, zu ernst genommen. Dabei ist das meiste erstunken und erlogen.«

»Aber das ist doch kein Grund, sich so danebenzubenehmen.«

Das fand Kathrin zwar auch, doch der Professor machte immer noch einen so unglücklichen Eindruck, dass sie das lieber für sich behielt. Renninger versprach ihr zum Abschied hoch und heilig eine Entschuldigung der beiden *enfants terribles*.

Darauf würde sie wohl lange warten dürfen, dachte Kathrin missmutig, während das Taxi an der Landespolizeischule vorbeifuhr und dann vor dem Präsidium am Bruno-Georges-Platz hielt. Sie bezahlte, froh darüber, auf andere Gedanken zu kommen. Noch ein imposanter Neubau, dachte sie erstaunt, als sie auf das Gebäude mit dem sternförmigen Grundriss zulief. Und einmal mehr ärgerte sie sich darüber, wie sehr sich die Macht in der Architektur von Behördenzentralen zu manifestieren schien. Sie meldete sich an der Pforte und wurde schon wenig später abgeholt.

21

Es war bereits 15.30 Uhr, als Kathrin endlich in der Einsatzzentrale des Dezernats für Tötungsdelikte eintraf. Die Runde war deutlich kleiner als in Stuttgart, was wohl darauf zurückzuführen war, dass es sich hier um eine normale Lagebesprechung und nicht um das Treffen einer Sonderkommission handelte. In Anbetracht der Prominenz der Toten war Kathrin dennoch überrascht, dass der Innensenator nicht dabei war und sich aus erster Hand informierte (später erfuhr sie, dass er im Urlaub war, was bei Veltinger und seinen Mitarbeitern einhellige Erleichterung hervorgerufen hatte).

Kriminalrat Veltinger stellte Kathrin kurz seinem Team vor, bevor sie sich zu der Delegation aus Stuttgart gesellte, die an der Stirnseite des u-förmigen Konferenztisches saß. Die vier nickten ihr mehr oder weniger müde zu. Margot Mahler und Albrecht Heintz sahen aus, als hätten sie kaum geschlafen, lediglich Schröder wirkte einigermaßen frisch und unternehmungslustig. Er sprang auf, holte für Kathrin einen Stuhl und schob ihn zwischen sich und Marks.

Auch bei Konstantin hatte der Stress der vergangenen Tage deutliche Spuren hinterlassen. Er hatte tiefe Ringe unter den Augen und wirkte älter. Als sich Kathrin neben ihn setzte, drückte er ihr stumm die Hand. Sie schaute sich um. Pizzareste auf den Tischen zeigten, dass die Ermittler ihr frugales Mittagsmahl während der Arbeit eingenommen hatten. Mittlerweile waren sie beim Kaffee angelangt. Kathrin, die noch von ihrem ausgiebigen späten Frühstück profitierte, lehnte das kalte Pizzastück, das ihr Schröder anbot, dankend ab und schnappte sich stattdessen eine saubere Kaffeetasse. Veltinger war gerade dabei, die Aktivitäten von Josephine Kerner in den Stunden vor ihrem Tod zusammenzufassen.

»Wir wissen also sicher, dass das Opfer gegen 17 Uhr das Haus verließ. Sie ging zu Fuß in eine nahe gelegene Apotheke, wo sie sich ein Grippemedikament und ein leichtes Schlafmittel besorgte. Der Apotheker erinnert sich an sie. Sie befürchtete wohl eine unruhige Nacht. Danach scheint sie sofort in die Wohnung zurückgekehrt zu sein. Gesehen wurde sie dabei aber von niemand. Wie der Mörder ins Haus gelangt ist, wissen wir nicht. Wahrscheinlich hat er sie unter einem Vorwand dazu gebracht, die Tür zu öffnen. Zumindest hat die Spurensicherung weder an der Haustür noch an der Wohnungstür Hinweise auf ein gewaltsames Eindringen gefunden. Bis jetzt haben wir auch niemanden gefunden, der eine verdächtige Person in der Nähe der Wohnung gesehen hat. Vielleicht hilft uns ein Aufruf in der Presse weiter. Wahrscheinlich ist der Täter erst gekommen, als es schon dunkel war.« Damit kam Veltinger mit seinen Ausführungen zum Schluss und wandte sich Kathrin zu: »Ich freue mich, dass wir mit Professor Dr. Zimmermann eine Mitarbeiterin der Soko ›Marylin‹ unter uns haben, die uns sicher einiges über die Vorgehensweise des Täters berichten kann. Hat der veränderte Modus Operandi Konsequenzen für das Täterprofil? Immerhin betrug der Abstand zwischen den letzten beiden Morden nur wenige Tage.«

Kathrin fühlte sich überrumpelt. Natürlich wusste sie bestens über das Täterprofil Bescheid, sie hatte es aber nicht selbst erstellt und mochte sich ungern mit fremden Federn schmücken.

Fragend blickte sie zu Marks, der zustimmend nickte und ihr leise zuflüsterte: »Das ist schon in Ordnung. Bleiben Sie aber möglichst allgemein. Und kein Wort über unseren Verdacht gegen Peer.«

In dürren Worten begann sie daraufhin das Täterprofil zu referieren, das nach dem Fall »Marylin« im Remstal erstellt worden war, als man die Sonderkommission gegründet hatte. Bisher hatte es wenig Grund gegeben, daran etwas zu verändern. Und nach ihrem bisherigen Kenntnisstand sah Kathrin auch nach dem Hamburger Mord, der in manchem von den vorherigen abwich, keinen Anlass für eine grundlegende Modifikation.

»Wir gehen davon aus, dass der Täter zwischen 30 und 40 Jahre alt, männlich und alleinstehend ist. Er ist hochintelligent und verfügt mit Sicherheit über eine gute Schulbildung. Er hat ein sicheres Gespür für Ästhetik. Sein Verhältnis zur Schönheit, insbesondere zu schönen Frauen ist jedoch zwanghaft. Er dürfte bereits als Kind unter starken Beziehungsproblemen gelitten haben, was nicht bedeutet, dass er nicht zumindest im beruflichen Umfeld zu völlig normalen Kontakten fähig ist. Wir können allerdings davon ausgehen, dass seine berufliche Tätigkeit weit unter seinem intellektuellen Niveau ist. Es dürfte sich um eine Art Tarnung handeln. Die hervorragenden Kenntnisse des Täters über Gifte und ihre Wirkungen deuten auf ein entsprechendes Studium oder aber intensive autodidaktische Studien hin. Auch scheint er über eine gewisse schauspielerische Begabung zu verfügen. Seine Verwandlungsfähigkeit ist enorm. Noch nie wurden an mehreren Tatorten übereinstimmende Beschreibungen abgegeben. Seit seinem vorletzten Mord in Baden-Württemberg wissen wir, dass er beispielsweise mühelos als Amerikaner auftreten kann. Dass er wirklich Amerikaner ist, glauben wir nicht. Er könnte aber einige Zeit in den USA gelebt haben.«

Als Kathrin auf den vorletzten Mord zu sprechen kam, bei dem sie enger in die Ermittlungen eingebunden war, fühlte sie sich merklich sicherer.

»Bis zum Mord an Flore Gutman war die Vorgehensweise mehr oder weniger gleich, allerdings war schon zwischen dem Stuttgarter Mord, von dem wir seit kurzem annehmen müssen, dass es der achte war, und dem Mord an der jungen Französin der Abstand etwas geringer. Dass der Täter nun bereits nach nicht einmal zwei Wochen wieder aktiv wurde, bedeutet nicht, dass wir das Täterprofil verändern müssen. Es deutet vielmehr darauf hin, dass der Mann unter einer enormen psychischen Spannung steht. Dieses Phänomen beobachten wir häufig bei Serienmördern. Die Erleichterung, die ihm seine Morde anfänglich bereitet haben, hält immer kürzer vor. Das ist auch der Grund dafür, dass er sein Opfer diesmal anders gefunden hat als bisher.«

»Wie hat der Täter denn bisher Kontakt aufgenommen?«, wollte Veltinger wissen.

»Das wissen wir noch nicht genau«, schaltete sich nun Marks ein. »Beim ersten Fall, der erst vor kurzem bekannt wurde, könnte es sich um eine Kontaktanzeige handeln. Bei den späteren Fällen gab es keine diesbezüglichen Hinweise. Da er in ganz Deutschland aktiv ist, könnte er vielleicht bei einer bundesweit agierenden Firma tätig sein und so seine Opfer, womöglich lange vor der Tat, kennengelernt haben. Zumindest im Falle von Flore Gutman gehen wir davon aus, dass der Mörder eine Verabredung mit dem Opfer traf. In einem Gartenlokal. Wir glauben auch, dass er da war, er gab sich dann aber nicht zu erkennen. Die Morde waren bisher von langer Hand vorbereitet. Das war im Falle von Josephine Kerner sicher nicht möglich.«

»Ja«, ergänzte Kathrin, »er ist ganz offensichtlich in der Vorbereitung, nicht aber in der Ausführung seiner Tat von seiner bisherigen Vorgehensweise abgewichen.« Dann ging sie auf die Talkshow ein, die ihrer Ansicht nach das Schicksal von Josephine Kerner besiegelt hatte.

»Glauben Sie nicht, dass unser Schönheitsfanatiker ganz einfach zusätzlich ein Lesbenhasser ist? Sie sagen doch selbst, er verhält sich anders, wenn er unter Zwang steht. Vielleicht nimmt er es dann mit seinen Auswahlkriterien nicht mehr so genau, und ab sofort könnte es jede treffen. Genau genommen können Sie Ihr Täterprofil jetzt doch wegwerfen.«

Diese Feststellung kam von einem blonden Endvierziger mit kräftiger Statur und hochrotem Kopf, der Kathrin sofort unsympathisch war. Sie kannte solche Typen zur Genüge. Fast bei jedem Kapitalverbrechen, bei dem man sie bislang als forensische Psychologin zu Rate gezogen hatte, wurde sie mit einem solchen Ignoranten konfrontiert. Ermittlerinnen waren psychologischen Ansatzpunkten gegenüber meist wesentlich aufgeschlossener.

Sie beschloss, den provokant-aggressiven Unterton bewusst zu ignorieren.

»Nein, das glaube ich nicht. Die Tatsache, dass Josephine Kerner lesbisch war, hat mit Sicherheit nichts mit ihrem Tod zu tun. Ich gehe nach wie vor davon aus, dass alle Opfer etwas gemein haben, wofür sie nach Ansicht unseres Täters den Tod verdient haben. Wobei er das sicher ganz anders sieht. Ich glaube, er möchte diese Frauen vielmehr mit seiner Tat unsterblich machen, indem er ihrer Schönheit ein Denkmal setzt.«

»Danke für Ihre aufschlussreichen Ausführungen, Professor Zimmermann.« Veltinger machte keine Anstalten, das Thema zu vertiefen. »Das wär's für heute. Ich bitte allerdings die Kollegen, die mit mir die Pressekonferenz abhalten, noch kurz hierzubleiben. Sie ist auf 18 Uhr im Saal neben dem Foyer angesetzt.«

»Kann ich bei der Pressekonferenz dabei sein?«, flüsterte Kathrin ihrem Nachbarn zu.

»Ich habe nichts dagegen, meinetwegen können Sie auch gerne meinen Part übernehmen«, grummelte Marks, der dem Gedanken, schon wieder im Scheinwerferlicht zu sitzen, überhaupt nichts abgewinnen konnte.

»Ich werde mich hüten«, lachte Kathrin.

»Dann müssen Sie wenigstens hinterher mit mir etwas essen gehen, oder wollen Sie von den kalten Pizzaresten leben?«

»Nein, bestimmt nicht. Also dann bis gleich.«

Kathrin schnappte ihre Tasche und lief auf den Flur hinaus. Es war höchste Zeit, Mascha anzurufen, die ihr im Laufe der vergangenen Stunden mehrere Nachrichten auf der Mailbox hinterlassen hatte.

22

Kathrin blickte sich suchend um. Sie hatte versprochen, der Freundin einen Platz zu besetzen. Es war kurz vor 18 Uhr, der Saal bereits brechend voll. Natürlich hatte sich die Nachricht vom Tod der Lebensgefährtin der prominenten Hamburger Musikerin wie ein Lauffeuer verbreitet. Vertreter zahlreicher lokaler und überregionaler Printmedien, ihre Radiokollegen und mehrere Kamerateams warteten gespannt auf den Beginn der Pressekonferenz. Vor dem Podium hatte es ein Gerangel um die beste Kameraposition gegeben, und Kathrin fühlte sich in einem Vorurteil bestätigt: Die TV-Leute schienen sich für etwas Besseres zu halten als ihre Kolleginnen und Kollegen vom Funk oder den Zeitungen, entsprechend überheblich traten sie auf.

Viele Journalisten hatten keinen Sitzplatz mehr gefunden, so dass Kathrin den Stuhl neben sich in der vierten Reihe hartnäckig verteidigen musste. Glücklicherweise lagen ihre Plätze am Rand, denn Mascha, die noch nie die Pünktlichkeit in Person war, fehlte immer noch.

Auf dem Podium saßen neben Kriminalrat Veltinger und einem Assistenten der Pressesprecher des Dezernats für Gewaltdelikte, Rolf Sieger, Hauptkommissar Marks und Kommissar Schröder.

»Meine Damen und Herren, ich weiß, Sie stehen unter Zeitdruck, deshalb wollen wir pünktlich beginnen. Ich darf Ihnen zuerst die Gesprächspartner auf dem Podium vorstellen«, eröffnete der Pressesprecher die Konferenz, als Kathrin an der Eingangstür eine Bewegung wahrnahm.

Mascha hatte ihren Auftritt. Unüberhörbar. Ihre hochhackigen Schuhe klackten bei jedem Schritt. Alle Köpfe drehten sich zu der imposanten Erscheinung um. Zu ihrem knallengen, verwaschenen Jeansanzug trug Mascha einen leuchtendroten Seidenschal, und Kathrin, deren Kopf eine ähnliche Farbe angenommen hatte, war froh, dass die Freundin wenigstens das

Augenmonster vom Frühstück gegen ein unverfängliches weißes Shirt getauscht hatte. Zaghaft winkte sie Mascha zu, die sich daraufhin keine Spur peinlich berührt den Weg zu ihr bahnte.

Als sie sich theatralisch neben Kathrin auf den Stuhl fallen ließ, meinte der Pressesprecher trocken: »So, nachdem Frau Schacht von der Tageszeitung auch da ist, können wir wohl endgültig anfangen.«

Sieger fuhr in seiner Vorstellungsrunde fort. Als er bei der Delegation der Soko »Marilyn« aus Stuttgart anlangte, ging ein Raunen durch die Menge. Noch hatten die Medien der dürren Pressemitteilung der Polizei vom Nachmittag nicht entnehmen können, dass es sich bei der prominenten Toten vermutlich um ein Opfer des seit Langem gesuchten Serienmörders handelte. Das war eine doppelte Sensation. Einige zückten gleich die Handys, um den Knüller an ihre Redaktionen weiterzugeben.

Mascha lehnte sich zufrieden zurück und blinzelte Kathrin triumphierend zu. Dann wies sie mit einer Kopfbewegung zum Podium und flüsterte Kathrin zu: »Dein Kommissar ist aber wirklich zu süß.«

Kathrin musste unwillkürlich grinsen. Sie fand Marks in seinem »adeligen« Sakko und dem dunklen Rollkragenpullover, in den er für die Pressekonferenz geschlüpft war, zwar durchaus attraktiv, aber »süß«?

»Er ist nicht mein Kommissar«, zischte sie, »und übrigens ist Marks aus dem Alter, in dem man ihn süß nennen könnte, wohl schon eine Weile raus.«

»Ach was Marks, ich meine doch den Jungen, der so aussieht wie dieser englische Fußballspieler. Wie heißt er doch gleich?«

»Beckham?«

»Stimmt genau.«

»Untersteh dich ja, den anzubaggern, der ist nämlich richtig nett, aber etwas schüchtern und obendrein für dich ein wenig jung«, meinte Kathrin.

Bevor Mascha auf die Vorzüge schüchterner, zu junger Männer eingehen konnte, brachte Kathrin sie mit einer

Handbewegung zum Schweigen. Brav zog sie ihren Notizblock hervor.

Der Polizeisprecher hatte unterdessen das Wort an Kriminalrat Veltinger weitergegeben.

Zwischenrufe ignorierend, erläuterte Veltinger kurz und sachlich den bisherigen Wissensstand im Fall Josephine Kerner, die, wie er betonte, mit an Sicherheit grenzender Wahrscheinlichkeit dem Modelmörder zum Oper gefallen sei. Er präsentierte Fotos der extravaganten Kleidung, welche die Tote getragen hatte, und obwohl er nichts dergleichen erwähnte, machte sogleich das Wort von der »femme fatale« die Runde. Zumindest die Boulevardvertreter hatten ihre griffige Schlagzeile gefunden.

»Die hochwertigen Kleidungsstücke tragen allesamt weder Etiketten oder anderweitige Merkmale, die Rückschlüsse auf die Herkunft zulassen. Wir gehen davon aus, dass es professionell hergestellte Unikate sind, und hoffen diesbezüglich auf Ihre Mithilfe. Da es sich offensichtlich um eine weitere Tat des bereits erwähnten Serientäters handelt, arbeiten wir eng mit der Sonderkommission zusammen, die vor einigen Monaten in Stuttgart gegründet wurde. Hauptkommissar Konstantin Marks wird Ihnen nun einen kurzen Überblick der bisherigen Ermittlungen geben.«

Marks ging die Liste der jungen Frauen durch, die dem Schönheitsfanatiker bisher zum Opfer gefallen waren, wobei er einräumen musste, dass die bisherigen Erkenntnisse mehr als dürftig waren, weil der Täter äußerst intelligent vorging.

»Wir wissen leider noch nicht, wie er seine bisherigen Opfer kennengelernt hat und nach welchen Kriterien er sie auswählt. Aussehen und Typ der Frauen sind gänzlich unterschiedlich. Die Vorgehensweise ist jedoch immer dieselbe. Die Frauen werden mit einem Drogen- und Giftmix betäubt und umgebracht. Dann inszeniert und arrangiert er die Toten so, dass ihre Schönheit erst richtig zur Geltung kommt. Die Angehörigen haben übereinstimmend ausgesagt, dass die Frauen zu Lebzeiten nie so vorteilhaft gekleidet waren. Der Täter scheint vom Zwang besessen zu sein, seinen Opfern zu einer fast« – an dieser Stelle suchte Marks nach Worten – »übernatürlichen Schönheit zu verhelfen.«

Als Marks auf den »Schneewittchen«-Fall in Bad Urach zu sprechen kam, vermied er es sorgfältig, Andeutungen auf irgendwelche Spuren zu machen.

»Zwischen dem Mord an der jungen Französin und dem Mord an Josephine Kerner liegen nur wenige Tage. Wir müssen deshalb davon ausgehen, dass der Mörder unter enormem psychischem Druck steht. Bisher waren die Taten von langer Hand geplant. Das war bei seinem jüngsten Opfer nicht möglich. Auf Josephine ist er wahrscheinlich zufällig gestoßen. Sie trat am Montag gemeinsam mit Gloria Heller in einer Talkshow auf. Dabei erfuhren die Zuschauer auch, dass Josephine Kerner von Mittwoch bis Sonntag allein zu Hause sein würde. Wir gehen davon aus, dass das ihr trauriges Schicksal besiegelt hat. Der Tatablauf selbst ist dann wieder identisch mit den vorangegangenen Fällen. Josephine Kerner wurde mit einem Giftmix betäubt und später getötet. Sie wurde geschminkt und in Marlene-Dietrich-Manier hergerichtet. Bei Frau Kerner fanden sich, übrigens wie bei allen anderen Opfern zuvor, keinerlei Anzeichen auf einen sexuellen Missbrauch.«

Da Marks nichts mehr hinzufügte, ergriff der Polizeisprecher wieder das Wort. »Tja, ich fürchte, viel mehr können wir Ihnen zum gegenwärtigen Zeitpunkt nicht mitteilen. Sie haben jetzt jedoch die Möglichkeit, Fragen zu stellen.«

Erwartungsgemäß konzentrierte sich die Fragerunde zunächst auf die sexuelle Orientierung des Opfers, doch sowohl Veltinger als auch Marks versicherten, nichts deute darauf hin, dass die Tat in irgendeinem Zusammenhang damit stünde, dass Josephine Kerner lesbisch und die Lebensgefährtin der bekannten Sängerin war. Was freilich nicht bedeutete, dass am nächsten Tag nicht genau diese Vermutung von einigen der anwesenden Medienvertreter kolportiert werden würde.

Als Nächstes wurden die mageren Ermittlungsergebnisse angesprochen. Den Hinweis eines Journalisten auf die angeblich in Bayern entdeckten Spuren tat Marks mit der üblichen Äußerung ab, dass man, um die Ermittlungen nicht zu gefährden, dazu noch nichts Näheres sagen könne. Und die Auswertung der Spurensicherung im Fall Kerner sei noch nicht abgeschlossen.

»Aber Sie haben eine Spur, oder tappen Sie weiterhin total im Dunkeln?«

»Kein Kommentar.«

»Müssen wir jetzt damit rechnen, dass der Täter demnächst wieder zuschlägt?«

»Wir tun alles, um den Täter zu fangen, bevor er eine Gelegenheit dazu bekommt.«

»Das hat die letzten neun Male wohl nicht so ganz geklappt.«

Die Frager wurden nun zunehmend forscher, die Stimmung im Saal war unvermittelt aggressiv geworden. Doch bevor weitere Vorwürfe gegen die Polizeiarbeit laut wurden, beendete Veltinger die Pressekonferenz.

»Wir werden Sie selbstverständlich weiter auf dem Laufenden halten. Morgen haben wir die genauen Obduktionsergebnisse. Dann wissen wir vielleicht schon etwas mehr.«

Veltinger erhob sich, so dass kein Zweifel am Ende der Veranstaltung aufkam. Die anderen Podiumsteilnehmer taten es ihm nach. Im Saal wurde zwar Murren laut, dennoch begannen sich die Journalistinnen und Journalisten zu zerstreuen. Auf sie wartete in den Redaktionen noch eine Menge Arbeit. Auch Mascha verabschiedete sich rasch.

»O-Töne einfügen«, grinste sie. »Wir sehen uns später.«

Dann hauchte sie Kathrin einen Kuss auf die Wange und stöckelte davon.

23

Kathrin und Marks saßen in der »Bullerei«, einer kleinen, in der Nähe der Polizeischule gelegenen Kneipe, die dem Hauptkommissar von seinen Hamburger Kollegen empfohlen worden war. Vor allem die Fischgerichte hatten einen ausgezeichneten Ruf. Unter den Gästen waren zahlreiche junge Männer und einige junge Frauen, denen man den Polizeischüler von weitem ansah.

»Alle Achtung, das muss man Ihrem Chauvi-Freund lassen, die Situation gerade eben hatte er im Griff. Wenn er die Pressekonferenz nicht so autoritär beendet hätte, hätte die Meute euch wahrscheinlich noch auseinandergenommen.«

»Ach, der alte Ole, hat er Sie schon schräg angemacht? Glauben Sie mir, das ist alles Show. Aber eigentlich ist er ein prima Kerl, ehrlich. Und ein super Kriminalist dazu. Ganz zu schweigen von seinen Führungsqualitäten.«

Marks leerte sein Bierglas mit einem großen Schluck und winkte dem Kellner. Kathrin, die wusste, dass er ansonsten fast nichts trank, wunderte sich, dass er, noch bevor er etwas zu essen bestellt hatte, bereits das zweite Pils orderte. Er wirkte irgendwie aufgekratzt.

»Ich habe einen Mordsdurst, das kommt von der Pizza heute Mittag, die war etwas salzig«, entschuldigte sich Marks, der ihren Blick aufgefangen hatte. »Und einen Bärenhunger habe ich auch. Ich nehme die Spezialität des Hauses«, wandte er sich an den Kellner, »den Kräuterfisch, und Sie?«

»Ich schließe mich an. Und als Getränke bringen Sie mir bitte einen trockenen Weißwein und noch einmal ein Mineralwasser.«

Während sie auf das Essen warteten, informierte Marks Kathrin darüber, was die Ermittlungen während ihrer Abwesenheit in Stuttgart ergeben hatten. Die Ausbeute war ernüchternd. Auch die erneute Überprüfung der Altfälle hatte keinerlei Anhaltspunkte auf irgendwelche Übereinstimmungen gegeben, keine Hinweise auf eine Verbindung der getöteten Frauen zu einer bundesweit agierenden Firma, auch nicht zum Modeversandhaus Ökotex.

»Wir haben allerdings noch nicht alle Altfälle überprüfen können. Aber unsere Mitarbeiter sind dran. Die Kollegen in Reutlingen sind auch nicht viel weitergekommen. Wir sind jetzt zwar sicher, dass es sich bei dem Mörder um den ominösen Amerikaner handelt, das ist aber auch schon alles. Der Kerl hat mehrere Tage in der Wohnung über dem Opfer gelebt, und wir haben nicht einmal eine brauchbare Beschreibung. Immerhin wissen wir jetzt, dass im letzten Vierteljahr kein amerikanischer Staatsbürger mit dem Namen Patrick O'Neill in Deutschland eingereist ist. Der Knabe war ganz einfach mit einem falschen Pass unterwegs. Und nicht nur mit einem falschen Pass, er scheint auch sein Aussehen mühelos zu verändern. Es ist zum Verrücktwerden, wir suchen eine Stecknadel im Heuhaufen«, sagte Marks resigniert, doch dann hellte sich seine Miene wieder auf: »Da kommt unser Fisch. Ich glaube, jetzt gehe ich auch zum Wein über.«

Beide machten sich mit gutem Appetit über den Kräuterfisch her, der ausgesprochen schmackhaft war. Auch die gebackenen Kartoffeln und der bunte Blattsalat, die als Beilagen gereicht wurden, machten dem Koch der »Bullerei« alle Ehre.

»Was machen Sie denn da?«, fragte Konstantin entsetzt, als Kathrin, die die Hälfte ihres Weißweines ausgetrunken hatte, ihr Mineralwasser ins Weinglas kippte.

»Tja ich weiß, das ist eine Unart von mir. Aber ich mag nun mal Weinschorle mit viel Mineralwasser und wenig Wein. Und weil ich in Kneipen selten die richtige Mischung bekomme, greife ich manchmal zur Selbsthilfe.«

»Na dann, wohl bekomms. Ich halte mich heute lieber an unverfälschte Tatsachen.« Marks prostete ihr mit seinem Weinglas zu, das auch schon wieder halb leer war.

Eine Weile aßen sie schweigend, und Kathrin hatte Gelegenheit, ihren Tischpartner verstohlen zu mustern. Sein gelocktes dunkelbraunes Haar, das an wenigen Stellen von einigen grauen Strähnen durchzogen wurde, und die graugrünen Augen harmonierten mit dem dunklen Rollkragenpullover. Ob der neu war? Der dünne Pulli, mit Sicherheit eine hochwertige Wollmischung, bedurfte einer besonderen Pflege. Einmal in der Waschmaschine, und er wäre nicht wiederzuerkennen: klein und verschrumpelt. Kathrin fragte sich, ob der Hauptkommissar ihn wohl von Hand wusch. Plötzlich sah sie Konstantin Marks vor sich, wie er sich in seinem durchgestylten Badezimmer im Unterhemd (sie konnte sich nicht vorstellen, dass er unter seinen geliebten Hemden kein Unterhemd trug) über das Waschbecken beugte und sanft den Pullover ausdrückte. Weil das Waschbecken, wie vieles von Philipp Starck, zwar sündhaft schön, aber nicht unbedingt praktisch war, schwappte das Wasser über, und Kathrin musste unwillkürlich lächeln. Dann kam sie sich albern vor und versuchte, sich wieder ganz auf den Kräuterfisch zu konzentrieren.

»Immerhin wissen wir nun wenigstens, dass die Schülerin kein weiteres Opfer unseres Mörders ist«, sagte Marks, nachdem er den letzten Bissen seines Fisches mit einem großen Schluck Weißwein in sein nasses Element zurückbefördert hatte. »Sie ist eindeutig an den Folgen eines Herzfehlers gestorben. Wir können nur hoffen, dass der Kerner-Fall nicht noch weitere Leichen aus den Kellern holt.«

»Ich glaube, wir sollten unsere Recherchen auf Hamburg und Umgebung konzentrieren«, sagte Kathrin, die soeben das letzte Salatblatt aufgespießt hatte. »Ich habe das im Präsidium noch nicht erwähnt, weil ich erst mit Ihnen darüber sprechen wollte. Aber die Vermutung liegt nahe, dass der Täter jetzt, da er unter Zeitdruck mordet, eher in einer ihm vertrauten Umgebung zuschlägt. Das haben wir bei Serientätern immer wieder beobachtet. Wenn es sich tatsächlich um von Gemnitz handelt, dann würde das doch auf Hamburg zutreffen. Hier ist er immerhin aufgewachsen.«

»Ich habe auch schon an so etwas gedacht. Und mit Veltinger darüber gesprochen. Glücklicherweise hat er einen sehr guten Draht zum zuständigen Oberstaatsanwalt. Er lässt uns von der Soko mit allen Ermittlungen, die in Richtung von Gemnitz zielen, freie Hand. Allerdings darf vorläufig darüber nichts an die Öffentlichkeit dringen. Veltinger befürchtet zu Recht, der Justizsenator könnte ihn und uns sofort zurückpfeifen, wenn das bekannt wird.«

»Da geht Veltinger aber ein großes Risiko ein, wenn er so eigenmächtig seinen Vorgesetzten übergeht, oder nicht?«

»Ich sage doch, Kathrin, der Mann ist in Ordnung, auch wenn er manchmal große Töne spuckt.«

»Apropos große Töne. Warum nennt er Sie denn Koma?«

»Na, Konstantin Marks halt.« Die Antwort kam eindeutig zu schnell.

»Aber da steckt doch mehr dahinter. Veltinger sagte, das müsste ich Sie selber fragen.«

»Ach herrje, dass der nie die Klappe halten kann. Das ist lange her und nicht gerade rühmlich für mich.« Marks schien das Gesprächsthema tatsächlich peinlich zu sein. Doch als Kathrin insistierte, gab er nach: »Also gut, aber wenn ich Ihnen das erzähle und mein Innerstes vor Ihnen ausbreite, dann müssen Sie noch einen Wein mit mir trinken. Aber unverwässert.«

Kathrin, die den Eindruck hatte, dass der Hauptkommissar ohnehin schon reichlich angeheitert war, stimmte amüsiert zu.

Als der Kellner den Wein gebracht hatte, begann Marks zu erzählen: »Die Geschichte ist eigentlich ganz banal. Ich habe Veltinger vor Jahren in Brüssel bei einer Tagung über die Möglichkeiten künftiger EU-weiter Vernetzung der Verbrechensbekämpfung kennen gelernt. Meine damalige Freundin hat meine Abwesenheit dazu benutzt, aus unserer gemeinsamen Wohnung aus- und bei ihrem neuen Lover einzuziehen. Dass sie mit mir am Telefon Schluss gemacht hat, hat mich besonders getroffen. Veltinger hat das mitbekommen, und wir sind daraufhin zusammen die ganze Nacht durch Brüssels Kneipen gezogen. Ich war so was von hackedicht, dass ich einen Blackout hatte. Dass ich hinterher 24 Stunden im Hotel im Koma lag, wie Ole behauptet hat, stimmt natürlich nicht. Ich habe einfach nur meinen Rausch ausgeschlafen. Aber meinen Spitznamen hatte ich damit weg. Und ich habe ganz schön lange gebraucht, bis ich über die schnöde Trennung wegkam. An der Frau lag mir nämlich wirklich viel.« Marks sah Kathrin ernst an. »Danach habe ich übrigens nie mehr so viel und so unkontrolliert getrunken. So, das wars, und was sagt die Psychologin dazu?«

»Dass das eine völlig normale Reaktion ist. Die einen saufen, wenn ihnen der Partner den Laufpass gibt, die anderen stürzen sich in die Arbeit, die dritten verkriechen sich, bis der größte Schmerz vorbei ist.«

»Und zu welcher Sorte gehören Sie?«

»Ich versuche, dem anderen zuvorzukommen. Und wenn das nicht klappt, treibe ich den Teufel mit dem Beelzebub aus.« Kathrin war nun selbst nachdenklich geworden.

»Was soll das denn heißen?«

»Dass ich mich meistens kopfüber in die nächste Affäre gestürzt habe, wenn einer sich erdreistet hat, mich zu verlassen. Das ist übrigens eine genauso ungesunde Reaktion wie Ihre Sauferei, wenn nicht sogar noch ungesünder. Weshalb ich beschlossen habe, mich künftig in Enthaltsamkeit zu üben. Prost.«

»Prost. Trinken wir noch einen?« Marks hatte nun eindeutig einen leichten Zungenschlag.

»Ein Kaffee wäre mir jetzt lieber. Ich möchte auch nicht, dass Sie wegen mir rückfällig werden.«

»Dafür müssten erst Sie rückfällig werden«, sagte Marks und schaute sie mit einem Blick an, der Kathrin durch und durch ging. Dann seufzte er und meinte: »Aber Sie haben ja recht, morgen kommt ein harter Tag auf uns zu.«

»Allerdings, ich muss noch einmal zu Gloria Heller und ihr beibringen, dass ihre Lebensgefährtin, auch wenn sie keinem Mörder über den Weg gelaufen wäre, nicht mehr lange zu leben gehabt hätte.«

»Wieso das denn?«

»Professor Renninger hat bei der Obduktion festgestellt, dass sie an Bauchspeicheldrüsenkrebs litt. In fortgeschrittenem Stadium. Sie war unheilbar krank.«

»Das wird der Heller kaum ein Trost sein. Sie sind wirklich nicht zu beneiden. Wir haben beide einen Scheißjob, finden Sie nicht?«

»Manchmal schon. Aber anstatt in Selbstmitleid zu zerfließen, bestellen wir lieber einen Kaffee und die Rechnung«, meinte Kathrin mit einem Blick auf die Uhr.

Es war bereits nach Mitternacht. Nun würde sie ihre Mutter doch nicht mehr anrufen können. Aber auf ihre Schwester war Verlass. Laura hatte der alten Dame bestimmt von ihrem verlängerten Aufenthalt erzählt.

Bevor sie das Lokal verließen, rief Marks ein Taxi. Obwohl sein Hotel wesentlich näher lag als Maschas Wohnung, bestand der Hauptkommissar darauf, zuerst Kathrin heimzufahren. »Kleine Sightseeing-Tour auf Staatskosten«, grinste er, als er sich neben Kathrin auf den Rücksitz fallen ließ.

Während der Fahrt war er ungewöhnlich still, und Kathrin wusste nicht, ob er tatsächlich nach Sehenswürdigkeiten Ausschau hielt oder nicht vielmehr bereits am Einschlafen war.

Kurz bevor sie in die Hafenstraße einbogen, beugte sich Marks plötzlich ruckartig zu ihr herüber, ergriff ihre Hand und fragte hastig: »Willst du nicht lieber noch mit zu mir kommen?«

Kathrin, die von diesem Antrag völlig überrumpelt war, stammelte: »Ich glaube nicht, dass das so eine gute Idee wäre.«

»Grundsätzlich nicht oder nur heute Abend nicht?«

Es war schummrig im Taxi, doch Konstantins Augen schienen zu leuchten, und Kathrin, der mit einem Mal ganz heiß geworden war, konnte sich seinem Blick nicht entziehen. »Heute Abend nicht«, antwortete sie leise, ganz ohne zu überlegen.

»Soll das etwa bedeuten, Prof, dass wir jetzt beide ganz brav ins Bettchen gehen? Jeder in seines?« Marks' Stimme klang irgendwie erleichtert, und Kathrin hätte zu gerne gewusst, ob das nun daran lag, dass sie sein Angebot abgelehnt hatte, oder daran, dass die Ablehnung zumindest die Möglichkeit einer Revision beinhaltete.

»Genau das, Herr Hauptkommissar.«

Spontan küsste Kathrin Marks zart auf den Mund. Er roch nach einer herben Mischung aus Alkohol, Iceberg und Kneipe, was sie wider Erwarten keineswegs abstoßend fand. Fast hätte sie dem Impuls nachgegeben, sich von Konstantin an sich ziehen zu lassen. Doch in dem Moment hielt das Taxi, und Kathrin riss sich mit sanfter Gewalt los.

»Gute Nacht und schlaf schön«, stieß sie noch hervor, dann stürzte sie aus dem Wagen, der glücklicherweise sofort weiterfuhr.

Mascha lag im Wohnzimmer auf dem Sofa, die Beine auf dem Couchtisch, ein Glas Rotwein in der Hand, und schaute fern. Vor ihr standen Chips und Käsewürfel. Über die Mattscheibe flimmerte eine derart schlechte Werbesendung, dass Kathrin am Verstand ihrer Freundin zu zweifeln begann.

»Keine Angst, das ist gleich vorbei«, nuschelte Mascha mit vollen Backen, »das ist ein Privatsender, der die Lokalnachrichten die ganze Nacht hindurch halbstündlich wiederholt. Ich möchte den Beitrag mit der Pressekonferenz noch einmal ganz sehen. Ich habe vorher in der Redaktion nur einen Teil davon mitgekriegt. Komm, sitz her und trink ein Glas Wein mit mir.«

»Ich habe heute Abend schon genug getrunken, ich hole mir lieber ein Wasser«, meinte Kathrin, die oft Kopfschmerzen bekam, wenn sie Alkohol durcheinander trank. Die Kombination von Rotwein und Käse lösten bei ihr sogar richtige Migräneanfälle aus. Sie holte ein Glas aus der Küche, wurde aber sofort von Mascha zurückgerufen.

»Schnell, komm, es geht schon los. Ich glaube, wir beide sind am Anfang auch zu sehen.«

Tatsächlich hatte der Kameramann nichts Besseres gewusst, als Maschas effektvollen Auftritt festzuhalten, inklusive der zweifelhaften Begrüßung durch den Pressesprecher. Auch Kathrin war ganz kurz im Bild. Dann erfolgte endlich ein recht stümperhafter Schwenk zum Podium.

»Du musst zugeben, dieser lange Schröder ist wirklich süß«, meinte Mascha, die abwechselnd Chips und Käse in sich hineinstopfte.

Diese ungesunden Fressanfälle hatte sie oft, wenn sie spätabends aus der Redaktion kam und nicht gleich abschalten konnte. Aber im Gegensatz zu Kathrin musste sie solche Exzesse am nächsten Morgen nicht mit Kopfschmerzen büßen. Und ihrer Linie schien es auch nicht zu schaden.

»Aber dein Hauptkommissar ist auch nicht ohne, den würde ich auch nicht von der Bettkante stoßen«, fuhr Mascha ungerührt fort.

»Wenn du wüsstest, was ich soeben getan habe«, dachte Kathrin und seufzte laut auf.

»Nanu, was ist denn mit dir los? Gibt es etwas, das ich wissen müsste?«

»Nein, nein«, stotterte Kathrin, die knallrot anlief. Glücklicherweise starrte Mascha nach wie vor gebannt auf den Bildschirm. »Ich habe nur gerade daran gedacht, dass dieser Killer jetzt auch irgendwo vor dem Fernseher sitzt und sich die Nachrichten über seinen jüngsten Mord reinzieht.«

»Meinst du wirklich, der guckt in diesem Moment auch zu?«

»Natürlich. Er wird sich keine Nachrichtensendung entgehen lassen. Und nicht nur das: Er wird alle Zeitungen kaufen und jede Meldung über seine Tat ausschneiden und archivieren. Auf diese Art erlebt er alles noch einmal. Das ist genau der Kick, den er braucht.«

»Es ist schon eine gruslige Vorstellung, dass der Typ vielleicht morgen meinen Artikel liest, um ihn dann irgendwo abzuheften. Bei all den anderen Nachrichten über die vielen Morde, die er schon begangen hat.«

Maschas Interesse am Aussehen der beiden Kommissare aus Stuttgart war schlagartig erloschen. Schweigend verfolgten sie den Rest der reichlich unprofessionell aufbereiteten Nachrichtensendung. Dann zog Mascha ihren Artikel hervor. Kathrin war fasziniert, wie sensibel die Freundin über den Mord geschrieben hatte, vor allem wie treffend sie dank ihrer Informationen den Mörder charakterisiert hatte. Hoffentlich schloss niemand daraus, dass sie Insiderinformationen hatte. Schließlich ließ sich Kathrin, die das untrügliche Gefühl hatte, ohnehin nicht gleich einschlafen zu können, doch noch zu einem Glas Rotwein hinreißen. Auf die Kopfschmerzen kam es nun auch nicht mehr an.

Er saß im Schneidersitz auf seinem Bett. Die schwarze Satindecke war übersät mit sämtlichen Hamburger Tageszeitungen, die alle groß über den Mord an Josephine Kerner, der Lebensgefährtin der berühmten Sängerin, berichteten. Vor ihm lag ein Artikel der Tageszeitung, den er nun schon zum x-ten Mal gelesen hatte. Wieder fiel sein Blick auf die Autorenzeile: Marion Schacht. Das war die junge Journalistin, die der Polizeipressesprecher am Abend zuvor bei der Pressekonferenz namentlich begrüßt hatte. Er hatte nachts im Lokalfernsehen den verspäteten Auftritt von Marion Schacht mehrfach gesehen und die Nachrichtensendung wie alle anderen Beiträge über den Mord aufgezeichnet, so dass er sie jederzeit wieder anschauen konnte. Er hatte nie gedacht, dass dieses aufgetakelte Ding einen Artikel schreiben könnte, der ihn so aufwühlen würde. Sie hatte nicht nur als Einzige das »Opfer« als eigenständigen Menschen beschrieben und nicht bloß als Anhängsel des Opernstars, sie hatte in einem Hintergrundbericht auch ein erstaunlich dichtes Portrait des Unbekannten gezeichnet, der das Verbrechen begangen hatte. Dabei waren bei der Pressekonferenz wieder nur die sattsam bekannten Attribute des »Serienkillers« erwähnt worden, die ihm ein unzulänglicher Profiler damals zugeschrieben hatte, als die Polizei endlich erkannte, dass zwischen den vielen schönen Toten ein Zusammenhang bestand. Dennoch war es dieser taz-Journalistin irgendwie gelungen, dem Täter eine Geschichte zu geben. Seine Geschichte.

Die Schreiberin schilderte ihn als einen hochintelligenten Mann (dass es sich um einen Mann handelte, daran hatte auch die Polizei von Anfang an nie gezweifelt) mit einer ganz außergewöhnlichen künstlerischen Begabung, die aber nie gefördert worden war. Als Kind verkannt, als Erwachsener immer hinter seinen Möglichkeiten geblieben. Sein unbefriedigter Drang, Schönes zu schaffen, sei schließlich zur Obsession geworden, die der in Zwangshandlungen gefangene Täter nun auf verhängnisvolle Weise auslebe. Obwohl er sich darüber ärgerte, dass ihn die Schreiberin offensichtlich für einen bedauernswerten Psychopathen hielt, fühlte er sich erkannt. Doch es war mehr als das. Ihre Worte berührten ihn seltsam. Zum ersten Mal hatte er das Gefühl, da gab es jemand, der ihn irgendwie verstand. Nur brachte er diesen Menschen überhaupt nicht mit dem Bild zusammen, das er von Marion Schacht bei ihrem unfreiwilligen kurzen Fernsehauftritt gewonnen hatte.

Diesmal war ohnehin alles anders als sonst. Obwohl er eine große Menge Schlafmittel genommen hatte, hatte er seit der Tat kein Auge zugetan. Und die Erleichterung, die er sonst nach einer gelungenen Kreation verspürt hatte und die bei Flore so rasch wieder verpufft war, war zum ersten Mal gänzlich ausgeblieben. Stattdessen fühlte er eine beständig wachsende Unruhe. Alles drängte auf eine gewaltige Explosion hin, von der er noch nicht wusste, was sie auslösen und wie sie aussehen würde.

Er wusste nur, dass er sich nicht mehr unter Kontrolle hatte. Am Morgen hatte er sich zum ersten Mal, seit er bei

Ökotex beschäftigt war, krank gemeldet. Er hatte ohnehin das Gefühl, dass es an der Zeit war, sein Intermezzo bei dem Exklusiv-Versandhaus zu beenden. Er hatte nicht mehr die Kraft, sich ständig zu verstellen. Und die Hoffnung, dort in Kontakt mit einer Frau zu kommen, die seine Empfindungen für das Schöne teilte, hatte er längst aufgegeben.

Seine Gedanken kehrten zu der Journalistin zurück. Er musste wissen, wer diese Marion Schacht war und wie sie so viel über ihn in Erfahrung gebracht hatte. Dass es sich bei ihr trotz ihres schrillen Auftretens um eine Seelenverwandte handelte, nach der er so lange gesucht hatte, wagte er noch nicht zu hoffen.

24

Montag, 22. Juni 2009

Gloria Heller stand an der Fensterfront im Wohnzimmer ihrer Penthouse-Wohnung und weinte stumm vor sich hin. Kathrin saß auf einem gemütlichen Sofa, das im Gegensatz zur restlichen Einrichtung zumindest auf den ersten Blick keine Designerkinderstube offenbarte, und wartete. Sie wusste, dass die Opernsängerin vom umwerfenden Blick auf die Alster, der sich ihr bot, nichts mitbekam. Bisweilen durchlief ein Schauer den Rücken der jungen Frau, die seit gestern deutlich an Volumen verloren zu haben schien. Leid und Trauer machte die Menschen kleiner, das hatte Kathrin schon oft beobachtet. Während sie so dasaß, bemerkte sie erleichtert, dass die beiden Kopfschmerztabletten, die sie vor ihrem Besuch genommen hatte, zu wirken begannen.

Sie war immer noch unsicher, ob es richtig gewesen war, Gloria Heller von der tödlichen Krankheit ihrer Lebensgefährtin zu unterrichten. Andererseits war sie der Auffassung, dass die größtmögliche Aufrichtigkeit der einzig richtige Umgang mit Hinterbliebenen von Gewaltopfern war. Natürlich musste man sie nicht mit grausamen Details quälen (die sie unter Umständen später in der Gerichtsverhandlung ohnehin zu hören bekamen, falls sie sich zu einer Teilnahme entschlossen), aber Kathrin war grundsätzlich ehrlich, was den Tathergang und die Todesursache betraf. Ließ man die Opfer im Unklaren – und für Kathrin waren die Angehörigen ebenfalls Opfer –, dann fühlten sie sich nicht ernst genommen und konnten das Geschehene noch schlechter bewältigen, als es ohnehin der Fall war. Oft malten sie sich in ihrer Phantasie schrecklichere Szenarien aus, als in Wirklichkeit geschehen waren.

Josephines Krankheit hatte nichts mit dem Mord zu tun, und doch wäre Kathrin sich schäbig vorgekommen, wenn sie die Information zurückgehalten hätte. Als die Schluchzer der jungen Frau weniger wurden, stand sie auf und ging auf sie zu. Sanft berührte sie Gloria Heller an der Schulter.

»Ich weiß, an Ihrem Schmerz ändert das gar nichts, aber ich wollte es Ihnen nicht verschweigen. Vielleicht war es ein Fehler, dann tut es mir leid. Aber ich finde, Sie haben ein Recht darauf, alles zu erfahren.«

»Ich bin froh, dass Sie es mir gesagt haben«, sagte Gloria Heller leise. Sie drehte sich um und schaute Kathrin mit Tränen in den Augen an. »Ich hätte gerne noch viel mehr über Josephine gewusst. Wir haben ein so hektisches Leben geführt, da blieb für uns beide wenig Zeit. Und jetzt ist es zu spät.« Dann sprach sie einen Gedanken aus, der ihr sichtlich Angst machte. »Meinen Sie, Josephine hat geahnt, dass sie krank ist, und sie wollte mich nur nicht beunruhigen?«

»Ich weiß es nicht, ich weiß es wirklich nicht. Bauchspeicheldrüsenkrebs im Endstadium ist sehr schmerzhaft. Aber das Schmerzempfinden der Menschen ist ganz unterschiedlich. Vielleicht hatte sie gelegentlich schon Schmerzen, die dann wieder von selbst verschwanden, und sie hat sie deshalb nicht ernst genommen. Wenn sie sich Sorgen gemacht hätte, dann hätte sie sicher mit Ihnen darüber gesprochen. Sie dürfen sich damit nicht quälen, und Sie brauchen sich auch keinerlei Vorwürfe zu machen. Auch nicht deshalb, weil Sie nicht darauf bestanden haben, dass Ihre Freundin Sie nach Rom begleitet. Schuld hat ganz allein der Mörder. Und der hätte auch später Mittel und Wege gefunden, Ihre Freundin zu töten, weil er sich das in sein krankes Hirn gesetzt hatte. Warum auch immer.« Kathrin, die wieder einmal über die Unzulänglichkeit der Sprache frustriert war, weil Mitgefühl so schwer in Worte zu fassen war, hätte die Heller einem spontanen Impuls folgend am liebsten in den Arm genommen. Stattdessen fragte sie: »Haben Sie denn jemanden, der sich um Sie kümmert?«

»Meine Schwester bleibt zwei Wochen bei mir. Sie ist oben im Arbeitszimmer und gerade dabei, alle meine Termine abzusagen. Ich kann mir nicht vorstellen, jemals wieder zu singen«, sagte sie mit brüchiger Stimme.

»Irgendwann werden Sie wieder singen. Und denken Sie daran, wie vielen Menschen Sie mit Ihrer Musik schon Kraft und Freude gegeben haben. Jetzt brauchen Sie jemanden, der Ihnen Kraft gibt. Seien Sie ruhig ein wenig egoistisch und wimmeln Sie falsche Freunde ab«, setzte Kathrin hinzu, die sich lebhaft vorstellen konnte, wie sehr die Heller jetzt von zweifelhaften Hilfsangeboten überhäuft wurde.

»Sie haben ja so recht, seit gestern Abend haben wir das Telefon abgestellt. Ich bin nur noch über mein Handy erreichbar, und die Nummer haben nur ganz wenige.« Gloria schien sich nun wieder etwas gefasst zu haben. »Ich werde meine Schwester bitten, uns einen Kaffee zu bringen. Ich selbst kann einfach noch nicht in unsere Küche gehen. Sie trinken doch eine Tasse mit? Oder möchten Sie lieber einen Tee?«

»Kaffee wäre ganz prima«, versicherte Kathrin, froh darüber, dass sie so das Wiedersehen mit Marks noch eine Weile hinauszögern konnte, das ihr wie ein Stein im Magen lag.

25

Im Präsidium herrschte hektische Betriebsamkeit. Erst jetzt fiel Kathrin auf, wie ruhig und vergleichsweise leer das Gebäude am gestrigen Sonntag gewesen war. An der Pforte saß ein anderer Beamter als am Tag zuvor, doch wusste er bereits über ihre Zugehörigkeit zur Stuttgarter Soko Bescheid und ließ sie nach einer kurzen Ausweiskontrolle anstandslos passieren. Ihre Kopfschmerzen waren glücklicherweise fast verschwunden. Als sie im fünften Stock aus dem Fahrstuhl stieg, wo das Dezernat für Tötungsdelikte untergebracht war, sah sie auf dem Flur Marks in ihre Richtung kommen. Er unterhielt sich lebhaft mit Polizeisprecher Sieger und schien sie noch nicht bemerkt zu haben. Kathrin, die ein heftiges Flattern sowohl in der Herz- wie auch in der Magengegend verspürte, wäre am liebsten zurück in den Fahrstuhl geflohen, doch der war bereits wieder weg. Sie nahm ihren ganzen Mut zusammen und marschierte los, in der festen Überzeugung, dass Konstantin den nächtlichen Vorfall, der ihm nüchtern betrachtet sicher äußerst peinlich war, unerwähnt lassen würde. Sie nahm sich vor, einfach dasselbe zu tun.

»Hallo Kathrin, ich dachte schon, du nimmst heute eine Auszeit«, rief Marks ihr eine Spur zu laut entgegen. »Darf ich dir Polizeisprecher Rolf Sieger vorstellen? Und das ist Professor Katharina Zimmermann, die der Soko als Rechtsmedizinerin und forensische Psychologin auf die Sprünge hilft.«

»Professor Renninger hat schon viel von Ihnen erzählt. Sie sind also die bemerkenswerte junge Frau, die mit den Toten spricht«, begrüßte sie Sieger mit einem kräftigen Händedruck. »Seien Sie froh, ich muss mich jetzt wieder um die überaus lebendige Meute der Journaille kümmern. Also dann bis später.«

Sieger öffnete die nächste Bürotür, wandte sich dann doch aber noch einmal um. »Bei der Gelegenheit fällt mir etwas ein. Sie kennen doch diese taz-Redakteurin, die heute diese unglaublich fundierten Berichte geschrieben hat. Sollte die etwa Hintergrundinformationen von Ihnen haben?« Sieger zwinkerte und hob halb tadelnd den Zeigefinger, verschwand dann aber glücklicherweise im Büro, ehe Kathrin etwas auf den sicher nicht nur scherzhaft gemeinten Vorwurf erwidern konnte.

»Er ist ein etwas seltsamer Kauz, sehr direkt, aber ich glaube, ansonsten ganz in Ordnung.« Marks zog Kathrin leicht an sich und flüsterte ihr unbekümmert ins Ohr: »Heute Nacht war ich wohl auch etwas direkt? Ich bereue aber nichts. Und ins Koma bin ich auch nicht gefallen«, setzte er grinsend hinzu, als er sie wieder losließ.

»Ich auch nicht, ganz und gar nicht«, hörte sich Kathrin sagen, die froh war, dass Marks nicht auf den Vorwurf des Polizeisprechers einging. Gleichzeitig kam sie sich wie ein Schulmädchen vor. Wieder einmal hatte sie sich in Konstantin komplett getäuscht.

»Na, dann kann ich ja noch hoffen. Ich muss kurz zur Lagebesprechung mit Veltinger und ein paar anderen. Wir müssen unsere Claims abstecken. Nicht alle sehen die Zusammenarbeit so locker wie Ole. Wir haben übrigens ein eigenes kleines Büro ganz am Ende des Flurs rechts. Aber ich muss dich warnen, die Luft ist dort ganz schön dick.« Dann rauschte er in Richtung Aufzug davon.

Den Mitgliedern der Stuttgarter Soko hatte man ein Zimmer zugewiesen, das ansonsten offensichtlich als Besprechungs- und Aufenthaltsraum diente, in dem geraucht werden durfte. Doch Kathrin schlug nicht nur kalter Rauch entgegen, als sie den provisorisch mit vier Schreibtischen und allen notwendigen technischen Hilfsmitteln ausgestatteten Raum betrat. Den Besprechungstisch mit der kleinen Sitzgruppe hatte man an die Wand unter ein Hängeregal verbannt, auf dem ein großer Fernsehapparat stand, und es war wohl nur eine Frage der Zeit, bis sich dort jemand kräftig den Kopf anstoßen würde.

An einem der gegeneinandergeschobenen Doppelschreibtische lümmelte mit hochgelegten Beinen Schröder, der sich offensichtlich gerade eine Zigarette angesteckt hatte. Sehr zum Missfallen von Margot Mahler, die mit Albrecht Heintz am anderen Schreibtisch saß.

»Mach dieses Scheißding aus«, keifte sie Schröder an, »hier stinkt es ohnehin schon wie in einer Kneipe. Ah«, ihr Blick fiel auf Kathrin, »Professor Zimmermann, Sie können den unverbesserlichen Glimmstängel sicher über die Folgen seiner Qualmerei aufklären.« Die junge Kommissarin stand auf und streckte Kathrin zur Begrüßung die Hand hin. »Willkommen in der Räucherkammer.«

Heintz, der gerade telefonierte, beließ es bei einem Nicken.

Kathrin war überrascht vom forschen Auftreten der jungen Kriminalbeamtin, die in den Besprechungen zuvor immer einen relativ schüchternen Eindruck gemacht hatte. Sie erwiderte den Gruß, jedoch ohne näher auf das Streitobjekt einzugehen.

Auch Schröder schien lockerer als in Stuttgart. »Ach Quatsch, Rauch konserviert, und übrigens dachte ich, hier stinkt es so, da kommt es auf etwas Nachschub auch nicht mehr an. Aber ich mache ja schon aus.« Bereitwillig drückte er die Zigarette im Deckel einer Orangensaftflasche aus, die leer auf seinem Schreibtisch stand. Dann nahm er seine langen Beine vom Tisch und sprang auf. »Sorry, wir haben leider nur vier Arbeitsplätze, aber Sie können vorläufig an Marks' Schreibtisch sitzen, der ist in einer Besprechung.«

»Ich weiß, ich habe ihn gerade noch getroffen«, sagte Kathrin. »Ich muss ohnehin nur ein paar Telefonate führen, dann verziehe ich mich wieder. Wie läuft's denn so?«

»Zäh«, antwortete Schröder, der soeben vergeblich versuchte, ein Fenster der riesigen Glasfront zu öffnen, was der Planer des Neubaus offensichtlich nicht vorgesehen hatte. »Wir tragen gerade die Informationen zusammen. Aus Baden-Württemberg gibt es wohl nichts Neues. Kommissar

Heintz telefoniert gerade mit Hauptkommissar Loibl. Die Befragungen hier am Tatort haben die Hamburger Kollegen übernommen. Da erfahren wir vielleicht später mehr. Und wir sind gerade dabei, zum x-ten Mal die Altfälle auf Übereinstimmungen durchzukämmen. Aber die Opfer scheinen außer ihrem dramatischen Abgang rein gar nichts gemein gehabt zu haben. Die waren so was von unterschiedlich. Jobs, Freunde, Sport. Nichts passt zusammen.«

Schröder war die Begeisterung über den stupiden Job deutlich anzumerken. Widerwillig setzte er sich wieder an den Schreibtisch und demonstrierte seinen guten Willen, indem er wie wild auf seine Tastatur einzuhämmern begann.

Auch Margot Mahlers Ausbeute war gering. »Wir haben in den beiden süddeutschen Niederlassungen von Ökotex nachgefragt. Die haben keinen persönlichen Kontakt zu ihren Kundinnen. Die Bestellungen gehen grundsätzlich per Fax, Internet oder telefonisch ein. Ihre Modelle werden von einer Handvoll Modedesignerinnen und einem einzigen Mann entworfen, der ist aber bereits Ende 50 und dürfte laut Täterprofil nicht in Frage kommen. Dann gibt es noch über die Republik verteilt einige factory outlets. Die beiden Rechnungen, die die Kollegin gefunden hat, beziehen sich aber eindeutig auf Versandware. Wir haben auch die Zentrale von Ökotex kontaktiert, der Sitz ist übrigens in Hamburg, aber außer Flore Gutman war nur ein weiteres Opfer in der Kundenkartei. Wieso die andere Frau, in deren Nachlass eine Rechnung aufgetaucht ist, nicht im Kundenverzeichnis des Modeversands ist, wissen wir nicht. Und die Überprüfung der Anruflisten der Opfer hat auch keine Verbindung zu Ökotex ergeben. Allerdings hat man die Anrufe zunächst nur wenige Tage zurückverfolgt. Und auf 0180-Nummern ohnehin keinen Wert gelegt.«

»Vielleicht war es bei der Kundin, die ihr in den Unterlagen der Firma nicht gefunden habt, eine einmalige Bestellung. Oder ein Versehen im Versandhaus. Das alles hat vielleicht nicht viel zu bedeuten«, meinte Kathrin nachdenklich, »aber wir dürfen es auf keinen Fall vernachlässigen.«

Mahler nickte. »Wir haben noch nicht alle Angehörigen der Altfälle zufriedenstellend befragen können. Einige sind in Urlaub oder weggezogen. Andere wussten nicht über die Einkaufsmodalitäten der Toten Bescheid. Wir bleiben aber dran. Ich werde Gudrun Schwarz in Stuttgart anrufen, damit sie sich um die Opfer im süddeutschen Raum kümmert. Vielleicht gibt es ja doch noch eine weitere Verbindung zu dem Ökoversand. Ich habe übrigens auch diskret in der Personalabteilung nachgefragt, ein von Gemnitz steht nicht auf der Gehaltsliste. Und auch kein Patrick O'Neill. Der Personalchef von Ökotex ist gerade auf einer Messe. Er kommt erst am Wochenende zurück, dann hake ich noch mal nach.«

»Das wäre ja auch zu schön gewesen.« Kathrin setzte sich an Marks' Schreibtisch und begann zu telefonieren. Das Gespräch mit ihren Mitarbeitern in Tübingen dauerte nicht lang. Dort herrschte *business as usual.* Den dringend nötigen Anruf bei ihrer Mutter verschob sie auf den Abend. Stattdessen zog sie die Visitenkarte von Professor Renninger aus der Tasche. Sie musste es lange klingeln lassen, bis er sich meldete. In der Nacht hatte ein eifersüchtiger Exehemann in einem biederen Hamburger Wohnviertel seine Frau, seine beiden Kinder und dann sich selbst erschossen. Renninger und seine Kollegen steckten mitten in den Obduktionen. Der Professor schien erfreut, dass ihm Kathrins Anruf eine Unterbrechung aus der traurigen Routine verschaffte.

»Der vorläufige Autopsiebericht der Kerner ging soeben raus. Der dürfte demnächst per Boten im Präsidium eintreffen. Ich habe Ihnen auch eine Kopie geschickt. Aber ich muss Sie enttäuschen. Er enthält nichts, was Sie nicht schon wissen. Und Sie können mir glauben, die Kollegen in der Toxikologie haben sich alle Mühe gegeben, einige neue Zutaten in dem Giftcocktail zu entdecken. Einige Analyse-Ergebnisse stehen allerdings noch aus.« Renninger lachte kurz und trocken auf. »Ich habe Reinhardt und Hemmer übrigens kräftig den Kopf gewaschen.«

Kathrin, die nur ungern an die unschöne Episode erinnert werden mochte, versicherte, dass sie den Zwischenfall längst vergessen habe. Sie fachsimpelte noch kurz mit Renninger, dann verabschiedeten sie sich, und Kathrin legte auf.

Auch Heintz hatte soeben sein Telefonat beendet. »Puuh«, ließ er lautstark Dampf ab, »Leute, ich glaube, wir können froh sein, dass wir so weit vom Schuss sind. Kriminaldirektor Strahner ist stinksauer. Er hat Loibl die Hölle heiß gemacht, weil der seine Ermittler in Bad Urach mit einem Foto von diesem von Gemnitz losgeschickt hat. Dabei hat der Alte doch die Devise ausgegeben, dass die Familie mit Glacéhandschuhen angefasst wird und außen vor bleibt.«

»Und?«, fragte Mahler interessiert. »Hat wenigstens jemand den Typen erkannt?«

»Leider nein, nicht mal eine Ähnlichkeit mit dem ominösen Amerikaner wurde festgestellt. Sonst wäre der Einsatz ja nachträglich gerechtfertigt gewesen. In der Haut von Marks möchte ich auch nicht stecken, der hat dem Loibl schließlich das Foto zur Verfügung gestellt.« Auch er versenkte sich wieder in seine Unterlagen.

Wenig später klopfte es an der Tür. Der Bote brachte den Autopsiebericht. Kathrin begann aufmerksam zu lesen. Renninger hatte recht: Der Mörder war seiner Methode absolut treu geblieben und hatte wieder keinerlei Spuren hinterlassen, nichts, was sie irgendwie weiterbringen konnte.

Eine Weile arbeiteten sie schweigend, dann ging schwungvoll die Tür auf.

»Hier herrscht ja eine Grabesstille«, polterte Marks. Er ließ einen Papierstapel auf den Besprechungstisch und sich selbst temperamentvoll auf das Sofa fallen, wobei er sich prompt den Kopf an der Ecke des Fernsehers anstieß. »Autsch! Wir wär's mit einer kurzen Besprechung, bevor wir die Kantine der Hamburger Kollegen testen?«

Die vier zwängten sich in die enge Sitzecke, wobei Kathrin mit gemischten Gefühlen neben Marks zu sitzen kam.

Sich heftig die Schläfe reibend, legte der auch schon los: »Tja, die Koordination ist erwartungsgemäß etwas schwierig. Außer Veltinger will niemand, dass wir in die Routineermittlungen einsteigen, obwohl die hier kräftig unter Personalmangel leiden. Wir sind lediglich für die Auswertung der Informationen und den Abgleich mit den Altfällen zuständig. Mir ist das aber ganz recht. So erhalten wir Einblick in alle laufenden Ermittlungen und können selbst weiter in Richtung von Gemnitz agieren. Das bleibt aber unter uns. Außer Veltinger weiß niemand davon.«

»Ich weiß nicht, ob das so ohne weiteres geht, Chef. Es tut mir leid, aber in Stuttgart gibt es wohl kräftig Stunk, weil Hauptkommissar Loibl ein Foto des adeligen Herrn in Umlauf gebracht hat. Ermittlungsergebnis gleich null, dafür hat es in Stuttgart kräftig Wellen geschlagen. Ich habe gerade mit Loibl telefoniert. Würde mich nicht wundern, wenn Strahner Ihnen demnächst ein Donnerwetter durchs Telefon schickt.«

»Darauf müssen wir es wohl oder übel ankommen lassen.« Marks schien nicht im mindesten beeindruckt. »Ich habe heute Vormittag mit Oberstaatsanwalt Förder telefoniert. Der ist Gott sei Dank bei weitem nicht so obrigkeitshörig wie der Kriminaldirektor. Von ihm haben wir Rückendeckung, vorausgesetzt wir recherchieren mit dem nötigen Fingerspitzengefühl. Hier in Hamburg können wir auf die Befragung mit dem Jugendbild ohnehin verzichten. Der Typ ist hier aufgewachsen und mit seiner werten Familie wahrscheinlich ständig durch die Lokalpresse gegeistert. Den kennt doch hier jedes Kind. Schon deshalb glaube ich, dass der sich längst ein ganz anderes Aussehen und einen anderen Namen verpasst hat. Mit der nötigen Kohle ist das ja auch kein Problem.«

»Wie sollen wir dann vorgehen? Wir haben doch keinerlei Anhaltspunkt«, warf Schröder reichlich desillusioniert ein.

»Ich kümmere mich um die Bankverbindungen des feinen Herrn. Wäre doch gelacht, wenn ich vor Ort nicht etwas mehr herausbekäme als bei meinen Telefonrecherchen. Vielleicht finden da doch noch irgendwelche Kontenbewegungen statt. Sie, Margot und Albrecht versuchen etwas über alte Freunde und Beziehungen in Erfahrung zu bringen. Könnte doch sein, dass es da noch Kontakte gibt, von denen seine Angehörigen gar nichts wissen. Aber lassen Sie sich was einfallen, dass die das nicht gleich an die große Glocke hängen. Was wir jetzt wirklich nicht brauchen können, ist, dass die Familie Lunte riecht. Und Schröder klappert die Schönheitschirurgen ab. Irgendwo muss von Gemnitz ja seine neue Visage herhaben. Vielleicht haben wir Glück, und es war in Hamburg. Wenn nicht, weiten Sie den Suchlauf auf ganz Deutschland aus. Ich glaube nicht, dass der sich mit seiner Sozialisation im Ausland unters Messer gelegt hat. Aber bevor Sie damit loslegen, richten Sie dem Prof einen Laptop ein, mit dem sie Zugang zu allen notwendigen Informationen hat. Dann kannst du sogar von deinem Hafenstraßen-Asyl aus arbeiten. Was nicht heißen soll, dass wir dich hier nicht haben wollen«, wandte er sich Kathrin zu, »aber wir haben hier leider nur vier Computer-Arbeitsplätze. Wenn du nicht hier am Katzentisch arbeiten willst, lasse ich noch einen kleinen Tisch vor unseren Schreibtischen quer stellen. Ach, Schröder – und nicht vergessen, dass Sie Duke mit den neuesten Daten füttern müssen.«

»Ich habe schon angefangen, viel kommt aber nicht dabei raus«, muffelte der übellaunig.

»Trotzdem. Ich habe gehört, dass das Obduktionsergebnis vorliegt. Kathrin, kannst du Schröder die Daten zur Verfügung stellen, die für seinen Computersheriff relevant sind?«

»Natürlich. Leider gibt es hier überhaupt keine Überraschung«, sagte Kathrin, der die fragenden Blicke der Kollegen angesichts des ungewohnten »Du« nicht verborgen blieben.

Marks auch nicht, denn der ging sogleich in die Offensive.

»Kathrin und ich haben gestern einen netten Abend in der ›Bullerei‹ verbracht. So was verbindet«, meinte er leichthin. »Sollten wir ruhig alle mal machen.«

»Genau«, warf Schröder ein, der urplötzlich seine gute Laune wiedergefunden hatte. »Ich habe nämlich morgen Geburtstag. Da würde ich euch alle gern abends auf einen Drink einladen. Das Essen müsst ihr aber selbst bezahlen.«

Als Kathrin das Polizeipräsidium verließ und in ein Taxi einstieg, war es schon nach 17 Uhr. Sie hatte an einer gemeinsamen Besprechung der Hamburger und Stuttgarter Ermittler teilgenommen, bei der Veltinger alle Hände voll zu tun hatte, die Befugnisse, die er den Soko-Leuten eingeräumt hatte, zu rechtfertigen. Danach hatte sie Stunden damit zugebracht, um gemeinsam mit Schröder Duke zu füttern und sich selbst einen Laptop so einzurichten, dass er für sie zum optimal geeigneten Arbeitsgerät wurde. Sie hatte nun von überall Zugang zu allen notwendigen Daten der Soko und wollte am nächsten Tag von Maschas Wohnung aus arbeiten.

Bevor sie ging, hatte ihr Marks mit Leidensmiene eröffnet, dass er abends bei Veltinger eingeladen sei. Ihr wurde ganz leicht ums Herz, weil er die Einladung bei seinem Freund offensichtlich aufrichtig bedauerte. Er hätte, bekannte er schmachtend, den Abend lieber mit ihr verbracht. Ein Verlangen, das sie selbst heftig spürte. Dennoch war sie froh über den freien Abend. Sie würde noch einmal versuchen, bei dem Professor anzurufen, der damals das Täterprofil erstellt hatte. Von seiner Sekretärin hatte sie am Nachmittag erfahren, dass er sich zur Zeit auf einem Kongress in den USA aufhielt. Dann wollte sie Mascha, die sicher noch eine Weile in der Redaktion beschäftigt war, mit einem kleinen Abendessen überraschen. So konnte sie sich ein wenig für die Gastfreundschaft revanchieren. Das Telefonat mit ihrer Mutter durfte auch nicht weiter aufgeschoben werden. Und danach würde sie endlich ihr immenses Schlafdefizit abbauen.

Kathrin bezahlte den Taxifahrer, warf sich die Handtasche über die Schulter, klemmte den Laptop unter den Arm (ein teures Gerät mit allen technischen Finessen, das Veltinger erst hatte genehmigen müssen) und lief den kleinen gepflasterten Weg auf das Mehrfamilienhaus zu, in dem ihre Freundin wohnte.

Vom Gehweg zur Haustür waren es nur etwa zwanzig Meter, aber Kathrin wurde urplötzlich von einem ihr völlig unerklärlichen Angstgefühl gepackt. Rasch ging sie an dem kleinen geschlossenen Schuppen vorbei, in dem die Mülleimer und Gartengeräte der Hausgemeinschaft untergebracht waren. An der Haustür angekommen, verfluchte sie sich einmal mehr, weil sie es versäumt hatte, bereits im Taxi nach dem Schlüssel zu suchen. Sie liebte ihre riesige Umhängetasche, in der sie problemlos sämtliche Utensilien für eine unvorhergesehene Übernachtung verstauen konnte, was in Tübingen immer wieder vorkam. Doch wenn sie darauf angewiesen war, in dem Lederbeutel rasch etwas zu finden, war sie aufgeschmissen. Auch jetzt entpuppte sich das sonst so praktische Ding wieder einmal als wahres Bermudadreieck. Während sie mit hektischen Handbewegungen den Boden der Tasche absuchte, wurde ihr Herzklopfen immer stärker. Sie hatte jetzt das untrügliche Gefühl, beobachtet zu werden, und drehte sich hastig um. Aber niemand war ihr gefolgt. Kein Mensch war auf der Straße, die friedlich in der Abendsonne lag. Auf dem kleinen Bolzplatz, der in einiger Entfernung auf einer Brachfläche zwischen zwei Häuserblöcken, denen man ihre Besetzer-Vergangenheit heute noch ansah, angelegt war, kickten vier Halbwüchsige, ansonsten konnte sie nirgendwo eine Menschenseele entdecken. Sie zwang sich, ruhig durchzuatmen, und versenkte sich noch einmal in die Untiefen ihrer Tasche. Nichts. Seufzend stellte sie nun den Laptop auf den Treppenabsatz, um beide Hände frei zu haben. Sie zitterte nun am ganzen Körper, und als ihr das Handy zwischen die Finger geriet, überlegte sie ernsthaft, Hilfe zu rufen. Gleichzeitig erkannte sie, wie lächerlich das war. Ohne sich große Hoffnung zu machen, öffnete sie nun den Reißverschluss der kleinen Innentasche, die eigentlich für die Aufbewahrung des Schlüssels ideal gewesen wäre, von ihr aber immer wieder hartnäckig ignoriert wurde. Doch diesmal hatte sie Erfolg. Jetzt erinnerte sie sich auch wieder. Weil es ihr am Morgen nicht gelungen war, Maschas Haustür- und Wohnungsschlüssel am eigenen Schlüsselbund zu befestigen, hatte sie die Schlüssel, ohne groß nachzudenken, in der Seitentasche verstaut. Mit einem Seufzer der Erleichterung zog sie sie heraus. Glücklicherweise passte gleich der erste. Rasch schnappte sie den Laptop und verschwand hinter der Tür, wo sie noch einmal tief durchatmete, bevor sie die Treppen hinaufstieg.

Er war auf eine längere Wartezeit eingerichtet. Er hatte den Mittag mit dem Betrachten seiner Kollektion begonnen, doch die tiefe Befriedigung, die ihm seine Schönen sonst verschafften, war ausgeblieben. Immer wieder war ihm das Bild der jungen Journalistin in den Sinn gekommen, deren Körper ihn so wenig ansprach, deren Seele aber irgendwie mit ihm verwandt sein musste. Er musste sie unbedingt sehen. Dann würde er entscheiden, ob er sie auch kennenlernen wollte. Er hatte im Redaktionsbüro der taz angerufen und Marion Schacht verlangt. Als sie sich meldete – ihre Stimme klang fest und ein wenig trotzig –, hatte er rasch aufgelegt. Dann war er zum Redaktionsgebäude gefahren, in der unsinnigen Hoffnung, die Journalistin zufällig zu sehen. Eine Stunde hatte er in einem Straßencafé gesessen, das einen guten Blick auf den Haupteingang des Gebäudes ermöglichte. Doch er wusste wohl, dass es mehrere Ausgänge gab. Auch konnte die junge Frau das Gebäude durch die Tiefgarage verlassen. Vielleicht war sie längst auf Recherche außer Haus. Doch das glaubte er nicht. Er war überzeugt davon, dass sie an ihrem Schreibtisch saß und arbeitete. Die Vorstellung, unbemerkt in ihrer Nähe zu sein, verschaffte ihm einen angenehmen Kick. Trotzdem wollte er nicht länger in der Öffentlichkeit bleiben als nötig. Er kannte die seltsamen Arbeitszeiten der Journalisten. Es war gut möglich, dass sie erst am späten Abend heimkommen würde.

Und so hatte er beschlossen, lieber vor ihrer Wohnung zu warten. Der unverschlossene Schuppen mit den Mülleimern und den Gartengeräten war ein Geschenk des Himmels. Er hatte ein Guckloch in die völlig verdreckten Scheiben des kleinen Fensters gerieben. Nun hatte er freie Sicht auf den Eingang und konnte sogar die Straße überblicken. Er saß schon zwei Stunden regungslos auf einem bequemen alten Gartenstuhl und konnte so problemlos weitere Stunden verbringen. Es war eine vergleichsweise ruhige Wohngegend. Zwar fuhren viele Autos, doch nur selten hatte eines gehalten. Und Fußgänger waren fast keine unterwegs. Doch jetzt fuhr ein Taxi vor. Die Hoffnung, dass es sich bei dem Fahrgast um Marion Schacht handeln würde, begrub er sogleich. Die Frau, die ausstieg, war zierlicher und hatte halblanges, fast schwarzes Haar. Es schien sich um eine Nachbarin der Journalistin zu handeln, denn als sie bezahlt hatte, schritt sie entschlossen auf das Haus zu. Ja, sie schritt. Patrick betrachtete fasziniert die schlanke Person, die sich mühelos auf einem Laufsteg hätte bewegen können. Ihre natürliche Ausstrahlung war enorm. Sein geschulter Blick erkannte sofort die angeborene Begabung, sich vorteilhaft in Szene zu setzen. Die Frau trug eine klatschmohnfarbene leichte Bluse zu einer schwarzen Leinenhose. Schlicht, unaufdringlich und gerade darum so wirkungsvoll. Zwar war sie eigentlich etwas zu klein und natürlich auch zu alt für ein Model, doch er hatte sich nie um derartige Konventionen geschert. Und war er damit nicht überaus erfolgreich gewesen? Helena war das beste Beispiel. Außer ihm hatte niemand ihre außerordentlichen Fähigkeiten erkannt. Mit Helena hatte alles angefangen. Und alles ein Ende gefunden. Er durfte nicht an Helena denken, er war immer noch nicht darüber hinweg.

Krampfhaft heftete er seinen Blick wieder auf die junge Frau, die jetzt auf der Höhe des Schuppens angekommen war. Doch was war das? Ihre Körpersprache veränderte sich von einem Schritt auf den nächsten. Mit einem Mal schien das ganze Selbstbewusstsein, das sie soeben noch ausgestrahlt hatte, verschwunden. Er konnte ihre Angst förmlich riechen. Die Frau ging hastig auf die Haustür zu, wo sie verzweifelt in einer großen Umhängetasche nach dem Schlüssel suchte. Plötzlich drehte sie sich um. Patrick konnte die Panik in ihren Augen sehen. Das schöne Gesicht, das ihm irgendwie bekannt vorkam, war ganz verzerrt. Ja, sie hatte eindeutig Angst. Sollte sie etwa zu den seltenen Menschen zählen, die wie er drohende Gefahren spürten? Am liebsten hätte er sein Versteck verlassen und wäre auf sie zugegangen. Hätte ihr gesagt, dass sie sich vor ihm doch nicht zu fürchten brauchte. Hätte gesagt, dass er etwas Schönes noch nie hatte zerstören können. Das war natürlich töricht, aber er fühlte sich auf seltsame Weise zu ihr hingezogen. Erleichtert und enttäuscht zugleich nahm er wahr, dass sie endlich die Tür aufgeschlossen hatte und hastig im Haus verschwand. Jetzt würde es ihm doch schwerfallen, auf Marion Schacht zu warten.

Kathrin stand am Fenster und schaute auf die Straße. Dort war niemand zu sehen. Noch immer war sie hochgradig erregt. Die Panikattacke am helllichten Tag hatte sie völlig verunsichert. Verunsichert und an etwas erinnert, woran sie lieber nicht erinnert werden wollte. Hastig trank sie einen Schluck Wasser. Sie neigte nicht dazu, grundlos in Panik zu verfallen. Sie hatte die Angst, die sie vor wenigen Augenblicken wie aus einem Hinterhalt angesprungen hatte, nicht zum ersten Mal erlebt. Und damals hatte sich hinterher herausgestellt, dass ihre Furcht durchaus berechtigt gewesen war.

Der Vorfall lag nun schon fast fünf Jahre zurück. Damals war Jürgen Neugebauer, mit dem sie seit ihrer unglücklichen Beziehung keinerlei Verbindung mehr gehabt hatte, über seinen Schatten gesprungen und hatte sie um beruflichen Beistand gebeten. Eine seiner Kolleginnen an der Münchner Uni-Klinik war auf seltsame Weise umgekommen, und Jürgen wollte nicht glauben, dass es sich dabei um einen Selbstmord oder gar um einen bedauerlichen Unfall handelte. Man hatte die Tote, eine wohlhabende Ärztin um die fünfzig, die mit einem wesentlich jüngeren Kollegen liiert war, in der Badewanne ihres Ferienhauses tot aufgefunden. Im Blut eine erhebliche Menge Alkohol und Reste von Beruhigungsmitteln. Sie war nicht ertrunken, denn in ihrer Lunge fanden sich keine Wasserreste. Dennoch war die Kriminalpolizei nach der Obduktion von einem natürlichen Tod ausgegangen und wollte die Akte schließen.

Doch Jürgen, der die ältere Kollegin sehr geschätzt hatte, konnte diese Version einfach nicht akzeptieren. Da er wusste, dass Kathrins Spezialgebiet auch seltene Gifte waren, hatte er inoffiziell um ihre Hilfe gebeten. Sie war nach München gereist. Gemeinsam war es ihnen gelungen, im Blut der Toten minimale Spuren eines Pflanzengiftes nachweisen können, das zu vorübergehenden massiven Lähmungserscheinungen führt. In Verbindung mit den Tranquilizern konnte das Gift bei schwacher Konstitution und im Zusammenhang mit Alkohol durchaus den Tod herbeiführen. Der Todeskampf der Frau musste Stunden gedauert haben. Nur so war erklärbar, dass sich das Pflanzengift in ihrem Körper fast abgebaut hatte. Kathrins Erkenntnisse ließen den Verdacht rasch auf den jungen Lover fallen, dem die Tote ihr ganzes Vermögen vermacht hatte. Der Täter war durchaus raffiniert vorgegangen, und wäre sein Plan aufgegangen, dann wäre die Frau ertrunken, und kein Mensch hätte wohl Verdacht geschöpft. Doch da die Badewanne einen defekten Abfluss hatte, war das Wasser langsam ausgelaufen, die Frau war nicht bewusstlos ertrunken, sondern an dem Drink des Giftmischers gestorben.

Bevor die Polizei den Täter verhaften konnte, war er damals untergetaucht. Kurz danach hatten ihre Panikattacken angefangen.

Kathrin fühlte sich plötzlich verfolgt. Grundlos, wie sie zunächst dachte. Dann hatte sie Drohbriefe und anonyme Telefonanrufe bekommen. Obwohl sie selbst den flüchtigen Täter in Verdacht hatte, dauerte es zwei Wochen, bis die Polizei ihre Anzeige ernst genommen hatte. Weitere zwei Wochen, bis der Täter endlich verhaftet wurde. So lange hatte er Kathrin nachgestellt und sie terrorisiert. Sie war damals bereits nach wenigen Tagen völlig fertig gewesen und wusste nach dieser verhältnismäßig kurzen Leidenszeit, wie wenig Hilfe Stalking-Opfer in Deutschland von der Justiz zu erwarten hatten.

Als man den Mann endlich gefasst hatte, stellte sich heraus, dass er Kathrin wochenlang beschattet hatte. Selbst ihre Wohnung hatte er mit einem Nachtsichtgerät beobachtet. Sie hatte damals also keineswegs unter Verfolgungswahn gelitten.

Und heute? Kathrin trank ihr Glas aus und wandte sich vom Fenster ab. Sie hatte so sehr gehofft, diese schlimme Zeit hinter sich gelassen zu haben. Seit diesem Fall hatte sie auch Jürgen nicht mehr gesehen, was aber weniger an den unangenehmen Erinnerungen als vielmehr daran lag, dass sie sein Glück nicht ertragen konnte. Er hatte damals gerade geheiratet und war kurz danach Vater geworden. Irgendwann hatten die Medien dann begonnen, ihre angebliche Rivalität hochzuspielen, allerdings hatten sie beide ihren Teil dazu beigetragen und mit der Rivalität kokettiert. Kathrin war ganz froh darüber gewesen, dass sie auf diese Weise weiter Distanz zu Jürgen halten konnte. Doch mittlerweile waren die Wunden verheilt und sie hätte ihn gerne einmal wiedergetroffen, aber die Gelegenheit hatte sich nie ergeben.

26

»So, so, Sie sind also diese impertinente Person, die meine Kompetenzen in Zweifel zieht.«

Kathrin, der immer noch der Schock von vorhin in den Gliedern saß, zuckte zusammen und hielt automatisch den Telefonhörer weiter weg. Natürlich hatte sie befürchtet, dass Professor Gerhard Enzensberger, der forensische Psychologe, der für die Soko das Täterprofil über den Modelmörder erstellt hatte, nicht gerade erbaut sein würde, dass sie ihm so plötzlich ins Handwerk pfuschte. Er hatte unter Kollegen einen erstklassigen Ruf, galt aber als etwas verschroben. Kathrin, die Enzensberger nicht persönlich kannte, aber viele seiner Veröffentlichungen gelesen hatte, hatte ohnehin ein schlechtes Gewissen, weil sie sich erst jetzt bei ihm meldete. Aber mit einer solchen Standpauke hatte sie nun doch nicht gerechnet. Zumal sie seine Erkenntnisse keineswegs in Zweifel gezogen, sondern ganz höflich angefragt hatte, ob sie nicht gemeinsam die neuesten Entwicklungen und ihre Hypothesen dazu durchgehen könnten.

Das Donnerwetter an ihrem Ohr hatte so plötzlich aufgehört, wie es begonnen hatte. Doch Kathrin war so verdattert, dass sie keinen Ton herausbrachte. Sie war heilfroh, dass Enzensberger zur Zeit in New York weilte und keine Gefahr bestand, dass er leibhaftig auftauchte. Sie hatte den Professor in einer Vortragspause in seinem Hotelzimmer erwischt und gehofft, er könnte ihr mit seinen amerikanischen Methoden etwas auf die Sprünge helfen. Das konnte sie nun ja wohl vergessen.

»Professor Zimmermann, sind Sie noch dran?«, schallte es so deutlich aus Übersee, als stünde ihr Gesprächspartner mitten im Raum.

Dann folgte ein polterndes Geräusch, das Kathrin erst nach einigen weiteren Schrecksekunden als das identifizieren konnte, was es wohl sein sollte: ein schallendes Gelächter.

»Kindchen, Sie haben mir meine Entrüstung doch nicht etwa abgenommen?«, prustete Enzensberger. »Ich wollte nur mal kurz testen, ob Sie Spaß verstehen.«

Und als Kathrin immer noch nichts sagte: »Tut mir leid, wenn ich Sie erschreckt habe. Da bin ich wohl etwas zu weit gegangen. Aber wissen Sie, diese Amerikaner können mit meinem zugegebenermaßen trockenen Humor überhaupt nichts anfangen. Ich bin schon richtig auf Entzug. Jetzt aber mal im Ernst. Ich bin Ihnen wirklich nicht böse, dass Sie mir diesen Frauenmörder abgenommen haben, und wenn ich kann, helfe ich Ihnen auch gerne weiter. Dass mein Täterprofil damals noch nicht der Weisheit letzter Schluss war, weiß ich selbst. Aber ich hatte viel zu wenig Informationen und noch weniger Zeit, um die Informationen richtig auszuwerten. Dieser alte Strahner ist ja ein schwäbischer Sparkommissar der allerschlimmsten Sorte. Wie haben Sie es bloß geschafft, dass der Soko-Leiter Sie ins Boot geholt hat?«

Das werde ich dir bestimmt nicht auf die Nase binden, dachte Kathrin, die immer noch leicht verstimmt war. Der Typ war gerade mal zehn Jahre älter als sie und nannte sie »Kindchen«. Doch dann schob sie ihren Ärger beiseite und brachte Enzensberger mit knappen Worten auf den neuesten Stand der Ermittlungen.

»Der Modus Operandi ist beim letzten Mord ein etwas anderer geworden. Das Ergebnis aber ist dasselbe geblieben. Das spricht doch dafür, dass er unter enormem psychischen Druck steht und dass wir nun mit weiteren Veränderungen und mit kürzer werdenden Abständen zwischen den Taten zu rechnen haben?«

»Das ist zu befürchten«, stimmte Enzensberger, nun plötzlich ernst geworden, zu. »Sie dürfen aber eines nicht vergessen. Der Täter hat seinen großen Plan, der hinter allem steht, keinesfalls aufgegeben. Wenn er jetzt unter dem zugenommenen Fahndungsdruck die Modalitäten verändert, heißt das unter Umständen nur, dass er seinem Vorhaben, das er sich zum Ziel gesetzt hat, bereits recht nahe ist. Und dieses Ziel will er unter allen Umständen erreichen. Objektiv mag er unter enormem Druck stehen. Subjektiv empfindet er diese Veränderung vielleicht ganz anders. Jahrelang, vielleicht jahrzehntelang, hat er sich ein festes Korsett mit zahlreichen Zwängen auferlegt; wenn er jetzt diese Zwänge, und sei es nur in kleinen Bereichen, überwindet, kann das für ihn selbst wie eine kolossale Befreiung sein. Zeigt es ihm doch, dass er nicht nur Macht über andere ausüben kann, sondern auch noch über sich selber.«

Das leuchtete Kathrin ein. »Wäre es möglich, dass man diese Veränderung in der Psyche des Täters nutzt und ihn irgendwie aus der Reserve lockt?«

»Sie meinen, ihm eine Falle stellen? Dazu müssten Sie ihm schon etwas anbieten, was exakt in seinen großen Plan passt. Und solange Sie den nicht kennen, wird das wohl schwierig. Und Ihnen läuft unter Umständen die Zeit davon. Hier in den USA sind einige Fälle dokumentiert, in denen Serientäter eine völlig abstruse, nur für sie nachvollziehbare Rachemission starteten. Nachdem sie die vollendet hatten, hörte das Morden schlagartig wieder auf. Gefasst wurden diese Täter dann aufgrund glücklicher Zufälle und Indizien. Aber keine Angst, das muss nicht so sein. Vielleicht mordet Ihr Schönheitsfanatiker auch so lange munter weiter, bis er endlich geschnappt wird.« Enzensberger ließ wieder sein polterndes Lachen erklingen. »Nachher steht übrigens ein interessanter Vortrag über omnipotente Machtphantasien bei späteren Straftätern auf dem Programm. Die Amerikaner sind in der Früherkennung gefährdeter Personen schon recht weit. Nur leider setzen sie ihre Prophylaxe nicht konsequent um. Sonst wäre wohl kaum ein zweiter Bush auf dem Präsidentenstuhl gelandet«, gluckste Enzensberger.

Sie unterhielten sich noch eine Weile angeregt über den Wissensvorsprung der amerikanischen Profiler. Als Kathrin erfuhr, dass zum Abschluss des Kongresses der ehemalige FBI-Spezialagent Robert Ressler erwartet wurde, wurde sie ganz neidisch. Der Kriminologe galt als Vater der verhaltensorientierten Verbrecherfahndung und hatte den Begriff »Profiling« überhaupt erst geprägt. Ressler hatte in den 70er Jahren begonnen, Daten über Serien- und Sexualverbrecher zu sammeln und Täterprofile auszuwerten. Unter seiner Leitung wurde das FBI-Programm Violent Criminal Apprehension Program (ViCAP) entwickelt, das zur Grundlage aller späteren Computerprogramme wurde, die versuchten, anhand eines ausgeklügelten Fragenkataloges Verbindungen zwischen Straftaten herzustellen und Aufschlüsse über die Täter zu ermöglichen. Auch das neuerdings in Deutschland eingesetzte Programm »Duke« war letztlich Resslers Pionierarbeit zu verdanken. Resslers Erkenntnisse hatten sich sogar im Filmgeschäft niedergeschlagen. Seine Interviews mit mehreren Serienmördern gingen in das Skript des Filmklassikers »Das Schweigen der Lämmer« ein.

»Wenn Sie wollen«, scherzte Enzensberger, als hätte er ihre Gedanken gelesen, »kann ich Ressler ja von unserem Schönheitsfanatiker berichten, vielleicht wird dann ein zweiter Hannibal Lecter daraus!«

»Wenn ich nicht zu Clarice Starling werde«, warf Kathrin schaudernd ein. Dann bedankte sie sich bei Enzensberger und verabschiedete sich, nicht ohne zu versprechen, dass sie ihn auf dem Laufenden halten würde.

Nachdenklich legte sie den Hörer auf.

27

Dienstag, 23. Juni 2009

Konstantin Marks saß in der Kantine des Hamburger Polizeipräsidiums über einem fast kalten Kaffee und war mit sich und der Welt unzufrieden. Lustlos kaute er auf einem trockenen belegten Brötchen herum. Für das warme Mittagsbuffet war er zu spät dran gewesen, das meiste war bereits abgeräumt, und in ein Restaurant gehen wollte er nicht. Auch der Gedanke, dass er mit den anderen am Abend in der »Bullerei« Schröders Geburtstag feiern würde, vermochte ihn nur wenig aufzuheitern. Er wäre lieber mit Kathrin alleine gewesen.

Am Morgen hatte er ein großes Bankhaus nach dem anderen abgeklappert. In dreien von ihnen hatte die von Gemnitz-Sippe Konten, auch Peter Günther. Erfahren hatte er aber nichts, was sie nicht schon wussten. Zwar war es ihm mit mehr oder weniger leichten Drohungen letztlich in allen Chefetagen gelungen, die Banker zum Reden zu bringen, doch das Ergebnis war überall dasselbe: Bevor Peter Günther von Gemnitz nach Brasilien auswanderte, hatte er seine Konten nahezu leergeräumt und die Gelder in die Schweiz transferiert. Ein letztes Lebenszeichen bei der Hausbank derer von Gemnitz gab der Verschollene, als sein Vater überraschend verstarb und er den Pflichtteil erbte. Lediglich eine sechsstellige Summe, wie der Finanzexperte der Familie verwundert anmerkte. Marks wunderte sich vielmehr darüber, dass der Erstgeborene überhaupt etwas geerbt hatte, so zerrüttet, wie das Verhältnis zu seinem Vater war. Auch dieses Geld war aber, wie sich herausstellte, nicht lange auf dem Konto verblieben. Wie die Transaktion lief, daran mochte sich der Banker nicht mit Sicherheit erinnern. Er war aber der Meinung, dass Peter Günther gar nicht persönlich erschienen war, sondern einen bevollmächtigten Finanzberater geschickt hatte.

Auch von der brasilianischen Bank hatte Marks am Morgen endlich Auskunft erhalten. Das Ergebnis brachte sie aber auch nicht weiter. Nach seinem kurzen Intermezzo auf der Kaffeeplantage hatte der Plantagenbesitzer angeordnet, dass seine Gewinne von der brasilianischen Bank in die Schweiz weitergeleitet würden. So gesehen verlor sich finanztechnisch gesehen jede Spur des Adeligen.

Und nicht nur finanztechnisch, wie sich bei der Besprechung mit seinen Mitarbeitern herausstellte. Schröder trudelte als Letzter ein. Er nahm gerührt die Geburtstagswünsche und Margots großzügiges Angebot entgegen, zur Feier des Tages in dem kleinen Büro rauchen zu dürfen. Der Kommissar hatte am Morgen vier in Hamburg und Umgebung ansässige Schönheitschirurgen abgeklappert und war von seinem Ausflug in die Welt der Reichen und Schönen sichtlich beeindruckt. Keiner von ihnen hatte aber angeblich jemals einen von Gemnitz unterm Messer gehabt.

»Irgendwie glaube ich ihnen, ich kann mir nämlich nicht vorstellen, dass ein von Gemnitz in Hamburg eine neue Nase verpasst bekommt, ohne dass es am nächsten Tag die Spatzen von den Dächern pfeifen«, meinte er zwischen zwei gierigen Lungenzügen. »Ich habe mir aber eine Liste der besten Schnippler von Deutschland besorgt. Mit denen werde ich telefonieren und ihnen dann ein Foto von unserem Freund schicken.«

Ähnlich ergebnislos waren die Recherchen von Mahler und Heintz verlaufen. Die beiden hatten einige Lehrer des Verdächtigen und den ehemaligen Butler befragt sowie dem alten Pfarrer der Familie, der ihn damals konfirmiert hatte, einen Besuch abgestattet.

»Der Kerl kann einem fast leidtun«, meinte Margot Mahler, »der hatte schon während der Schule keine Freunde und später erst recht nicht. Kein Sport, keine sonstigen Hobbys, nichts. Er war regelmäßig in der Oper. Meistens allein. Das war's dann auch schon.«

Marks, der merkte, dass für heute die Luft bei allen raus war, beschloss spontan, den dreien ein paar freie Stunden zu gönnen.

»Macht euch einen schönen Nachmittag in Hamburg. Wir sehen uns dann um acht in der ›Bullerei‹.«

»Und was ist mit der Lagebesprechung mit den Hamburgern, Chef?«, fragte Margot Mahler verwundert, die wie immer am gewissenhaftesten war.

»Da halte ich alleine die Stange. Falls es was Neues gibt, erfahrt ihr es heute Abend noch früh genug. Nun haut schon ab.«

Marks war froh, eine Weile alleine zu sein. So konnte er in Ruhe seinen trübsinnigen Gedanken nachhängen. Nach einer Weile wurde ihm bewusst, dass die Ursache keineswegs nur mit den ins Stocken geratenen Ermittlungen zu tun hatte. Er musste dringend mit Katharina reden.

Schröders Geburtstagsfeier in der »Bullerei« war in vollem Gange. Nach einem vorzüglichen Abendessen sprach die kleine Runde nun lebhaft dem Alkohol zu. Selbst die ernsthafte Margot Mahler taute etwas auf. Sie hatte den freien Nachmittag auf ihre Weise genutzt und ein langes Gespräch mit Gudrun Schwarz geführt. Sie war etwas unzufrieden damit, dass sich momentan die ganzen Ermittlungen auf Hamburg konzentrierten. Da die meisten Opfer aus Süddeutschland stammten, hatte sie Gudrun, mit der sie gut befreundet war, gebeten, sich die Angehörigen noch einmal vorzuknöpfen. Die war gleich Feuer und Flamme gewesen, zumal sie Strahner in den vergangenen Tagen mit langweiliger Schreibtischarbeit hingehalten hatte. Pure Schikane sei das, hatte Gudrun geschimpft: »Weil der seinen Ärger gerade an euch nicht rauslassen kann, muss ich herhalten.« Sie war gleich einverstanden gewesen, wollte die Recherchen aber vorsichtshalber nach Dienstschluss machen. »Der Strahner dreht sonst durch.«

Margot war es gleich, wann Gudrun die Familien befragte, Hauptsache, sie kümmerte sich drum. Nach und nach ließ sie sich von der albernen Stimmung ihrer Kollegen in der »Bullerei« anstecken. Sie bestellte mit den Worten »wie das Land, so das Jever« noch ein Bier.

Marks, der sie beobachtet hatte, musste unweigerlich grinsen. Schröder würde eine stattliche Zeche berappen müssen.

Lediglich Kathrin, die neben ihm saß, hielt sich etwas zurück. Sie kam Konstantin den ganzen Abend schon etwas abwesend, fast bedrückt vor. Zu Beginn war es ihm so erschienen, als wollte sie ihm etwas beichten, doch dann war das Essen gekommen und die Gelegenheit war erst einmal vorüber. Konstantin hatte nicht insistiert. Irgendwie hatte er Angst davor, was sie ihm sagen könnte.

Nach dem Essen hatte Konstantin die anderen darüber informiert, was die Hamburger Kollegen herausbekommen hatten. Zumindest die Herkunft der Unterwäsche, die Josephine Kerner trug, war geklärt. Sie stammte aus einem exklusiven Dessousladen in einem Hamburger Vorort. Wie in Bayern beim Mordfall Flore konnte die Verkäuferin auch hier von ihrem Kunden nur eine völlig unzureichende Beschreibung abgeben. Er habe völlig durchschnittlich ausgesehen, aber ganz genau gewusst, was er wollte, wobei der Preis keinerlei Rolle gespielt hatte.

Der Marlene-Dietrich-Anzug, den das Opfer trug, war offenkundig von professioneller Hand selbst genäht. Was wiederum auf von Gemnitz hinwies. Schließlich hatte der als Mode- und Textildesigner auch Schneidern gelernt. Hersteller und Vertriebsort des Stoffes waren jedoch noch nicht bekannt.

Schröder gab soeben lautstark seine Eindrücke aus den Schönheitspraxen zum Besten. Als er mit leichtem Zungenschlag das Ambiente beschrieb, in dem die Form der Nase, des Busens oder des Hinterns nur noch eine Frage des Geldes war, musste selbst Kathrin lauthals loslachen. Doch dann wurde sie gleich wieder ernst.

»Ich habe mir das mit der Schönheitsoperation noch mal durch den Kopf gehen lassen«, meinte sie nachdenklich. »Ich kann mir nicht vorstellen, dass Peer so etwas an sich machen lassen würde. Bei seinen Models ist er immer darauf bedacht, dass ihre natürliche Schönheit zur Geltung kommt. Ich glaube, es wäre ihm zuwider, sein eigenes Aussehen auf so brutale Weise zu verändern.«

»Aber wie gelingt es ihm dann, schon so lange unerkannt zu bleiben?«

»Wir dürfen seine schauspielerische Begabung nicht vergessen. Er kann spielend in die Rolle eines anderen schlüpfen. Wenn man bedenkt, wie perfekt er seine Opfer schminkt – wahrscheinlich hat er als Maskenbildner dasselbe drauf.«

»Wenn du recht hast«, fügte Marks an, »wäre es vielleicht gut, wenn Schröder seine Recherchen auf Theaterbedarf und Requisitenläden ausdehnen würde. Vielleicht fällt denen ein Stammkunde ein, auf den unsere 08/15-Beschreibung passt.«

»Aber bevor ich mir die Hacken wund laufe, wird erst einmal richtig gefeiert. Ich bestelle noch mal eine Runde. Und diesmal, Professorchen«, Schröder prostete Kathrin überschwänglich zu, »trinken Sie auch nicht nur Wasser.«

»Schröder hat recht«, wandte sich Konstantin an Kathrin, »ab sofort beginnt der gemütliche Teil.« Doch gerade als er beherzt den Arm um ihre Schulter legen wollte, begann ein Handy zu klingeln.

»Das ist meins«, schreckte Kathrin auf und griff nach ihrer überdimensionalen schwarzen Umhängetasche. Nach einigen Fehlversuchen hatte sie den Störenfried glücklich aus der Tasche gefischt.

»Ich gehe mal kurz raus«, meinte sie und zwängte sich an Konstantin vorbei, »hier ist es zu laut zum Telefonieren.« Konstantin schaute ihr konsterniert nach.

Nach wenigen Sekunden kam Kathrin zurück. »Tut mir leid, aber ihr müsst leider ohne mich weiterfeiern. Das war meine Freundin Mascha. Sie hat vor kurzem ihrem Freund den Laufpass gegeben, ist aber immer noch nicht ganz drüber weg. Gerade hat dieser Blödmann angerufen, und jetzt hat sie wieder einen totalen Durchhänger. Ich glaube, ich muss sie vor einer großen Dummheit bewahren.«

»Das ist doch die große Blonde, die in der Pressekonferenz zu spät kam«, meinte Schröder, der nun eindeutig nicht mehr ganz nüchtern war. »Die würde ich auch gerne vor einer großen Dummheit bewahren.«

»Sollen wir nicht lieber Schröder zu deiner Freundin lassen, und wir beide begehen wenigstens eine kleine Dummheit?«, flüsterte Marks, der seinen Frust kaum verbergen konnte, Kathrin zu.

»Wenn du deinem Spitznamen heute Abend nicht wieder alle Ehre machst, holen wir das Ganze nach.«

»Versprochen?«

»Versprochen!« Und dann war sie auch schon weg.

Er saß in dem kleinen schmuddeligen Internetcafé, das rund um die Uhr geöffnet hatte, und las zum wiederholten Mal die Anzeige in der taz, die genau neben dem Artikel von Marion Schacht über die neuesten Erkenntnisse (es gab so gut wie keine) im Mordfall Josephine Kerner platziert war. Als Textanzeige kenntlich gemacht und auffällig mit einem Rahmen versehen, war sie bereits formal recht ungewöhnlich. Noch ungewöhnlicher aber war ihr Inhalt:

Zum Sterben schön
Zum vorzeitigen Verblühen verdammte Rose
möchte den irdischen Garten in Schönheit verlassen.
Welcher geniale Schöpfer erfüllt ihren letzten Wunsch
und macht sie zum Sterben schön? Treffen zur Stunde Null
im Thanatos.

Das »Thanatos« war ein Chatroom, in dem irgendwelche Verrückten ihre Todessehnsüchte austauschten. Nachdem zwei Teenager dort vor einem halben Jahr ihren gemeinsamen Selbstmord verabredet und diesen dann auch vollzogen hatten, war der Chatroom geschlossen worden, doch die Klientel hatte Mittel und Wege gefunden, sich dennoch unter wechselnden Codeworten weiterhin im Chat zu treffen. Auch für ihn hatte der Gedanke, Selbstmord zu begehen, etwas Tröstliches, und so tauschte er sich gelegentlich anonym mit Gleichgesinnten aus. Er wusste, wohin er sich wenden musste, um den aktuellen Code zu erhalten. Auch heute hatte es ihn nur einige E-Mails gekostet, um an das Passwort zu gelangen.

Die Frage war nur, ob er die Rose auch wirklich treffen wollte. Es war ganz offensichtlich, dass sich die Schreiberin gezielt an ihn gewandt hatte. Natürlich konnte es sich um eine Falle handeln. Er konnte die Gefahr förmlich riechen, doch das reizte ihn auch. Und er brannte vor Ungeduld, mehr über den seltsamen Absender zu erfahren. Schließlich lag es ganz in seinem Ermessen, ob und was sich aus dem unverbindlichen Treffen im Netz entwickeln würde.

Es war kurz vor Mitternacht. Er loggte sich unter dem Spitznamen »Dornröschen« ein. Das erschien ihm ganz passend. In dem Chatroom waren außer ihm nur vier weitere Anwärter. Die »Rose« hatte sich soeben mit einem der anderen Gesprächspartner namens »Rosenzüchter« in einen privaten Raum zurückgezogen. Doch schon kurze Zeit später war sie zurück. Nach einem kurzen Smalltalk in der Runde wollte sie mit Dornröschen sprechen. Wenig später war Rose mit Dornröschen in dem geschützten Raum, wo sie, ohne Mithörer zu haben, ungestört plaudern konnten.

Er wurde von einer fieberhaften Erregung befallen. Einige Sekunden blieb der Bildschirm leer, dann entschloss er sich zu einer möglichst unverfänglichen ersten Frage.

»Das Intermezzo mit dem Rosenzüchter war aber kurz?«

»Das war ein Perverser. Das Thema Sterben ist zu ernst und meine Zeit zu knapp bemessen, als dass ich mich mit so jemandem auseinandersetzen müsste. Solltest du ähnliche Ambitionen haben, kannst du es gleich vergessen.«

»Keine Angst. Mich hat deine Anzeige wirklich berührt. Vielleicht kann ich dir helfen. Aber warum willst du sterben und warum ist deine Zeit so knapp?«

»Ich leide an einer unheilbaren Krankheit und habe nur noch wenige Monate zu leben. Die Ärzte können nichts mehr für mich tun. Ich habe mich über den Krankheitsverlauf informiert. Ich werde unerträgliche Schmerzen bekommen und

zunehmend verfallen. Die Schmerzen haben bereits begonnen, der Verfall wird demnächst einsetzen. Darauf will ich nicht warten. Ich möchte meinen Todeszeitpunkt selbst bestimmen. Aber ich will nicht leiden, und ich möchte an meinem Todestag wunderschön sein. So schön wie nie zuvor. Ich möchte, dass du mich richtig verstehst: Ich suche nicht nur jemanden, der mich schön macht für meine letzte Reise. Ich suche auch jemanden, der mich schmerzfrei ins Jenseits bringt. Glaubst du jetzt immer noch, dass du mir helfen kannst?«

Obwohl er etwas in dieser Richtung erwartet hatte, war er doch schockiert von der schonungslosen Offenheit seiner Gesprächspartnerin. Er schluckte trocken, bevor er weiterschrieb.

»Warum nicht. Dazu müsste ich aber erst mehr über dich erfahren.«

»Zuerst möchte ich mehr über dich erfahren. Wie soll ich wissen, ob du wirklich die Fähigkeiten besitzt, die ich von dir erwarte?«

»Du willst Referenzen?«

Er überlegte kurz. Er wusste, es war ein Spiel mit dem Feuer, doch so langsam begann ihm das Ganze Spaß zu machen. Jetzt würde er die schöne Rose schockieren.

»Was würdest du sagen, wenn ich Josephine in ihrer luxuriösen Küche in Marlene Dietrich verwandelt hätte? Glaubst du nicht, das wäre Referenz genug?«

»Willst du behaupten, du bist der Modelmörder, nach dem sie alle seit Monaten wie verrückt suchen?«

»Wäre das ein Problem für dich?«

Eine Weile herrschte Funkstille. Falls das Ganze eine Falle war, durfte das Gespräch nicht mehr allzu lange dauern, wenn er verhindern wollte, dass man ihn in dem Internetcafé aufspürte. Endlich leuchtete eine Antwort auf.

»Kein Problem. Wenn du versprichst, dass ich ebenso schön werde und beim Sterben keine Schmerzen habe werde. Was willst du von mir wissen?«

»Ich möchte, dass du mir deinen Körper beschreibst. Ganz ehrlich. Nichts beschönigen, nichts hinzudichten,

nichts weglassen. Selbst ein Leberfleck ist bedeutsam. Dann werde ich dir sagen, ob du als Model für mich geeignet bist.«

Nach kurzem Zögern begann »Rose« mit einer detaillierten Beschreibung, die ihm schon bald seltsam vertraut vorkam. Eine wehmütige Sehnsucht überfiel ihn. Er wollte diese Frau unbedingt kennenlernen.

28

Mittwoch, 24. Juni 2009

Marks saß mit heftigen Kopfschmerzen am Schreibtisch. Er hatte zwar sein Versprechen Kathrin gegenüber nicht gebrochen. Aber leider gab es vor dem finalen Koma-Besäufnis noch mehrere schmerzhafte Vorstufen. Seine Mitarbeiter schienen nicht weniger unter dem feuchtfröhlichen Abend zu leiden, die drei waren heute morgen noch gar nicht erschienen. Und Kathrin zog es wieder vor, im lauschigen Heim ihrer Freundin zu arbeiten. So langsam entwickelte Konstantin eine richtige Aversion gegen diese Freundin, die ihm den gestrigen Abend so gründlich vermiest hatte. Doch bevor er sich in bösartigen Rachegedanken verlieren konnte, klingelte das Telefon. Es war Kathrin.

»Guten Morgen, kannst du schon auf sein?«, neckte sie ihn. Sie wirkte völlig aufgekratzt und fuhr fort, ehe er etwas entgegnen konnte. »Mascha möchte den verpfuschten gestrigen Abend wieder gutmachen und dich und Schröder zum Abendessen einladen.«

»Ich weiß nicht, ob das eine so gute Idee ist. Deine Freundin ist doch Journalistin. Im Präsidium munkelt man ohnehin schon, sie hätte Insiderwissen. Weil sie so fundierte Berichte schreibt.«

»Ach Konstantin, bitte. Mascha bedeutet der Abend wirklich viel. Und sie ist eine hervorragende Köchin. Du wirst dich wundern. Du brauchst dir auch keine Sorgen zu machen, sie ist absolut integer. Sie würde nie etwas verwenden, wenn ich ihr nicht grünes Licht gebe. Übrigens müssen wir doch gar nicht über unsere Ermittlungen sprechen. Meinst du nicht, dass wir auch so Gesprächsstoff genug haben?«

»Und was machen wir mit Mascha, wenn der Gesprächsstoff ausgeht?«

»Na, dafür haben wir doch Schröder. Den findet sie nämlich – Zitat – ganz süß. Also dann bis um acht. Ich mache mich jetzt noch einmal über das Profil von unserem mörderischen Freund her. Ich habe grünes Licht von Enzensberger.« Und schon hatte sie aufgelegt.

Verdammt, dachte Marks, diese Frau kann wirklich alles mit mir machen.

Kathrin hatte nicht zu viel versprochen. Das Essen war wirklich phänomenal. Mascha hatte kreolisch gekocht. Als Vorspeise Garnelen, das Hauptgericht war eine exotisch gewürzte Lammkeule auf Wildreis. Marks hatte inständig um das Rezept gebeten, doch Mascha blieb standhaft und verwies auf die »Spelunken«-Wirtsleute.

»Ich habe versprochen, dass ich das Rezept nicht verrate. Aber wenn du bei Angélique und Karl ein paar Flaschen Chardonnay leerst, rücken sie es bestimmt heraus.«

Mascha hatte Konstantin Marks und Cornelius Schröder von der ersten Minute an geduzt und so für eine zwanglose Atmosphäre gesorgt. Jetzt tischte sie ein Mangosorbet auf, das seinesgleichen suchte. Marks und Schröder lobten Maschas Kochkunst in den höchsten Tönen, nur Kathrin war in den letzten Minuten immer stiller geworden. Konstantin war jetzt sicher, dass sie ihm etwas verheimlichte. Als der Espresso serviert war, ließ sie die Bombe platzen.

»Konstantin, wir müssen dir ein Geständnis machen.« Kathrins Stimme klang belegt. »Ich glaube, wir haben Kontakt zu unserem Model-Macher. Das heißt, ich bin mir eigentlich ziemlich sicher.« Sie legte einen Zeitungsausschnitt vor Marks und Schröder auf den Tisch. »Mascha hat gestern diese Annonce in der taz geschaltet, direkt neben ihrem Artikel über den Serienmörder. Na ja, und dann bin ich heute Nacht als Rose in diesen chatroom, der Thanatos heißt, gegangen, und dort habe ich ihn tatsächlich getroffen. Er nannte sich sinnigerweise Dornröschen.«

Marks war sprachlos. Auch Schröder wirkte reichlich konsterniert, fing sich aber schneller wieder. »Thanatos, ist das nicht dieses Internet-Forum, das geschlossen wurde, nachdem es diesen spektakulären Teenager-Selbstmord gab?«

»Doch«, schaltete sich nun Mascha ein, »aber die finden natürlich trotzdem Wege, sich zu treffen. Ich habe vor einigen Wochen in der Szene für eine Story recherchiert und weiß auch, wie man an die aktuellen Codewörter kommt. Aber bevor ihr auf falsche Gedanken kommt: Mein Wissen unterliegt dem Informantenschutz.«

»Dann war dein Abgang in der ›Bullerei‹ gestern Abend von vornherein geplant und hatte gar nichts mit dem Liebeskummer unserer charmanten Gastgeberin zu tun?«, fragte Konstantin eisig.

Kathrin nickte so schuldbewusst, dass sie ihm fast leidtat.

»Woher willst du überhaupt wissen, dass es sich um unseren Mann handelt und nicht um irgendeinen Perversen, der auf deine Anzeige angesprungen ist?«, setzte er etwas versöhnlicher hinzu.

»Ich habe Referenzen von ihm verlangt. Und er hat die toten Models aufgezählt. Ich weiß, das allein hat noch nichts zu bedeuten. Aber dann hat er mir im Verlauf unseres Gesprächs ein Detail verraten, das nicht veröffentlicht wurde und über das nur der Mörder Bescheid wissen kann.«

»Was für ein Detail?«

»Er hat von einem Leberfleck geredet, den Josephine Kerner an der Innenseite des rechten Knöchels hatte. Um das Muttermal richtig zur Geltung zu bringen, hat er ihr extra den Schuh wieder ausgezogen. Das mit dem Leberfleck stimmt, das mit dem Schuh auch. Ich war am Tatort, ehe an der Leiche etwas verändert wurde. Aber wir dachten, der Schuh wäre der Toten vom Fuß gerutscht.«

»Und wie bist du mit Dornröschen verblieben? Ich meine, können wir mit ihm in Verbindung treten?«, fragte Marks, der seine Aufregung nur schwer verbergen konnte.

»Er wollte eine möglichst genaue Beschreibung von mir. Danach war er der Meinung, dass ich als Model für ihn in Frage käme. Wir haben uns zum Kennenlernen für Samstag in der Oper verabredet.«

»Du hast dich doch hoffentlich nicht richtig beschrieben?«

»Doch. Wenn ich jemand anderen als mich selbst beschrieben hätte, hätte es wohl kaum authentisch genug gewirkt.«

»Du hast was? Bist du denn von allen guten Geistern verlassen?« Nun hatte Marks seine Beherrschung völlig verloren. »Wie konntest du ihm verraten, wie du aussiehst? Wir finden wohl kaum einen Lockvogel, der genauso aussieht wie du. Und wenn wir eine schicken, die dir nur ähnlich sieht, riecht der doch gleich Lunte!«

»Schrei mich nicht so an«, entgegnete Kathrin, nun selbst in Rage. »Wir haben doch auch nicht damit gerechnet, dass wir so schnell mit dem Mörder Kontakt aufnehmen könnten. Ich wollte dich ja einweihen. Aber dann kam mir die Sache doch zu albern vor. Und dass es gleich mit der ersten Anzeige klappt, hätte ich im Leben nie gedacht.«

»Der Mann hat eben Geschmack, er liest die taz«, warf Mascha ein, die bis jetzt geschwiegen hatte. Sie war sichtlich bemüht, die Stimmung etwas aufzuheitern.

»Ich befürchte ohnehin, dass wir uns beeilen müssen«, berichtete Kathrin nun von ihren neuen Erkenntnissen, die sie nach dem Gespräch mit dem Profiler in den USA gewonnen hatte. »Enzensberger meint, es könnte sein, dass unser

Mann genauso plötzlich mit dem Morden wieder aufhört, wie er angefangen hat. Dann nämlich, wenn es ihm gelingt, seinen Plan, den er sich zum Ziel gesetzt hat, zu vollenden. Ich habe mir daraufhin gestern alle Ermittlungsergebnisse noch einmal vorgenommen und auch noch einmal mit dieser Elena, dem ehemaligen Topmodel von Peer, telefoniert. Peer hatte eine Marotte, er schickte bei allen Kollektionen immer zwölf Models auf den Laufsteg. Einmal ließ er sogar eine große Gala platzen, weil ein Model krank wurde. Ich denke, er ist gerade dabei, seine finale Kollektion zusammenzustellen. Und soweit wir wissen, war Josephine Kerner bereits Model Nummer zehn.«

»Chef, wenn das so ist, sollten wir dann nicht froh sein, dass Kathrin die Kontaktaufnahme gelungen ist? Das ist die erste heiße Spur. Nun liegt es an uns, was wir daraus machen«, redete Schröder auf Marks ein.

»Das finde ich auch. Und ich weiß gar nicht, wo das Problem liegt, ich gehe einfach selbst in die Oper.«

»Das kommt nicht in Frage. Du würdest dich einer viel zu großen Gefahr aussetzen!«, meinte Marks, nun schon wieder etwas ruhiger.

»Wieso denn nicht? Heute ist Mittwoch. Wir haben doch mehr als genug Zeit, um uns auf das Treffen vorzubereiten. Ihr könnt ja rund um mich herum eure Leute postieren. Und wenn es dann so weit ist, braucht ihr ihn nur noch zu verhaften.«

»Wenn das so einfach wäre. Eine Personenüberwachung in der Hamburger Oper. Du hast ja keine Ahnung, was für einen Aufwand das bedeutet. Wie kommst du überhaupt an die Karten?«

»Er will eine Loge für uns reservieren. Meine Karte wird unter dem Stichwort ›Rose‹ an der Kasse hinterlegt.«

»Dann wissen wir unter Umständen erst kurz vorher, wo ihr sitzt. Wenn wir Pech haben, können wir nicht einmal jemanden in deiner Nähe platzieren. Das alles gefällt mir ganz und gar nicht.«

»Dann müsst ihr mich eben verkabeln«, sagte Kathrin, die mit Genugtuung registriert hatte, dass Marks dabei war, ihren Part in der Oper zu akzeptieren.

»Wir müssen morgen früh sofort Veltinger informieren. Der springt sowieso schon im Viereck, weil der Innensenator demnächst aus dem Urlaub zurückkommt. Dann ist es ohnehin aus mit der ungestörten Zusammenarbeit.«

»Shit«, entfuhr es Kathrin. »Erinnere mich nicht daran. Mein Urlaub hört auch am Wochenende auf.«

»Dann wisst ihr ja, was ihr zu tun habt«, meinte Mascha trocken. »Ihr müsst euren Mörder am Samstag schnappen. So, meine Herrschaften, und jetzt kein Wort mehr von Models und Mördern. Ich mache noch eine Flasche Wein auf, und dann trinken wir einen auf Rose und Dornröschen.«

29

Donnerstag, 25. Juni 2009

Kathrin, Marks und Schröder saßen in Kriminalrat Ole Veltingers Büro, im sechsten Stock des Polizeipräsidiums mit herrlichem Blick auf die Hansestadt, und entwarfen eine erste Strategie.

Veltinger war anfangs von der Idee, Katharina Zimmermann als Lockvogel in die Oper zu schicken, ebenso wenig begeistert gewesen wie sein Freund Konstantin. Doch dann hatte er schnell begriffen, dass man eine solche Chance zum gegenwärtigen Zeitpunkt der Ermittlungen auf keinen Fall ungenutzt lassen durfte. Die Presse hatte den jüngsten Mord an dem prominenten Opfer gnadenlos ausgeschlachtet. Die Hamburger Öffentlichkeit war aufs Höchste sensibilisiert. Es verging kein Tag, an dem der Polizei und der Justiz nicht Unfähigkeit vorgeworfen wurde. Wenn sie nicht bald einen Erfolg vorweisen könnten, würden Köpfe rollen.

»Und Sie sind sicher, dass der Mörder keine Ahnung hat, wer Sie sind?«

»Ja«, entgegnete Kathrin. »Ich bin während der Ermittlungen noch nie öffentlich in Erscheinung getreten und habe auch keinerlei Interviews zu dem Fall gegeben.«

Im selben Moment, als sie das sagte, fiel ihr siedend heiß ein, dass sie bei dem Beitrag, den der Privatsender von der Pressekonferenz gebracht hatte, kurz neben Mascha im Bild gewesen war. Doch weil sie befürchtete, Veltinger könnte einen Rückzieher machen, beschloss sie, die Szene unerwähnt zu lassen. Sie brannte geradezu auf die Begegnung mit dem Psychopathen und wollte jetzt nichts mehr riskieren, was das Treffen in letzter Minute noch gefährden konnte.

»Also gut, dann werde ich alles Nötige in die Wege leiten«, hörte sie Veltinger sagen. »Unsere Spezialisten werden Ihnen einen Crashkurs im Umgang mit der Technik geben. Wir werden Sie natürlich verkabeln, damit die Beamten jederzeit zugreifen können, wenn Ihnen Gefahr droht. In der Oper selbst müssen wir vorsichtig operieren. Wer weiß, ob der Mörder dort nicht bereits auf der Lauer liegt. Wenn er im Vorfeld irgendwelche Aktivitäten mitbekommt und misstrauisch wird, lässt er das Ganze bestimmt platzen.«

Nachdem Veltinger den zuständigen Dezernatsleiter Jens Havelblom von der geplanten Aktion in Kenntnis gesetzt hatte, ging Kathrin mit Marks zu den Personenschützern. Havelblom, ein Hüne mit einem wahren Kessel von einem Bauch, erläuterte ihnen kurz den Aufbau seiner Truppe, die bei riskanten Treffen verdeckter Ermittler ebenso wie beim Personenschutz von Politikern und anderen Promis eingesetzt wurde. Kathrin, die von den immensen Ausmaßen ihres Gegenübers stark beeindruckt war, fragte sich unversehens, ob es wohl auch kugelsichere Westen in Übergröße gab.

Falls Havelblom von der Aussicht, eine Zivilistin als Lockvogel einsetzen zu müssen, nicht sonderlich erbaut war, so ließ er es sich nicht anmerken. Er erklärte Kathrin die

Vorgehensweise knapp und sachlich, als wäre sie eine von ihnen. Man würde ihr noch in der Wohnung von Mascha die Abhörgeräte anlegen, der Taxifahrer, der sie zur Oper bringen würde, wäre ein Polizist. Auch nach ihrer Ankunft in der Oper würde sie permanent beschattet werden, freilich ohne dass sie das selbst bemerken würde.

»Mit Hilfe der kleinen Abhöranlage, deren Sensoren unter Ihrer Kleidung befestigt werden, stehen Sie außerdem ständig mit Ihren Bewachern in Verbindung. Wir können also zu jedem Zeitpunkt zugreifen«, setzte er, wohl um sie zu beruhigen, hinzu.

Ein erster Test mit dem Abhörgerät unter Originalbedingungen, den Havelblom am liebsten gleich vorgenommen hätte, scheiterte freilich daran, dass Kathrin noch gar nicht wusste, was für ein Kleid sie tragen würde. Die Garderobe von Mascha kam dieses Mal nicht in Frage. Nicht nur, weil das meiste ihr gar nicht passte, sondern weil es durchweg einen Tick zu schrill war. Sie hatte Dornröschen versprechen müssen, zu dem Rendezvous in ihrem Lieblingskleid zu erscheinen. Damit, so vermutete sie, wollte er wohl ihren Geschmack testen.

Doch Kathrin hatte überhaupt kein Kleid dabei, das auch nur annähernd als Opern-Garderobe durchgehen würde, geschweige denn ein »Lieblingskleid«. Sie würde also um einen Einkaufsbummel durch Hamburg nicht herumkommen. Da ihr Konstantin als Stilberater nicht sonderlich geeignet schien, eine Einschätzung, die er ungebrochen teilte, rief sie Mascha in der Redaktion an. Die war erwartungsgemäß ganz begeistert von der Idee, mit Kathrin shoppen zu gehen. Sie verabredeten sich am Nachmittag in einer beliebten Einkaufsmeile der Stadt. Die Anprobe mit den Abhörgeräten wurde auf den nächsten Tag verlegt.

Kathrin saß in Maschas Gästezimmer auf dem Bett und starrte auf ihre Einkäufe: ein schwarzes trägerloses Cocktailkleid, zu dem lange schwarze Handschuhe und eine durchbrochene Spitzenstola gehörten. Der einzige Schmuck war die rote Rose im Ausschnitt, die sich als Motiv auf der Stola wiederholte. Das Ensemble war ebenso schlicht wie sündhaft teuer, und Kathrin bezweifelte, dass sie diese Ausgabe als Arbeitskleidung geltend machen könnte. Doch das war gerade ihr geringstes Problem.

Als sie vor einer guten Stunde aus der Umkleidekabine gekommen war, war Mascha in Entzückensrufe ausgebrochen. Auch Kathrin war überrascht, wie außergewöhnlich gut ihr das Kleid stand. Es passte wie angegossen und schien wie für sie gemacht. Die Vorstellung, dass nicht nur der Killer, sondern auch Konstantin sie in dem Kleid sehen würde, hatte sie in eine geradezu euphorische Stimmung versetzt. Und so hatte sie sich von der Freundin zu dem Kauf überreden lassen, obwohl sie wusste, dass das teure Stück nach seinem Einsatz in der Oper sein Dasein wohl im Kleiderschrank fristen müsste.

Bevor Mascha noch einmal in die Redaktion gefahren war, hatte sie Kathrin in ihrer Wohnung abgesetzt. Und da saß sie nun mit ihren Edelklamotten.

Mittlerweile erschien ihr der ganze Aufwand übertrieben, die Aktion zu riskant, ihr eigener Einsatz hirnrissig. Ihr plötzlicher Stimmungswandel hatte freilich alles andere als rationale Gründe. Weil sie schon seit Montag nichts mehr von ihrer Schwester gehört hatte, hatte sie zu Hause angerufen. Schon als sich Laura am Telefon gemeldet hatte, hatte Kathrin gespürt, dass etwas nicht stimmte. Ihrer Mutter ging es gut, also musste es etwas anderes sein. Das hatte sie Laura auch auf den Kopf zugesagt. Die hatte herumgedruckst und wollte ihr die schlechte Botschaft offensichtlich vorenthalten. Doch ihre kleine Schwester war noch nie gut im Lügen gewesen.

»Ich wollte es dir eigentlich nicht sagen, um dich nicht zu beunruhigen«, rückte sie schließlich mit der Sprache heraus, »und vielleicht ist er ja morgen schon wieder da.«

»Ramses ist weg! Stimmt's?«, unterbrach sie Laura bestürzt. »Wie lange schon?«

»Seit Montag Nacht«, gab Laura kleinlaut zu. »Aber du weißt ja, wie das mit Katern ist. Die sind gerne mal tagelang unterwegs und kommen dann wieder.«

»Aber doch nicht Ramses. Der hat noch nie länger als zwei Tage gefehlt. Und seit er kastriert ist, war er jeden Morgen da. Das weißt du doch selbst.«

Dann hatte sie sich zusammengerissen. Schließlich wusste sie, dass Laura, Franz und die Kinder genauso an dem Kater hingen wie sie selbst. Sie wollte ihrer Schwester nicht noch zusätzlich ein schlechtes Gewissen machen.

«Vielleicht hast du ja recht und er hat nur Frühlingsgefühle.«

Um nicht unhöflich zu wirken, hatte sie noch eine Weile mit ihrer Schwester über Belanglosigkeiten geplaudert und sich dann rasch von ihr verabschiedet, nicht ohne sich mehrfach versichern zu lassen, dass sie zu jeder Tages- und Nachtzeit auf ihrem Handy anrufen oder eine Nachricht schicken sollte, falls Ramses zurückkäme. Von ihrem bevorstehenden Einsatz erzählte sie nichts. Sie wollte auf keinen Fall, dass man sich daheim wegen ihr auch noch Sorgen machte.

Nachdem sie aufgelegt hatte, hatte sie losgeheult wie ein Schlosshund. Ramses gehörte für sie einfach mit zur Familie. Nicht auszudenken, wenn er nicht mehr auftauchen würde. Natürlich wusste sie, dass die Reaktion völlig übertrieben und obendrein absolut unprofessionell war. Aber sie konnte nun mal nichts daran ändern. Ihr ganzer Optimismus war mit einem Schlag verflogen.

Kathrins trübsinnige Gedanken wurden vom Klingelton ihres Handys unterbrochen. Ein Blick auf das Display zeigte ihr, dass es Konstantin war. Der hatte ihr gerade noch gefehlt. Einerseits hätte sie sich gerne von ihm trösten lassen, andererseits konnte sie sich nicht vorstellen, dass er ihre Weltuntergangsstimmung wegen eines verschwundenen Katers nachempfinden konnte. Am liebsten wäre sie auf Tauchstation gegangen. Doch dann nahm sie beherzt ab.

»Na, haben die Damen ihre Einkaufsorgie schon beendet?«

»Ja, stell dir vor, wir sind sogar fündig geworden.« Kathrin gab sich betont fröhlich. Doch Marks schien sie bereits besser zu kennen, als sie gedacht hatte.

»Na, das klingt aber nicht gerade begeistert. Hast du eine Konfektionsgröße zugelegt oder was ist dir sonst für eine Laus über die Leber gelaufen?«

»Ach, Konstantin«, schluchzte sie, »ich habe gerade mit meiner Schwester telefoniert. Mein Kater ist seit Montag weg. So lange hat Ramses noch nie gefehlt. Ich weiß, es ist albern, und ich wollte es dir eigentlich auch gar nicht sagen.«

»Wieso denn nicht?«

»Weil, weil ...« Sie kam ins Stottern.

»Weil du dir nicht vorstellen konntest, dass ich deine Trauer nachempfinden könnte? Na, hör mal. Ich hatte mal einen Hund. Es war ein ausrangierter Polizeihund. Als der gestorben ist, habe ich mich drei Tage krankschreiben lassen. Das heißt natürlich nicht, dass ich glaube, dass Ramses tot ist ...« Jetzt kam Konstantin ins Stottern. »Dein alter Ägypter kommt bestimmt wieder.«

»Meinst du?«, schniefte Kathrin. Sie war unendlich erleichtert über Konstantins Reaktion.

»Bestimmt. Trotzdem kann ich deine Weltuntergangsstimmung verstehen. Wahrscheinlich würdest du am liebsten den ganzen Bettel hinschmeißen. Und weißt du was, ich würde die Sache am liebsten auch abblasen.«

»Warum das denn?«

»Weil es Veltinger bis jetzt noch nicht geschafft hat, beim Polizeipräsidenten durchzudrücken, dass wir Stuttgarter mit von der Partie sind. Aber eines sage ich dir: Entweder ich bin permanent in deiner Nähe oder das Ding läuft nicht. Jetzt soll ich heute Abend noch einmal vor einer Art Krisenstab vortanzen und rechtfertigen, warum der Einsatz meiner Meinung nach nur mit Beteiligung der Soko durchgezogen werden kann. Wenn du also noch abspringen möchtest, dann hätte ich dafür vollstes Verständnis, und ich hätte obendrein einen wohlverdienten freien Abend.«

»Wir sollen das Date mit dem Mörder platzen lassen, weil mein Kater verschwunden ist?«

»Alles, was dich ablenkt, könnte die Sache und damit dich gefährden, meinst du nicht?«

Kathrin hörte erfreut einen besorgten Unterton in Konstantins Stimme heraus.

»Nein, jetzt habe ich mich für mein Rendezvous mit dem Killer schon so sehr in Unkosten gestürzt, jetzt ziehen wir das auch durch.«

Eine Weile herrschte Schweigen, dann fragte Konstantin flapsig: »Darf man wenigstens erfahren, was für einen atemberaubenden Fummel du dir gekauft hast?«

»Nein«, erwiderte Kathrin, der es nun wieder ein wenig leichter ums Herz war, »das wird noch nicht verraten.«

30

Samstag, 27. Juni 2009

Kathrin war nervös. Schon in der Nacht auf Freitag hatte sie kaum geschlafen, und heute Nacht war es noch viel schlimmer gewesen. Zwar war sie gegen Mitternacht todmüde ins Bett gefallen und sogar gleich eingeschlafen. Doch dann hatte sie wieder diesen Alptraum, in dem sie der Mörder als Model nackt auf die Bühne schickte. Sie war in dem Moment schweißgebadet aufgewacht, als sie vor dem Publikum stand. Erst gegen Morgen war sie wieder in einen unruhigen Schlaf gefallen. Diesmal hatte sie von Ramses geträumt, wie er überfahren am Straßenrand lag. Als sie gegen sieben endlich aufwachte, wusste sie nicht, welcher Traum schrecklicher gewesen war.

Ein Blick auf ihr Handy zeigte: Keine Nachricht von Laura. Ramses war also immer noch nicht wieder da. Das war ein schlechtes Omen.

Jetzt saß sie bei einer Tasse starken Kaffees und ließ sich alles noch einmal durch den Kopf gehen. Mascha schlief noch. Nachdem Veltinger und Marks endlich grünes Licht vom Polizeipräsidenten für ihren gemeinsamen Einsatz bekommen hatten, war das Szenario gestern stundenlang durchgespielt worden.

Kathrin hatte einige unverfängliche Stichworte gelernt, mit denen sie ihren Bewachern unauffällig Informationen zukommen lassen könnte. Mittlerweile kannten sie die Gegebenheiten in der Oper und wussten, dass sich wohl keiner der Personenschützer in Kathrins unmittelbarer Nähe aufhalten würde. Natürlich hatte der Unbekannte noch keine Karte für Kathrin hinterlegt, was nicht hieß, dass er sie nicht bereits per Internet oder im Vorverkauf gekauft hatte. Kathrin würde vermutlich erst kurz vor Beginn der Oper an der Abendkasse erfahren, wo sie saß. Die Vorstellung, gegeben wurde Carmen, war fast ausverkauft. Einige der Logen (die in der teuersten Preisklasse hatte Platz für 19 Personen, weiter oben gab es billigere, in denen jeweils nur sieben Plätze waren) waren permanent komplett vermietet, in anderen waren wenige Plätze im freien Verkauf. Deshalb konnten sich ihre Bewacher nicht, ohne Aufsehen zu erregen, dazwischensetzen. Auch Sichtkontakt würde vermutlich keiner bestehen, aber die Kriminalbeamten und auch Marks würden jedes Wort mitbekommen, das gesprochen wurde. Um den Ermittlern für die späteren Verhöre einen Ansatzpunkt zu liefern, sollte Kathrin das Gespräch irgendwie auf die Mordopfer lenken.

Eigentlich, das sagte sich Kathrin immer wieder, hielt sich die Gefahr in Grenzen. Wenn der Mörder ihr etwas antun wollte, dann würde er wohl kaum in der voll besetzten Oper aktiv werden. Und in der Pause, spätestens nach Ende der Vorstellung, sollte der Mann, von dem sie annahmen, dass es von Gemnitz war, dann verhaftet werden. Es klang alles ganz einfach. Doch gerade deshalb wurde es Kathrin von Minute zu Minute immer mulmiger zumute. Sie hatten es mit einem hochintelligenten Psychopathen zu tun. Je näher das Date rückte, desto weniger konnte sie sich vorstellen, dass er auf einen dermaßen simplen Trick hereinfiel. Doch sie hatten nun mal nur diese eine Chance. Und die würde sie nutzen.

Im Badezimmer begann Mascha zu rumoren. Froh darüber, dass die Freundin sie nun bald ablenken würde, setzte sie eine zweite Kanne Kaffee auf.

Gudrun Schwarz ging durch Neckarrems. Sie hatte sich immer noch nicht daran gewöhnt, dass Neckarrems – »Rems«, wie es in ihrer Verwandtschaft immer nur geheißen hatte – nun zu Remseck gehörte, das durch Zusammenschlüsse mehrerer Gemeinden im Speckgürtel von Stuttgart zu einer veritablen Kleinstadt mit 23 000 Einwohnern angewachsen war. Sie wunderte sich, wie sehr sich das Dorf in den wenigen Jahren, seit sie das letzte Mal hier gewesen war, verändert hatte. Unmerklich begann sich ihr Ärger darüber, dass bei ihren Nachforschungen in den vergangenen Tagen überhaupt nichts herausgekommen war, zu legen. Auch bei den Eltern dieses Opfers, die sie soeben aufgesucht hatte, hatte sie schon geglaubt, sie müsste unverrichteter Dinge abziehen. Doch dann war ihr die jüngere Schwester der Getöteten, Sarah Maier, im Treppenhaus hinterhergelaufen.

»Können Sie heute Abend nach sechs noch mal wiederkommen? Dann sind meine Eltern weg. Ich möchte Ihnen was zeigen«, hatte sie atemlos geflüstert und war dann sofort wieder in der Wohnung verschwunden.

Hannah Maier, das war die schöne Marylin, die der Soko ihren Namen gegeben hatte. Die Maiers waren ihre letzte Hoffnung. Bei all den anderen Angehörigen, die Gudrun in den letzten Tagen in ihrer Freizeit besucht hatte, war sie auf keinerlei Indiz einer Verbindung des Opfers zu Ökotex gestoßen. Die meisten hatten die Garderobe der Opfer einer wohltätigen Einrichtung gespendet, und niemand wusste von irgendwelchen Bestellungen bei dem Nobelversand. Wirklich ausschließen mochte es aber auch keiner.

Die Maiers hingegen waren ganz sicher gewesen, dass ihre Hannah nicht bei einem so teuren Versand eingekauft hatte. Das hätte sich die Bankangestellte gar nicht leisten können. Hannahs Kleider hatten sie verschenkt und auch sonst nichts von den Hinterlassenschaften ihrer Tochter, die in Schorndorf gewohnt hatte, behalten. Die Erinnerung hätte sie zu sehr geschmerzt, hatte die Mutter gesagt. Der Vater hatte meist nur zustimmend genickt. Beim Besuch der Kriminalbeamtin waren die beiden eigentlich recht unhöflich gewesen. Sie hätten ihren Trost im Glauben gefunden, betonten sie, und wollten nicht mehr an das schreckliche Geschehen erinnert werden. Gudrun, die sich wieder einmal wunderte, wie unterschiedlich Menschen auf den Verlust eines geliebten Menschen reagierten, war gespannt, was die jüngere Schwester ihr erzählen wollte.

Irgendwie hatte sie nach wie vor das Gefühl, dass der durchgeknallte Modefanatiker und Ökotex zusammengehörten. Aber auf Gefühle konnte sie sich in ihrem Job leider nicht verlassen. Da zählten nur harte Fakten. Gerade deshalb bewunderte Gudrun Katharina Zimmermann so sehr. Der forensischen Psychologin gelang es immer wieder, aus Gefühlen harte Fakten werden zu lassen. Ihre Arbeit war so hieb- und stichfest, dass sogar ältere Kollegen, die von Profiling absolut nichts hielten, sie anerkennen mussten. Sogar Kriminaldirektor Strahner konnte nicht umhin, Zimmermann einen gewissen Respekt zu zollen, selbst wenn er das öffentlich nie eingestehen würde.

Mittlerweile war Gudrun von der Wohnung der Maiers in der Mühläckerstraße in die Hintere Straße hinuntergegangen und unwillkürlich am Remsufer gelandet. Hier war sie immer spazieren gegangen, doch nun erinnerte fast nichts mehr an das beschauliche Dorf ihrer Jugend. Zwar war

»Rems« schon immer weniger bäuerlich gewesen als das benachbarte Hochberg, in dem sie auch Verwandtschaft hatte, aber ein Kaff war es damals eben doch. Seit »Rems« mit Hochberg, Hochdorf, Aldingen, Neckargröningen und Pattonville eine Große Kreisstadt bildete, hatte es sich gewaltig gemausert.

Gedankenverloren schlenderte Gudrun an der Rems entlang. Als sie an der Biegung der Straße gegenüber die Gaststätte »Ochsen« erblickte, wusste sie, wie sie die Wartezeit überbrücken könnte. Sie würde, wie sie das früher immer mit ihren Eltern getan hatte, in der alten Gaststätte einkehren. Gudrun überquerte die Straße und sah sich neugierig um.

Die Eckkneipe sah aus wie immer, doch die Umgebung des »Ochsen« hatte sich enorm verändert. Aus dem Nachbargebäude war eine Autowerkstätte geworden, in der man sein Fahrzeug für einen anstehenden Verkauf aufpolieren lassen konnte. Und dahinter war ein großes Altenzentrum mit Pflegeheim und betreuten Seniorenwohnungen entstanden. Gudrun wandte sich dem Eingang der Gaststätte zu. Bevor sie die schwere Kneipentür öffnete, zögerte sie. Was, wenn der alte Wirt sie erkennen würde? Sie hatte keine Lust auf ein Gespräch, wollte viel lieber ungestört ihren Erinnerungen nachhängen. Das letzte Mal war sie mit ihren Eltern vor vier Jahren nach der Beerdigung ihres Onkels hier gewesen, und schon damals hatte sich der Wirt kaum an sie erinnert. Es war also unwahrscheinlich, dass er sie heute erkennen würde, wenn sie ohne Verwandtschaft unterwegs war. Entschlossen trat sie ein.

Das Erste, was sie wahrnahm, war der Geruch von Zigaretten und Zigarren. Die Zeit schien spurlos an dem Lokal vorübergegangen zu sein. Obwohl der »Ochsen« kein abgetrenntes Nebenzimmer hatte, wurde in der Stammtischecke, die sich rechts vom Eingang befand, offensichtlich nach wie vor geraucht. Aus der größeren Wirtsstube drang ihr lautes Stimmengewirr entgegen, und sie erlebte ein Déjà-vu: Hier war ein Leichenschmaus in vollem Gange, wie er anscheinend häufig in der Traditionskneipe abgehalten wurde. Ein Ausspruch ihrer Tante fiel ihr ein, die sich nach dem Zusammenschluss der fünf Teilgemeinden zu Remseck beklagt hatte, dass man jetzt nicht einmal mehr in Hochberg sterben könne, sondern (wie für alle standesamtlichen Gelegenheiten) nach Rems fahren müsse.

Da alle Tische von Trauergästen belegt waren, ließ sich Gudrun kurzerhand am Stammtisch nieder. Sie wollte gerade beim Wirt, der sie zwar neugierig musterte, aber offensichtlich nicht wusste, wohin er sie tun sollte, einen Kaffee bestellen. Da sah sie, wie die Bedienung vollbepackt mit mehreren Tellern aus der Küche kam. Bratwürste und ein deftiger Schlag Kartoffelsalat – das hatte es bei der Beerdigung ihres Onkels auch gegeben. Die Würste waren damals unmittelbar nach dem Kaffee, zu dem der ortsübliche Hefezopf mit Rosinen und Mandelsplittern kredenzt wurde, aufgetischt worden.

Mit einem Mal wurde Gudrun bewusst, dass sie den ganzen Tag noch nichts Richtiges gegessen hatte. Sie schaute auf die Uhr. Es war gerade erst fünf. Sie konnte also in Ruhe etwas essen. Aber Markus wäre bestimmt sauer, wenn sie am Samstagabend nicht mit ihm zusammen vespern würde. Andererseits war er ohnehin sauer, weil sie ihren freien Tag für halboffizielle Ermittlungen opferte. Kurz entschlossen bestellte sie ebenfalls eine Portion Bratwürste und ein Mineralwasser.

Beim Gedanken an Markus hatte Gudrun schlagartig wieder schlechte Laune bekommen – und ein schlechtes Gewissen. Aber warum eigentlich? Seit sie vor drei Jahren nach einer längeren Familienpause wieder bei der Kripo eingestiegen war, war er latent beleidigt. Dabei war sie es, die sich zwölf Jahre fast ausschließlich um die Erziehung ihrer beiden Jungs gekümmert hatte. Jetzt waren die beiden aus dem Gröbsten heraus, und es gab keine Veranlassung, dass sie weiter auf ihre Berufstätigkeit verzichtete. Mario, der irgendwann Medizin studieren wollte, machte gerade eine

Ausbildung zum Rettungsassistenten und wohnte nur noch in den Ferien zu Hause, und Lukas hatte gerade das Abi geschrieben.

Manchmal hatte sie den Verdacht, dass ihr Mann eifersüchtig war, weil es für sie mit Mitte vierzig einen Neuanfang gab, während er für sich in seinem Job als Sozialpädagoge bei einem großen Sozialunternehmen nur noch wenig Veränderungsmöglichkeiten sah. Jeder Wechsel des Arbeitgebers wäre mit großen finanziellen Einbußen verbunden, weil er wieder in einer deutlich niedrigeren Vergütungsstufe hätte anfangen müssen. Andererseits hatten sich ihre monatlichen Ausgaben verringert, seit sie im Haus ihrer Großeltern wohnten und keine Miete mehr bezahlen mussten. Sie würden also auch mit etwas weniger über die Runden kommen, wenn Markus endlich ernst machen würde mit seinen Wechselabsichten.

Stattdessen verkroch er sich zuhause und vergraulte seine Familie mit seinem Kontrollzwang. Auch ihre Beziehung litt unter diesem Verhalten. Manchmal war Gudrun richtig froh, wenn ihr Mann geschäftlich einige Tage unterwegs war und sie tun und lassen konnte, was sie wollte. Unterbewusst hatte sie manchmal sogar schon an eine Trennung auf Probe gedacht, diesen ungehörigen Gedanken jedoch sofort wieder verworfen. Auch jetzt spürte sie vor lauter Schuld ein völlig flaues Gefühl im Magen. Andererseits, was hatte sie schon zu verlieren? Vielleicht würde Markus, wenn er realisierte, wie ernst es ihr war, endlich um ihre Ehe kämpfen. Und wenn nicht? Das schöne Heim, in dem sie lebten, gehörte Gudrun. Sie hatte das Haus in Ludwigsburg von ihrer Oma geerbt und mit viel Eigenleistung saniert. Danach war sie wieder in den Polizeidienst zurückgekehrt. Ausziehen würde sie jedenfalls nicht. Und notfalls könnte sie die Wohnung im Dachgeschoss, in der momentan noch die Jungs lebten, vermieten.

Gudrun erschrak. Noch nie hatte sie den Gedanken so konsequent zu Ende gedacht. Vor allem aber erschrak sie darüber, dass sie bei diesen Aussichten plötzlich eine ungewohnte Leichtigkeit verspürte.

»Lass dr's schmecka. Jetzt woiß i au, wer du bisch, du bisch doch die Jong vom Krautters Alfred aus Hauberg. Bisch du net bei dr Bolizei?«, riss der Wirt sie aus ihren gefährlichen Gedanken. Er stellte einen Teller mit den drallen Bratwürsten und einer Riesenportion Kartoffelsalat vor sie hin.

»Ja, danke«, stammelte Gudrun, die froh war, als der Wirt sofort an die Theke zurückeilte. Ein Teil der Trauergesellschaft war bereits zum Trollinger übergegangen und verlangte lautstark Nachschub.

Mit dem ersten Bissen fühlte sich Gudrun in ihre Kindheit versetzt. Unwillkürlich blickte sie zu dem Tisch im hinteren Teil des Lokals, an dem sie mit ihrer kleinen Schwester und ihren Eltern so oft gesessen hatte. Bratwürste mit Soß und Kartoffelsalat und dazu eine Flasche Bluna, das war damals das Größte für sie gewesen. Zufrieden machte sie sich über die Mahlzeit her und zwang sich, nicht mehr an Markus und auch nicht an den Serienkiller zu denken, der womöglich gerade in dieser Stunde sein nächstes Opfer ausspähte.

Sarah Maier öffnete, als Gudrun den Finger noch auf dem Klingelknopf hatte.

»Schön, dass Sie gekommen sind«, sagte die junge Frau und schloss hastig hinter Gudrun die Wohnungstür.

Gudrun wusste aus den Vernehmungsprotokollen, dass Sarah 17 Jahre alt war, sie sah aber eher noch jünger aus. Von zierlicher Gestalt mit einer fast durchscheinenden Blässe und mit glatten kinnlangen dunklen Haaren hatte sie etwas Knabenhaftes. Sie standen in der Diele, und Sarah sprudelte los, als wollte sie sich etwas von der Seele reden, was sie seit längerem bedrückte.

»Hannah hat doch bei dem Kleiderversand bestellt. Zumindest einmal. Das hat sie mir selbst gesagt. Das war wenige Wochen vor ihrem Tod. Aber dann hat ihr das Kleid nicht gefallen und sie wollte es mir schenken. Deshalb habe ich es auch nicht zu den Sachen getan, die wir gespendet haben, sondern selbst behalten«, fügte sie fast entschuldigend hinzu. »Meine Eltern wissen nichts davon. Sie hätten es nicht gewollt. Dass Hannah sich so etwas Teures kauft, meine ich. Und auch nicht, dass ich das Kleid für mich behalte.« Ihre Stimme hatte nun einen tieftraurigen Klang angenommen.

»Kann ich das Kleid einmal sehen?«, fragte Gudrun sanft.

»Natürlich, entschuldigen Sie. Hier geht's lang.«

Sarah führte sie in einen hellen, penibel aufgeräumten kleinen Raum, der noch nicht aus dem Kinderzimmerstatus entwachsen war. Schreibtisch und Bett waren aus gelbfarbenem Kiefernholz, wie sie zu Tausenden bei Ikea und in anderen Möbelhäusern verkauft wurden. Aus der Reihe fiel lediglich ein kleines, buntlackiertes Metallschränkchen in der Ecke, das Platz für allerhand Nippes bot – Schmuck, Gläser, Kerzen.

»Das habe ich selbst gemacht, im Werkunterricht. Wir haben dafür extra Schweißen gelernt«, sagte Sarah stolz, die Gudruns Blick bemerkt hatte.

»Wow«, meinte Gudrun bewundernd, »ich habe es für ein Designer-Stück gehalten.«

»Danke.« Sarah errötete leicht. »Ich möchte Industriedesign studieren, aber meine Eltern meinen, das sei nichts für ein Mädchen.« Die Bitterkeit in ihrer Stimme war unüberhörbar. »Aber deswegen sind Sie ja nicht hier.« Sarah drehte sich abrupt um, öffnete den Kleiderschrank und holte ein schwarzes Kleid heraus, das sie dann an die Schranktür hängte.

Gudrun erkannte im Futter das Ökotex-Schild. Das knielange Kleid war aus fließendem schwarzem Material. Sein schlichter Schnitt sorgte für eine unaufdringliche Eleganz. Die einzige Extravaganz war eine glitzernde Strassbrosche, die den Ausschnitt zusammenhielt. Gudrun, die sich noch gut an die Fotos von »Marylin« erinnerte, erkannte sofort, dass dieses Kleid für Hannahs frauliche Figur alles andere als vorteilhaft gewesen wäre. Wahrscheinlich war es sogar viel zu eng gewesen. Hingegen konnte sie sich Sarah sehr gut in dem kleinen Schwarzen vorstellen.

»Es hat ihr gar nicht gepasst. Und gestanden hat es ihr auch nicht«, erklärte Sarah, als hätte sie Gudruns Gedanken erraten. »Wissen Sie, es war so schade, Hannah wollte immer so burschikos aussehen wie ich und war todunglücklich wegen ihrer Oberweite. Und ich war immer neidisch auf ihre tolle Figur. Meine Eltern wollten auch nie, dass sich Hannah aufreizend anzieht, sie sind sehr gläubig und lehnen es ab, wenn man sich hübsch macht. Das Kleid hat Hannah bestellt, weil sie auf eine Hochzeit von einem Kollegen eingeladen war. Als sie es bekommen hat, hat sie mich sofort angerufen. Sie war nicht einmal sauer, dass es ihr nicht gepasst hat, sie hat nur gesagt, dass das Kleid mir bestimmt auf den Leib geschnitten wäre.« Sarah schluchzte. »Sie wollte es mir schenken, damit ich es bei meinem Abi-Ball tragen kann. Hannah wollte sich endlich Klamotten zulegen, die wirklich zu ihr passen. Und jetzt ist sie tot.«

Bei den letzten Worten war es Gudrun, als ging ihr mit einem Mal das Motiv des gestörten Täters auf. Sie hatte die ganze Zeit recht gehabt. Er musste bei Ökotex beschäftigt sein. Sie wusste zwar noch nicht, wie er Kontakt zu seinen Opfern aufnahm, aber sie war jetzt mehr denn je überzeugt, dass die toten Frauen alle Kundinnen bei dem Nobelversand waren. Womöglich hatten sie alle Kleider gekauft, die ihnen offensichtlich nicht standen. Hatte nicht auch das Kleid, das man bei der jungen Flore in Bad Urach gefunden hatte, absolut nicht zu deren Typ gepasst? Mein Gott, dachte Gudrun, wenn ihr Verdacht stimmte, dann hatten die bigotten Eltern von Hannah mit ihrer körperfeindlichen Erziehung womöglich dazu beigetragen, dass ihre Tochter einem wahnsinnigen Mörder zum Opfer fiel. Sie schauderte.

»Was ist?« Sarah schaute sie fragend an.

»Nichts, aber ich glaube, Sie haben unsere Ermittlungen einen entscheidenden Schritt weitergebracht.«

»Was soll ich denn jetzt mit dem Kleid machen?«

»Sie müssen es unbedingt zu Ihrem Abi-Ball anziehen. Es steht Ihnen bestimmt ganz wunderbar. Denken Sie daran, Ihre Schwester hätte es so gewollt. Wenn Sie es tragen, werden Sie immer an Hannah denken. Irgendwann wird der Schmerz nachlassen, und dann wird das Kleid für Sie wie eine schöne Erinnerung sein.«

»Meinen Sie?«

»Ganz bestimmt. Und noch etwas. Bleiben Sie um Himmels willen bei Ihrem Berufswunsch. Setzen Sie sich gegenüber Ihren Eltern durch. Sie haben eine große Begabung. Ihre Eltern haben ihren Glauben, und das ist auch gut so, aber Sie müssen jetzt an sich denken und dürfen nicht immer nur auf sie Rücksicht nehmen.«

»Das hat Hannah auch immer gesagt«, lächelte Sarah, dann fügte sie hinzu: »Jetzt sollten Sie besser gehen. Die Bibelstunde ist gleich aus, und heute möchte ich mit den Auseinandersetzungen mit meinen Eltern noch nicht beginnen.«

Noch auf dem Weg zu ihrem Wagen versuchte Gudrun, Margot Mahler in Hamburg zu erreichen, doch deren Handy war abgeschaltet. Hatte sie nicht etwas von einem geheimnisvollen Sondereinsatz gesagt? Sie sprach auf die Mailbox und bat um raschen Rückruf, es sei dringend. Dann fuhr sie nach Hause.

Kathrin bezahlte den falschen Taxifahrer, der ihr zum Abschied aufmunternd zuzwinkerte, und ging die Stufen zur Staatsoper hinauf. Die langen schwarzen Handschuhe hatte sie vor dem Aussteigen in ihre kleine Tasche gestopft. Sie waren ihr doch zu affektiert. Glücklicherweise hatte sie sich auch gegen allzu hochhackige Schuhe entschieden. Ihre Beine waren schwer wie Blei. Sie musste ihren ganzen Mut zusammennehmen und sich auf jeden Schritt konzentrieren. Ab sofort war sie auf sich gestellt. Dass mehrere bestens ausgebildete Kriminalbeamte mithörten, darunter auch Konstantin Marks, milderte ihre Aufregung in keiner Weise.

Kathrin war recht früh dran, und der Besucherstrom hielt sich noch in Grenzen. An der Abendkasse warteten nur einige Personen, die wohl darauf hofften, dass jemand seine Karte zurückgab, und so kam sie selbst sofort an die Reihe.

»Guten Abend. Für mich wurde eine Karte zurückgelegt. Unter dem Stichwort ›Rose‹.«

»Ja, das stimmt.« Die Kartenverkäuferin, eine rundliche Person mit kleinen Knopfaugen, musterte sie neugierig, ehe sie nach einem Umschlag griff.

»Wissen Sie zufällig, wer die Karte abgegeben hat?«, fragte Kathrin.

»Ein Jugendlicher, der war nicht viel älter als zwölf. Er war vor etwa einer halben Stunde da. Wieso, stimmt etwas nicht?«

»Doch, doch«, versicherte Kathrin rasch, die soeben die Karte aus dem Kuvert gezogen hatte. »Wissen Sie, ich habe eine Verabredung mit einem Unbekannten und bin nur etwas aufgeregt. Parkett links, Loge vier, Platz 33.« Kathrin las laut, damit ihre Bewacher die Position gleich mitbekamen. »Können Sie mir vielleicht auf dem Sitzplan zeigen, wo das ist? Ich bin nämlich zum ersten Mal in der Hamburger Oper.«

»Da hat sich der Herr Ihr Rendezvous aber etwas kosten lassen. Dort sind unsere besten Plätze. Sehen Sie hier: Die Loge vier liegt direkt links über dem Balkon. Von dort haben Sie einen ganz wunderbaren Blick. Dann wünsche ich Ihnen einen unvergesslichen Abend.«

»Danke, den werde ich ganz bestimmt haben«, erwiderte Kathrin überzeugt.

In dem prachtvollen Foyer suchte sie zuerst einmal die Toilette auf, um so ihren Beschützern Gelegenheit zu geben, vielleicht doch noch einen Sitzplatz in ihrer Nähe ergattern zu können, bevor sie die Loge betrat. Obwohl sie vor ihrer Abfahrt in Maschas Wohnung noch auf dem Klo war, musste sie vor lauter Aufregung schon wieder. Doch sie verkniff es sich. Die Vorstellung, beim Pinkeln Mithörer zu haben, war alles andere als angenehm. Stattdessen ging sie zum Waschbecken und starrte ihr bleiches Konterfei im Spiegel an. Sie legte etwas Rouge auf und wusch sich ausgiebig die Hände, dann ging sie langsam ins Foyer zurück.

Hinter einer Säule entdeckte sie einen von Veltingers Mitarbeitern, der interessiert das Programmheft studierte. Als er sie sah, faltete er das Heft zusammen und steckte es in seine linke Jacketttasche. Das war das Zeichen, dass es mindestens einem der Personenschützer gelungen war, einen der insgesamt 19 Logenplätze zu bekommen. Hätte er das Programmheft in die rechte Tasche gesteckt, hätte das bedeutet, dass sie niemanden in ihrer unmittelbaren Nähe postieren konnten. Etwas beruhigt suchte sie nun selbst die Loge auf.

Irgendwo, das wusste sie, waren auch Konstantin und Schröder. Die beiden wollten sich allerdings vorsichtshalber im Hintergrund halten. Der Mörder hatte sie vielleicht in der Pressekonferenz gesehen, und wenn er sie entdecken würde, wäre er gewarnt.

Kathrin blätterte automatisch in ihrem Programmheft. Obwohl sie den Pressetext mindestens dreimal überflogen hatte, hätte sie keinen einzigen Satz wiedergeben können. Als sie ihren Platz in der vordersten Reihe eingenommen hatte, waren die Sitzreihen noch fast leer gewesen. Beim Hineingehen hatte sie aus dem Augenwinkel einen ihrer Bewacher in der letzten Reihe sitzen sehen, sich jedoch nicht nach ihm umgedreht.

Zwanzig Minuten vor Vorstellungsbeginn begann sich die Loge zusehends zu füllen. Soeben hatte ein älteres Paar rechts von ihr Platz genommen. Der Platz links neben ihr war nach wie vor leer. Wahrscheinlich zog es ihr geheimnisvoller Begleiter vor, in letzter Minute zu erscheinen. Wenn er denn überhaupt erschien.

Kathrins Zweifel an einem Gelingen des Abends hatten während der letzten halben Stunde stetig zugenommen. Natürlich hatten sie sich darüber beraten, was sie tun sollte, falls ihr Gönner nicht auftauchen würde. Sie waren übereingekommen, dass sie die ersten beiden Akte abwarten und frühestens nach der großen Pause gehen würde. Als zehn Minuten später das Licht ausging, war der Platz neben ihr immer noch leer.

Die Vorstellung begann. Kathrin zwang sich, einen wenigstens einigermaßen interessierten Eindruck zu machen. Mit zittrigen Händen griff sie nach ihrem Opernglas. Es fiel ihr nicht auf, dass im selben Moment im Halbdunkel gegenüber ein unscheinbarer älterer Herr mit Halbglatze einen hochkarätigen Feldstecher hochnahm, der mit einem Opernglas nur wenig gemein hatte.

Er saß in der kleinen Loge im Parkett rechts ganz oben, die wegen ihrer schlechten Sicht auf die Bühne in die billigere Platzkategorie gehörte. Zum ersten Mal in seinem Leben war er seinem Vater dafür dankbar, dass er zu knauserig gewesen war, für die Familie ein Dauerabonnement in einer besseren Lage zu buchen. Tatsächlich wäre es auch hinausgeworfenes Geld gewesen, denn er war der Einzige, der sich fürs Theater und die Oper interessierte. Schon als er noch offiziell zur Familie gehörte, hatte er oft alleine in der Loge gesessen, die Platz für neun Personen bot, und sich über die schlechte Sicht geärgert. Bei seinen späteren Opernbesuchen hatte er sich dann immer die besten Plätze geleistet. Doch heute kam ihm die Familienloge, an die sich außer ihm wahrscheinlich niemand mehr erinnerte, gerade recht, denn die Plätze an der Brüstung verfügten über eine hervorragende Sicht auf die Logen gegenüber.

In der untersten der terrassiert übereinander angebrachten Logen hatte er seine Rose untergebracht. Als sie hereinkam, triumphierte er innerlich. Er hatte sich also nicht getäuscht. Und sie war wunderschön. Er konnte mit seinem Feldstecher sogar die zart abgesteppten Blütenblätter auf ihrer Stola erkennen. Er war von ihrem Geschmack zutiefst beeindruckt. Instinktiv hatte sie eine Garderobe gewählt, in der sie der Hauptperson des heutigen Opernabends mühelos hätte den Rang ablaufen können. Ganz in Schwarz mit wenigen roten Farbtupfern hätte Rose wahrlich eine prächtige Carmen abgegeben. Zu dem leicht ausgestellten Kleid, das ihre zarte Figur vorteilhaft zur Geltung brachte, trug sie als Schmuck lediglich eine Rose im Ausschnitt. Ihr Haar, das den Farbton von Bitterschokolade hatte, wurde durch ein Band, das von einer gleichfarbenen roten Rose verziert war, zusammengehalten.

Er konnte sich an dem Bild gar nicht sattsehen. Schade nur, dass sich Rose nicht völlig auf die Vorführung, die durchaus ganz passabel war, konzentrieren konnte. Er hätte ihr den Operngenuss von Herzen gegönnt. Doch sie schaute sich immer wieder nervös um. Bisweilen schien sie mit ihrem Opernglas sogar die gegenüberliegenden Logen abzusuchen. Fast bedauerte er, dass sie nicht fündig werden würde. Mehr noch bedauerte er, dass er ihren Anblick nicht länger genießen durfte. Noch nicht.

Frustriert riss sich Kathrin die Sensoren vom Leib. Sie hatten die Aktion nach dem dritten Akt abgebrochen, nachdem sie ganz sicher waren, dass er nicht mehr kommen würde. Jetzt saß sie im Fond des falschen Taxis, das zunächst eine Runde um die Oper drehte. An der Rückseite des Gebäudes stiegen Schröder und Marks zu. Zunächst sprach keiner ein Wort. Die Enttäuschung war fast mit Händen zu greifen.

»Scheiße, wir haben es vermasselt«, brach es plötzlich aus Kathrin hervor. »Vielleicht war ich zu gut bewacht, und er ist misstrauisch geworden. Dabei hatte ich eine Zeitlang das Gefühl, als sei er ganz in meiner Nähe.«

»Es hat aber außer dir niemand vorzeitig die Vorstellung verlassen. Alle Eingänge waren bewacht. Wenn er da war, muss er noch drin sein. Aber wenn er nach der Vorstellung mit der Menge das Gebäude verlässt, haben wir keine Chance. Kopf hoch, Kathrin, du hast deine Sache prima gemacht. Und die Strategie war vollkommen in Ordnung. Wir hatten keine andere Wahl.« Marks klang, als hätte er selbst eine Aufmunterung nötig.

»Wir haben für halb zwölf noch eine kleine Nachbesprechung im Präsidium angesetzt. Das große Wundenlecken beginnt aber erst morgen.« Er betrachtete sie sorgenvoll. »Du musst völlig geschafft sein. Ich an deiner Stelle würde mir das jetzt nicht antun.«

Kathrin warf einen Blick auf ihre Armbanduhr. Es war kurz nach 23 Uhr. Sie merkte auf einmal, wie todmüde sie war.

»Ich glaube, du hast recht, ich will nur noch nach Hause und schlafen. Und du meinst, es macht wirklich nichts, wenn ich nicht mehr mitkomme?«

»Natürlich nicht. Wir fahren dich jetzt zu Mascha, und dann schläfst du dich erst mal richtig aus.«

Wenig später bogen sie in Kathrins Wohnviertel ein. Die Straße vor dem Mehrfamilienhaus war komplett zugeparkt, so dass der Fahrer in zweiter Reihe neben einem dunkelblauen Volvo hielt.

»Ich begleite dich noch rasch bis zur Tür«, meinte Konstantin. Kathrin, die bereits im Auto ihren Schlüssel hervorgeholt hatte, wollte bereits dankend ablehnen. Dann fiel ihr der Vorfall vom Montag wieder ein, und sie widersprach lieber nicht.

Vor der Haustür angekommen, nahm Konstantin Kathrin in den Arm.

»Eines wollte ich dir noch sagen«, flüsterte er ihr ins Ohr. »Du siehst ganz hinreißend aus, und Dornröschen war ein schöner Trottel, dass er dich versetzt hat. Aber vielleicht war es ja besser so. Ich hatte fürchterliche Angst um dich.« Konstantin schien kurz zu überlegen, dann küsste er sie zart auf die Stirn. »Also dann, grüße Mascha von mir und erhol dich gut. Wir sehen uns morgen um zehn im Präsidium.«

»Ja, bis morgen.« Nachdenklich schaute Kathrin den Hauptkommissar an, der immer noch keinerlei Anstalten machte zu gehen. »Deine Lust, zu der Besprechung zu gehen, hält sich wohl auch in Grenzen?«

»Das kann man wohl sagen. Ich habe mir den Ausgang des Abends etwas anders vorgestellt«, seufzte Konstantin, »aber das bin ich ja so langsam gewöhnt.«

Kathrin, die den todtraurigen Blick ihres Gegenübers nicht mehr länger aushielt, beschloss, dem Abend eine weitere unerwartete Wendung zu geben. Sie zog Konstantin heftig an sich und begann, ihn leidenschaftlich zu küssen. Seine Verblüffung währte nur kurz, dann erwiderte er ihren Kuss. Binnen weniger Sekunden schien die ganze Anspannung der vergangenen Stunden von den beiden abzufallen, und eine ganz andere, wesentlich angenehmere Spannung baute sich auf.

Widerstrebend riss sich Kathrin von ihm los. »Nun hau schon ab«, stieß sie hervor, »bevor ich völlig die Beherrschung verliere.«

Nun endlich setzte sich Konstantin in Bewegung. Als er schon fast am Gehsteig war, drehte er sich noch einmal kurz um und rief: »Schröder holt dich um halb zehn mit dem Auto ab. Dann musst du nicht schon wieder ein Taxi nehmen.«

Kathrin schloss die Wohnungstür auf, kickte ihre Schuhe in der Diele in eine Ecke, da empfing sie Mascha auch schon mit den Worten: »Die Aktion ist wohl schiefgegangen, was?«

Kathrin wusste, was sie der Freundin, die in den vergangenen Stunden mit ihr gelitten hatte, nun schuldig war. Es dauerte keine fünf Minuten, da hatte sie Mascha in groben Zügen über alles informiert, was am Abend vorgefallen war. Nur die leidenschaftliche Abschiedsszene ließ Kathrin außen vor.

»So ein Reinfall! Dabei hatte ich fest damit gerechnet, dass er erscheint. Vielleicht saß er ja ganz woanders und hat dich nur beobachtet.«

»Das habe ich auch vermutet. Vor allem während des ersten Aktes hatte ich so ein Gefühl, als würde ich permanent beobachtet. Aber selbst wenn es so war, hatten wir keine Chance, ihn zu finden. Während der Vorstellung hat jedenfalls niemand das Opernhaus verlassen, die Eingänge wurden alle kontrolliert. Und wenn er mit den anderen Zuschauern erst am Ende ging, war er quasi unsichtbar. Ach Mascha, es ist alles ganz schrecklich. Wenn ich daran denke, was für einen Wahnsinnsapparat wir mit unserer Annonce in Gang gesetzt haben, und jetzt war alles umsonst.« Kathrin, die ihre Enttäuschung nicht länger unterdrücken konnte, heulte los.

Mascha nahm sie in den Arm und streichelte ihr beruhigend über den Rücken. »Ihr hattet doch gar keine andere Wahl. Weißt du was, du gehst jetzt erst einmal unter die Dusche und schrubbst dir den Frust vom Leib. Und ich mache uns eine schöne Flasche Rotwein auf, und dann trinken wir so lange, bis du die richtige Bettschwere hast. Und morgen sieht vielleicht alles schon wieder ganz anders aus.«

»Okay«, seufzte Kathrin, froh, dass die Freundin ihr das Heft aus der Hand nahm. Dann marschierte sie brav ins Bad. Minutenlang ließ sie das heiße Wasser auf ihren Körper prasseln. Als sie befürchtete, gleich ohnmächtig zu werden, schaltete sie auf eiskalt um. Sie hörte das Telefon klingeln. Nach wenigen Klingeltönen hörte es wieder auf. Mascha, die häufig mitten in der Nacht telefonierte, war wohl rangegangen. Als sie endlich aus der Dusche stieg, brannte ihre Haut wie von tausend Nadelstichen, aber sie fühlte sich wieder etwas besser. Sie rubbelte sich ab und schlüpfte gerade in einen von Maschas kuscheligen Bademänteln, als die Freundin den Kopf zur Tür hereinsteckte.

»Das war Schröder. Marks lässt dir ausrichten, es gibt Neuigkeiten. Du sollst rasch im Präsidium vorbeikommen.« Mascha schien ganz konsterniert. »Schröder war vielleicht komisch drauf. Der war ganz kurz angebunden, und stell dir vor, er hat mich gesiezt. Ich dachte, über das Stadium wären wir raus.«

»Dabei darfst du dir nichts denken. Da ist bestimmt der Kriminalrat Veltinger oder sonst ein höheres Tier in der Nähe gestanden.«

»Meinst du?«

»Bestimmt. Was das wohl für Neuigkeiten sind?« Kathrin, deren Lebensgeister durch die Dusche wieder geweckt waren, fühlte neue Hoffnung in sich aufkeimen. »Ich muss mich rasch anziehen.«

»Du willst da jetzt tatsächlich hinfahren? Ich denke, du bist so fertig.«

»Das schon, aber jetzt könnte ich ohnehin nicht schlafen. Tut mir leid, Mascha, aber du musst den Wein ohne mich trinken. Trink ein Glas für mich mit.« Sie rannte ins Gästezimmer, wo sie sich rasch eine Jeans und einen bequemen Pullover überstreifte. Für heute hatte sie bereits genug Wert auf ein gepflegtes Outfit gelegt.

»Ich werde natürlich auf dich warten.« Mascha war ihr gefolgt.

»Versprich mir, dass du nicht zu lange wartest. Wenn es tatsächlich neue Erkenntnisse gibt, kann das dauern. Du bist morgen die Erste, die davon erfährt.«

»Schon okay. Aber ich platze doch vor Neugier.«

»Trotzdem, wenn es zu lange dauert, gehst du schlafen. Es reicht, wenn morgen eine von uns beiden durch den Wind ist. Ich bestelle mir jetzt rasch ein Taxi.«

»Wenn du willst, kannst du auch meinen Wagen haben. Er steht gleich in der nächsten Querstraße rechts. Der Ersatzschlüssel hängt neben der Tür am Schlüsselbrett.«

»Danke, du bist ein Schatz.« Kathrin warf eine leichte Strickjacke über und zog ein paar bequeme Slipper an, dann umarmte sie ihre Freundin und ging zur Tür. »Der hat wohl Henry gehört?« Grinsend hob sie einen Schlüsselanhänger hoch, der einen kitschigen griechischen Fruchtbarkeitsgott darstellte. Sein erigierter Penis war größer als die ganze Figur.

»Stimmt, vielleicht sollte ich ihn Schröder schenken, der hat doch ein Faible fürs Autofahren.«

»Untersteh dich, den armen Kerl hast du ohnehin schon ganz durcheinandergebracht.« Lachend zog Kathrin die Wohnungstür hinter sich zu.

Als sie aus dem Haus trat, spürte sie die Kühle der Nacht, die sie vorhin gar nicht wahrgenommen hatte. Sie fröstelte und war froh, dass sie an eine Jacke gedacht hatte. Doch dann fühlte sie, wie sie wieder von einer leichten Panik erfasst wurde. Vielleicht war ihr gar nicht kalt, vielleicht hatte sie nur Angst. Das Auto steht gleich um die Ecke, suchte sie sich zu beruhigen und lief entschlossen los. Sie war erst wenige Meter weit gekommen, als sie plötzlich einen leichten Stich im Nacken verspürte. Das war bestimmt ein Insekt, dachte Kathrin noch verärgert, die selbst auf harmlose Schnakenstiche mit dicken Schwellungen reagierte. Dann verlor sie auch schon das Bewusstsein.

31

Sonntag, 28. Juni 2009

Kommissar Schröder hatte bereits zweimal geklingelt, ohne Erfolg. Jetzt ließ er den Finger etwas länger auf dem Klingelknopf. Die Vorstellung, die beiden Frauen aus dem Bett zu klingeln, war ihm reichlich unangenehm, aber was konnte er schon dafür, wenn die Zimmermann nicht rechtzeitig fertig war? Es knackte in der Gegensprechanlage.

»Wer ist denn da?« Maschas Stimme klang total verschlafen.

»Ich bin's, Cornelius Schröder. Tut mir leid, wenn ich dich geweckt habe. Aber ich soll den Prof, ich meine Kathrin, abholen. Wir waren für halb zehn verabredet.«

»Oh, dann hat sie wohl verschlafen. Du kommst am besten so lange hoch.« Mascha betätigte den Türöffner.

Das hat mir gerade noch gefehlt, dachte Schröder, als er das Treppenhaus hochhastete. Wenn sie noch nicht einmal wach ist, kann das dauern. Er wollte aber auf keinen Fall zu spät kommen. Die Sitzung versprach ohnehin unangenehm genug zu werden. Als er im dritten Stock ankam, wurde er bereits von Mascha an der Tür erwartet. Sie trug lediglich ein überlanges T-Shirt mit einem Aufdruck, der Schröder trocken schlucken ließ. Maschas Brüste wurden von einem aufgerissenen Augenpaar überspannt, das ihn keck anstarrte. Um nicht zurückzustarren, suchte Schröder den Blickkontakt mit der Trägerin des aufreizenden Kleidungsstücks, doch deren Augen waren nicht weniger aufgerissen wie der Blickfang auf ihrem Busen.

»Kathrin ist weg«, sagte Mascha ungläubig. »Ich glaube, sie ist heute Nacht nach eurer Besprechung gar nicht mehr zurückgekommen.« Sie führte Schröder in das Gästezimmer, wo auf dem gemachten Bett Kathrins Abendgarderobe lag.

»Welche Besprechung?«, fragte Schröder, den eine fürchterliche Vorahnung beschlich.

»Na, du hast doch kurz vor zwölf extra bei mir angerufen und ihr ausrichten lassen, dass sie noch ins Präsidium kommen soll, weil ihr neue Erkenntnisse habt. Ich habe ihr dann meinen Wagen geliehen. Oh mein Gott«, stammelte Mascha entsetzt, als sie Schröders überraschten Gesichtsausdruck sah. »Der Anrufer, das warst gar nicht du?«

»Nein, von uns hat niemand mehr bei euch angerufen. Das war bestimmt eine Falle.«

»Ich blöde Kuh. Es kam mir gleich so komisch vor, weil du mich plötzlich wieder gesiezt hast. Warum habe ich sie nicht aufgehalten! Aber als Kathrin meinte, dass du vielleicht vom Präsidium aus nicht ungestört telefonieren konntest, habe ich mir nichts mehr weiter dabei gedacht, dass du am Telefon so formell warst. Und als sie so lange nicht wiederkam, bin ich irgendwann ins Bett gegangen.« Mascha liefen nun die Tränen über die Wangen. Sie machte sich die allergrößten Vorwürfe.

»Das ist doch nicht deine Schuld. Bitte, Mascha, du musst dich jetzt beruhigen und versuchen, dich genau an alles zu erinnern. Nur so kannst du deiner Freundin vielleicht helfen.« Schröder nahm Mascha fest in die Arme und redete beruhigend auf sie ein. »Zieh dir was über. Ich verständige Marks. Das wird sicher auch für ihn ein Schock.«

Als er sah, wie Mascha bei seinen Worten zusammenzuckte, setzte er halbherzig hinzu: »Vielleicht klärt sich auch alles auf, und die beiden haben nur eine nette Nacht miteinander verbracht.«

Wenig später wusste er, dass dem nicht so war. Marks hatte, als er die Hiobsbotschaft erhielt, erst gar nicht versucht, sein Entsetzen zu verbergen. Er wollte sofort kommen und gleich die Spurensicherung mitbringen. Veltinger sollte derweil die Kollegen bei der Lagebesprechung von der Entführung in Kenntnis setzen und die üblichen Schritte in die Wege leiten. Schröder, der es nicht aushielt, so lange untätig in der Wohnung herumzusitzen, verließ mit Mascha das Haus. Als Erstes überzeugten sie sich davon, dass Kathrin gar nicht mit dem Wagen weggefahren war. Er stand noch an derselben Stelle wie am Abend zuvor. Als sie zurückgingen, zeigte Schröder auf einen kleinen Gegenstand, der im Gras neben dem Weg lag. Etwas, das Mascha nur allzu bekannt vorkam, ragte steil nach oben.

»Ist das deiner?« Schröder stülpte eine Plastiktüte über das inkriminierte Körperteilchen und hob es mit spitzen Fingern hoch.

Mascha wurde puterrot. »Der Autoschlüssel gehörte meinem Exfreund. Ich habe ihn heute Nacht Kathrin geliehen.«

Kommentarlos ließ Schröder die Plastiktüte mit dem Beweisstück in die Tasche gleiten.

»Das heißt, er hat ihr vor dem Haus aufgelauert. Was ist das für ein Schuppen auf dem Rasen? Ist der abgeschlossen?«

»Nein, dort bewahren wir nur unsere Mülleimer und ein paar alte Gartengeräte auf.«

»Ein ideales Versteck«, sagte Schröder, doch als Mascha hinlaufen wollte, hielt er sie zurück. »Lass mal, das soll die Spurensicherung machen.«

Schröders Vermutung bestätigte sich rasch. Zwar hatte der Täter keine offensichtlichen Spuren hinterlassen, doch der alte Gartenstuhl, der in dem Geräteschuppen stand, hatte sich tief in den gestampften Boden gedrückt. Die Abdrücke sahen frisch aus, und die Experten waren sich sicher, dass dort noch vor kurzem stundenlang jemand gesessen hatte. Momentan waren sie dabei, routinemäßig den Müll in den drei Abfalltonnen zu untersuchen. Eine ebenso ekelhafte wie undankbare Arbeit, denn keiner rechnete ernsthaft damit, dass der Entführer so blöd gewesen war, dort etwas hineinzuwerfen, und wenn, dann hatte er garantiert Handschuhe getragen.

Auch Marks entwickelte nach seiner Ankunft eine routinierte Betriebsamkeit. Lediglich seine fahle Gesichtsfarbe ließ darauf schließen, unter welcher emotionalen Anspannung er stand. Er war mit Mascha in die Wohnung gegangen, wo er sich von ihr die nächtliche Begegnung mit Kathrin und den Anruf des Unbekannten schildern ließ, der sich als Schröder ausgegeben hatte.

Als sie gerade zum zweiten Mal versuchte, den Verlauf des Telefongespräches möglichst detailgetreu nachzuzeichnen, rief Kriminalrat Veltinger an. Er hatte ohne große Hoffnung auf weitere Erkenntnisse zwei Beamte ins Opernhaus geschickt, und die hatten eine bemerkenswerte Entdeckung gemacht: Die Familie von Gemnitz hatte vor über zwanzig Jahren eine komplette Loge mit neun Plätzen abonniert und dieses Abo auch nach ihrem Wegzug nicht aufgegeben. Die Lage der Loge ganz oben rechts war nicht sonderlich attraktiv, sie verfügte allerdings über eine hervorragende Sicht auf die teureren Plätze gegenüber, wo Kathrin gesessen hatte. Momentan waren die Mitarbeiter dabei zu überprüfen, ob die von Gemnitz'sche Loge am Vorabend besetzt war. Veltinger versprach, sich sofort zu melden, sollte sich der Verdacht bestätigten.

»Und du bist sicher, dass er sich als Schröder gemeldet hat?«

»Ganz sicher«, schniefte Mascha, die beim Gedanken an das Telefonat mit dem Mörder wieder in Tränen ausgebrochen war. »Ich habe mich doch noch gewundert, dass er mich plötzlich wieder gesiezt hat. Auch die Stimme klang irgendwie anders als Schröders. Aber ich dachte, das liegt am Telefon.«

»Das heißt, der Typ weiß ganz genau, wer wir sind. Und er wusste auch, wo Kathrin wohnt. Wahrscheinlich hat er bereits in dem Schuppen gewartet, als ich Kathrin zu dir nach Hause gebracht habe.« Beim Gedanken an den nächtlichen Spanner lief es Konstantin eiskalt über den Rücken.

»Das heißt aber auch, dass er die Oper, falls er gestern Abend überhaupt dort war, noch früher als wir verlassen haben muss. Ich möchte bloß wissen, wie er das geschafft hat.«

Wieder klingelte Konstantins Handy.

»Bingo«, rief Veltinger, ohne sich zu melden, »sie haben die Abos gecheckt. Die Loge derer von Gemnitz war gestern zum ersten Mal seit langem wieder belegt. Mit einer Person. Der junge Mitarbeiter, der in dem Bereich die Karten kontrolliert hat, konnte sich nur an einen fast kahlen Besucher erinnern. Er hatte angeblich keine Ähnlichkeit mit dem Foto des jungen von Gemnitz. Er kennt die Familie aber auch nicht und hätte Peter Günther auch ohne Maskerade wohl nicht erkannt. Konstantin, es tut mir leid. Wir hätten natürlich vorher überprüfen müssen, ob ein solches Abo existiert. Dann hätten wir den Mann jetzt«, setzte Veltinger betroffen hinzu.

»Kein Mensch konnte damit rechnen, dass der Kerl dermaßen dreist ist«, entgegnete Marks, der den Raum verließ, weil er nicht wollte, dass Mascha mithörte. »Was mir mehr Sorgen macht, ist die Tatsache, dass ihm offensichtlich nichts mehr daran liegt, seine wahre Identität zu verbergen. Das heißt, er hat alle Brücken hinter sich abgebrochen, und uns bleibt nur noch wenig Zeit. Wenn es nicht schon zu spät ist. Ich werde sofort in Alt Schwerin bei dieser Adelsbrut anrufen. Und ich verspreche dir, wenn die eine Ahnung haben, wo ihr feiner Herr Verwandter ist, dann kriege ich es raus. Die Schonzeit ist endgültig vorbei.«

»Du bekommst jede Unterstützung, die du brauchst. Ich halte dir so lange wie möglich den Rücken frei«, versprach Veltinger, dann legte er auf.

Er saß neben dem Bett und konnte seine Augen nicht von seinem schlafenden Gast abwenden. Er war zufrieden. Zufrieden und glücklich, zum ersten Mal seit vielen Jahren. Alles war bestens gelaufen. Der wunderbare Abend in der Oper. Ihre völlig problemlose Entführung, die Fahrt in sein Versteck. Von dem Moment an, als Patrick auf dem Video der Pressekonferenz die Frau erkannt hatte, die offensichtlich bei der Journalistin Marion Schacht wohnte, hatte sich alles zum Guten gewendet. Die Anzeige als Rose, dann das Gespräch im chatroom, in dem sie so ehrlich ihr Aussehen beschrieben hatte. Zärtlich blickte er sie an. Sie war wunderschön. Ihr kräftiges schulterlanges Haar war an den Spitzen leicht gewellt und wirkte mit dem kurzen Pony wie ein barocker Rahmen für ihre klar geschnittenen Gesichtszüge. Sie war kein reiner Wintertyp wie Schneewittchen, bei ihr hatte der Herbst seine warmen Spuren hinterlassen. Auf der Haut, die den Ansatz einer leichten Urlaubsbräune zeigte. Auf den Haaren mit ihrem kastanienroten Schimmer, der sich selbst auf den Augenbrauen und Wimpern wiederfand, was ihm zeigte, dass die Haarfarbe echt war. Er konnte es kaum erwarten, bis sie endlich die Augen aufschlug und er sehen konnte, ob sie tatsächlich so grün waren, wie sie geschrieben hatte. »Smaragdgrün« hatte sie auf seine Nachfrage präzisiert, richtige Katzenaugen. Die Augen einer Pharaonin! Und er hatte sich die ganze Zeit diese smaragdgrünen Katzenaugen vorgestellt, als er an ihrem Modell arbeitete.

Eigentlich zweifelte er nicht daran, dass sie auch in diesem Punkt die Wahrheit gesagt hatte. Dennoch war er von einer fieberhaften Ungeduld befallen. Eine Lüge würde jetzt alles kaputt machen. Er hoffte nun endlich, die ebenbürtige Partnerin gefunden zu haben, nach der er so lange gesucht hatte. Dabei störte es ihn überhaupt nicht, dass die Frau der Sonderkommission angehörte, die nun schon seit Monaten so fieberhaft nach ihm suchte. Im Gegenteil, das hatte ihn vor der Entführung zusätzlich erregt. Dass sie eine forensische Psychologin war, wie er nun den Unterlagen in ihrer Handtasche entnommen hatte, machte die Sache umso aufregender. Sie hatte in seine Seele geblickt. Nur mit ihrer Hilfe hatte diese schrille Person so einfühlsam über ihn schreiben können. Dennoch war er dieser Journalistin nicht böse, im Gegenteil. Durch sie hatte er Katharina Zimmermann gefunden. Deshalb war er Marion Schacht dankbar und würde sie verschonen. Verschonen, wie er damals auch Helena verschont hatte. Zum ersten Mal konnte er ohne Wehmut an Helena denken. Wie oft war er in ihrem Garten gestanden und hatte sie heimlich beobachtet. Beobachtet und sich dabei ausgemalt, wie er sie für ihren Verrat bestrafen könnte, der all seinen Träumen so abrupt ein Ende bereitet hatte. Doch dann hatte sie das Kind bekommen, und seine Wut war verpufft. Er wusste, Helena würde eine bessere Mutter abgeben, als es seine eigene war, und er wollte dem Kind diese Mutter nicht nehmen. Kinder waren unschuldig. Auch er war unschuldig, das musste ihm Katharina glauben. Das würde sie ihm glauben. Denn sie würde ihn verstehen. Zum ersten Mal in seinem Leben würde ihn jemand verstehen. Und zum Dank würde er sie zu einer Königin machen. Zu seiner Pharaonin. Er freute sich wie ein kleines Kind auf die vor ihm liegenden Stunden. Sie würden zusammen reden und lachen, zusammen tanzen, zusammen speisen, und dann würden sie ihre erste gemeinsame Nacht verbringen.

Ihre erste und letzte gemeinsame Nacht.

32

Der Tacho des Porsche zeigte 160 Stundenkilometer, doch Hauptkommissar Konstantin Marks sah keine Veranlassung, Schröder zu bremsen. Im Gegenteil, von ihm aus konnte Schröder das Gaspedal ruhig bis zum Anschlag durchdrücken, doch das ließ der dichte Verkehr auf der A 23 nicht zu. Es war für Ende Juni ungewöhnlich heiß; wenn die Prognosen recht behielten, würde es ein Jahrhundertsommer werden. Sie waren auf dem Weg nach Glückstadt, wo sich Margarete Stein über die Feiertage bei ihrer Schwester Rosalie Hanssen aufhielt. Das hatte Marks von Georg Alexander von Gemnitz erfahren. Zunächst war das Telefongespräch mit dem jüngeren Bruder Peers ähnlich unergiebig verlaufen wie bei seinem Besuch in Alt Schwerin, doch als Marks drohte, ihn wegen Beihilfe zu Mord dranzukriegen und die unrühmliche Rolle der Familie an die große Glocke zu hängen, war er kooperativer geworden.

Dabei hatte sich herausgestellt, dass Georg Alexander in Alt Schwerin nicht die ganze Wahrheit gesagt hatte. Er hatte seinen Bruder nach dem überraschenden Tod des Vaters anlässlich der Erbangelegenheit doch noch einmal gesehen. Peter Günther hatte als Erstgeborener neben seinem Pflichtanteil ein Ferienhaus an der Nordsee geerbt. In dem Haus, das noch aus dem großväterlichen Besitz stammte, hatte die Familie früher immer ihre Sommerurlaube verbracht. Peter Günther hatte dieses Haus aber sofort verkauft, was zum endgültigen Zerwürfnis mit Mutter und Bruder führte.

»Eine Immobilie verkauft man nicht. Wenn er Geld gebraucht hätte, was ich nicht glaube, dann hätte er das Haus ja mir anbieten können.« Die Entrüstung über das unstandesgemäße Verhalten seines Bruders war Georg Alexander von Gemnitz auch nach so langer Zeit noch deutlich anzumerken. Seither, behauptete von Gemnitz, und dabei war er auch bei hartnäckigem Nachfragen geblieben, habe er nichts mehr von

Peter gehört. Die Einzige, die vielleicht etwas mehr wisse, sei Margarete Stein. Zu der (an dieser Stelle hatte seine Stimme einen gehässigen Unterton bekommen) habe er ja ein ausgesprochen herzliches Verhältnis gehabt. Doch die sei nach Pfingsten zu ihrer vor kurzem verwitweten Schwester gefahren. Marks hatte sich Telefonnummer und Adresse der Schwester geben lassen, jedoch sogleich beschlossen, die Hausdame persönlich aufzusuchen. Er befürchtete, am Telefon von ihr aus lauter Loyalität zu ihrem ehemaligen Schützling mit Lügen abgespeist zu werden. Glücklicherweise war Glückstadt nur eine knappe Autostunde von Hamburg entfernt.

Von unterwegs aus benachrichtigte Marks schweren Herzens Kathrins Schwester von der Entführung und versprach, sie auf dem Laufenden zu halten. Sie kamen überein, dass sie Kathrins Mutter vorläufig noch nicht informieren würden. Die Schwester befürchtete, die alte Dame würde den Schlag nur schwer verkraften. Danach hatten sie die Fahrt nahezu schweigend verbracht. Kurz vor 15 Uhr trafen Schröder und Marks in Glückstadt ein. Sie fanden das kleine Einfamilienhaus »Am Neuen Deich« direkt an der Elbe sofort, und sie hatten Glück. Die beiden Schwestern waren zu Hause. Rosalie Hanssen öffnete ihnen die Tür. Sie sah aus wie eine etwa zehn Jahre ältere Ausgabe ihrer Schwester. Dieselbe zierliche Figur, dieselben grauen Haare und dieselben hellwachen Augen. Hätte sie nicht dunkle Trauerkleidung getragen, wäre die Ähnlichkeit noch stärker gewesen. Marks hatte noch nie Geschwister gesehen, die sich derart ähnlich sahen, ohne Zwillinge zu sein.

Wie alle Menschen, die noch nie etwas mit der Kripo zu tun hatten, erschrak Rosalie Hanssen, als sie erfuhr, wer ihre Schwester sprechen wollte. Doch sie getraute sich nicht nachzufragen, warum. Sie führte die beiden Beamten an einen Tisch ins Wohnzimmer, wo die Geschwister offensichtlich gerade Fotoalben angeschaut hatten. Als Margarete Stein den Hauptkommissar erkannte, sprang sie auf und fragte geradezu panisch: »Ist Peter etwas passiert?«

»Nein, das glauben wir nicht. Aber es ist etwas passiert, was mit ihm zu tun hat, und deshalb brauchen wir jetzt dringend Ihre Hilfe. Wir haben Grund zu der Annahme, dass Peter Günther von Gemnitz Professor Katharina Zimmermann entführt hat. Sie erinnern sich doch sicher, das ist die Psychologin, mit der ich neulich bei Ihnen auf dem Gut war.«

Margarete Stein schlug vor Schreck die Hände vors Gesicht. »Natürlich erinnere ich mich an die nette junge Dame. Aber wieso sollte Peter so etwas tun? Nein, das glaube ich nicht. Nie und nimmer«, fügte sie fast trotzig hinzu. »Und wie soll ich Ihnen schon helfen? Ich habe ja schon seit Jahren nichts mehr von ihm gehört.«

»Und genau das glauben wir nicht.« Marks schlug unversehens eine schärfere Tonart an, die beide Schwestern gleichermaßen zusammenzucken ließ. Doch er hatte jetzt keine Zeit, übertriebene Rücksicht zu nehmen. »Wir wissen jetzt von seinem Bruder, dass er zumindest nach dem Tod seines Vaters wegen der Erbschaft noch einmal hier war. Dabei haben Sie ihn doch sicher auch gesehen?«

»Ja, das stimmt«, seufzte Margarete Stein. »Das war Anfang 2005, etwa zwei Wochen nach der Beerdigung. Er hatte in Südamerika vom Tod seines Vaters erfahren und ist dann sofort hergeflogen. Bei der Gelegenheit hat er mir auch den Wandbehang mitgebracht, der Ihrer Mitarbeiterin in meinem Wohnzimmer so gefallen hat.« Nun brach Margarete Stein in Tränen aus, und ihre Schwester, die sich bis jetzt in respektvollem Abstand gehalten hatte, trat hinzu und legte ihr tröstend den Arm um die Schulter.

Als sie sich etwas gefasst hatte, sprach sie weiter. »Als Peter ankam, lag sein Vater schon unter der Erde. Aber bei der Testamentseröffnung war er dann dabei. Und da ist wohl der Streit mit seinem Bruder eskaliert. Deshalb wollte er auf keinen Fall nach Alt Schwerin kommen. Wir haben uns in einem Café in Hamburg getroffen und ein wenig über die alten Zeiten geredet. Dann hat er sich von mir verabschiedet.

Es kam mir so endgültig vor. Ich glaube, er wollte wieder ins Ausland. Das ist alles, was ich weiß. Seither habe ich nichts mehr von ihm gehört, das müssen Sie mir glauben, Herr Kommissar.«

»Warum haben Sie uns das denn nicht gleich gesagt?«, knurrte Konstantin Marks. Er hatte mittlerweile nicht mehr den Eindruck, dass sie ihm etwas vorenthielt, und war maßlos enttäuscht. Mit der Fahrt nach Glückstadt hatten sie eine Menge Zeit verplempert, doch erfahren hatten sie nichts. Er dachte an Kathrin, die von Gemnitz jetzt irgendwo in seiner Gewalt hatte. Wenn sie überhaupt noch lebte.

Der Klingelton von Schröders Handy riss ihn aus seinen düsteren Überlegungen.

»Das ist Mahler, anscheinend gibt es Neuigkeiten in Hamburg«, flüsterte Schröder Marks zu.

Er trat ein paar Schritte zurück und hörte aufmerksam zu.

»Er nennt sich jetzt Patrick Gminder, sagst du? Und ihr seid sicher, das ist unser Mann?« Schröder schien plötzlich völlig aus dem Häuschen. »Das ist ja ein Ding!«

Marks, dem nicht entgangen war, dass Margarete Stein leichenblass geworden war, als der Name Patrick Gminder fiel, forderte nun mit einer vehementen Handbewegung selbst das Handy. Schröder konnte gerade noch sagen: »Der Chef will dich sprechen«, da hatte der ihm das Telefon bereits aus der Hand gerissen.

»Was ist passiert?«, presste Konstantin hervor. Während ihm die Kommissarin aufgeregt Auskunft gab, ließ er Margarete Stein, die nun wieder auf ihren Stuhl gesunken war, nicht aus den Augen.

Marks verstand nur so viel: Bei den Routinerecherchen in Süddeutschland war eine erneute Verbindung zu Ökotex aufgedeckt worden. Mahler und Heintz hatten daraufhin endlich den Personalchef des Nobelversandhauses aufgetrieben. Sie waren mit ihm zusammen in die Firma gefahren und hatten die Personalunterlagen überprüft. Dabei stießen sie auf einen Mitarbeiter, der zum Tatzeitpunkt der letzten

Morde immer einige Tage frei hatte. Und nach dem Mord an Josephine Kerner hatte er sich krank gemeldet. Seither war er nicht mehr bei der Arbeit erschienen, was nach Auskunft des Personalchefs völlig ungewöhnlich für ihn war. In der Personalakte hatte sich auch ein Foto von Patrick Gminder befunden, das mit viel Fantasie Ähnlichkeiten mit dem jungen von Gemnitz aufwies. Und was noch viel besser war: Patrick Gminder hatte angeblich vor seiner Anstellung bei Ökotex einige Jahre in Brasilien gelebt.

»Prima Arbeit, Mahler. Informieren Sie Veltinger und überprüfen Sie sofort die Adresse von diesem Gminder. Wir telefonieren dann gleich noch einmal miteinander.«

»So«, wandte sich Marks wieder Margarete Stein zu, die völlig zusammengesunken am Tisch saß, »und jetzt zu Ihnen. Peter Günther von Gemnitz lebt offensichtlich seit drei Jahren als Patrick Gminder in Hamburg. Und jetzt sagen Sie bloß nicht, dass Ihnen der Name Patrick Gminder kein Begriff ist. Raus mit der Sprache. Glauben Sie mir, Sie helfen Ihrem Peter nicht, wenn Sie weiter schweigen, und für Frau Zimmermann könnte Ihre falsch verstandene Loyalität den Tod bedeuten.«

»Ich habe doch nicht gewusst, dass er selbst dieser Gminder ist. Er hat mir damals nur erzählt, dass er das Haus, das er geerbt hat, einem Patrick Gminder verkauft hat. Den Namen habe ich mir gemerkt, weil ihn Georg Alexander später auch noch einmal erwähnte. Der war doch so fürchterlich sauer, weil sein Bruder den Familienbesitz veräußert hat. Über seinen Anwalt hat er dann den Namen des Käufers herausbekommen. Er hat sogar nachgefragt, ob der die Immobilie wieder verkaufen würde. Aber dieser Patrick Gminder hatte wohl kein Interesse. Das ist alles, was ich weiß. Ansonsten war alles so, wie ich es Ihnen erzählt habe, ich hatte wirklich keinen Kontakt mehr mit Peter. Dabei hätte ich mich so über ein Lebenszeichen von ihm gefreut.«

»Und wo ist dieses Ferienhaus?«

»Auf der Insel Nordstrand, die liegt vor Husum fast an der dänischen Grenze. Das heißt, eigentlich ist es gar keine richtige Insel, denn sie ist durch einen Damm mit dem Festland verbunden. Das Haus ist seit über zweihundert Jahren im Familienbesitz derer von Gemnitz. Wir waren oft in den Ferien dort, und Peter war immer so glücklich. Deshalb habe ich mich ja auch so gewundert, als er erzählte, er hätte das Haus verkauft. Aber er sagte, keine Angst, Margarete, der Patrick Gminder, das ist ein ganz feiner Herr, der hat das Haus wirklich verdient.« Sie hielt inne und sagte mehr zu sich selbst. »Der feine Herr, das war er selber. Und Sie meinen jetzt, Peter ist mit dieser jungen Frau in seinem Haus?«

»Es ist immerhin eine Möglichkeit, der wir nachgehen müssen«, sagte Schröder, der sich bislang zurückgehalten hatte.

»Eines würde mich noch interessieren«, fragte Marks, der dem Gespräch zum Abschluss etwas die Schärfe nehmen wollte. »Wieso hat Peter überhaupt das Ferienhaus geerbt? Wieso hat der alte von Gemnitz es nicht beim Pflichtteil belassen, wenn das Verhältnis so zerrüttet war?«

»Das hatte er ja vor«, schluchzte Margarete Stein, »aber ich glaube, er ist einfach nicht mehr dazu gekommen, das Testament zu ändern. Er war ja kerngesund und hat nicht mit seinem Tod gerechnet.«

»So etwas habe ich mir fast schon gedacht.« Konstantin sah Frau Stein eindringlich an und reichte ihr eine Visitenkarte. »Wenn sich Peter bei Ihnen melden sollte, rufen Sie mich sofort an. Versprochen?«

»Ja«, sagte Margarete Stein, die in der letzten halben Stunde sichtlich gealtert war und nun ihrer Schwester noch ähnlicher sah als zuvor. »Aber meinen Peter gibt es nicht mehr, und ich glaube kaum, dass sich Patrick bei mir melden wird.«

»Eine Frage hätte ich auch noch«, mischte sich plötzlich Schröder ein. »Haben Sie eine Ahnung, ob sich Peter im Hamburger Opernhaus besonders gut auskennt?«

»Natürlich tut er das, er hat dort oft in den Ferien hinter den Kulissen gearbeitet und manchmal sogar kleine Statistenrollen übernommen. Aber warum fragen Sie?«

»Das ist nicht so wichtig«, winkte Schröder ab. Er und Marks ließen sich von Margarete Stein noch eine genaue Beschreibung des einsam auf einem Deich am Wattenmeer gelegenen Hauses geben, dann verabschiedeten sie sich von den Schwestern, die sie hinausbegleiteten. Wie zwei Häufchen Elend standen sie im Türrahmen und sahen den beiden Kriminalbeamten nach.

33

Der Geruch frischer Bettwäsche, die etwas zu lange im Schrank gelegen hat, und das Gefühl, gleich platzen zu müssen, weil ihre Blase randvoll war – das waren die Empfindungen, die in gleicher Intensität auf Kathrin einströmten, als sie erwachte. Überlagert wurde beides von schier unerträglichen Kopfschmerzen und der Gewissheit, dass die Schmerzen noch schlimmer werden würden, wenn sie die Augen öffnete und sie dem Licht aussetzte. Dass es heller Tag war, konnte Kathrin auch mit geschlossenen Augen erkennen. Doch es gab noch einen anderen Grund, weshalb sie nicht wagte, die Augen zu öffnen. Sie konnte die Anwesenheit des Mannes, der sie entführt hatte, körperlich spüren und hoffte, ihn eine Weile im Glauben lassen zu können, dass sie noch schlief. Wenn sie die Augen nicht öffnete, konnte sie sich vielleicht eine kleine Galgenfrist verschaffen. In Ruhe nachdenken, so gut das mit den höllischen Kopfschmerzen und der vollen Blase überhaupt ging.

Kathrin war verblüfft darüber, dass sie sich sofort an alles erinnern konnte. Der Flop in der Oper drängte mit der gleichen Heftigkeit ins Bewusstsein wie die schmerzliche Erinnerung daran, dass Ramses weg war. Selbst Banalitäten fielen ihr ein. Sie war bekleidet mit T-Shirt, Jeans und einer leichten Strickjacke aus Maschas Haus getreten, weil sie ins Präsidium fahren wollte. Doch der Mörder hatte ihr aufgelauert und sie betäubt. Fast empfand sie so etwas wie Genugtuung darüber, dass ihr Alarmsystem funktioniert hatte. Nur leider hatte sie es nicht ernst genommen. Und jetzt war sie dem kranken Ästheten schutzlos ausgeliefert. Kein gnädiger Gedächtnisverlust, der den Mantel des Vergessens über ihre Erinnerung legte. Sie wusste, was passiert war, und sie wusste auch, was nun passieren würde. Ohne es zu wollen, stöhnte sie leise auf. Doch noch hatte sie den Mann nicht aufmerksam gemacht.

Sie zwang sich, möglichst ruhig nachzudenken. Sie lag in einem normalen Bett und schien mit Ausnahme der Kopfschmerzen körperlich unversehrt. Ihr T-Shirt und die Jeans hatte er ihr ausgezogen, allerdings vermeinte sie Unterwäsche auf der Haut zu spüren. Beim Gedanken an ihre Unterwäsche wurde der Drang, pinkeln zu müssen, übermächtig. Sie verfluchte die Reinlichkeitserziehung, die sie als Kleinkind bei ihrer Großmutter genossen hatte und die ihr so sehr ins Blut übergegangen war, dass ihr die Vorstellung, das Wasser einfach laufen zu lassen, auch heute noch unerträglich war. Sie fasste einen Entschluss. Gleich würde sich zeigen, ob der Mörder, der so viel Wert auf Schönheit legte, auch sadistische Neigungen hegte. Sie hielt es nicht mehr länger aus. Diesmal stöhnte sie laut auf.

»Bitte«, flüsterte sie fast unhörbar. Das Sprechen fiel ihr unendlich schwer. Ihre Zunge lag wie festgeklebt in ihrer ausgetrockneten Mundhöhle. »Bitte, ich muss auf die Toilette.«

»Aha, mein kleiner Gast ist aufgewacht. Sie müssen ganz fürchterliche Kopfschmerzen haben. Aber das haben wir gleich.« Vergeblich suchte sie nach einem lauernden Unterton in der sanften Stimme ihres Entführers. Doch er klang echt besorgt.

»Bitte«, flehte sie immer noch fast tonlos, »ich muss wirklich dringend pinkeln.«

»Gleich, wenn ich Sie von diesen schrecklichen Schmerzen befreit habe.«

Kathrin, die ihre Augen immer noch nicht aufgemacht hatte, blinzelte erschrocken, was ihren Kopf schier zum Explodieren brachte. Dennoch erkannte sie verschwommen einen Mann, der sich über sie beugte und gerade dabei war, eine Spritze aufzuziehen. Noch bevor sie einen Gedanken daran verschwenden konnte, ob sie sich wehren sollte oder nicht, hatte er die Nadel bereits in ihre Armvene gedrückt. Sie spürte nur einen minimalen Pieks, und im selben Augenblick schien eine Welle ihren Körper zu durchlaufen, die den Schmerz wegspülte. Sie schloss erschöpft die Augen und atmete erleichtert durch. Mit dem Schmerz war auch ihrer Angst die Spitze genommen. Natürlich wusste sie nach wie vor, in welcher Gefahr sie schwebte, aber sie wurde ruhiger, fast gelassen. Kathrin hatte keine Ahnung, was er ihr gespritzt hatte. Aber es war ihr auch völlig egal. Sie war nur grenzenlos dankbar für die Wirkung. Sie konnte sich nun sogar fast vorstellen, notfalls einfach ins Bett zu pinkeln. Doch so weit sollte es nicht kommen.

»So, gleich geht es Ihnen etwas besser. Ich lasse Sie jetzt ein paar Minuten allein. Das Bad ist nebenan. Dort finden Sie auch etwas frische Wäsche. Nachher komme ich dann zurück, und dann werden wir den weiteren Verlauf des Tages besprechen.«

Der geflissentliche Ton erinnerte Kathrin an einen Oberkellner, der mit einem geschätzten Gast das Menü durchspricht. Ohne ihre Antwort abzuwarten, verließ der Mann leise das Zimmer.

34

Margot Mahler stand mit Albrecht Heintz in der Tiefgarage der exklusiven Wohnanlage, in der Patrick Gminder wohnte, und wartete auf die Ankunft des Mobilen Einsatzkommandos, das die Wohnung stürmen sollte. Sie machte sich große Vorwürfe. Ob sie die Entführung hätte verhindern können, wenn sie Gudrun Schwarz noch in der Nacht zurückgerufen hätte? Wohl kaum. Jetzt galt es nach vorne zu schauen und keinen Fehler mehr zu machen.

Sie war noch nie bei einem solchen Einsatz dabei gewesen, und ihre Nerven waren zum Zerreißen gespannt. Der Hausmeister hatte ihnen den Stellplatz Gminders gezeigt, doch dessen Wagen, ein dunkelblauer Volvo Kombi, war weg. Auch der vierte Stock, den er zur Zeit alleine bewohnte (die zweite Wohnung auf der Etage stand leer) machte einen verlassenen Eindruck. Die Rollläden waren heruntergelassen, auch ans Telefon war Gminder nicht gegangen, als der Hausmeister anrief.

Sie gingen deshalb davon aus, dass sich Patrick Gminder nicht in seiner Wohnung aufhielt. Auch die Wahrscheinlichkeit, dass er Katharina Zimmermann dort gefangen hielt, war reichlich gering. Deshalb hatte sich Hauptkommissar Marks entschieden, nicht nach Hamburg zurückzufahren. Er befand sich mit Schröder bereits auf dem Weg zu dem Ferienhaus Gminders, wo er den Entführer und dessen Opfer eher vermutete. Dennoch war Margot Mahler furchtbar aufgeregt. Immerhin war es möglich, dass sie in der Wohnung auf wichtige Spuren stießen. Nachdem Marks und Schröder am Morgen abgefahren waren, hatte sie Gudrun angerufen und von der Verbindung Marylins zu Ökotex erfahren. Danach hatten sie und Heintz den Personalleiter von Ökotex, der die Woche über auf einer Messe gewesen war, zu Hause aufgesucht. Oskar Hallweg hatte wegen der sonntäglichen Störung zwar zunächst unwirsch reagiert, doch als Margot etwas über Gefahr im Verzug faselte, war er bereitwillig mit ihnen in die Firma gefahren, wo sie dann in den Personalunterlagen anhand der passenden Urlaubszeiten auf Patrick Gminder stießen. Der immer korrekt gekleidete Gminder, hatte der Personalchef erzählt, war nun schon seit über drei Jahren bei Ökotex. Er galt als sonderbarer Kauz und war vor allem bei seinen männlichen Kollegen wenig beliebt. Anders sah es wohl mit den Kolleginnen aus. Den Selbstbewussten ging er aus dem Weg, doch die Schüchternen beriet er gerne in Kleidungsfragen. Auf diese Weise habe er, berichtete Hallweg anerkennend, schon so mancher grauen Maus in der Firma zu einem vorteilhafteren Äußeren verholfen.

Patrick Gminder arbeitete in der Telefonvermittlung und hatte so einen relativ direkten Kontakt mit den Kundinnen. Gminder sah zwar mit seinen schütteren Haaren wesentlich älter aus als von Gemnitz auf dem Foto, eine gewisse Ähnlichkeit war aber vorhanden. Auch die Verbindung des Mitarbeiters nach Brasilien, die momentan überprüft wurde, stimmte Mahler zuversichtlich, dass Gminder ihr Mann war.

»Ich glaube, es geht los«, riss Heintz sie aus ihren Träumereien. Er zeigte auf einen weißen VW-Bus, der soeben schneidig in die Tiefgarage einfuhr. Fünf bewaffnete Männer in Schutzkleidung sprangen heraus. Ein bulliger Endvierziger namens Siegfried Meyfarth stellte sich ihnen als Einsatzleiter vor. Er wies den Hausmeister an, die Zufahrt zur Tiefgarage vorübergehend zu versperren, dann verlangte er einen Grundriss von Gminders Fünf-Zimmer-Eigentumswohnung, den er mit seinen Männern aufmerksam studierte. Danach ließ er sich die Anzahl und Lage der Treppenaufgänge, Aufzüge und Ausgänge erläutern. Von der Tiefgarage gelangte man direkt in die Treppenhäuser der Gebäudeteile, in denen sich jeweils auch ein Aufzug befand. Außer dem Eingang durch die Tiefgarage und dem Haupteingang gab es in jedem Haus lediglich einen Hinterausgang, der in einen Innenhof der Wohnanlage führte. Zufrieden registrierte Meyfarth, dass in dem Gebäudetrakt, in dem Gminder wohnte, zwei von fünf Partien in Urlaub waren. Die drei anderen Familien wurden telefonisch aufgefordert, in der nächsten halben Stunde ihre Wohnungen nicht zu verlassen. Nachdem er mit seinen Männern die Vorgehensweise durchgesprochen hatte, wandte sich Meyfarth an Heintz und Mahler.

»Wir gehen nach oben, und Sie beide sichern hier unten den Aufzug und die Ausgänge. Wenn wir in der Wohnung drin sind, rufen wir Sie nach oben.« Er drückte Albrecht Heintz ein Funkgerät in die Hand, dann ließ er sich von dem Hausmeister, der sichtlich erleichtert darüber war, dass sich seine Funktion damit erschöpfte, den Schlüssel zu Gminders Wohnung aushändigen. Bevor sich Margot überlegen konnte, ob sie über die Tatsache, dass sie bei dem Einsatz lediglich eine Nebenrolle spielen sollte, enttäuscht oder erleichtert sein sollte, ging es auch schon los.

Gemeinsam mit den Männern des MEK gingen sie in das Treppenhaus. Dort schickte Meyfarth zwei seiner Männer mit dem Aufzug nach oben, er selbst hastete mit den anderen beiden die Treppe hoch. Mahler und Heintz nahmen brav ihre Positionen an den beiden Ausgängen ein. Ein, zwei Minuten hörte man gar nichts, dann wurde oben geklingelt, laut gerufen und mehrmals an eine Tür geklopft. Nachdem es offensichtlich keine Reaktion gab, wurde die Tür geöffnet. Eine Weile war es wieder still, dann ging das Funkgerät an. »Der Vogel ist ausgeflogen, wenn Sie wollen, können Sie jetzt nach oben kommen«, ertönte scheppernd Meyfarths Stimme.

»Nichts anfassen, die Spurensicherung ist bereits unterwegs«, empfing sie Meyfarth im Flur. Die Wohnung war penibel aufgeräumt. Obwohl es nicht so aussah, als hätte der Bewohner seinem Heim für längere Zeit den Rücken gekehrt, hatte Margot Mahler das untrügliche Gefühl, dass er diese Räume für immer verlassen hatte.

Margot, die mit Heintz einen Raum nach dem anderen betrat, konnte nichts Ungewöhnliches erkennen. Auf den ersten Blick deutete nichts darauf hin, dass hier ein Serienmörder wohnen sollte. Die Einrichtung war schlicht, aber teuer. Die Diele, das kleine Wohnzimmer, selbst die große Wohnküche und das Bad, alles war in dezenten Weiß- und Grautönen gehalten.

Gminder schien den Grundriss nach seinen Bedürfnissen verändert zu haben. Das größte Zimmer, das sicher als Wohnzimmer gedacht war, hatte er zu einem professionell ausgestatteten Schneideratelier umfunktioniert. Der helle Raum, den man über zwei Glasflügeltüren betrat, wirkte mit seinem Parkettboden wesentlich wärmer als die durchgestylten Zimmer, die Margot zuvor gesehen hatte. Ein Regal war bis unter die Decke mit edlen Stoffballen gefüllt. Die Nähmaschine auf dem Tisch und zahlreiche Stoffreste zeugten davon, dass hier vor kurzem noch gearbeitet worden war.

»Sieh mal!« Heintz zeigte an die Wand, an der mehrere lebensgroße Skizzen aufgehängt waren. Auf dreien von ihnen erkannte die Kommissarin den Anzug, den Josephine Kerner in ihrer Todesstunde getragen hatte, drei weitere zeigten den Entwurf eines prächtigen bodenlangen Kleides. Margot, die noch nie viel mit Mode am Hut gehabt hatte, spürte instinktiv, hier war ein Meister am Werk gewesen. Selbst auf der Skizze, die nur schwach koloriert war, hatte das Modell eine geradezu majestätische Ausstrahlung. Wie musste es erst wirken, wenn es von der Person getragen wurde, der es auf den Leib geschneidert war! Margot dachte mit Grauen daran, wer diese Person sein sollte. Heintz schien dasselbe zu denken. Beide sahen sich nur an und wandten sich rasch ab.

Vom Atelier gelangte man in ein kleineres Zimmer, das wahrscheinlich als Esszimmer vorgesehen war. Gminder hatte dort einen schier unerschöpflichen Fundus an Frauenkleidern untergebracht. Ein Stück war schöner als das andere. Selbst Heintz schien beeindruckt: »Meinst du, der hat das alles selbst entworfen und genäht?«

»Sieht zumindest ganz so aus.« In diesem Moment hörten sie einen überraschten Schrei aus dem benachbarten Zimmer.

»Chef, ich glaube, hinter der Wand ist noch ein Raum.«

Heintz und Mahler stürmten nach nebenan in ein Schlafzimmer, das nun wirklich von einer übertriebenen Extravaganz war. Möbel und die Tagesdecke über dem großen Bett, das mitten im Raum stand, waren pechschwarz, darunter lugte ein Streifen roter Bettwäsche hervor. Ein riesiger Flachbildschirm komplettierte die sparsame Möblierung. Im Schlafzimmer waren drei Wände weiß verputzt, die vierte Wand hinter dem Kopfende des Bettes war mit blutroter Seide bespannt. Rechts und links hinter dem Bett waren zwei ebenfalls mit dem Stoff bespannte Türen, die zu einem begehbaren Kleiderschrank führten. Und darin hatte einer der Ermittler offensichtlich soeben eine weitere, hinter einem Kleiderständer gut verborgene Tür entdeckt.

»Zurückbleiben«, zischte Meyfarth, der die beiden Stuttgarter gesehen hatte, dann zückte er seine Waffe und stürmte mit seinem Kollegen in den dunklen Raum. Wenig später flammte ein rotes Licht auf, und Meyfarth stieß einen scharfen Pfiff aus.

Neugierig folgten ihm Margot und Heintz in den etwa zwölf Quadratmeter großen fensterlosen Raum, der wie ein professionelles Fotolabor eingerichtet war. An den Wänden hingen einige Aufnahmen, die Margot nur zu bekannt vorkamen.

»Sind das seine Opfer?«, fragte Meyfarth.

Margot nickte stumm. Es war ihr, als blickten sie Marylin, Schneewittchen und Marlene vorwurfsvoll an. Unterdessen hatte Meyfarth die Tür eines hohen Wandschrankes geöffnet, der zum Teil mit unbelichtetem Filmmaterial gefüllt war. Der weitaus größere Teil der ausziehbaren Regale aber war mit den unterschiedlichsten Medikamenten vollgestopft.

Abermals stieß Meyfarth einen überraschten Pfiff aus. »Sieh mal einer an«, sagte er, als er einige der Packungen näher betrachtet hatte, »ich glaube, wir sind auf die Beute eines Einbruchs in einen Apothekergroßhandel gestoßen. Der war vor etwa drei Jahren und wurde nie aufgeklärt.« Entschlossen öffnete er die Tür eines kleinen Kühlfachs im oberen Teil des Schranks. »Dachte ich es mir doch, hier hat der Knabe sein Giftarsenal untergebracht.«

Fein säuberlich beschriftet steckten die Ampullen in ihren Futteralen.

Doch was Margot am meisten entsetzte: Einige der Behältnisse waren leer.

35

Smalltalk mit einem Serienmörder. Seit einer halben Stunde saß Kathrin mit Patrick an dem kleinen Kirschbaumtischchen in der Nische des Gästezimmers, in dem er sie gefangen hielt, trank englischen Tee, knabberte trockenes Sandgebäck und unterhielt sich angeregt mit ihm. Nachdem er sie zunächst über ihr Leben ausgefragt hatte, war es ihr irgendwann gelungen, das Gespräch auf ihn zu lenken. Und nun reagierte er, wie sie es bei ihren Sitzungen mit psychopathischen Klienten schon oft erlebt hatte: War einmal der Damm gebrochen, sprudelten die Patienten geradezu los.

Auch für Patrick schien es eine große Erleichterung zu sein, endlich einmal über sich zu reden. Kathrin hatte ihn gleich zu Beginn mit seinem »richtigen« Namen konfrontiert und sofort gemerkt, dass das ein Fehler gewesen war. Nicht nur, weil er offensichtlich irritiert darüber war, dass die Polizei seine wahre Identität kannte, sondern vor allem, weil er mit Peter Günther von Gemnitz nichts mehr zu tun haben wollte. Nun redete sie ihn, wie er das wollte, mit Patrick an, während er wahlweise »Katharina« oder »meine Rose« zu ihr sagte. Kathrins Gedanken rasten fieberhaft, gleichzeitig bemühte sie sich sorgfältig, nichts von den Erzählungen ihres Gegenübers zu versäumen, um an den passenden Stellen kleine Fragen einwerfen zu können.

Soeben berichtete Patrick von der glücklichsten Zeit in seinem Leben – die, in der er als Modeschöpfer gearbeitet hatte. Er legte ihr leidenschaftlich seinen Begriff von natürlicher Schönheit dar, dem er alles andere unterordnete. Kathrin fühlte sich auf fatale Weise an ein Interview erinnert, das Leni Riefenstahl kurz vor ihrem Tod gegeben hatte.

Auch sie war fasziniert gewesen von allem, was schön, stark und gesund war. Patrick hatte sich offensichtlich eine ganz ähnliche Philosophie zurechtgelegt. Nur, dass er noch weiter ging: Wer sich gegen die eigene Schönheit versündigte, versündigte sich gegen das Leben – und im Extremfall hatte er es verwirkt.

Um Patrick nicht zu reizen, hatte Kathrin beschlossen, vorläufig alles zu tun, was er verlangte. So hoffte sie etwas Zeit zu gewinnen. Sie hatte den schokoladefarbenen Satinmorgenmantel übergezogen, der im Badezimmer für sie bereitlag, und sie war auch seinem Wunsch nach einem Teeplauderstündchen ohne zu zögern nachgekommen, obwohl sie für ihr Leben gern eine starke Tasse Kaffee gehabt hätte. Bis jetzt benahm sich Patrick ihr gegenüber höflich, fast unterwürfig. Unter normalen Umständen hätte sie ihn als schüchternen Mann beschrieben, der etwas ungeschickt versuchte, ihr den Hof zu machen. Nur, dass die Umstände alles andere als normal waren.

»Du nimmst doch auch noch eine Tasse Tee, meine Liebe?«, fragte Patrick zuvorkommend und goss ihr, ohne eine Antwort abzuwarten, nach.

Verstohlen musterte Kathrin ihr Gegenüber, das sich ganz auf die banale Tätigkeit des Einschenkens zu konzentrieren schien. Er sah etwas älter aus, als sie es erwartet hatte, und erinnerte sie spontan an den mutmaßlichen Vergewaltiger, den sie vor kurzem für das Gericht begutachtet hatte.

Allerdings musste sie sich eingestehen, dass ihr von Gemnitz spontan keineswegs unsympathisch war. Er war gebildet und charmant, und Kathrin erkannte mit Schaudern einige Gemeinsamkeiten. Wie sich im Laufe des Gesprächs herauskristallisiert hatte, teilte der Mörder ihre Leidenschaft für die ägyptische Geschichte. Wenn sie ihn privat kennengelernt hätte, hätte sie sich gerne mit ihm in einer Fachdiskussion über die Zeit der Pharaonen verloren.

Auch er schien sich ehrlich über das gemeinsame Interessengebiet zu freuen: »Du wirst sehen, meine Liebe, uns verbindet viel mehr, als du in deinen geheimsten Träumen ahnst.«

Bei diesen Worten war es ihr kalt über den Rücken gelaufen.

Danach gelang es ihr, das Gespräch wieder auf seine Person zu lenken. Sie musste möglich viel über ihn erfahren, um vielleicht eine Chance gegen ihn zu haben.

Kathrin fand, dass Patrick irgendwie krank aussah. Seine Haut war blass, fast fahl, und zeigte die Spuren häufigen starken Schminkens. Sein Haar war viel dunkler als auf den Fotos und bereits etwas schütter, wobei sie nicht sicher war, ob es gefärbt war oder er vielleicht sogar eine Perücke trug. Patricks Gesichtszüge kamen ihr von den Bildern, die sie bei Margarete Stein gesehen hatte, durchaus vertraut vor. Sie glaubte nicht, dass er sein Aussehen durch eine Operation verändert hatte. Ansonsten schien er allerdings selbst wenig nach dem Natürlichkeits-Credo zu leben, das er seinen Models auferlegt hatte. Die rastlosen Pupillen waren von jenem gelblichen Weiß umgeben, das auf eine dauerhafte starke Medikamenteneinnahme oder den Missbrauch von Drogen hindeutete.

Mittlerweile war er in seinen Erzählungen bei der Modeschau angelangt, als alles aus dem Ruder lief. »Aber dann hat mich Helena betrogen und alles war zu Ende. Ich musste meinen Beruf aufgeben und diese Scheißtherapie machen. Und dann hat mich mein Alter nach Südamerika abgeschoben«, sagte Patrick plötzlich unvermittelt, nachdem er sich selbst abermals nachgeschenkt hatte. Er klang verbittert.

»Helena hat mich betrogen wie später all die anderen Frauen. Auch du hast mich betrogen. Du und deine schrille Freundin bei der taz, nicht wahr?« Für einen kurzen Moment hatte seine Stimme einen gefährlichen Unterton bekommen, doch dann fuhr er verständnisvoll fort: »Aber keine Angst, ich bin dir nicht böse. Ohne deine Anzeige hätten wir uns doch nie kennengelernt und ich könnte dich nicht zur Krönung meiner Schöpfung machen. Und du hast wenigstens ehrlich beschrieben, wie du aussiehst. Nicht so wie die anderen, die sich dünner gemacht oder eine größere

Oberweite gegeben haben.« Der Gedanke an den »Verrat« seiner Opfer schien Patrick ernsthaft zu verärgern.

Kathrin rührte zitternd ihren Tee um. Sie musste ihn dazu bringen, weiterzuerzählen. Solange er erzählte, befand sie sich in Sicherheit.

»Und aus Enttäuschung hast du dann irgendwann angefangen, deine« – Kathrin suchte verzweifelt nach einem passenden Adjektiv, das seine tödliche Sammlung charakterisieren würde, ohne ihn zu kränken – »deine ungewöhnliche Kollektion zusammenzustellen. Wann war das?«

Patrick schien kurz zu überlegen, dann fuhr er bereitwillig in seiner Erzählung fort. »Das war im April 2006, kurz nachdem ich bei Ökotex angefangen hatte.«

Kathrin war, als hätte sie einen Schlag in die Magengrube erhalten. Hastig rechnete sie zurück. Sie war felsenfest davon überzeugt gewesen, dass die Lehrerin Anna Lehner, die sie vor kurzem exhumiert hatten, die Nummer eins gewesen war. Jetzt musste sie ein weiteres Opfer hinzuzählen, was bedeutete, dass er bereits elf Frauen auf dem Gewissen hatte. Und sie selbst war Nummer zwölf! Peer hatte bei seinen Kollektionen immer zwölf Models auf den Laufsteg geschickt. Wenn ihre Theorie stimmte, würde Patrick Gminder mit Katharina Zimmermann den Schlusspunkt seiner finalen Kollektion setzen. Kathrin schauderte. Für einen Moment glaubte sie, den Verstand zu verlieren, doch dann riss sie sich zusammen. Sie musste Patrick unbedingt dazu bringen, dass er weitererzählte. Wenn sie schon sterben musste, dann wollte sie wenigstens über alles genau Bescheid wissen. Er hatte also tatsächlich bei Ökotex gearbeitet und dort wahrscheinlich irgendwie seine Opfer kennengelernt. Eine verzweifelte Hoffnung keimte in ihr auf. Ökotex. Die Kollegen und vor allem Marks (der Gedanke an Konstantin schnürte ihr den Hals zusammen) würden seit ihrem Verschwinden bestimmt auf Hochtouren ermitteln und alle auch noch so kleinen Spuren überprüfen. Sie musste Patrick möglichst lange hinhalten. Vielleicht hatte sie dann eine Chance.

»Tja, meine Nummer eins hattet ihr bislang nicht auf der Rechnung, stimmt's? Aber meine Charlotta passte wohl auch nicht so ganz in euer Profil.« Patrick hatte nun einen absolut selbstzufriedenen Ton angeschlagen.

»Wieso nicht?« Kathrin überlegte fieberhaft. Charlotta? Hieß nicht seine Mutter Charlotta?

»Nun ja, Elvira Berger war etwas älter als die anderen, sogar etwas älter als ich. Sie war wohl sehr einsam, und ihr Tod ist vielleicht niemandem so recht aufgefallen. Ich habe sie kennengelernt, kurz nachdem ich in der Telefonzentrale von Ökotex zu arbeiten begonnen habe. ›Ökotex, mein Name ist Patrick Gminder, was kann ich für Sie tun?‹«

Seine Stimme hatte nun einen professionellen Charme angenommen, und Kathrin wurde eiskalt. Auf diese smarte Stimme waren die Opfer hereingefallen. Weiterreden. Er musste weiterreden.

»Und dann?«, fragte sie tonlos.

»Wir waren uns irgendwie sympathisch. Jedesmal, wenn Elvira etwas bestellt hat, und sie hat oft etwas bestellt, haben wir eine Weile miteinander geplaudert. Nach ein paar Wochen haben wir uns verabredet, und ich wollte wissen, wie sie aussieht, damit ich sie gleich erkenne. Es schien ihr Spaß zu machen, sie hat sich ganz ausführlich beschrieben, wollte aber nicht wissen, wie ich aussehe. Es war eine Art Spiel. Sie hatte sich anhand meiner Stimme eine genaue Vorstellung von mir gemacht und wollte sich diese Illusion nicht vor unserem Rendezvous zerstören. Natürlich hat sie mich bei unserem Treffen nicht erkannt, so dass ich sie ungestört beobachten konnte. Ich selbst habe sofort gewusst, wer sie ist, obwohl sie in einigen entscheidenden Punkten die Unwahrheit gesagt hatte. Sie war kleiner, als sie behauptet hatte, und ein klein wenig fülliger, auch die Haarfarbe stimmte nicht. Vielleicht hatte sie sich extra vor unserem Treffen die Haare gefärbt. Auf jeden Fall sah sie nun genauso aus wie meine Mutter in meinen frühesten Erinnerungen. Damals, als ich noch ihr einziges Kind war und sie mich für kurze Zeit wirklich geliebt hat. Nur die Kleidung stimmte überhaupt nicht. Diese Frau, die meiner Mutter so unglaublich ähnlich sah, war fürchterlich geschmacklos gekleidet. Dabei hatte sie sich Mühe gegeben, sich sogar richtig in Schale geworfen. Aber viel zu protzig, ohne jedes Verständnis für ihren Körper und ohne Sinn für Harmonie. So hätte sich meine Mutter nie verunstaltet.«

Die Erinnerung an die disharmonische Erscheinung schien Patrick auch heute noch in Rage zu versetzen. Er nahm einen kleinen Schluck Tee, bevor er weitersprach.

»Jedenfalls wurde ich bei ihrem Anblick von einer fürchterlichen Sehnsucht gepackt. Ich hatte nur noch den einen Wunsch, diese Frau aus ihren schrecklichen Kleidern zu befreien und aus ihr ein perfektes Abbild meiner Mutter zu machen, was mir dann auch gelungen ist. Es war alles ganz einfach. Ihre Adresse hatte ich ja, sie lebte allein. Ich habe Elvira wenige Tage später besucht und aus ihr ›Charlotta‹, die Nummer eins in meiner Kollektion, gemacht. Ich habe alles fotografiert und mir so meine verloren geglaubten Erinnerungen zurückgeholt. Und meine verlorenen Bilder. Nicht einmal ein einziges Bild meiner Mutter haben mein Vater und mein feiner Bruder mir gelassen, als sie mich vor die Tür setzten.«

Bei diesen Worten hatte von Gemnitz' Stimme einen bösen Klang angenommen, doch dann wurde sie unvermittelt wieder ganz sanft.

»Danach habe ich mich auf die Suche begeben, nach einer Frau, die meine Vorstellung von Schönheit und Harmonie teilt. Aber ich bin immer wieder nur betrogen worden. Doch damit hat es nun ein Ende.«

Patrick schaute Kathrin versonnen an.

»Du möchtest bestimmt meine Kollektion sehen. Das wirst du auch. Aber erst später. Jetzt muss ich unser Menü vorbereiten. Ich habe etwas ganz Besonderes ausgewählt. Ich bin ganz sicher, dass ich deinen Geschmack getroffen habe. Du wirst dich so lange ausruhen. Meine Models müssen viel schlafen. Wir wollen doch nicht, dass du an unserem großen Abend einen müden Teint hast. Wenn du ausgeschlafen hast, komme ich und helfe dir beim Ankleiden.«

»Ich bin aber gar nicht müde, und ich habe noch so viele Fragen«, beeilte sich Kathrin zu sagen, die mit Schrecken sah, wie Patrick aus seinem Jackett ein Futteral mit einer Spritze und einer Ampulle holte, aus der er blitzschnell eine Flüssigkeit aufzog.

»Später, meine Liebe, später. Gib mir deinen Arm. Ich verspreche dir, davon wirst du auch keine Kopfschmerzen bekommen.«

Mit sanfter Gewalt griff Patrick nach ihrem Handgelenk und Kathrin, die wusste, dass Widerstand zwecklos war, ließ ihn gewähren. Als sich die Nadel in ihre Armbeuge senkte, musste sie an die arme Frau denken, die sich für das Treffen mit Patrick so richtig schick gemacht und gerade damit ihr Todesurteil besiegelt hatte. Dann sah sie plötzlich Konstantin vor sich in einem seiner unmodischen karierten Hemden. Doch bevor sie den tröstlichen Gedanken festhalten konnte, wurde sie von einer bleiernen Müdigkeit und einer unendlichen Gleichgültigkeit befallen. Willenlos ließ sie sich von Patrick zum Bett führen, auf das sie niedersank und sofort einschlief. Sie spürte nicht einmal mehr, wie sie sorgfältig zugedeckt wurde.

36

Als die Tachonadel wieder gefährlich in die Nähe der 200er-Marke geriet, hielt es Marks nicht mehr länger aus. Zwar wollte er nichts lieber als so schnell wie möglich an den vermeintlichen Aufenthaltsort von Kathrin und diesem wahnsinnigen Mörder kommen, doch er hatte Angst, dass Schröder durch seine riskante Fahrweise einen Unfall mit völlig unbeteiligten Opfern provozieren könnte. Trotz des

Blaulichts und des Martinshorns, das die Sonntagsausflügler, die vor ihnen auf der Straße herumtrödelten, wirksam vertrieb, war es doch schon einige Male zu kritischen Situationen gekommen. Und Konstantin hatte immer wieder den Unfall seines Freundes Stefan Schreiber vor Augen gehabt.

»Schröder, nimm das Gas weg. Wenn wir einen Unfall bauen, können wir Kathrin erst recht nicht mehr helfen.«

»Keine Angst, Chef, die Autobahn ist ohnehin gleich zu Ende, dann muss ich wieder zivilisierter fahren. Da vorne kommt eine Raststätte, sollen wir da geschwind halten?«

Konstantin meinte ein heftiges Bedauern herauszuhören, wobei er nicht sicher war, ob sich das Bedauern auf seine Fahrweise bezog, der nun wieder Grenzen gesetzt waren, oder darauf, dass sie seit dem Frühstück nichts mehr zu sich genommen hatten.

»Okay, Schröder, fahr raus. Ein Kaffee und ein Brötchen könnten vielleicht auch mir nicht schaden.«

Sie waren von Glückstadt nach Itzehoe gefahren. Jetzt befanden sie sich auf der A 23 Richtung Heide, wo die Ausbaustrecke zu Ende war. Konstantin hatte fast während der ganzen Fahrt telefoniert. Zunächst mit der aufgekratzten Margot Mahler, die ihm berichtet hatte, wie der Einsatz in der Wohnung verlaufen war. Und dann mit seinem Freund Kriminalrat Veltinger. Soeben hatte er das Gespräch mit Ole beendet, dem es gelungen war, den Geschäftsführer der Gemnitz-Plantage in Brasilien zu erreichen. Dabei hatte er etwas Interessantes erfahren. Ein Patrick Gminder hatte tatsächlich jahrelang auf der Plantage gearbeitet, war dort aber Ende 2004 im Alter von nur 45 Jahren an Krebs verstorben. Zu diesem Zeitpunkt hatte sich auch »der Juniorchef Peter Günther von Gemnitz« noch dort aufgehalten, der sich, so die Schilderung des Plantagenleiters, bis zuletzt rührend um den schwerkranken Mitarbeiter gekümmert habe.

»So rührend, dass er ihm sogar seinen letzten Wunsch erfüllt hat.«

»Und was war das?«

»Nun, dieser Gminder, der weder in Deutschland noch in Brasilien engere Verwandte hatte, wollte unbedingt auf der Plantage beerdigt werden. Und unser feiner von Gemnitz hat angeblich den Totenschein geschnappt, ist zu den Behörden gerannt und hat denen eine Genehmigung abgequatscht. Jedenfalls hat er seinem Angestellten tatsächlich an einem lauschigen Plätzchen den letzten Wunsch erfüllt.«

»Ich fresse einen Besen, wenn der eine Genehmigung für eine solche Privatbestattung hatte. Das heißt, wir haben auf einer Plantage eine Leiche, von der offiziell niemand weiß, und unser von Gemnitz hatte plötzlich echte Papiere, mit denen er fortan tun und lassen konnte, was er wollte.«

»Genau«, hatte Veltinger zugestimmt, »mit seinem Verwandlungstalent dürfte es ihm ein Leichtes gewesen sein, sich äußerlich in den etwas älteren Gminder zu verwandeln.«

Obwohl sie noch keine gesicherten Erkenntnisse darüber hatten, dass sich von Gemnitz tatsächlich mit seinem Opfer in seinem Ferienhaus aufhielt, hatte Veltinger versprochen, so schnell wie möglich ein Mobiles Einsatzkommando mit einem Großraumhubschrauber Richtung Nordstrand in Bewegung zu setzen. Er selbst wollte mitfliegen. Sie waren aber übereingekommen, auf dem Festland zu landen, weil sie befürchteten, ein Hubschrauber auf der kleinen Insel könnte den Mörder alarmieren. Sie wollten sich dann bei den Kollegen vor Ort Fahrzeuge besorgen und zunächst weitere Anweisungen von Hauptkommissar Marks abwarten.

Konstantin, der wusste, wie langsam die Mühlen der Justiz an Sonn- und Feiertagen mahlten, ging ohnehin nicht davon aus, dass das MEK vor ihm und Schröder auf Nordstrand eintreffen würde.

Nach einer kurzen Kaffeepause an der Raststätte, die sie fast schweigend verbrachten, und mit einem Brötchen im Magen, von dem Konstantin hinterher nicht einmal hätte sagen können, ob es mit Käse oder Wurst belegt gewesen war, brachen sie wieder auf. Als sie die Autobahn verließen und auf der B 5, der »Grünen Küstenstraße«, gen Norden weiterfuhren, war es zwanzig nach fünf. Schröder meinte, dass sie spätestens um 18 Uhr in Husum wären. Von dort war es zur Halbinsel Nordstrand nur noch ein Katzensprung.

37

»The first cut is the deepest«, dachte Kathrin, als sie zum zweiten Mal während ihrer Gefangenschaft zu sich kam. Wieder war der Schlaf traumlos gewesen, und dieses Mal war das Erwachen frei von jedem Schmerz. Sie hatte nicht das Gefühl, sehr lange geschlafen zu haben, doch sie fühlte sich ausgeruht und kräftig genug, Patrick erneut gegenüberzutreten.

Gleichzeitig war ihr bewusst, wie trügerisch diese Gelassenheit war. Sie wollte sich nichts vormachen. Sie war vollkommen überzeugt davon, dass sie sich in genau der Stimmung befand, in welcher der Mörder sie haben wollte. Aber auch wenn sie ihr relatives Wohlbefinden und ihre Furchtlosigkeit einem gut gemixten Drogencocktail zu verdanken hatte, war sie doch froh darüber. Über die Risiken und Nebenwirkungen der verabreichten Medikamente mochte sich später der Arzt ihres Vertrauens Gedanken machen. Falls es ein »später« gab.

Neugierig schaute sie sich um. Obwohl sie alleine im Zimmer war, hatte sie den Eindruck, dass Patrick vor kurzem da gewesen war und irgendetwas verändert hatte. Plötzlich wusste sie auch was. Die Tür zum Badezimmer, die vorhin noch angelehnt war, stand offen, der Geruch eines feinen Badezusatzes drang in ihre Nase. Patrick hatte ihr offensichtlich ein Bad eingelassen. Kathrin, die durchaus Lust verspürte, sich den ganzen Dreck vom Körper zu waschen, überlegte nur kurz. Schließlich würde ein Bad ihre Position kaum verschlechtern. Hilflos war sie ohnehin, und anders als in ihrem Alptraum, in dem der Modeschöpfer sie unbekleidet auf die Bühne schickte, war ihr die Vorstellung, dass er sie nun vielleicht tatsächlich nackt sehen würde, überhaupt nicht peinlich. Und wenn Patrick, wie er angedeutet hatte, mit ihr fein zu Abend speisen wollte, dann würde er wohl kaum vor dem Essen über sie herfallen. Das war nicht sein Stil. Es sprach also nichts dagegen, dass sie sich an seine Regieanweisungen hielt. Alles, was sie momentan tun konnte, war Zeit gewinnen.

Vorsichtig stieg sie, die nun doch einen leichten Schwindel spürte, aus dem Bett. Sie nahm die Gelegenheit wahr, zunächst ihr Versteck etwas genauer zu untersuchen. Zaghaft ging sie auf die Tür zu und drückte möglichst leise die Klinke nach unten. Die Tür war, wie sie es nicht anders erwartet hatte, von außen verschlossen. Sie drehte sich um und wandte sich der Fensterfront zu. Ein Blick aus dem mittleren der drei Fenster, das im Gegensatz zu den anderen mit einem Gitter versehen war, zeigte ihr, dass sie sich im ersten Stock befand. Unten konnte sie eine sonnenbeschienene Terrasse erkennen, von der aus sich eine riesige Glyzinie bis zu ihrem Fenster nach oben rankte. Die Pflanze stand in voller Blüte, und sie konnte den betörenden Duft durch das gekippte Fenster riechen. An die Terrasse schloss sich ein weitläufiger Garten an, der nur spärlich bepflanzt und, soweit sie erkennen konnte, etwas verwildert war. Haus und Garten schienen auf eine Anhöhe gebaut zu sein, die nach rechts und links relativ steil abfiel und sich auch hinter der Backsteinmauer, die das Grundstück umschloss, fortsetzte. Vielleicht lag das Anwesen auf einer Art Damm. Sie erinnerte sich an einige Bilder in Margarete Steins Wohnung, welche die Familie von Gemnitz in der Sommerfrische zeigten; die konnten hier aufgenommen worden sein.

Irgendwelche benachbarten Gebäude konnte sie nicht sehen, lediglich schnurgerade Weidezäune, die sich in der

Ferne verloren. Das Ferienhaus schien ganz alleine auf weiter Flur zu liegen. Dahinter konnte sie irgendwo entfernt das Meer erahnen. Wahrscheinlich war gerade Ebbe.

Enttäuscht wandte sich Kathrin vom Fenster ab. Was sie gesehen hatte, war alles andere als ermutigend. Nachbarn schien es keine zu geben. Vielleicht befanden sie sich sogar auf einer einsamen Insel. Kathrin musste einsehen, dass sie hier von niemandem Hilfe erwarten konnte. Reichlich desillusioniert ging sie ins Badezimmer und machte die Tür hinter sich zu, die sich aber nicht verriegeln ließ. Sie zog sich rasch aus und ließ sich mit einem tiefen Seufzer in die Badewanne gleiten. Das Wasser, das erstaunlicherweise gerade die richtige Temperatur hatte, duftete angenehm nach Mandelmilch. Und sie fühlte sich wie ein Opferlamm, das darauf wartete, auf die Schlachtbank geführt zu werden.

38

Wäre der Anlass ein anderer gewesen, hätte man der nordfriesischen Landschaft durchaus einiges abgewinnen können. Schröder war soeben von Husum kommend auf den vier Kilometer langen Autodamm gefahren, der das Festland mit Nordstrand verband. Die Abendsonne gab dem Wattenmeer einen märchenhaften Glanz, doch weder Schröder noch Marks hatten einen Blick für die Schönheit der einzigartigen Welt der Halligen übrig. Schröder starrte verbissen sein Steuerrad an, während Konstantin versuchte, sich auf einer Landkarte zurechtzufinden, die sie sich bei der Kripo in Husum besorgt hatten. Die Kollegen dort hatten versprochen, so schnell wie möglich alles über den Gemnitz'schen Sommersitz in Erfahrung zu bringen, was hilfreich sein könnte, falls es zur Erstürmung des Geländes kam. Sie sollten dann die Beamten des MEK, die gerade im Anflug waren, instruieren.

Deren Einsatz würde sich aufgrund der landschaftlichen Begebenheiten recht schwierig gestalten, wie Marks, der noch nie an der Nordsee gewesen war, von den Husumer Beamten erfahren hatte. Die Insel war zum Schutz vor Hochwasser von mehreren großen Deichen durchzogen, auf denen sich einzelne Häuser, aber auch ganze Siedlungen befanden. Das von Gemnitz'sche Anwesen, das sich in der Nähe eines Naturschutzgebietes befand, bestand aus einer ganzen Landzunge, dem sogenannten Grünen Deich. Geschützt auf einem Damm lag das Ferienhaus. Witterungsbedingt wuchsen auf der ganzen Insel nur wenige Bäume, und so war zu befürchten, dass von Gemnitz von seinem einsam gelegenen Ferienhaus einen fantastischen Rundblick haben würde und eventuelle ungebetene Besucher nach Belieben ins Visier nehmen konnte. Der Husumer Kripochef hatte vorgeschlagen, den Einsatz erst mit Einbruch der Dunkelheit zu starten, doch Marks sah sich außerstande, so lange zu warten. Mit Fahrzeugen war die Landzunge nur über den Deich zu erreichen, allerdings konnte man bei Ebbe von der Seeseite als Fußgänger hingelangen. Die Ebbe würde noch eine Weile anhalten. Er und Schröder hatten sich deshalb Öljacken, Gummistiefel und Ferngläser geliehen, damit würden sie auf den ersten Blick als harmlose Wattwanderer durchgehen. Sie wollten vor Ort die Lage sondieren und dann die Verstärkung rufen.

»Da vorne kommt ein Infopavillon, dort halten wir an dem Parkplatz.«

Schröder hatte unterdessen fast die ganze Insel überquert und war am Rande des Nationalparks angelangt. Auf dem Parkplatz standen noch zahlreiche Fahrzeuge, viele Besucher nutzten den lauen Frühsommerabend für einen Spaziergang durch das Naturschutzgebiet.

»Da drüben muss es sein.« Konstantin zeigte, nachdem sie ausgestiegen waren, auf eine Erhebung in der Ferne. Er legte die Landkarte auf das Autodach. »Wir müssen quer über den Strand marschieren und einen kleinen Priel durchqueren. Wenn wir uns beeilen, dürften wir nicht einmal nass werden.«

»Na, dann mal los«, seufzte Schröder, der ohne fahrbaren Untersatz einen reichlich hilflosen Eindruck machte.

Sie holten das Ölzeug aus dem Kofferraum und zogen sich um. Ihre Straßenschuhe verstauten sie in einem Rucksack, den sie ebenfalls ausgeliehen hatten. Mit den Gummistiefeln wären sie viel zu unbeweglich und wohl kaum in der Lage, die Mauer zu überwinden, die das Gelände sicher umgab. Nachdem sie ihre Hosen in die Stiefel gesteckt hatten, marschierten sie schweigend los. Mit ihren Ferngläsern um den Hals wirkten sie wie typische Touris, allerdings gab der lange Schröder in seiner kurzen Öljacke eine eher lächerliche Figur ab.

Andere Wattwanderer schienen nicht unterwegs, die geführten Gruppen waren wahrscheinlich bereits auf dem Rückweg, vielleicht kamen sie auf ihren Touren auch gar nicht in die Nähe des Privatbesitzes. Der Sand unter ihren Füßen war erstaunlich fest, nur am Rande kleiner Wasserlöcher sanken sie etwas ein. Nachdem sie etwa eine Viertelstunde gegangen waren, kamen sie an den schmalen Wasserlauf, der auf der Wanderkarte eingezeichnet war, weil er auch bei Ebbe nie trockenlief. Er war zwei Meter breit und relativ flach. Konstantin konnte ihn mit einem Schritt problemlos überqueren, aber Schröder sackte unvermittelt ab. Fluchend zog er seinen Fuß aus dem Wasserloch. Doch es war schon zu spät, sein rechter Stiefel war bereits vollgelaufen, das Hosenbein nass bis zum Knie. Schröder hielt sich krampfhaft an Marks fest, zog den Stiefel aus und drehte ihn um.

»Ich bin einfach nicht zum Wandern geschaffen«, meinte er entschuldigend, dann stieg er mit Todesverachtung zurück in den glitschigen Stiefel.

»Ich glaube, die Hälfte haben wir schon«, sagte Konstantin, der mit weit größeren Unannehmlichkeiten als nassen Füßen rechnete.

Zwanzig Minuten später hatten sie die Landzunge erreicht, und ein erstes Schild wies sie darauf hin, dass sie nun unbefugterweise Privatbesitz betraten. Sie zogen ihre Stiefel aus und die Straßenschuhe an. Schröder fluchte leise, als sein quietschnasser Socken zum Vorschein kam. Neidisch blickte Konstantin auf die strapazierfähigen Sportschuhe des jungen Kollegen. Seine eigenen weichen Slipper würden den Einsatz wohl kaum unbeschadet überstehen. Wenigstens war er relativ dunkel gekleidet, was später von Vorteil sein konnte. Vorläufig ließen sie aber das Ölzeug an. Sollte sie von Gemnitz draußen erblicken, konnten sie sich immer noch als neugierige Touristen ausgeben. Nacheinander erklommen sie den Deich, der zur See hin von einigen alten Weidezäunen unterteilt war. In der Ferne konnten sie eine Mauer erkennen, die den Feriensitz umgab.

»Jetzt können wir nur hoffen, dass von Gemnitz mit etwas anderem beschäftigt ist, als auf seine Ländereien zu starren«, meinte Schröder.

Doch Marks empfand den Gedanken daran, mit was von Gemnitz beschäftigt sein könnte, alles andere als tröstlich. Beide schritten nun zügig voran. Sie erreichten die Backsteinmauer ohne Zwischenfall und verständigten sich darauf, erst einmal vorsichtig das Gelände zu umrunden, vielleicht konnten sie dabei eine geeignete Stelle zum Einsteigen ausmachen.

Die Mauer war etwa zweieinhalb Meter hoch und an der Längsseite mindestens dreißig Meter lang. Die etwas schmalere Seite zeigte zum offenen Meer hin und hatte in der Mitte ein stabiles, schmiedeeisernes Gartentor, das natürlich abgeschlossen war. Von dort warfen Marks und Schröder mit ihren Ferngläsern einen vorsichtigen Blick in den spärlich bepflanzten Garten.

Im hinteren Drittel stand ein zweistöckiges Backsteingebäude im landesüblichen Baustil, mit roten Ziegeln und weiß eingerahmten Fenstern. Der langgezogene Baukörper war schnörkellos und wirkte vielleicht gerade darum so harmonisch. Von einer großen Terrasse führten einige Stufen in den Garten. Die Terrasse wurde von zwei üppigen Kletterpflanzen eingerahmt, die sich an der Hauswand emporrankten. Allerdings vermeinte Marks zu erkennen, dass die an diese mögliche Kletterhilfe angrenzenden Fenster im Obergeschoss vergittert waren. Ob auch die Fenster im Erdgeschoss mit Gittern versehen waren, konnte man nicht erkennen, weil einige Büsche vor dem Haus die Sicht verdeckten. Etwa drei Meter vom Wohnhaus entfernt befand sich ein großes Nebengebäude mit einem Grasdach. Es war durch einen Gang mit dem Wohnhaus verbunden. Wahrscheinlich eine Garage, die später gebaut worden war. Marks registrierte enttäuscht, dass nichts darauf hindeutete, dass das Haus bewohnt war.

»Es ist noch zu hell. Man braucht noch kein Licht«, bemerkte Schröder, der offensichtlich Konstantins Gedanken erraten hatte. »Was meinst du, vielleicht können wir bei dem Schuppen unbemerkt über die Mauer steigen?«

»Ja, das habe ich mir auch gerade überlegt. Aber ich möchte zuerst noch die Vorderfront sehen.«

Sie wandten sich ab und liefen im Schutz der Mauer in die Richtung, in der sie den Eingang vermuteten. Als sie die Mauerecke erreichten, sahen sie die schmale Zufahrtstraße, die auf ein großes Tor zuführte. Marks preschte ungeduldig vor, doch als er durch die Gitterstäbe spähte, riss Schröder ihn unsanft zurück.

»Vorsicht, da oben ist eine Kamera.«

Nun sah auch Konstantin das Objektiv, das auf die Einfahrt gerichtet war. Ihm blieb fast das Herz stehen, aber nicht nur, weil er befürchtete, dass von Gemnitz ihn gesehen haben könnte, sondern weil er endlich Gewissheit hatte.

»Mein Gott, Schröder«, keuchte er, »sie sind tatsächlich hier, vor der Garage steht ein blauer Volvo, der gehört diesem Patrick Gminder. Wir hatten von Anfang an recht. Jetzt müssen wir nur noch rauskriegen, wo er Kathrin versteckt hält.«

Sie warteten einige Sekunden, und als nichts geschah, schlichen sie an der Mauer entlang zu der Stelle zurück, hinter der die Garage stand.

»Hier steigen wir drüber«, meinte Konstantin, der sich nun seines Ölzeugs entledigte und sein Handy aus der Hosentasche holte. »Aber zuerst informieren wir Veltinger. Die müssten längst in Husum sein. Sie sollen herfahren und in sicherer Entfernung warten. Falls bei uns irgendetwas schiefläuft und sie nichts mehr von uns hören, soll er nach Einbruch der Dunkelheit einfach seine Leute reinschicken.«

39

Kathrin lag in der Badewanne und hatte jegliches Zeitgefühl verloren. Sie durchlebte ein Wechselbad der Gefühle. War sie soeben noch zuversichtlich gewesen, dass sie Patrick von seinem mörderischen Vorhaben abbringen konnte (von dem sie überzeugt war, das er aber bis jetzt noch mit keinem Wort erwähnt hatte) oder dass sie ihn wenigstens so lange hinhalten konnte, bis Hilfe kam, stürzte sie im nächsten Moment wieder in tiefste Verzweiflung. Wieso sollte er plötzlich innehalten, nun, wo er sein Ziel fast erreicht hatte? Sie hielt es mittlerweile sogar für wahrscheinlich, dass er gemeinsam mit ihr aus dem Leben scheiden wollte. Und war es nicht gänzlich unsinnig, hier auf Hilfe zu hoffen? Dennoch wollte sie versuchen, ihn möglichst lange bei Laune zu halten. Immer wieder gelangte sie bei ihren Überlegungen an denselben Punkt. Wie weit würde sie wohl gehen, damit er sie am Leben ließ?

Plötzlich wurde draußen die Tür geöffnet. Wenig später ging auch die Badezimmertür auf, und Patrick kam ohne Zögern herein. In jeder Hand hielt er ein gefülltes Champagnerglas. Sie fühlte sich in fataler Weise an die Ärztin erinnert, die damals von ihrem Liebhaber in der Badewanne vergiftet worden war. Zumindest dieses Schicksal stand ihr nicht bevor. Ihr Lover hatte andere Pläne.

»Ich hoffe, du hast dich ein wenig entspannt, meine Liebe. Unser Abendessen ist fast fertig«, meinte Patrick in leichtem Plauderton, als er mit ihr anstieß. Er beugte sich dicht über sie und strich ihr mit einer zärtlichen Bewegung eine nasse Haarsträhne aus dem Gesicht. Er schien sich völlig unter Kontrolle zu haben, wirkte keineswegs so lüstern, wie sie es von Sexualstraftätern kannte. Lediglich das leichte Flackern seiner grünbraunen Augen deutete auf die enorme innere Anspannung hin, unter der er stand.

»Ich werde jetzt deine Abendgarderobe richten und dir nachher beim Ankleiden helfen. Komm einfach heraus, wenn du so weit bist. Ach, und bitte die Haare nur anföhnen, und nicht schminken, das mache ich. Ich brauche dich ganz natürlich.«

Patrick verschwand, ohne die Tür hinter sich zu schließen. Kathrin, die mit einem Mal heftig fröstelte, trank mit einem Zug ihr Glas leer und griff mechanisch nach dem flauschigen Bademantel, der auf einem Hocker neben der Wanne bereitlag.

40

»Das darf doch nicht wahr sein«, flüsterte Schröder, als er wieder neben Marks stand, der durch ein Fenster ins Wohnzimmer spähte. »Der Verrückte hat sein Haus ja zu einer richtigen Festung ausgebaut.«

Sie waren einmal um das ganze Gebäude herumgeschlichen und hatten dabei keine Menschenseele entdeckt, allerdings auch keine Möglichkeit, unbemerkt in das Haus zu gelangen. Alle Fenster im Erdgeschoss waren vergittert. Sogar die Terrassentür, hinter der sich das Wohnzimmer befand, war mit einem Scherengitter versehen, das momentan jedoch zur Seite geschoben war. Über der schweren Eingangstür war eine weitere Überwachungskamera angebracht, die sie vorsichtig umgangen hatten.

Das Haus verfügte außer der Verbindung zur Garage noch über weitere vier Eingänge. Neben dem Haupteingang und der Terrassentür gab es eine Tür, die von der Küche an der südöstlichen Giebelseite des Hauses in den Garten führte. In der Küche hielt sich zwar gerade niemand auf, offensichtlich war dort aber noch vor kurzem gekocht worden. Mehrere Töpfe standen auf dem Herd, der sich in der Mitte des Raumes befand, auch der Backofen war in Betrieb. Was sie durchs Fenster des benachbarten Speisezimmers gesehen hatten, ließ ebenfalls vermuten, dass hier am Abend ein Dinner for Two geplant war. Der Tisch war festlich für zwei Personen gedeckt und mit Blumen geschmückt. Konstantin war eine zentnerschwere Last vom Herzen gefallen, schließlich deutete alles darauf hin, dass Kathrin im Haus und noch am Leben war.

Soeben hatte Schröder die massive Kellertür in Augenschein genommen, die über eine Außentreppe an der Westseite des Hauses zu erreichen war. Auch sie war mit einem zusätzlichen Gitter gesichert, aber der Hauptkommissar ging ohnehin davon aus, dass man über den Kellerraum nicht in den Wohnteil des Gebäudes gelangen konnte. Die Häuser am Meer waren äußerst selten unterkellert. Wahrscheinlich handelte es sich lediglich um einen kleinen Vorratskeller.

»Ich muss endlich wissen, wo sie ist«, stieß Konstantin gepresst hervor. »Da oben ist an einem Zimmer das Fenster quergestellt. Vielleicht hält er sie dort gefangen. Ich werde an dem Rankgerüst neben der Terrasse hochklettern, das macht einen recht stabilen Eindruck.«

»Und was ist, wenn der Kerl plötzlich auftaucht? Der lässt sein feines Menü doch nicht auf dem Herd verschmoren.« Schröder schien von Marks Idee reichlich wenig zu halten.

»Dann musst du mich eben warnen. Sieh mal, von hier aus kannst du durch die geöffnete Wohnzimmertür bis in die Diele blicken. Wenn er die Treppe runterkommt, müsstest du ihn eigentlich sehen, ohne dass er dich im Sichtfeld hat. Wenn er Richtung Küche geht, pfeifst du einmal, dann trete ich sofort den Rückzug an. Geht er ins Wohnzimmer, pfeifst du zweimal, dann bleibe ich so lange oben, bis er abzieht und du mit einem Pfiff Entwarnung gibst.«

»Es wird schon schiefgehen«, setzte Konstantin hinzu, als er das besorgte Gesicht seines jungen Mitarbeiters sah, den er, wie er sich überrascht eingestehen musste, zunehmend als Partner akzeptierte. »Ich mache mich dann mal auf die Socken.«

Er duckte sich und lief zu der Glyzinie, die von der Terrasse bis unters Dach wuchs. Der Aufstieg gestaltete sich schwieriger als gedacht. Zwar waren die Pflanze und auch das Gerüst äußerst stabil, aber er fand zwischen dem in sich verdrehten knorrigen Stamm und dem Holzgitter kaum eine Stelle, die breit genug war, dass er sicher Fuß fassen konnte. Ein paar Mal rutschte er ab und konnte sich nur noch mit den Händen festhalten. Doch schließlich hatte er die Höhe der Fenster im ersten Stock erreicht. Mit einem Bein suchte er auf dem Klettergerüst einen festen Halt, mit dem anderen nutzte er eine Lücke zwischen den Backsteinen in der Hausmauer. Sein Gesicht hinter dem dichten Blätterwerk verborgen, wagte er einen vorsichtigen Blick ins Innere des Zimmers.

Als Konstantin endlich den Mann erblickte, hinter dem er schon so lange her war, verspürte er keinerlei Triumphgefühl. Auch keine Wut, nur eine brennende Ungeduld.

Peter Günther von Gemnitz alias Peer alias Patrick Gminder stand hinter einem Paravent und hielt ein blutrotes Abendkleid in den Händen. Nachdem er es aufgehängt hatte, begann er, dunkelbraune, seidig schimmernde Dessous auf einem Hocker zu drapieren, wobei er zärtlich jedes einzelne Stück glattstrich. Da der Paravent vor einer verspiegelten Schrankwand stand, konnte Marks alles genau erkennen. Links von der Schrankwand ging es in ein weiteres Zimmer, doch die geöffnete Tür versperrte ihm die Sicht. Mitten im Raum stand ein Bett, das offensichtlich benutzt war. Aber es war leer. Kathrin, wo war Kathrin?

Plötzlich nahm Konstantin eine Bewegung hinter dem Paravent wahr. Etwas schien die Aufmerksamkeit des Mörders zu wecken. Konstantin folgte seiner Blickrichtung und hielt den Atem an. Aus der offenen Tür trat Kathrin. Mit nassen Haaren, in einen weißen Bademantel gehüllt. Für den Bruchteil einer Sekunde hatte er das Gefühl, sie hätte ihn gesehen. Doch dann bewegte sie sich mit langsamen, fast lasziven Bewegungen auf Peer zu. Kathrin schien von der Anwesenheit ihres Entführers keineswegs überrascht zu sein. Sie machte einen völlig ungehemmten Eindruck. Wahrscheinlich stand sie unter Drogen. Peer zeigte erst auf die Unterwäsche, danach ergriff er das Kleid, das er für sie bereitgelegt hatte. Stolz hielt er es vor ihren Körper. Dann schaute der Mörder plötzlich auf die Uhr. Er flüsterte Kathrin etwas ins Ohr, hängte das Kleid über den Paravent und ging rasch zur Tür hinaus.

Konstantin, der seinen Abgang gebannt verfolgt hatte, blickte zurück in den Spiegel und hätte in diesem Moment fast den Halt verloren. Kathrin hatte ihren Bademantel fallen lassen und schlüpfte gerade in den schokoladenbraunen Slip. Konstantin, der zuvor vermutet hatte, der Mörder wolle sein Opfer durch eben jenen Spiegel beobachten, sah sich nun unvermittelt selbst in der Rolle des Voyeurs. Die Schamesröte stieg ihm ins Gesicht. Er fühlte sich wie damals als Zwölfjähriger im Freibad, als er mit einem Kumpel durch ein Astloch in den FKK-Bereich geschielt hatte und vom Bademeister erwischt worden war, weil er nicht rechtzeitig Reißaus genommen hatte. Auch jetzt konnte er seinen Blick nicht von dem makellosen Körper abwenden, der sich ihm so natürlich und ungezwungen präsentierte.

Ein scharfer Pfiff riss ihn abrupt aus seinen Träumen. Verdammt! Er hatte die Gefahr, die durch Peers Verschwinden drohte, völlig ignoriert. Das war unprofessionell und unverantwortlich. Peinlich berührt, trat er vorsichtig den Abstieg an.

»Wo bleibst du denn?«, flüsterte Schröder ungeduldig, als Konstantin unten ankam. »Er ist noch in der Küche. Was ist mit Kathrin? Hast du sie gesehen?«

»Ja, es scheint ihr gutzugehen. Aber ich glaube, sie steht unter Drogen.«

»Wieso klingeln wir nicht einfach an der Tür und nehmen den Verrückten hops?«

»Und du glaubst, dass der so blöde ist und einfach aufmacht? Nein, das wäre völlig verkehrt, dann ist er gewarnt, und wir haben das Überraschungsmoment nicht mehr auf unserer Seite. Wir informieren jetzt Veltinger und das MEK. Während des Essens ist Kathrin in Sicherheit. Und bis zum Dessert muss uns eben etwas einfallen.«

Mit einem routinierten Handgriff öffnete Patrick die pralle Frucht. Blutroter Saft spritzte auf seine Schürze und auf die Ärmel seines cremefarbenen Cashmerepullis. Er fluchte leise. Diese Flecken würden nie wieder rausgehen. Doch dann wurde ihm die Widersinnigkeit dieses Gedankens klar, und er musste wider Willen schmunzeln. Zum Glück hatte er seine Abendgarderobe noch nicht angelegt.

Mit einem Löffel schälte er die glänzenden Kerne aus ihrer Hülle und ließ sie in eine Glasschale gleiten. Der Küchenwecker am Backofen klingelte. Er nahm die gegrillten Hähnchenkeulen aus dem Rohr. Sie waren fast gar und mussten nachher nur noch einmal kurz in der Walnusssauce, die er bereits zubereitet hatte, erwärmt werden. Er kochte leidenschaftlich gern, bereitete oft für sich allein mehrgängige opulente Menus. Vor allem das Anrichten der Speisen bereitete ihm ein geradezu sinnliches Vergnügen. Heute tat er es zum ersten Mal für einen geliebten Menschen, weshalb die Farbe rot in der Speisenfolge den Ton angeben würde.

Nun ging Patrick daran, den Lachs vorzubereiten. Es war ein Prachtexemplar, der für mehrere Personen gereicht hätte. Patrick, der es überhaupt nicht mochte, totes Fleisch anzufassen, weil ihn dies immer an die traumatischen Jagderlebnisse mit seinem Vater erinnerte, verspürte dieses Unbehagen bei Fisch nicht. Im Gegenteil, er empfand die kühle Haut als beruhigend. Während er den Lachs kalt abbrauste und mit einem Küchentuch abtupfte, um ihn dann mit den verschiedensten Kräutern zu füllen, ging er gedanklich noch einmal den Abend durch. Bis jetzt hatte der Ablauf vollkommen seinen Vorstellungen entsprochen. Und das sollte auch so bleiben. Mit Küchengarn nähte er den Bauch des Fisches zu, den er dann auf einem kleinen Gemüsebett in einer Auflaufform anrichtete. Das Arrangement sah verlockend aus. Schade nur, dass beim Braten die frischen Farben verloren gingen. Er schob die Form in den Ofen und stellte die Brataautomatik ein. Dann endlich holte er seinen kleinen schwarzen Lederkoffer, um seine Instrumente auf ihren letzten Einsatz vorzubereiten. Nichts konnte ihn nun mehr aufhalten.

41

Ungläubig starrte Kathrin ihr Spiegelbild an. Als sie damals bei dem ehemaligen Model Elena zu Besuch war, hatte sie sich mit einem wohligen Schauer gefragt, zu was sie selbst wohl diesen wahnsinnigen Modeschöpfer inspirieren würde. Jetzt wusste sie es: Er sah sie als ägyptische Königin. Nicht irgendeine Königin. Sie war Königin Kleopatra. In ihrem trägerlosen Kleid sah sie fast aus wie Liz Taylor in ihrer bekanntesten Rolle. Das Kleid aus roher Seide in einem verführerischen Rot lag am Oberkörper eng an. Am oberen Rand verlief eine breite schokoladenbraune Bordüre, deren scharfe Kontur sich von ihrer hellen Haut absetzte. Der dunkle Streifen fand seine senkrechte Fortsetzung unter der Brust, wo das Kleid wie eine reife Frucht leicht auseinandersprang. Das ganze Ornament sah aus wie ein großes T und gab dem Kleid einen fast sakralen Charakter. Es erinnerte sie an einen Engel, der zum Gruß die Arme ausbreitete. Dazu trug sie eine strenge Frisur, die wie ein Helm den Kopf umrahmte. In die Haarsträhnen waren weiße Perlen geflochten, die nun bei der kleinsten Bewegung hin- und herschwangen. Die Augen waren mit einem schwarzen Lidstrich mandelförmig nachgezogen und mit grünem Lidschatten zu geheimnisvollen Katzenaugen geschminkt.

Als Schmuck trug Kathrin an beiden Oberarmen geschlungene goldene Reifen, deren Enden in einen Schlangenkopf mündeten.

Plötzlich erschien Patrick im Spiegel. Er war unbemerkt hinter sie getreten, und sie spürte, wie seine feuchten Hände ihren Hals umfassten. Für einen Moment befürchtete sie, er würde sie würgen, doch dann sah sie die Kette: Eine goldene Kette, deren Anhänger die Form eines Auges hatte, mit einem leuchtenden Smaragd als Iris. Fasziniert berührte Kathrin den kühlen Edelstein.

»Gefällt sie dir?«

»Sie ist wunderschön.«

»Du bist wunderschön.« Erst jetzt fiel Kathrin auf, dass Patricks Hemd aus derselben roten Seide gefertigt war wie ihr Kleid, und sie fragte sich, in welche Rolle er wohl geschlüpft sein mochte. In die Cäsars oder in die seines Nachfolgers Antonius? Letztlich war es gleich: Beide waren dem Tod geweiht, und auch Kleopatra würde ihrem Schicksal nicht entgehen.

»Darf ich meine Königin zu Tisch bitten?«, riss Patrick sie aus ihren Überlegungen.

Patrick war in der Küche verschwunden und hatte Kathrin an dem festlich gedeckten Tisch zurückgelassen. Nachdenklich betrachtete sie die Speisekarte, die er ihr gereicht hatte. Auf dem Umschlag stand ein türkisches Rätsel:

»Außen eins, innen tausend und eins – was ist das?«

Der Granatapfel, dachte Kathrin sofort, die aufgrund ihres Faibles für den alten Orient schon häufig auf diese symbolträchtige Pflanze gestoßen war, die im Alten Testament als Lebensbaum verehrt wurde und deren Früchte Liebe und Fruchtbarkeit verhießen. Auf der Rückseite waren die scharlachroten glockenförmigen Blüten und die orangefarbenen Früchte abgebildet. Einige der Granatäpfel waren aufgebrochen und boten ihr blutrotes Innenleben dar. Die Samenkerne hatten exakt die Farbe ihres Kleides.

Wie der buchstäblich rote Faden zog sich der Granatapfel auch durch das orientalische Menü, das sich bereits durch einen verlockenden Duft ankündigte:

Currysuppe mit Bananen, Kokosraspeln
und Granatapfelkernen.

Gegrillte Hähnchenkeulen an
Granatapfelmark-Walnusssauce,
Safran-Basmatireis
Joghurtkaltschale mit Salatgurken

Gefüllter Lachs persischer Art
mit Kräutern, Granatapfelkernen,
Backpflaumen und Knoblauch

Reismehlmandelpudding mit Granatapfelkernen,
Salat von frischen Früchten

Obwohl Kathrin, je weiter der Abend fortschritt, immer unruhiger wurde, so musste sie sich doch verwundert eingestehen, dass sie einen Riesenhunger hatte. Kein Wunder, schließlich hatte sie mit Ausnahme einiger Kekse seit über vierundzwanzig Stunden nichts mehr gegessen. Und so beschloss sie, das Menü zu genießen, auch wenn es ihre Henkersmahlzeit werden sollte.

Schröders Magen knurrte so laut, dass er befürchtete, man könnte das Brummen bis ins Haus hören. Erschrocken ließ er sein Fernglas sinken. »Tut mir leid«, stammelte er schuldbewusst, als er den bitterbösen Blick von Marks auffing, »aber ich habe einen ganz fürchterlichen Hunger. Und dieser Anblick« – er wies in Richtung Esszimmerfenster, wo von Gemnitz gerade dabei war, eine Platte mit knusprigen Hähnchenkeulen zu servieren – »ist schließlich nicht gerade dafür geschaffen, sich im Fasten zu üben.«

Marks machte eine unwirsche Handbewegung und hob sein Fernglas wieder. Seit geraumer Zeit verfolgten die beiden im Schutze einiger Büsche die festliche Szene, die scheinbar an Harmlosigkeit nicht zu überbieten war und gut und gerne in einen Werbespot gepasst hätte: Perfekter Gastgeber verführt seine Geliebte mit einem raffinierten Mahl.

Obwohl Kathrin mit gutem Appetit zuzugreifen schien, konnte sich Konstantin des Eindrucks nicht erwehren, dass sie nie in größerer Gefahr geschwebt hatte als eben in diesem Augenblick. Er brannte darauf, endlich etwas zu tun. Am Horizont begann die Abendsonne im Meer zu versinken. Bald brach die Dämmerung herein, und hier würde es bestimmt rasch dunkel werden.

Entschlossen zog Konstantin sein Handy aus der Jackentasche.

»Es wird Zeit, dass das MEK endlich anrückt.«

Das orientalische Essen schmeckte köstlich, und unter anderen Vorzeichen wäre dem Menü ein absoluter Spitzenplatz in Kathrins kulinarischem Ranking zugefallen. Patrick war ein reizender Gastgeber, charmant und gebildet. Unangenehm berührt, stellte Kathrin eine gewisse Seelenverwandtschaft fest. Sie hatten einen ganz ähnlichen Musikgeschmack, lasen dieselben Bücher, und er teilte ihre Vorliebe für die alten Ägypter.

»Ich wüsste zu gerne, was du denkst?«

»Dass das Menü ganz fantastisch war«, antwortete Kathrin rasch.

»Das Beste fehlt noch. Komm mit, wir holen das Dessert.«

»Ich weiß gar nicht, ob ich überhaupt noch etwas essen kann.«

»Du musst, meine Liebe. Das darfst du dir unmöglich entgehen lassen.«

Diesmal half Kathrin, die sich bisher nur hatte bedienen lassen, beim Abdecken. In der Küche wurde ihr schlagartig klar, dass dies vielleicht die einzige Gelegenheit sein würde, sich zu wehren. An der Decke hing ein Flachbildschirm, der offensichtlich die Bilder mehrerer im Garten installierter Überwachungskameras zeigte. Draußen war alles ruhig.

Suchend schaute sie sich um. In der Ecke der Arbeitsfläche stand ein Messerblock. Sollte sie versuchen, ihn zu erreichen? Im Krimi sah das immer so einfach aus. Doch schon im selben Moment wusste sie, dass sie gar nicht fähig sein würde, mit einem Messer auf ihn loszugehen. Nicht, solange er sie nicht angriff. Ihr Blick fiel auf eine weiße Schürze mit blutroten Flecken.

»Keine Angst«, meinte Patrick, der sie beobachtet hatte. »Das ist bloß der Saft der Granatäpfel.«

Er nahm zwei Schalen mit dem Reismehlpudding aus dem Kühlschrank, drapierte frische Früchte um die kleinen milchig-weißen Berge und verzierte sie mit besonders prallen Granatapfelkernen, die in einer kleinen Schale neben dem Kühlschrank standen.

»Auf die Kerne, die ein Festmahl abrunden, darfst du nicht beißen«, sagte Patrick, als sie wieder am Tisch saßen. »Das soll Glück bringen.«

Sie hatten während des Essens über zahlreiche Bräuche im Zusammenhang mit dem Granatapfelbaum gesprochen, der als Symbol der Vegetation und Fruchtbarkeit galt. Er war der Lieblingsbaum der Aphrodite, seinen Früchten sagte man aphrodisische Wirkung nach. Die Ägypter legten ihren Toten sogar einen Granatapfel ins Grab. Vom glücksbringenden Brauch der unversehrten Kerne hatte Kathrin allerdings noch nichts gehört. Dennoch kam sie der Aufforderung willig nach. Der süßlichherbe Geschmack der Kerne war ihr nach deren reichlichem Genuss nun doch etwas zuwider. Sie musste sich ohnehin zwingen, den Nachtisch zu essen. Sie fühlte sich unangenehm satt und zunehmend apathisch.

42

»Was macht der Kerl denn jetzt?« Konstantin und Veltinger beobachteten verwundert, wie von Gemnitz Kathrins Hand ergriff und eine leichte Verbeugung machte. Als würde er sie zum Tanz auffordern. Er führte sie ins nur schwach erleuchtete Wohnzimmer, und wenig später tanzten die beiden tatsächlich. Der Mörder aufrecht und stolz, doch Kathrin schien leicht zu schwanken.

»Der Zugriff wird bis auf weiteres verschoben!«, flüsterte Veltinger, der den Einsatz gemeinsam mit dem Leiter des Mobilen Einsatzkommandos, Malte Berger, koordinierte. Berger war ein stämmiger Endvierziger, der über eine rasche Auffassungsgabe verfügte und keinerlei Anstalten machte, wegen der ungewöhnlichen Zusammensetzung der länderübergreifenden Truppe in Kompetenzgerangel zu verfallen.

»Keine Angst«, wandte Berger sich an Marks, »es gibt bestimmt bald eine bessere Gelegenheit. Aber so ist es einfach zu gefährlich.«

Konstantin antwortete nichts. Seine Nerven waren zum Zerreißen gespannt. Die ganze Aktion stand unter einem schlechten Stern. Vor eineinhalb Stunden waren die sechs Männer des MEK an derselben Stelle über die Mauer geklettert wie Schröder und er. Doch als gerade der letzte Beamte heruntersprang, waren an mehreren Stellen des Gartens gleißende Scheinwerfer angegangen. Zwar hatte sich später herausgestellt, dass der Mörder sie gar nicht entdeckt hatte, sondern dass die Festbeleuchtung offensichtlich an einer Zeitschaltuhr hing und bei Einbruch der Dunkelheit automatisch anging. Aber der Aktionsradius der Fahnder hatte sich dadurch erheblich verschlechtert. Im Laufe der nächsten Stunde war es ihnen dennoch gelungen, unbemerkt an der Haustür und an der Tür, die von der Küche in den Garten führte, kleine Sprengladungen anzubringen. Die Glastür zur hell beleuchteten Terrasse hatten sie ausgespart. Sie würde allerdings auch den geringsten Widerstand bieten.

Veltinger hatte Kontakt mit den zuständigen Stadtwerken aufgenommen. Die hatten einen Mitarbeiter in die kleine Schaltzentrale der Insel geschickt, der auf Kommando Veltingers die Stromzufuhr auf dem von Gemnitz'schen Gelände lahmlegen würde. Im selben Moment, so sah es der Plan vor, sollte die Spezialeinheit die Türen aufsprengen und das Gebäude stürmen. Doch dazu war es unbedingt nötig, dass sich von Gemnitz nicht im selben Zimmer wie sein Opfer aufhielt. Weil der Mitarbeiter der Stadtwerke zwischen den Hauptgängen noch nicht vor Ort gewesen war, hatten sie ihre ganze Hoffnung auf die kleine Pause vor dem Dessert gesetzt. Doch als er in die Küche ging, um den Nachtisch vorzubereiten, hatte er Kathrin mitgenommen. Und jetzt legte der mörderische Gastgeber mit seinem Opfer einen langsamen Walzer aufs Parkett.

»Are you lonesome tonight?« Elvis' schmachtende Stimme klang wie Hohn in ihren Ohren. Wie gerne wäre sie jetzt einsam gewesen. Kathrin fühlte sich schlecht, ihr schwindelte, doch ihr Tanzpartner ließ sie auch nicht los, als die letzten Töne längst verklungen waren, sondern schaute sie mit einem seltsamen Gesichtsausdruck an.

»Und jetzt zeige ich dir meine Kollektion.«

Widerstandslos ließ sich Kathrin, die vor Entsetzen fast gelähmt war, zum Sofa führen. Patrick schaltete eine Stehlampe ein. Das Licht im ganzen Haus begann kurz zu flackern.

»Wir haben hier immer wieder Spannungsschwankungen. Aber keine Sorge, meine Liebe. Ich habe ein Notstromaggregat.«

Auf einem Marmortisch standen Gläser und gekühlter Champagner bereit. Daneben lagen mehrere in schwarzem Leder eingebundene Fotoalben. Ohne zu zählen wusste sie, dass es elf Bände waren. Oder lag der zwölfte auch schon dabei?

Patrick reichte ihr ein Glas. Zärtlich strich er über den ersten Band, bevor er ihn öffnete. »Das ist meine Charlotta.«

Obwohl Kathrin Charlotta von Gemnitz nur einmal gesehen hatte und die Frau auf den Fotos deutlich jünger war, erkannte sie eine verblüffende Ähnlichkeit zwischen Patricks erstem Opfer und der distinguierten Adligen, die sie erst vor wenigen Tagen auf ihrem Landsitz besucht hatte. Es kam ihr vor, als wäre die Begegnung eine halbe Ewigkeit her. So hatte Peters Mutter ausgesehen, als er ein kleiner Junge war. Die Frau war von einer anrührenden Schönheit. Wenn sie nicht sicher gewusst hätte, dass sie zum Zeitpunkt der Aufnahmen bereits tot war, wäre sie nie darauf gekommen. Patrick war nicht nur als Modeschöpfer, sondern auch als Fotograf ein Genie. Er hatte seine ganze Zärtlichkeit und unerfüllte Sehnsucht in dieses Arrangement gepackt. Am liebsten hätte sie losgeheult. Um den Impuls zu unterdrücken, nahm sie rasch einen Schluck aus ihrem Glas.

Die ersten Bilder zeigten eine nackte Frau, die wie schlafend auf dem Bett lag. Die Posen wirkten gänzlich natürlich, die Aufnahmen hatten nichts Obszönes an sich. Dann folgten Bilder, in denen die Frau angezogen wurde. Nach und nach verwandelte sie sich in die beeindruckende elegante Persönlichkeit, als welche der Modeschöpfer wohl seine Mutter aus Kindheitstagen in Erinnerung hatte. Die Kleider waren zwar von zeitloser Eleganz, dennoch konnte man an einigen Details den Stil der 70-er Jahre erahnen. Die letzten

Bilder zeigten die Tote dann in der Pose, in der sie aufgefunden worden war. Sie saß am Schreibtisch über ein Buch gebeugt, als wäre sie beim Lesen friedlich eingeschlafen.

Der nächste Band barg für Kathrin keine allzu große Überraschung. Allerdings konnte man die künstlerischen Aufnahmen, die Patrick von seinem zweiten Opfer – der zierlichen Lehrerin Anna Lehner, auf die sie erst im Zuge der Ermittlungen um Flore Gutman gestoßen waren – gemacht hatte, wohl kaum mit den stümperhaften Bildern der Angehörigen vergleichen. Sie hatten die Tote fotografiert, weil sie so schön war, und Kathrin die Bilder vor der Exhumierung gezeigt.

Die fast magersüchtige Lehner war unter den Händen des todbringenden Meisters zu einem lebenslustigen Sommernachtstraum geworden, ein faszinierendes Geschöpf, das sie zu Lebzeiten vielleicht gerne gewesen wäre, aber nie war.

Die Hauptdarstellerinnen der folgenden Alben kannte Kathrin alle aus den Ermittlungsakten, freilich nicht in der Schönheit, in der sie ihr nun begegneten. Mit jedem weiteren Opfer, das sich Patrick gesucht hatte, waren die Dokumentationen umfänglicher geworden. Der Fotograf hatte immer mehr Wert auf die Aktaufnahmen gelegt, und Kathrin, die bisher nicht sicher gewesen war, wie stark das sexuelle Motiv bei dem Serientäter zu bewerten war, wusste nun, dass ihn die Obsession doch sehr beherrschte. Wahrscheinlich hatte er sich im Nachhinein angesichts der nackten Frauen Befreiung verschafft. Die abgegriffen Seiten deuteten jedenfalls auf eine häufige Benutzung hin.

Stumm, fast feierlich, zeigte ihr Patrick ein Album nach dem anderen. Kathrin hatte den Eindruck, dass seine Erregung ständig wuchs. Als er den Band mit Flore Gutman zuschlug, brach er endlich das Schweigen.

»Schneewittchen. Damals dachte ich noch, Schneewittchen sei die Schönste. Aber da kannte ich meine Königin noch nicht. Schneewittchen hat uns zusammengeführt. Sie und diese Journalistin. Ich bin den beiden unendlich dankbar.« Patrick strich ihr sanft über das Haar, so dass die Perlen aneinanderstießen und einen leisen Ton erzeugten.

»Schau dir das letzte Album gut an. Die schöne Marlene kennst du ja aus eigener Anschauung. Ich hole uns jetzt einen Espresso. Und dann gehen wir nach oben.«

»Willst du mich auch fotografieren?«, fragte Kathrin tonlos.

»Nein, dich möchte ich ohne das kalte Auge der Kamera erleben.« Patricks Stimme hatte einen heiseren Klang angenommen. Er schien seine ganze Kraft zusammenzunehmen, um sich noch beherrschen zu können. Ruckartig stand er auf und ging in die Küche.

Mechanisch blätterte Kathrin in dem Fotoalbum, das den letzten Auftritt von Josephine Kerner enthielt, ohne wirklich eines der Bilder zu sehen. Verzweifelt suchte sie nach einer Möglichkeit, ihrem Mörder, der schon in den nächsten Sekunden zurück sein würde, doch noch zu entkommen. Aber sie fühlte sich wie paralysiert, unfähig, irgendetwas zu tun. Sie konnte nicht mehr klar denken, Arme und Beine schienen ihren Dienst zu versagen.

Mit letzter Kraft versuchte sie aufzustehen, als plötzlich das Licht ausging. Auch die Gartenbeleuchtung erlosch. Ohne es zu wollen, ließ sich Kathrin auf das Sofa zurückfallen. Plötzlich brach an mehreren Stellen im Haus ein ohrenbetäubender Krach los. Es hörte sich an wie eine Explosion. Dann ging alles ganz schnell. Zersplitterndes Glas und ein Luftzug zeigten ihr, dass nun auch die Terrassentür zersprungen war. In der Küche erhob sich lautes Stimmengewirr. Ein Knall, ein Schmerzensschrei. Im selben Moment ging flackernd das Licht wieder an. Flüche wurden ausgestoßen. Das ganze Zimmer war vom Rauch der Explosion in dichten Nebel gehüllt.

Schemenhaft erkannte Kathrin einige Personen, die durch die geborstene Terrassentür eindrangen. Unnatürlich laut hörte sie die Glassplitter unter ihren Schuhen knirschen. »Kathrin!«, hörte sie eine vertraute Stimme rufen, und sie spürte, wie sich eine unendliche Erleichterung in ihrem Körper ausbreitete. Doch bevor sie antworten konnte, versank alles wieder in tiefer Dunkelheit.

Wieder saß er neben dem Bett und konnte seine Augen nicht von seinem schlafenden Gast abwenden. Mit ihrem porzellanfarbenen Teint war Kathrin schöner als noch zuvor.

Nun ja, schlafend war diesmal nicht ganz zutreffend. Er verabscheute rohe Gewalt, war nach dem Vorfall mit der schönen Helena nie mehr gegen ein lebendiges Wesen handgreiflich geworden. Zumindest nicht im Wortsinn. Aber den schnöden Versuch, ihm seine Königin zu entreißen, hatte er nur abwenden können, indem er Kathrin außer Gefecht setzte.

Ansonsten war alles nach Plan verlaufen. Er war stolz auf sich. Spätestens, als er auf dem Bildschirm in der Küche die Eindringlinge entdeckt hatte, war ihm klar geworden, wie berechtigt seine Vorsichtsmaßnahmen gewesen waren. Und als das Überfallkommando zuschlug, war er ihnen immer einen Schritt voraus gewesen. Die kleine Schusswunde, die er bei dem Gerangel in der Küche abbekommen hatte, war kaum der Rede wert. Er hatte die Blutung problemlos zum Stillstand gebracht.

Das Notstromaggregat war sofort angesprungen und seine Flucht mit Kathrin in der letzten Sekunde geglückt. Schade nur, dass er seine Kollektion zurücklassen musste. Andererseits brauchte er sie nun auch nicht mehr. Er hatte endlich die Gefährtin gefunden, nach der er so lange gesucht hatte. Die alles mit ihm teilte. Alles.

Abermals tastete er zärtlich ihren Hinterkopf ab. Außer einer Beule konnte er keine Verletzungen erkennen. Blut war glücklicherweise keines geflossen. Er beugte sich über sie, legte sein Ohr auf ihre Brust und spürte ihren Herzschlag – zart wie den Flügelschlag eines kleinen Vogels. Eigentlich hätte sie längst wieder aufwachen müssen. Hoffentlich hatte er nicht zu stark zugeschlagen. Doch nein, das konnte, das durfte nicht sein.

Er freute sich schon auf ihr überraschtes Gesicht, wenn sie ihr unglaubliches Ambiente entdecken würde.

43

»Verdammt, was ist das denn?«, stieß Marks hervor, als er am Ende des kleinen Ganges die massive Metalltür erblickte. Problemlos hatten sie die erste Verbindungstür aufgebrochen, hinter der von Gemnitz mit Katharina verschwunden war. Doch dann war das Notstromaggregat plötzlich wie von Geisterhand wieder abgeschaltet worden, und es hatte einige Minuten und ein hitziges Telefonat mit den Stadtwerken gebraucht, bis die normale Stromversorgung wieder funktionierte.

Während drei Beamte des Einsatzkommandos die Villa untersuchten, standen Berger, Veltinger, Schröder und Marks im Schein zweier starker Strahler und starrten auf das nächste Hindernis. Was Marks fast noch mehr beunruhigte als die offensichtlich dickwandige Tür, die eher zu einem Bunker zu führen schien als zu einer Garage, war der Kasten, der an der Wand blinkte. Der barg offensichtlich weit mehr Technik, als es für eine normale Alarmanlage notwendig war.

Der Meinung war auch der Sprengstoff-Experte, ein sommersprossiger, rothaariger, schlaksiger junger Mann, der von der britischen Insel stammte.

»Shit«, meinte der, nachdem er den Kasten ausgiebig inspiziert hatte. »Das können wir vergessen. Wenn wir die Tür aufbrechen, fliegt uns der ganze Schuppen um die Ohren.«

»Kann man das Ding nicht entschärfen?«

»Well, man kann alles. Aber ich nehme einmal an, dass Sie keine zwei Stunden Zeit haben?«

Berger nickte. »Dann müssen wir es eben über das normale Garagentor versuchen. Aber Sie«, wandte er sich an den jungen Briten, »versuchen dieses Ding zu knacken. Vielleicht geht es ja doch schneller. Sie halten uns auf dem Laufenden.« Er deutete auf sein Headset. Wie alle MEK-Mitglieder war er über eine Konferenzschaltung mit dem Handy verbunden. Der Rothaarige brummte etwas, das mit viel Fantasie als Zustimmung gewertet werden konnte.

Wenig später hatten sie den Volvo, der direkt vor der Garage stand und ihren Aktionsradius blockierte, kurzgeschlossen und weggefahren. Dafür stand jetzt der Mercedes-Bus mit der Ausrüstung des MEK in unmittelbarer Nähe. Außerhalb des Geländes wartete ein Rotkreuzwagen mit Rettungssanitätern und einem Notarzt, von denen alle hofften, dass sie nicht benötigt würden.

»Ich weiß nicht«, sagte Marks angesichts des zweiflügeligen Holztors zweifelnd. »Ich kann mir einfach nicht vorstellen, dass er den Zugang vom Haus aus abschottet wie einen Hochsicherheitstrakt und hier ein stinknormales Garagentor einbaut.«

Er lehnte seinen Kopf an das Tor und lauschte angestrengt, doch keinerlei Geräusche drangen an sein Ohr.

»Bevor wir irgendetwas unternehmen, müssen wir einen Blick hinter das Tor werfen«, sagte Berger, der nun vorsichtig an der Türklinke rüttelte und dann fortfuhr. »Vielleicht können wir mit einer kleinen Kamera durch das Schlüsselloch fahren?«

Ein Beamter der Spezialeinheit brachte bereits ein Instrument in Stellung, das Marks an eine minimalinvasive Operation denken ließ. Es war an ein kleines Notebook angeschlossen.

Vorsichtig schob der Mann den langen dünnen Schlauch, an dessen Spitze sich der in alle Richtungen bewegliche Kamerakopf befand, durch das Schlüsselloch. Obwohl die Kamera extrem lichtempfindlich war, konnten sie auf dem Bildschirm zunächst überhaupt nichts erkennen. Nachdem der Spezialist einige Einstellungen verändert hatte, nahm langsam ein Bild Gestalt an.

»Ich hab's befürchtet«, stöhnte Marks, der als Erster erkannte, was es war. Eine Mauer. Hinter dem Garagentor befand sich eindeutig eine Mauer. Der SEK-Beamte schob den Schlauch noch weiter hinein und veränderte die Position der Kamera, doch die Bilder, die sie lieferte, zeigten alle dasselbe: die Oberfläche einer massiven Mauer. Die Gewissheit, dass auch hier kein Durchkommen war, traf Marks wie ein Schlag in die Magengrube. Das Garagentor war lediglich Blendwerk. Der einzige Zugang war der vom Hauptgebäude aus, und den hatte der Verbrecher, der nichts mehr zu verlieren hatte, mit Sprengstoff gesichert.

»Wir müssen unbedingt wissen, wie es da drin aussieht«, unterbrach Veltinger seine düsteren Überlegungen.

»Das Grasdach wäre vielleicht eine Möglichkeit«, schaltete sich Berger ein. »Wenn wir ein kleines Loch durch die Decke bohren, können wir mit der Kamera hineinfahren, aber zuerst will ich einen Blick in die Baupläne werfen.« Er telefonierte mit einem Mitarbeiter des Bauamtes auf dem Festland, den er Stunden zuvor in die Behörde geschickt hatte, wo er die Grundstück- und Baupläne des Wohnhauses eingescannt und ihnen gemailt hatte. Jetzt zahlte sich aus, dass der Mann angeboten hatte, bis zum Abschluss der Aktion in seinem Büro auszuharren. Für alle Fälle.

»Haben Sie auch Pläne von dem Garagengebäude?«, fragte Berger, der den Lautsprecher eingeschaltet hatte.

»Einen Moment.« Sein Gesprächspartner schien in Papier zu kramen. »Es gibt hier einen umfangreichen Schriftverkehr. Kurz nachdem Patrick Gminder das Anwesen gekauft hat, wollte er einen Teil des Hauses nachträglich unterkellern, was ihm aber nicht genehmigt wurde. Daraufhin hat er den Bauantrag für eine Garage gestellt. Der ging dann durch, allerdings aus Landschaftsschutzgründen mit der Auflage, ein Tor einzubauen, das zum Baustil des Hauses passt, und ein Grasdach anzulegen. Das Gebäude wurde dann wohl auch so realisiert und abgenommen. Ich scanne die Pläne ein und schicke sie gleich.«

»Danke, Sie sind uns eine große Hilfe.«

Fünf Minuten später, die den Männern wie eine Ewigkeit vorgekommen waren, hatten sie das Material auf dem Schirm.

Die Ansicht zeigte ein freistehendes Garagengebäude ohne Zugang zum Wohnhaus.

»Aha«, meinte Berger, »die Verbindung zum Haus hat er also später geschaffen, und hinter dem Garagentor hat er dann einfach eine Mauer hochgezogen. Schauen wir uns mal die Pläne von dem Dach an.«

Auf dem Bildschirm erschien der Schnitt durch die Dachkonstruktion.

»Wir haben Glück. Es ist keine Betondecke, sondern eine Holzkonstruktion, darauf liegt die Grasnarbe. Wenn das Dach tatsächlich so ausgeführt wurde wie auf dem Plan, müssten wir es schaffen. Was meinen Sie, Ben?« Berger wandte sich an den Mann, der vorher die Kamera bedient hatte. »Wir brauchen aber einen möglichst leisen Bohrer.«

Ben nickte, stieg in den Einsatzbus und ließ sich die nötigen Gerätschaften zusammensuchen.

Berger hatte inzwischen eine Leiter an die Garage gestellt und war mit einer für seinen massigen Körper erstaunlichen Geschwindigkeit auf das Dach geklettert. Dann stieg Ben mit seiner Ausrüstung hinauf. Marks, Veltinger und Schröder folgten ihm.

44

»Einen, der weniger Krach macht, haben Sie nicht?«, fragte Marks ungläubig. Das hohe Surren des kleinen Bohrers ging ihm durch Mark und Bein. »Drinnen hört man das nicht so laut, die Decke schluckt den Schall«, beruhigte ihn

Ben, der mit sanftem Druck zu bohren anfing. Tatsächlich wurde das Geräusch deutlich leiser, als der Bohrer auf Widerstand traf. Sie hatten eine Stelle ganz an der Ecke des Gebäudes ausgewählt, in der Hoffnung, sich so rasch einen Überblick über den darunterliegenden Raum zu verschaffen.

»Das flutscht wie Butter«, erklärte Ben zufrieden. Wenig später zog er den Bohrer heraus: »Ich glaube, wir sind durch.«

Dann schob er den Schlauch mit der kleinen Kamera durch das Loch. Alle schauten gespannt auf das Bild, das sich auf dem Bildschirm des Laptops aufbaute.

Als sie die Augen aufschlug, konnte Kathrin zunächst nur flackernde Lichter erkennen. Für einen Moment glaubte sie, im Jenseits zu sein. Doch dann spürte sie, dass sie fürchterliche Kopfschmerzen hatte. Und dass sie ganz entsetzlich fror. Beides nicht gerade Empfindungen, die sie erwarten würde, wenn sie das Zeitliche gesegnet hätte. Langsam kehrte ihre Erinnerung zurück. Panik breitete sich wie eine Welle in ihr aus. Es gelang ihr gerade noch, ein Stöhnen zu unterdrücken.

Ohne den Kopf zu drehen, versuchte sie, sich zu orientieren. Sie lag auf einer hohen breiten Pritsche in der Mitte eines kleinen Raumes. Unter sich konnte sie mit ihren Fingern eine Fellauflage ertasten. Nachdem sich ihre Augen an das schummrige Dämmerlicht gewöhnt hatten, das einige Fackeln verbreiteten, schälten sich langsam Gegenstände aus der Dunkelheit. Ihre Überraschung war so grenzenlos, dass sie für einen Augenblick ihre Angst vergaß. Um sie herum standen kostbare antike Skulpturen, Masken und Gefäße – offensichtlich alle aus dem Neuen Reich, der wohl bekanntesten Epoche des alten Ägypten.

Dann erst bemerkte sie die faszinierenden Wandmalereien. Im Augenwinkel erkannte sie an der linken Wand die Darstellung zweier Gottheiten. Anubis und Hathor?

Ihr Blick wanderte weiter. Auf der Wand an ihrem Fußende: zwölf hockende Paviane. Plötzlich wusste Kathrin, wo sie war.

Sie brauchte den Kopf nicht nach rechts zu drehen, um die Gewissheit zu haben, dass auf der Nordwand die Darstellung des Aja und der Mundöffnungszeremonie auf sie warteten. Und hinter ihr, auf der Ostwand, die Beamten, die den Katafalk zum Königsfriedhof ziehen. Dort, wo sich eigentlich die Öffnung zur Schatzkammer befinden sollte, war wahrscheinlich der Eingang zu ihrem Verließ.

Plötzlich glaubte Kathrin ein leises Surren zu vernehmen. Wie von einem Bohrer beim Zahnarzt. Eine schwache Hoffnung keimte in ihr auf. Marks würde nichts unversucht lassen, sie hier herauszuholen. Vielleicht hing das Geräusch damit zusammen. Dann war es wieder vollkommen still. Ob sie sich getäuscht hatte?

In den beiden Ecken des Raumes, die sie von ihrem Lager aus erkennen konnte, standen Figuren in Lebensgröße. Sie trugen knielange traditionelle Lendenschürzen, die um die Taille geschlungen und vorne gebunden waren. Allem Anschein nach stellten sie Hohepriester dar, wie sie im alten Ägypten in den Göttertempeln ihren Dienst taten.

Im selben Moment nahm sie eine Bewegung wahr, und das Blut gefror ihr in den Adern.

Eine der Gestalten kam langsam auf sie zu.

»Was ist das denn?«, stieß Ben hervor, der wie die anderen gebannt auf den Bildschirm starrte.

Im Schein einiger Fackeln sahen sie Skulpturen, Büsten, golden schimmernde Gefäße und Gerätschaften, deren Zweck sich ihnen nicht erschloss.

»Sieht irgendwie ägyptisch aus«, sagte Veltinger. »Der Verrückte hat sich da unten ein eigenes kleines Museum eingerichtet. Aber keine Spur von den beiden.«

Ben veränderte den Radius der Kamera. In der linken Wand war die Tür, die zum Wohngebäude führte. Dahinter versuchte der Brite sein Glück an der Alarmanlage. Und in der Mitte des Raumes kam eine Treppe in Sicht. Sie erkannten jetzt deutlich Steinstufen, die in die Tiefe führten. Rechts und links des Treppenabgangs standen, wie Wächter, zwei große bemalte Figuren.

»Der Raum ist unterkellert. Jetzt sind wir so weit wie zuvor.« Mühsam unterdrückte Marks einen Fluch.

Der Lautsprecher von Bergers Handy knisterte.

»Hi Chef, ich habe den Zünder entschärft. Die Tür geht aber trotzdem nicht auf. Aber das sollten Sie sich mal ansehen. Hier steht ein seltsamer Spruch.«

»Was steht denn da?«

Stockend und mit starkem Akzent begann der Brite zu lesen: *»Zuerst konnte ich nichts sehen, da die aus der Kammer entweichende heiße Luft das Licht der Kerze zum Flackern brachte. Als meine Augen sich aber an das Licht gewöhnten, tauchten bald Einzelheiten im Innern der Kammer aus dem Nebel auf, seltsame Tiere, Statuen und Gold, überall glänzendes, schimmerndes Gold! Es war Goldglanz, wohin man auch schaute …«*

Veltinger wiederholte laut den Text. Schröder hatte bereits sein iPhone gezückt und gab den Anfang bei Google ein. Dann stieß er einen verblüfften Laut aus. »Hier. Das ist ein Zitat des Archäologen Howard Carter, der hat das Grabmal des Pharaos Tutanchamun entdeckt.«

»Verdammt«, entfuhr es Marks, dem die Erkenntnis eiskalt in die Knochen fuhr. »Das ist gar kein Museum, der Kerl hat sich da unten eine ägyptische Grabkammer nachgebaut.«

45

»Die Grabkammer des Tutanchamun«, flüsterte Kathrin. »Ich habe sie gleich erkannt. Sie ist wunderschön. Vor einigen Jahren, als die Ausstellung mit der nachgebauten Grabkammer in Tübingen gezeigt wurde, war ich fast jeden Tag dort. Wie haben Sie das … wie hast du das nur geschafft?«, fuhr sie fort, als sie sah, wie Patrick tadelnd den Kopf schüttelte, weil sie ihn schon wieder gesiezt hatte. »Die Malereien wirken so verblüffend echt und die Nachbildungen der Skulpturen, sie sind einfach fantastisch.«

Patrick hatte ihr zuvor wieder eine Spritze gegeben, die ihr augenblicklich den Schmerz und auch etwas die Panik genommen hatte. Jetzt saß er wie an einem Krankenbett an ihrer Seite und strich ihr zärtlich eine Haarsträhne aus dem Gesicht.

»Die Wandmalereien habe ich selbst gemacht«, sagte er mit unverhohlenem Stolz. »Und was die Grabbeigaben betrifft …« – er machte eine effektvolle Pause, bevor er weitersprach – »… das sind keine Nachbildungen. Die sind alle echt!«

»Aber wie ist das möglich?«

»Ach, meine Liebe, wenn du wüsstest, wie schlecht die Mitarbeiter der ägyptischen Museen bezahlt werden. Ich habe im Laufe der Jahre mit meinen Spenden schon so manche Großfamilie durchgefüttert. Die Dankbarkeit der armen Teufel kennt keine Grenzen, das kannst du mir glauben.«

Er nahm ihre Hand und half ihr aufzustehen. Dann hob er eine Fackel aus einer Halterung an der Wand.

»Komm, du sollst dir in Ruhe alles anschauen. Meine Kammer ist etwas größer als das Original. Ich hätte sonst meine Schätze nicht alle untergebracht«, fügte er entschuldigend hinzu.

Kathrin schritt um den Sockel herum, der seiner ursprünglichen Funktion nach den Schrein mit dem Sarg tragen sollte und von Patrick zu einer Art Doppelbett umfunktioniert worden war. Mit echter Bewunderung betrachtete sie die Wandmalereien und die magischen Grabbeigaben, die einen Pharao auf seiner letzten Reise begleiten sollten. Kleidungsstücke, Schmuck, aber auch Spazierstöcke und Steuerruder.

An der hinteren Wand, an der Kathrin zuvor richtig den Eingang vermutet hatte, führten Steinstufen steil nach oben. Am Kopfende des Bettes, auf dem sie gelegen hatte, stand eine Vitrine. Als Patrick sie mit seiner Fackel anleuchtete, verschlug es Kathrin kurz die Sprache.

»Die Totenmaske des Tutanchamun. Sie kann aber unmöglich echt sein?«, stotterte sie.

Obwohl Patrick schwieg, glaubte Kathrin, die Antwort zu kennen. Sie hoffte inbrünstig, dass die Museumswärter ihn wenigstens in diesem einen Fall betrogen hatten.

Die Goldmaske des Tutanchamun war das berühmteste Stück aus dem Pharaonengrab und von unschätzbarem Wert. Kathrin, die das Original einmal im Ägyptischen Museum in Kairo gesehen hatte, wusste, dass es nie mehr außer Landes gebracht werden sollte. Auch nicht für die renommiertesten Ausstellungen.

Aus reinem Gold gefertigt, wog die Maske über elf Kilogramm. Das blau-gold gestreifte prächtige Kopftuch, das im Nacken zu einem Zopf zusammengedreht war, die Lapislazuli-Einlagen rund um die Augen – alles glänzte geheimnisvoll. Auf der Stirn prangten ein Geierkopf und die aufgerichtete Kobra, die beiden Göttinnen, die Ober- und Unterägypten symbolisierten.

Unwillkürlich berührte Kathrin mit ihrer Hand das Glas der Vitrine. Wenn dies eine Fälschung war, so war sie auf jeden Fall außergewöhnlich gut.

Während sie ehrfürchtig die Totenmaske anschaute, spürte sie plötzlich den Blick Patricks auf sich ruhen.

»Glaubst du jetzt auch, dass wir zwei verwandte Seelen sind? Wir teilen dieselbe Leidenschaft. Wir sind füreinander bestimmt.« Das flackernde Licht der Fackel verzerrte seine Gesichtszüge, doch die Begierde in seinen Augen war unverkennbar.

Patrick steckte die Fackel in eine Maueröffnung, dann zog er sie langsam an sich.

46

Als sie in den Gang zurückkamen, der zu dem Nebengebäude führte, bot sich ihnen ein chaotisches Bild. Leitungen hingen aus der Wand. Der Brite starrte einigermaßen verzweifelt in die Maueröffnung, aus der er den Metallkasten entfernt hatte. In die Wand eingelassen befand sich ein weiteres, viel kleineres Kästchen. Auf dessen Deckel stand das ihnen bekannte Zitat.

»Die äußere Alarmanlage war nur der erste Schutzwall. Die eigentliche Herausforderung steckt dahinter«, sagte der Sprengstoffexperte.

Der Brite öffnete den Deckel und trat zur Seite. »Hieroglyphen, nichts als Hieroglyphen«, stöhnte er. »Und ich habe den Eindruck, wenn wir die nicht richtig entziffern und die falsche Kombination drücken, bekommen wir die Scheißtür nie auf.«

Auf den ersten Blick wirkte das Innere des Kästchens wie der numerische Block einer Tastatur, doch statt mit Zahlen waren die zwölf Tasten, die in vier Dreierreihen untereinander angeordnet waren, mit seltsamen Zeichen versehen.

»Wir brauchen einen Spezialisten, der sich damit auskennt«, meinte Berger, nachdem er einen kurzen Blick auf die in das Metall gefrästen Schriftzeichen geworfen hatte. Sie zeigten Scheiben, Tiere und Wellenlinien.

»Abfotografieren!«, sagte Veltinger im Befehlston. »Ich suche einen Experten.«

Wenig später hatte er einen Archäologen ausfindig gemacht, der als Koryphäe im Entziffern ägyptischer Schriftzeichen galt. Sofort nachdem er mit ihm telefoniert hatte, hatten sie ihm die Fotos geschickt. Jetzt warteten sie mit Spannung auf seine Reaktion.

Die kam auch prompt.

»Schilfblatt, Wasserlilie, Brotlaib, Skarabäus, Sonnenscheibe, hmhmm«, tönte es wissend aus dem Lautsprecher. »Mit Ausnahme des Geiers und der Kobra sind das alles Schriftzeichen, die in den verschiedenen Namen des Pharaos Tut-anch-Amun vorkommen«, sagte der Professor mit Bestimmtheit, nachdem er kurz überlegt hatte.

»Sind Sie sicher? Und wieso verschiedene Namen?«

»Der Pharao hieß zunächst Tut-anch-Aton, dann benannte er sich um, in Tut-anch-Amun. Das hatte mit der religiösen Revolution seines Vaters zu tun und würde jetzt zu weit führen. Und dann gibt es noch den Thronnamen des Pharaos: Neb-Cheperu-Re. Alle Schriftzeichen, die man für die drei Namen braucht, sind auf Ihrer Tastatur vorhanden. Der Geier und die Kobra, die Zeichen, die Sie auf der Tastatur ganz links oben und rechts unten sehen, fallen aus der Reihe. Sie sind die Symbole für Ober- und Unterägypten, also ein Sinnbild für das ganze Reich, über das der Pharao geherrscht hat. Ich würde mal sagen, die können Sie vernachlässigen. Wahrscheinlich hat Ihr Ägypten-Fanatiker sie nur als Platzhalter dazugenommen.«

»Was meinen Sie, welche Kombination würde er verwenden, um damit den Zugang zu der nachgebauten Grabkammer des Pharaos zu sichern?« Die Ungeduld in Veltingers Stimme war jetzt unüberhörbar.

»Auf keinen Fall Tut-anch-Aton«, ließ sich der Professor vernehmen, der offensichtlich den Ernst der Lage erkannt hatte, »aber vielleicht Tut-anch-Amun oder Neb-Cheperu-Re. Ich weiß nicht, beides ist möglich.«

»Kommen Sie schon, Professor, was würden Sie wählen?«, drängte Veltinger.

Sein Gesprächspartner zögerte kurz, dann räusperte er sich. »Für wahrscheinlicher halte ich Tut-anch-Amun. Immerhin ist es die Bezeichnung, die sich der Pharao selbst gegeben hat. Es bedeutet: ›Lebendes Abbild des Amun‹. Aber bitte, ich übernehme keine Verantwortung.«

»Das müssen Sie auch nicht«, schaltete sich jetzt Marks ein. »Aber wir müssen da jetzt rein, wer weiß, ob die beiden überhaupt noch …« Er brach ab.

»Der Kollege hat recht. Uns bleibt keine Zeit. Wir müssen uns entscheiden. Geben Sie uns die Kombination, die Sie für die wahrscheinlichste halten«, bat Veltinger.

»Na schön. Ich nenne Ihnen jetzt die Folge der Hieroglyphen, die zusammengesetzt Tut-anch-Amun ergeben. Aber ich möchte Sie noch warnen. So wie Sie den Fanatiker beschrieben haben, hat er an alles gedacht. Pharaonengräber waren gut gegen Eindringlinge geschützt. Selbst wenn Sie die richtige Kombination erwischen, könnte das einen Mechanismus auslösen, der die Grabkammer zerstört. Die Wände könnten einstürzen, Geröll den Zugang blockieren.«

»Was ist mit Wasser? Wir sind hier am Meer«, sagte Berger, der bis jetzt das Gespräch stumm verfolgt hatte.

»Natürlich. Ein Mechanismus, der die Grabkammer flutet, ließe sich sogar verhältnismäßig leicht auslösen. Soll ich Ihnen die Kombination jetzt trotzdem durchgeben?« Die Stimme des Professors zitterte. Er schien langsam die Nerven zu verlieren.

»Natürlich. Wir schreiben mit, und dann wiederholen Sie das Ganze nochmal«, sagte Veltinger, während Berger sein MEK-Team anwies, Sauerstoffgeräte, Schaufeln und Werkzeuge herbeizuschaffen, um gegen unliebsame Überraschungen gewappnet zu sein.

»Um Tut-anch-Amun zu schreiben, benötigen sie folgende Schriftzeichen«, diktierte der Professor: »Die Lebensschleife, das ist die mittlere Taste in der oberen Reihe, den Brotlaib, der befindet sich direkt darunter, dann die Wachtel, das ist die rechte Taste in der zweiten Reihe von unten, dann wieder der Brotlaib, dann das Brettspiel, ganz unten in der Mitte, die Wasserlilie, ganz oben rechts und das Schilfblatt, das befindet sich in der zweiten Reihe von oben ganz links. Und nun Sie.«

Der Professor atmete hörbar auf, als Berger alle Symbole richtig wiederholt hatte.

»Na, dann wollen wir mal«, sagte Berger zu dem Briten, doch bevor der die erste Taste drücken konnte, schrie der Professor laut auf: »Halt, ›Amun‹ wurde immer respektvollerweise an den Anfang gesetzt. Sie sollten also mit dem Schilfblatt, dem Brettspiel und der Wasserlilie beginnen und danach mit dem Brotlaib, der Wachtel, dem Brotlaib fortfahren. Zum Schluss kommt dann die Lebensschleife, das bedeutet anch.«

»Sind Sie sicher?«

»Ganz sicher. Wenn Ihr Täter sich so gut mit der alten ägyptischen Geschichte auskennt, wie Sie vermuten, dann wird er die richtige Folge der Schriftzeichen wählen.«

»Also los jetzt!« Ungeduldig riss Marks Berger den Zettel aus der Hand, auf dem der die veränderte Reihenfolge notiert hatte.

Er nahm seinen ganzen Mut zusammen, dann begann er, die Tasten zu drücken, wobei er laut mitsprach:

»Schilfblatt, Brettspiel, Wasserlilie. Dann: Brotlaib, Wachtel, Brotlaib.«

Er zögerte kurz. Dann fuhr er fort: »Und zum Schluss: die Lebenslinie.«

Als Marks die mittlere Taste in der oberen Reihe gedrückt hatte, passierten mehrere Dinge gleichzeitig: Die Tür schwang wie von Geisterhand auf, und von fern war ein leichtes Donnern zu hören, das unmittelbar in ein lautes Rauschen überging.

47

Willenlos ließ Kathrin die Liebkosungen ihres Peinigers über sich ergehen. Sie war wie gelähmt, unfähig, sich zu wehren. Nachdem Patrick sie auf das Lager gebettet hatte, hatte er sie eine Weile betrachtet – wie einen kostbaren Schatz. Dann hatte er sich neben sie gelegt und begonnen, sie am ganzen Körper zu streicheln. Erst zärtlich, dann immer fordernder. Als er anfing, sie zu küssen, war es mit ihrer Beherrschung zu Ende. Er roch süßlich, nach Alkohol und den Granatapfelkernen. Sie spürte einen heftigen Würgereiz und versuchte abrupt, ihren Kopf wegzudrehen.

Im selben Moment hörte sie plötzlich aus der Ferne ein lautes Grollen. Gleichzeitig taten sich an allen vier Wänden kleine Nischen auf, und Kathrin empfand – trotz der Panik, die sie nun wieder erfasste – eine gewisse Bewunderung für die Detailtreue, mit der Patrick die Kammer nachgebaut hatte.

Auch in der echten Grabkammer war in jeder der vier Wände unter Verputz eine kleine Nische eingelassen. Anders als im Original enthielten die Nischen hier aber keine magischen Ziegel, die das Grab nach allen vier Himmelsrichtungen gegen schlimme Einflüsse schützen sollten, sondern profane Rohre. Aus ihnen schoss jetzt mit kräftigem Druck Wasser heraus. Eine Wächterfigur, die in der Ecke stand, fiel um und zerbrach.

»Ich hätte nicht gedacht, dass sie so schnell sind«, stieß Patrick hervor. »Ehrlich gesagt, ich habe nicht geglaubt, dass sie es überhaupt schaffen. Aber sie kriegen uns trotzdem nicht.« Er zerrte Kathrin von der Liegestatt auf den Boden hinunter, der bereits mehrere Zentimeter hoch mit Wasser bedeckt war.

Genau unter einem der Löcher, aus denen sich das Wasser mit unverminderter Macht in die kleine Kammer ergoss, waren zwei Ketten in den Steinboden eingelassen, die

Kathrin zuvor nicht aufgefallen waren. Blitzschnell griff Patrick nach ihrer Hand.

Als sie erkannte, was er vorhatte, erwachte endlich ihre Widerstandskraft. Das Wasser ging ihnen bereits bis zur Brust. In ihrer Vorstellung war Ertrinken schon immer der schlimmste Tod gewesen. Nun kämpfte sie verzweifelt dagegen an. Sie wehrte sich mit allen Mitteln. Sie wand sich, trat im Wasser um sich, versuchte, ihn zu kratzen und zu beißen. Doch es gelang ihr lediglich, zu verhindern, dass er sie mit ihm zusammen ankettete. Aus seinem Griff befreien konnte sie sich nicht.

»Ich hätte uns einen schöneren Tod gewünscht«, war das Letzte, was sie hörte, dann wurde sie wie von einer eisernen Faust unter das Meerwasser gedrückt.

Marks stürmte als Erster in den kleinen Raum und sofort auf den engen Treppenabgang zu. Als er in die Grabkammer hinabstieg, bedeckte das Wasser bereits die untersten drei Stufen und stieg rasch weiter. Die ersten Fackeln waren erloschen. Die verbliebenen tauchten den Raum in ein gespenstisches Licht. Marks brauchte kurz, um sich zu orientieren. Vor einer Wand, auf die hockende Affen gemalt waren, lagen zwei ineinander verschlungene Körper. Von Gemnitz saß bis zum Hals im Wasser. Auf seinem Schoß lag Kathrin, den Kopf vornüber, unter Wasser!

Mit einem wütenden Schrei kämpfte sich Konstantin durch die Fluten, in denen Gefäße und Figuren schwammen, bis zu den beiden durch. Stark verlangsamt durch die Wassermassen stürzte er sich auf von Gemnitz, der Kathrin mit schier unmenschlichen Kräften festhielt. Als es Konstantin nicht gelang, Kathrin zu befreien, versetzte er seinem Widersacher mit voller Wucht einen Kinnhaken. Der Schädel des Mannes krachte gegen die Steinwand, und er sackte augenblicklich über Kathrin zusammen.

Marks hatte alle Mühe, den schweren Körper zur Seite zu wuchten, dann endlich konnte er unter Kathrins Arme greifen und ihren leblosen Körper aus dem Wasser ziehen.

Einige Sekunden, die Marks unendlich lang vorkamen, geschah gar nichts. Dann begann sie zu husten. Eine unendliche Erleichterung durchströmte ihn – und sie, als der Geruch einer nassen Lederjacke in ihr Bewusstsein drang.

»Konstantin, bist du es? Konstantin, bitte hol mich hier raus«, stammelte sie unsinnigerweise, denn nichts anderes tat er gerade.

»Er liegt da hinten bewusstlos im Wasser. Holt den Scheißkerl raus, ich will ihn lebend!«, schrie Marks den drei Beamten zu, die sich nach ihm in die Grabkammer gedrängt hatten. Das Wasser reichte ihnen nun schon bis zur Hüfte, als er mit Kathrin im Arm die erste Stufe erklomm.

»Du bist in Sicherheit, Kathrin«, sagte Konstantin leise, als er sie wie eine zerbrechliche Last vorsichtig auf dem Sofa absetzte, auf dem sie vor kurzem noch mit von Gemnitz die Bilder seiner Kollektion betrachtet hatte. Wie auf Kommando begann ihr Körper zu zittern wie Espenlaub.

»Es ist vorbei. Kathrin! Es ist vorbei. Bist du verletzt? Was hat er mit dir gemacht?« Konstantin hatte sich neben sie gesetzt und hielt sie fest im Arm.

Kathrins Zähne klapperten, und sie brachte immer noch keinen Ton heraus. Erst nach und nach gelang es ihr, auf seine besorgten Fragen zu antworten.

»Ihr müsst unbedingt die Grabkammer trockenlegen und die Kultgegenstände bergen«, rief Kathrin erschrocken, als ihr die kostbaren Grabbeigaben einfielen. »Ich fürchte, vieles davon ist echt. Es wäre furchtbar, wenn diese Schätze für immer verloren gingen.«

»Wir haben ihn«, rief Schröder aufgedreht, der soeben ins Zimmer stürmte. »Er ist noch bewusstlos und hat eine dicke Beule am Hinterkopf, aber er lebt.«

»Der Notarzt kommt sofort. Er versorgt gerade von Gemnitz, aber dann ist er gleich bei Ihnen.« Auch Ole Veltinger stand die Erleichterung über den geglückten Einsatz ins Gesicht geschrieben. »Dann will ich mal unsere Erfolgsmeldung weiterleiten. Dem Oberstaatsanwalt wird ein Stein vom Herzen fallen.«

Er nickte Kathrin aufmunternd zu und klopfte Marks kumpelhaft auf die Schultern, dann war er auch schon wieder verschwunden.

»Der Arzt soll sich ruhig zuerst um Patrick, ich meine um von Gemnitz kümmern. Ich möchte mich lieber erst einmal umziehen«, meinte Kathrin, die sich bereits etwas besser fühlte. Nun wollte sie das nasse Kleid, das wie ein schwerer Sack an ihr hing, so schnell wie möglich loswerden.

»Begleitest du mich nach oben? Irgendwo da oben müssen meine Klamotten und meine Tasche sein.«

»Gern, obwohl ich mich an deinem königlichen Anblick noch lange nicht sattgesehen habe«, erwiderte Konstantin, der von ihrer Erscheinung ehrlich beeindruckt war.

»Sag mal«, fragte Kathrin, der sein bewundernder Blick nicht entgangen war, »habt ihr uns heute Abend eigentlich schon lange beobachtet?«

»Lange genug, um ganz schön Hunger zu bekommen«, lachte Konstantin verlegen, weil ihm dabei unversehens die Szene einfiel, die er vom Fenster aus gesehen hatte. Er war froh, dass Kathrin nicht weiter insistierte, sondern sich von ihm aufhelfen ließ. Dann hakte sie sich bei ihm unter und ging langsam Richtung Treppe.

48

»Hundertneunzig zu hundertdreißig. Der Blutdruck ist hoch und der Puls viel zu schnell.« Der Arzt nahm Kathrin die Manschette vom linken Arm, auf dem immer noch die Abdrücke der goldenen schlangenförmigen Reifen zu sehen waren. Dann blickte er ihr in die Augen. »Ihre Pupillen sind auch stark geweitet. Am besten, Sie fahren mit uns nach Husum in die Klinik und lassen sich richtig durchchecken. Sie bleiben vorsichtshalber über Nacht stationär. Dann können wir Ihr Blut analysieren und sehen, was der Ihnen alles gespritzt hat. Nach dem, was Sie sagen, scheint es ja eine ganze Menge gewesen zu sein.«

»Das kommt überhaupt nicht in Frage«, brauste Kathrin auf, der die Vorstellung, die Nacht im Krankenhaus zu verbringen, unerträglich erschien. Nachdem sie wieder in ihren eigenen Kleidern steckte, fühlte sie sich ohnehin schon besser. Lediglich einige Perlen, die sich nur schwer aus den nassen Haaren entfernen ließen, erinnerten noch an ihre Zeit als ägyptische Königin.

»Mir geht es wirklich schon viel besser«, sagte Kathrin leise zu Konstantin, der neben ihr stand und keinerlei Anstalten machte, sie aus den Klauen des Weißkittels zu befreien. »Ich kann doch mit euch nach Hamburg zurückfliegen und bei dir in der Pension übernachten, dann wäre ich die ganze Zeit quasi unter polizeilicher Aufsicht. Zu Mascha will ich heute Nacht nicht mehr. Ich glaube, das wäre mir zu anstrengend. Ich bin todmüde und möchte nur noch schlafen.«

»Bist du wirklich sicher, dass eine Nacht im Krankenhaus nicht besser wäre? Ich würde dich auch morgen früh abholen.« Konstantin schien hin- und hergerissen. »Aber wenn du dich fit genug fühlst, freue ich mich natürlich, wenn du mit zu mir kommst«, beteuerte er rasch, als er ihren enttäuschten Blick sah.

»Danke, das wollte ich hören.«

»Wissen Sie was«, wandte sich Kathrin nun wieder an den Arzt. »Sie nehmen mir jetzt gleich Blut ab, das schicken Sie ins Labor. Und wenn die Ergebnisse besorgniserregend sind, dann rufen Sie mich an. Notfalls kann ich immer noch in Hamburg ins Krankenhaus gehen.« Und als sie sah, dass der Notarzt immer noch keinesfalls überzeugt war, fügte sie mit Nachdruck hinzu: »Ich bin schließlich selbst Ärztin und kann die Gefahren sehr wohl selbst einschätzen.«

»Meinetwegen, aber nur auf eigene Verantwortung und unter Protest. Gegen Ihren Willen kann ich Sie ohnehin nicht festhalten.«

Als Kathrin mit Konstantin den Krankenwagen verließ, wurde von Gemnitz gerade von Schröder und zwei anderen Beamten aus dem Haus geführt. Ihr erster Impuls war, sich umzudrehen und einfach wegzulaufen. Stattdessen blieb sie wie versteinert stehen und starrte zu dem Mann hinüber, der elf Frauen auf dem Gewissen hatte. Man hatte ihn in eine Jogginghose gesteckt. Er wirkte nun viel kleiner, als sie ihn in Erinnerung hatte. Sein Oberkörper war frei. Am linken Arm war er mit Handschellen an einen seiner Bewacher gekettet, am rechten Oberarm und am Hinterkopf trug er einen Verband. Schmerzen schien er keine zu haben.

Als Peter Günther von Gemnitz alias Patrick Gminder nur noch wenige Meter von den beiden entfernt war, wandte er sich plötzlich Kathrin zu, lächelte sie hintergründig an und rief: »Kleopatra, du bist und bleibst meine Königin. Keine Angst. Wir werden uns schon bald wiedersehen.«

Von Gemnitz deutete mit dem verletzten Arm einen Gruß an, dann ließ er sich widerstandslos zu einem der wartenden Polizeiwagen führen.

Kathrin hatte urplötzlich wieder zu frösteln begonnen. Ihr war, als hätte sie der Hauch des Todes abermals gestreift.

49

Montag, 29. Juni 2009

Mit einer Hand presste Konstantin einen nassen Lappen auf ihre schweißnasse Stirn, mit der anderen umfasste er ihre Taille. Kraftlos hing Kathrin über dem Waschbecken und würgte sich buchstäblich die Seele aus dem Leib. Doch mit Ausnahme einiger unverdauter Granatapfelkerne und einer grünlichen, übelriechenden Flüssigkeit hatte sie nichts erbrochen.

Als sie in Hamburg angekommen waren, war es lange nach Mitternacht gewesen. Kathrin war weiß wie eine Wand aus dem Hubschrauber gestiegen, doch sie hatte es auf die Turbulenzen des Fluges geschoben. Während Ole Veltinger und die anderen noch in die Einsatzzentrale gingen und auf die Ankunft von von Gemnitz warteten, der sofort einem Haftrichter vorgeführt werden sollte, war Marks mit Kathrin gleich in die Pension gefahren. Dort hatten sie kurz mit Kathrins Schwester und mit Mascha telefoniert und ihnen von der glücklichen Rettung berichtet. Danach hatte Kathrin, die noch zu aufgewühlt war, um zu schlafen, begonnen, ihm zu berichten, was sie von von Gemnitz erfahren hatte. Irgendwann hatte sie dann über zunehmendes Unwohlsein geklagt. Und jetzt stand sie schon seit einer halben Stunde in einem seiner karierten Hemden neben Konstantin im Badezimmer und wurde von einer Würgeattacke nach der anderen geschüttelt.

»Ich glaube, es ist doch besser, wenn ich dich ins Krankenhaus bringe. Du quälst dich nur unnötig.« Konstantin, der das Elend nicht länger mit ansehen mochte, hatte das Thema Krankenhaus schon einige Male vergebens angesprochen. Und auch jetzt konnte er sich nicht durchsetzen.

»Wenn jeder ins Krankenhaus rennen würde, der sich bei einem opulenten Abendessen überfressen hat, dann hätten die viel zu tun. Ich hätte nur diesen verdammten Nachtisch weglassen sollen.« Der Brechreiz schien wieder etwas nachgelassen zu haben. Angewidert spuckte Kathrin aus, um sich dann gründlich den Mund auszuspülen.

»Scheiße, aber ich kann einfach nicht richtig kotzen. Schon als Kind konnte ich nicht spucken, wenn ich mir den Magen verdorben hatte. Mir war immer nur stundenlang schlecht. Und den Finger in den Mund stecken, das schaffe ich auch heute noch nicht.«

Kathrin sah Marks mit einem seltsamen Blick an, und er befürchtete schon, sie würde diesen Liebesdienst nun von ihm verlangen. Doch anscheinend schien sie etwas ganz anderes zu beschäftigen.

»Tut mir leid, du hast dir unsere erste gemeinsame Nacht sicher etwas anders vorgestellt«, sagte sie mit einem gequälten Lächeln.

»Solange es nicht die einzige bleibt, will ich mal nicht so sein«, erwiderte Konstantin, erleichtert, dass sie schon wieder zu Scherzen aufgelegt war.

»Ich versuche jetzt ein wenig zu schlafen. Ich bin auf einmal todmüde.« Kathrin schwankte so sehr, dass sie es ohne seine Hilfe wohl kaum zurück ins Zimmer geschafft hätte. Sie sank auf das Bett, rollte sich auf eine Seite und zeigte neben sich. »Kommst du auch?« Das Sprechen schien ihr schwerzufallen, so müde war sie.

»Gleich. Ich mache nur noch rasch ein paar Notizen für die Besprechung morgen. Du hast mir ja einige Neuigkeiten erzählt.« Konstantin hatte die Decke noch nicht ganz über sie gebreitet, da fielen ihr auch schon die Augen zu.

Er machte das Licht mit Ausnahme der Nachttischlampe aus, zog sich einen Sessel neben das Bett und holte sein Schreibzeug. Am meisten überrascht war er natürlich von der Nachricht gewesen, dass es außer den bekannten zehn Frauen noch ein weiteres Opfer gab. Hätte man gleich von diesem ersten Mord in Hamburg erfahren, wer weiß, vielleicht wäre man dem Mörder dann früher auf die Schliche gekommen. Doch diese Überlegungen waren jetzt müßig.

Interessant war auch, dass Kathrin überzeugt davon war, dass von Gemnitz mit dem Tod Patrick Gminders in Brasilien nichts zu tun hatte. Er hatte ihr versichert, der Gedanke, die Identität zu wechseln, sei ihm erst gekommen, als er mit den Papieren des Toten auf dem Weg zu den Behörden war. Als er die gemeinsamen Initialen sah, sei ihm das wie ein Wink des Schicksals erschienen, und er hatte beschlossen, den Tod seines Angestellten zu verschweigen und in die Rolle des Toten zu schlüpfen. Das erklärt auch, dachte Konstantin, warum man seine Rückkehr nach Europa nicht hatte verfolgen können. Und für den Erbschafts- und Immobiliendeal in Hamburg verwandelte er sich einfach wieder in Peter Günther von Gemnitz.

Während des Schreibens warf er immer wieder einen Blick auf die Schlafende, die sich nun unruhig hin- und herwälzte und gelegentlich leise stöhnte. Ganz offensichtlich durchlebte sie unangenehme Erinnerungen. Beruhigend strich er ihr über die Hand. Ob er sie wecken sollte? Besser nicht. Ein unruhiger Schlaf war bestimmt besser als gar keiner. Auch Konstantin wurde nun von einer bleiernen Müdigkeit erfasst.

Der schrille Ton seines Handys riss ihn hoch. Konstantin, der, ohne es zu wollen, im Sessel eingeschlafen war, brauchte eine Weile, um sich zu orientieren. Draußen wurde es bereits hell. Wer wohl um diese Zeit schon anrief? Vielleicht war es das Labor. Hoffentlich war mit Kathrins Blutwerten alles in Ordnung.

Während er sein lärmendes Handy aus dem Jackett fingerte, sah er zu Kathrin hinüber, die reglos im Bett lag und von dem Klingeln überhaupt nichts mitzubekommen schien.

»Ja«, flüsterte er.

Aber es war nicht das Labor, es war Schröder, dessen Stimme sich vor Aufregung fast überschlug. »Chef, es tut mir leid, dass ich stören muss, aber von Gemnitz ist tot.«

»Er ist was?«

»Tot. Er wurde gerade bei einer Routinekontrolle in der Untersuchungszelle aufgefunden. Es sieht ganz so aus, als ob er sich vergiftet hätte.«

»Vergiftet? Aber wie ist das denn möglich? Er hatte doch sicher nichts bei sich.«

»Nein, natürlich nicht. Aber der Arzt meint, dass er das Gift vielleicht schon vor seiner Verhaftung eingenommen hat und dass es seine Wirkung erst später entfaltet hat. Und da dachte ich, wegen Kathrin, die haben doch dasselbe gegessen ...«

Schröders letzte Worte hörte Marks schon nicht mehr. Er hörte stattdessen die Stimme von Peter von Gemnitz: »Keine Angst. Wir werden uns schon bald wiedersehen.«

Wahnsinnig vor Angst sprang er auf, ließ das Handy fallen und beugte sich voll banger Vorahnung über Kathrin, deren Gesicht im Dämmerlicht ganz wächsern aussah. Gott sei Dank, sie lebte. Doch ihre Stirn war von eiskaltem Schweiß bedeckt, und ihr Atem ging nur noch ganz flach.

»Kathrin, hörst du mich? Bitte, du musst aufwachen, hörst du?« Verzweifelt begann er sie zu schütteln, doch sie reagierte nicht.

»Chef, bist du noch dran. Sag doch was!«, hörte er leise Schröders Stimme aus dem Handy, das am Boden lag.

»Schröder. Sie lebt, aber sie ist bewusstlos. Du musst sofort einen Notarzt herschicken. Ich versuche, sie irgendwie wachzukriegen.«

Er rannte ins Bad und holte einen Becher mit kaltem Wasser, das er Kathrin mit einem Schwall ins Gesicht schüttete. Sie begann heftig zu husten.

»Kathrin, hör doch, du musst aufwachen! Unbedingt aufwachen! Kathrin, ich bins, Konstantin. Nun sag doch schon was!«

Endlich begann Kathrin zu blinzeln, für einen kurzen Moment blickte sie ihn an, sie schien ihn jedoch nicht zu erkennen. Dann fielen ihre Augen wieder zu. Konstantin holte noch mehr kaltes Wasser, wiederholte die Prozedur und gab ihr zusätzlich leichte Ohrfeigen. Diesmal hatte er mehr Glück.

»Was ist denn?«, lallte sie. »Warum schlägst du mich?«

»Kathrin, du musst wachbleiben. Bitte! Von Gemnitz hat sich mit irgendetwas vergiftet, und du hast wahrscheinlich dasselbe Zeug intus. Gleich kommt der Notarzt. Aber du musst unbedingt wachbleiben.«

»Vergiftet«, stammelte Kathrin schwach, »er hat sich vergiftet. Mit wawaas denn?«

»Das wissen wir noch nicht.«

»Die Granatapfelkerne. Das Gift war bestimmt in den Granatapfelkernen«, hauchte sie nun so schwach, dass er sie fast nicht verstand. Sie schien kaum Luft zu bekommen. Bei jedem Atemzug röchelte sie laut.

»Kathrin, wachbleiben. Kannst du versuchen aufzustehen?«

Vergeblich versuchte Kathrin, sich im Bett aufzusetzen.

»Nein, ich kann meine Arme und Beine überhaupt nicht bewegen.« Kathrins Augen weiteten sich vor Entsetzen. Nun endlich schien auch sie die Gefahr zu erkennen, in der sie schwebte.

»Konstantin, du musst meinen Kollegen Neugebauer in München anrufen. Wenn einer über Gegenmittel bei seltenen Giften Bescheid weiß, dann ist es Jürgen«, flüsterte sie mit letzter Kraft. »Seine Nummer steht im Adressbuch in meiner Tasche.«

Dann schloss sie erschöpft die Augen. Während Konstantin nach der Telefonnummer suchte, verlor sie abermals das Bewusstsein.

50

X-mal hatte er ähnliche Szenen schon im Kino oder im Fernsehen gesehen, und jetzt erlebte er sie selbst. Noch nie hatte sich Konstantin derart hilflos gefühlt. Seit zwei Stunden saß er in dem kühlen Krankenhausflur vor der Intensivstation und wartete darauf, dass sich endlich irgendjemand seiner erbarmte und ihm sagte, wie es um Kathrin stand. Doch wenn überhaupt eine Schwester oder ein Arzt vorbeieilte, dann streifte ihn lediglich ein flüchtiger, mitleidiger Blick.

Konstantin wusste, dass man ihr sofort nach der Ankunft den Magen ausgepumpt hatte. Doch offensichtlich war ein Teil des Giftes zu diesem Zeitpunkt bereits in ihren Organismus eingedrungen, und nun kämpften die Ärzte fieberhaft um ihr Leben.

Während Konstantin wartete, gingen ihm immer wieder die Worte des Mörders durch den Kopf. Mit jedem Mal kam ihm dessen letzter Gruß höhnischer vor.

»Keine Angst. Wir werden uns schon bald wiedersehen.« Das klang doch wirklich wie eine Drohung. Warum hatte er sie bloß nicht gleich ernst genommen? Vom Krankenhaus aus hatte er in Husum angerufen. Doch die Ärzte dort hatten versichert, dass die Blutprobe Kathrins, die sie untersucht hatten, zwar eine obskure Mischung aus Barbituraten und Stimulanzien enthielt, dass die Konzentration aber keinesfalls lebensbedrohlich war, weshalb man sie auch nicht angerufen hatte. Von Gemnitz musste Kathrin und sich selbst ein Depot verabreicht haben, das sein tödliches Gift erst Stunden später abgab.

Glücklicherweise hatte er Professor Neugebauer sofort ans Telefon bekommen. Neugebauer war als Spezialist über einen bundesweiten toxikologischen Notdienst rund um die Uhr erreichbar. Er hatte die Dramatik der Lage sofort erfasst und sich gleich mit den behandelnden Ärzten in Verbindung gesetzt. Auch hatte er veranlasst, dass alle Möglichkeiten ausgeschöpft wurden, die Rückschlüsse auf das Gift geben konnten, das der Mörder verwendet hatte. Von Gemnitz' Leiche wurde unverzüglich obduziert, die Spurensicherung in dem Ferienhaus auf Nordstrand war angewiesen, die Essensreste zu untersuchen, und natürlich hatte man längst begonnen, den Mageninhalt von Kathrin zu analysieren. Doch das brauchte alles Zeit, und er wusste nicht, wie viel Zeit Kathrin noch blieb.

Irgendwann war Schröder mit einer großen Thermoskanne Kaffee gekommen und hatte ihm beim Warten Gesellschaft geleistet. Doch dann hatte er ihn in die Pension zurückgeschickt, damit er sich eine Weile ausruhen konnte. Für elf Uhr hatte Veltinger eine Pressekonferenz einberufen, und Konstantin hatte Schröder gebeten, an seiner Stelle die Stuttgarter Soko zu vertreten. Und er hatte ihm erlaubt, mit Mascha zu sprechen, die von der dramatischen Entwicklung in der Nacht noch nichts mitbekommen hatte. Ganz zu schweigen von Kathrins Familie, an die er noch gar nicht zu denken wagte. Aber die wollte er später selbst informieren. Wenn er endlich Genaueres über den Zustand von Kathrin wusste.

Konstantin warf einen Blick auf die Wanduhr, wie sie in unzähligen Kliniken hing und den wartenden Angehörigen mit ihren großen schwarzen Ziffern drastisch die Vergänglichkeit des Seins vor Augen führte: 8.30 Uhr. Nun waren sie schon fast drei Stunden hier. Das untätige Herumsitzen machte ihn schier wahnsinnig. Er stand auf und begann, den langen Flur hinabzugehen. Als er an einer Flügeltür angelangt war, die in die nächste Station führte, hörte er hinter sich ein Geräusch.

»Herr Marks?«

»Ja.«

Konstantin rannte zurück, sein Herz schlug ihm vor Aufregung bis zum Hals. »Wie geht es ihr?« fragte er, noch ehe er bei den beiden Medizinern war, von denen nun der ältere das Wort ergriff.

»Ihr Kreislauf ist jetzt stabil, sie muss aber noch künstlich beatmet werden. Glücklicherweise scheint Professor Zimmermann eine robuste Natur zu haben. Auch auf die Medikamente hat sie gut angesprochen. Allerdings wird man erst später sagen können, ob irgendwelche Folgeschäden zurückbleiben werden. Es handelt sich offenbar um eine künstlich herbeigeführte Lebensmittelvergiftung, die zunächst Lähmungserscheinungen an den Extremitäten hervorruft und dann durch Ersticken zum Tod führt.«

»Aber wir gehen davon aus, dass sie über den Berg ist. Sie sind gerade noch rechtzeitig gekommen«, ließ sich nun der jüngere Arzt vernehmen, der gesehen hatte, wie Marks bei den letzten Worten seines Kollegen erschrak.

»Wann kann ich sie sehen?« Konstantin war immer noch tief beunruhigt.

»Frühestens heute Mittag. Wir werden sie jetzt einige Stunden im künstlichen Koma halten. Gehen Sie nach Hause und versuchen Sie, etwas zu schlafen. Momentan können Sie ohnehin nichts für Frau Zimmermann tun. Wenn sich ihr Zustand ändern sollte, werden wir Sie sofort benachrichtigen.«

51

Als Konstantin erwachte, war sein Zimmer von der Sonne durchflutet. Er hatte in der nächtlichen Aufregung vergessen, die Vorhänge zuzuziehen. Der Radiowecker zeigte 13.30 Uhr. Konstantin fluchte leise. Er hatte doch tatsächlich vier Stunden tief und fest geschlafen und womöglich sein Handy überhört. Das Display aber zeigte keinen Anruf. Er zwang sich zur Ruhe. Wenn niemand angerufen hatte, dann konnte das doch nur bedeuten, dass mit Kathrin alles in Ordnung war. Er wählte die Nummer der Klinik und ließ sich mit der Intensivstation verbinden. Weil er kein Angehöriger war, musste er erst seine Autorität als Kriminalbeamter hervorkehren, dann erhielt er endlich die erlösende Auskunft: Der Gesundheitszustand der Patientin hatte sich weiter stabilisiert. Sie war vor wenigen Minuten aufgewacht, und er würde sie am Nachmittag kurz besuchen dürfen.

Erleichtert legte Konstantin auf. Im selben Moment bemerkte er, dass er einen Bärenhunger hatte, was auch kaum verwunderlich war. Immerhin hatte er seit über vierundzwanzig Stunden fast nichts mehr gegessen. Er würde eine eiskalte Dusche nehmen und dann die Pensionswirtin bezirzen, dass sie ihm ein spätes Frühstück zubereitete.

»Wenn Sie kein direkter Angehöriger sind, kann ich Sie nicht zu der Patientin lassen. Momentan ist dieser Professor aus München bei ihr. Und ansonsten hat sie striktes Besuchsverbot.«

Der Drachen, der ihm so vehement den Zugang zur Intensivstation verweigerte, sah genauso aus, wie man sich einen Stationsdrachen vorstellt, die einem den Zutritt zu einer Intensivstation verweigert. Doch Konstantin, der Kathrin aus den Klauen eines Massenmörders befreit hatte, war nicht gewillt, nun vor einem korpulenten gestärkten Weißkittel klein beizugeben.

»Jetzt halten Sie mal die Luft an. Ich habe heute Morgen mit den beiden behandelnden Ärzten gesprochen, und die haben mir versichert, dass ich Professor Zimmermann heute Nachmittag kurz sehen kann. Und genau das werde ich jetzt auch tun. Ich werde jetzt hier durchgehen, und wenn Sie versuchen sollten, mich daran zu hindern, dann werde ich Sie ganz einfach verhaften. Wegen Behinderung einer Mordermittlung!«

Der Hüterin der Intensivstation klappte buchstäblich die Kinnlade herunter. Sie schnappte laut nach Luft und setzte zu einer Entgegnung an. Doch dann besann sie sich eines Besseren. Mit einer unwirschen Handbewegung gab sie die Tür frei, drehte sich beleidigt um und verschwand mit einem schnaubenden Geräusch in ihrem Kabuff.

Konstantin, der die Stationsschwester aus naheliegenden Gründen nicht mehr hatte fragen können, wohin man Kathrin nach ihrem Aufenthalt im OP gebracht hatte, ging langsam an den mit High-Tech vollgestopften Zimmern der Intensivstation vorbei. Die Front zum Flur hin war verglast, so dass das Personal selbst im Vorübergehen die Patienten und die Monitore überwachen konnte. Der erste Raum war leer. Im zweiten lag eine Frau, die an verschiedenen Geräten angeschlossen war, die ununterbrochen piepsten. Und im dritten entdeckte er die Gesuchte. Sie war kreidebleich, wirkte ansonsten aber schon wieder ganz munter.

Kathrin saß aufrecht im Bett und unterhielt sich angeregt mit einem Mann, der auf ihrer Bettkante saß. Konstantin kannte ihn von zahlreichen Veröffentlichungen: Professor

Jürgen Neugebauer, der große Rivale der Rechtsmedizinerin. Doch momentan war von der angeblich so großen Rivalität wenig zu erkennen. Im Gegenteil. Die beiden, die so vertraut die Köpfe zusammensteckten, schienen ein Herz und eine Seele zu sein.

Automatisch hielt Konstantin, der beim Anblick der Zweisamkeit einen heftigen Stich in der Herzgegend verspürte, inne. Seine Gefühle spielten verrückt. Am liebsten hätte er, ohne sich erkennen zu geben, kehrtgemacht. Doch Kathrin hatte ihn bereits erspäht.

»Konstantin!«, krächzte sie stockheiser und so leise, dass er sie kaum verstehen konnte. »Schön, dass du kommst. Dann habe ich endlich meine beiden Lebensretter beieinander. Darf ich vorstellen: Hauptkommissar Konstantin Marks, und das ist mein Intimfeind Jürgen Neugebauer aus München. Er hat mir gerade Bilder von seinem jüngsten Familienzuwachs gezeigt. Ist sie nicht süß? Komm, setz dich her zu mir.« Sie schob die Fotos auf der Bettdecke zusammen und machte ihm Platz.

Unsicher trat Konstantin näher und hauchte Kathrin einen Kuss auf die bleiche Wange, dann begrüßte er Neugebauer, der einen kräftigen Händedruck hatte.

»Was ist denn mit deiner Stimme passiert?«

»Der raue Hals kommt von dem Beatmungsgerät, und die Stimmbänder haben wohl auch etwas abgekriegt. Aber das ist halb so schlimm. Schließlich könnte ich ohne euch beide jetzt nicht mal mehr krächzen.«

Kathrins letzte Worte gingen in einem Hustenanfall unter.

»Du darfst noch nicht so viel reden.« Neugebauer reichte ihr ein Wasserglas.»Was die beiden Lebensretter betrifft, so muss ich dich leider enttäuschen. Dieser Verdienst gebührt einzig und allein dem Kommissar. Und ein klein wenig sogar dem Mörder, der glücklicherweise rechtzeitig das Zeitliche gesegnet hat.«

»Wie meinst du das?«

»Na ja, wenn alles nach seinem Plan verlaufen wäre, dann wäre der feine Herr von Gemnitz nicht heute Nacht schon gestorben, sondern erst irgendwann im Laufe des heutigen Tages. Und du mit ihm, du wärst nämlich gar nicht mehr aufgewacht. Von Gemnitz hatte die Granatapfelkerne nicht nur mit einem Lebensmittelgift, das übrigens viel stärker und schneller wirksam ist wie das hierzulande gängige Botox, sondern auch mit einem starken Beruhigungs- und Schlafmittel präpariert. Die Einstiche hat er mit einer extrem dünnen Injektionsnadel vorgenommen, und die Einstichstellen hatte er dann mit Wachs verschlossen, so dass die Kerne zu raffinierten Arzneikapseln wurden, die ihr Gift wie ein Depot erst nach und nach abgaben.«

»Botox«, warf Konstantin ein, »ist das nicht das Zeug, das gegen Falten gespritzt wird?«

»Doch, aber falsch dosiert ist es absolut tödlich. Von Gemnitz war ein perfekter Pillendreher. Er hatte die Dosis so berechnet, dass euch beiden nach dem Essen noch einige Stunden für seine Spielchen verblieben wären. Gegen Morgen wärt ihr dann in ein tiefes Koma gefallen, aus dem euch auch der beste Arzt nicht mehr zurückgeholt hätte.«

»Aber wieso bin ich dann noch am Leben?« Kathrin war vor Schreck noch eine Nuance weißer geworden.

»Ganz einfach, von Gemnitz hatte von seinem jahrzehntelangen Drogen- und Medikamentenmissbrauch eine angegriffene Gesundheit. Er ist gar nicht an dem Gift selbst gestorben, sondern bereits an den Barbituraten. Und nur, weil man ihn sofort gefunden hat, konnte man auch dich noch retten. Glücklicherweise hast du einen Teil der Giftkerne gespuckt. Wäre auch nur ein Bruchteil mehr von dem Gift in deine Blutbahn gelangt, säßen wir jetzt nicht hier.«

Kathrin und Konstantin, die von der Tragweite dieser Eröffnung wie vor den Kopf gestoßen waren, schwiegen betroffen.

»So, meine Herren, jetzt ist es aber für den Anfang genug«, riss die fröhliche Stimme einer jungen Schwester die drei aus ihren Gedanken. »Gerade hat übrigens Ihre Schwester aus Stuttgart angerufen. Ich habe gesagt, dass es Ihnen gutgeht, dass Sie jetzt aber nicht mit ihr sprechen können, weil Sie unbedingt Ruhe brauchen. Da hat Sie mich gebeten, Ihnen wenigstens etwas auszurichten. Der alte Ägypter sei wieder da. Sie meinte, das würde Sie sicher aufheitern. Können Sie damit etwas anfangen?«

»Und ob ich das kann.« Kathrin heulte schlagartig los. »Ramses ist wieder da«, schluchzte sie. Die ganze Anspannung der letzten Stunden schien aus ihr hervorzubrechen.

»Das ist schon in Ordnung. Ramses ist ihr Kater, der war verschwunden«, klärte Konstantin die Schwester auf, die dem Schauspiel fassungslos zuschaute und nicht so recht zu wissen schien, ob sie eingreifen sollte oder nicht. Unterdessen hatte Konstantin Kathrin in den Arm genommen, die sich nun hemmungslos an seiner Brust ausweinte.

»Wir bleiben noch fünf Minuten und warten, bis die erste Freude vorüber ist, dann lassen wir Ihre Patientin alleine. Ist das in Ordnung?«

Auch Neugebauer, dem die Szene zunächst nicht ganz geheuer gewesen war, war über Konstantins Erklärung sichtlich erleichtert.

»Okay, aber wirklich nur noch fünf Minuten. Sonst kriege ich Ärger mit der Stationsschwester. Der ist heute sowieso schon wieder eine Laus über die Leber gelaufen, und ich habe keine Ahnung, welche.« Kopfschüttelnd verließ die Schwester das Zimmer.

»Ramses ist wieder da. Und ich hatte wirklich geglaubt, der alte Ägypter hätte für immer das Weite gesucht«, schniefte Kathrin, die sich nun wieder etwas gefangen hatte. »Woher weiß meine Schwester überhaupt, dass ich hier bin?«

»Ich habe Mascha gebeten, sie anzurufen. Von ihr und von Schröder soll ich dich übrigens auch grüßen. Ich glaube, mein Assistent gibt ihr gerade ein Exklusivinterview.«

»Und das hast du ihm erlaubt?«

»Na ja, ich habe es ihm zumindest nicht verboten. Und ich dachte, solange sie sich an ihn hält, lässt sie dich noch in Ruhe.«

»Ich glaube, nun müssen wir aber wirklich gehen«, mahnte Neugebauer zum Aufbruch, »sonst bringen wir die nette Schwester noch in Schwierigkeiten. Ich schau vor meinem Abflug noch mal bei dir vorbei.« Er umarmte Kathrin herzlich, dann nickte er Konstantin zu: »Ich geh schon mal vor.«

Konstantin zog ein paar Blätter aus der Tasche. »Fast hätte ich es vergessen. Ich habe dir doch von meinem Bekannten auf Sardinien erzählt. Das ist zwar nur ein schlechter Computerausdruck, aber ein wenig von der Anlage und vom Strand kann man doch erkennen. Morgen bringe ich dir dann einen richtigen Prospekt mit. Was meinst du: Sardinien im Herbst als Entschädigung für deinen Pfingsturlaub, das wäre doch auch nicht schlecht, oder?«

Kathrins Krächzen war unmöglich zu verstehen. Doch Konstantin beschloss, es als Zustimmung zu werten.

Epilog

Samstag, 12. September 2009

Die Farben waren berauschend. Türkis das Meer, der Himmel darüber im strahlenden Kobalt des zu Ende gehenden Sommernachmittags. Kathrin lag auf dem Bauch und blickte fasziniert durch das kleine Dreieck, das ihr angewinkelter Arm mit dem Sand bildete. Momentan war der Ausschnitt fast identisch mit einer Ansicht aus jenem Prospekt, den ihr Konstantin vor drei Monaten in die Klinik gebracht hatte: Ihr Passepartout gab einen Blick auf eine bezaubernde Bucht frei, die von Felsen begrenzt wurde. Im Hintergrund des zu dieser Jahreszeit fast menschenleeren Sandstrands war der Eingang einer kleinen gepflegten Hotelanlage erkennbar. Der Hochglanzprospekt hatte wahrlich nicht übertrieben.

Wenn Kathrin den Winkel ihres Ellenbogens nur leicht veränderte, tauchte links von der schnuckeligen Hotelanlage der Torbogen auf, hinter dem der kleine Campingplatz lag, auf dem sie mit Konstantin nun schon seit einer Woche Urlaub machte. Freilich nicht in einem Zelt, sondern in einem liebevoll eingerichteten kleinen Ferienhaus am Rande des Geländes. Im Gegensatz zu Kathrin war Konstantin ein eingefleischter Camper und konnte sich eigentlich einen Urlaub ohne Motorrad und Zelt gar nicht vorstellen. Für Kathrin war er über seinen Schatten gesprungen und schlief unter einem festen Dach. Sogar auf die Anreise mit dem Motorrad hatte er ihretwegen verzichtet, weshalb sie nun fast ein schlechtes Gewissen hatte. Doch sie hatte schon so viele Unfallopfer gesehen, dass sie einfach zu viel Schiss vor dem Motorradfahren hatte.

Kathrin nahm sich fest vor, bei einem späteren gemeinsamen Urlaub (mit Erstaunen stellte sie fest, dass sie diese Möglichkeit nicht nur in Betracht zog, sondern geradezu herbeisehnte) ihm zuliebe wenigstens das Zelten einmal auszuprobieren. Wenngleich sie zugeben musste, dass sie den Komfort ihrer kleinen gemauerten Behausung durchaus zu schätzen wusste. Was im Übrigen auch auf Konstantin zuzutreffen schien.

Mit dem Campingplatz-Besitzer Adriano war Konstantin seit Jahren gut befreundet, und Kathrin konnte sich des Verdachts nicht erwehren, dass Adriano das schöne landestypische Steinhaus – das einzige auf dem ganzen Platz – normalerweise gar nicht vermietete, sondern im Sommer selbst bewohnte und nun eigens für den Besuch aus Deutschland geräumt hatte.

Adriano hatte diese Vermutung jedoch weit von sich gewiesen, und sie hatte auch nicht sonderlich insistiert. Erholungsbedürftig, wie sie war, war sie viel zu froh über die schöne, etwas abseits gelegene Unterkunft.

Sie litt noch immer unter den Folgen der Entführung. Fast jede Nacht hatte sie Alpträume, und oft wachte sie schreiend auf, so dass aus diesen (und glücklicherweise auch aus angenehmeren Gründen) derzeit an einen Aufenthalt im Zelt oder in einem dünnwandigen Hotel ohnehin nicht zu denken war.

Was sie am meisten beschäftigte, war die Tatsache, dass sie gar nicht von Patrick träumte, sondern von dem Mörder, der sie vor Jahren mit Drohanrufen und Briefen belästigt hatte. Offensichtlich war ihr Unterbewusstsein noch nicht bereit, die viel perfidere Bedrohung, der sie durch von Gemnitz ausgesetzt gewesen war, zu verarbeiten. Nachdem sie zunächst versucht hatte, alleine mit dem Erlebten klarzukommen, hatte sie irgendwann Konstantins Rat angenommen und professionelle Hilfe gesucht. Und jetzt ging es ihr wie vielen Opfern, mit denen sie gesprochen hatte: Sie mochte – wider besseres Wissen – einfach nicht einsehen, dass der Heilungsprozess so lange dauerte. Mit Entsetzen dachte sie an den Vergewaltigungsprozess, der demnächst vor dem Tübinger Landgericht erneut aufgerollt werden würde und bei dem sie als Gutachterin aussagen sollte. Für die Opfer begann nun alles noch einmal von vorn. Mit einem Mal konnte sie die Frauen verstehen, die nach einer Vergewaltigung keine Anzeige erstatteten, weil sie die Prozedur einfach nicht durchstanden.

Am schlimmsten war für Kathrin das Eingeständnis der eigenen Hilflosigkeit. Sie hasste sich dafür, wie gefügig sie sich in der Gewalt des Entführers verhalten hatte. Und obwohl Konstantin und auch ihre Therapeutin ihr immer wieder vorhielten, dass sie schließlich unter Drogen gestanden hatte und physisch überhaupt nicht in der Lage gewesen war, Widerstand zu leisten, konnte sie einfach nicht akzeptieren, dass sie sich fast bis zum Schluss nicht einmal ansatzweise gewehrt hatte. Sie hatte sich geschworen, dass sie nie wieder jemandem so hilflos ausgeliefert sein würde, und deshalb beschlossen, nach ihrer Rückkehr eine Kampfsportart zu lernen.

Nur schwer kam sie auch mit der Erkenntnis klar, dass sie mit von Gemnitz tatsächlich eine gewisse Wahlverwandtschaft verbunden hatte. Vor allem ihre gemeinsame Leidenschaft für die alten Ägypter.

Beim Gedanken an die Grabkammer bekam sie trotz der sommerlichen Wärme eine Gänsehaut. Die Grabbeigaben waren geborgen worden. Das Meerwasser hatte ihnen nur wenig anhaben können. Glücklicherweise, denn fast alle Kultgegenstände hatten sich als echt erwiesen. Lediglich bei der Goldmaske hatte es sich um eine Fälschung gehandelt. Wenngleich Kathrin auch hier so ihre Zweifel hatte. Wenn es nur eine Fälschung war, wieso hatte man sie dann unmittelbar nach ihrer Befreiung gemeinsam mit den anderen Exponaten in einer Nacht- und Nebelaktion nach Ägypten geschafft? Und warum hatte man die Ausfuhr, die völlig unbürokratisch über die Bühne ging, in der Öffentlichkeit totgeschwiegen?

Das Klingeln des Handys riss Kathrin aus ihren Erinnerungen. Mit ihrer Schwester hatte sie heute schon telefoniert. Zu Hause war alles in Ordnung. Es konnte also nur Konstantin sein. Normalerweise gingen sie zum Abendessen in das benachbarte Hotel, das über eine ausgezeichnete Küche verfügte, doch heute wollte er selbst kochen. Vorausgesetzt, sein Ausflug mit Adriano im Fischerboot war erfolgreich gewesen.

Entspannt nahm sie ab. »Ja.«

»Hallo Prof.« Konstantins Stimme klang zärtlich. »Es tut mir leid, dich bei deinen Badefreuden stören zu müssen. Aber ich habe hier eine ganz frische Leiche auf dem Küchentisch liegen. Ich tippe auf Tod durch Ersticken, bin mir aber nicht ganz sicher. Auch wüsste ich gerne, wie ich sie zubereiten soll, und ob ich mit dir als Vorspeise oder als Nachtisch rechnen kann?«

»Was die Zubereitung betrifft: Ganz wie's dem maître de cuisine beliebt, vorausgesetzt, du verzichtest auf Granatapfelkerne. Und was die Vorspeise angeht, da wirst du dich leider noch ein klein wenig gedulden müssen. Zur Strafe, weil du mich schon wieder Prof genannt hast. Ich gehe jetzt nämlich zuerst noch einmal ins Wasser. Aber wenn der Herr Hauptkommissar möchte, darf er mir gerne Gesellschaft leisten.«

Kathrin legte auf und ließ sich genüsslich in den warmen Sand zurückfallen. Konstantin würde nicht allzu lange auf sich warten lassen. Und das nicht nur, weil er ein genauso begeisterter Schwimmer war wie sie selbst.